희망이 삶이 될 때

# CHASING MY CURE

## 희망이 삶이 될 때

데이비드 파젠바움

지음

———

박종성

옮김

**iN** 더난출판

어느 날 자신에게 엄습해온 희귀병의 치료법을 찾아 무섭게 질주하는 강렬한 연대기가 마음을 울린다. 파젠바움의 글은 시종일관 긴박감이 넘치는 가운데 크고 작은 감동을 잘 전달해주며, 질병과 치료에 대한 매우 특별한 관점을 제시하고 있다. 또한 의사로서 항상 지켜보는 입장이었던 투병 생활을 직접 하게 된 상황을 겸허하게 받아들이는 성실하고 솔직한 태도가 빛나는 글이다.

－《커커스리뷰》

지금껏 의사들은 희귀병 환자들을 연구하며 많은 것을 알아냈지만, 그들 스스로가 환자였던 경우는 거의 없었다. 파젠바움 박사는 캐슬만병을 앓고 있는 환자로서, 증상조차 확립되어 있지 않은 희귀병과 싸우는 동시에 치료법을 찾느라 고군분투했던 놀라운 이야기를 들려준다. 특히 병의 치료제가 익히 알려진 약일 수 있다는 해답을 구해가는 과정에서 빛나는 추론은 대단하다는 말 외에는 달리 표현할 길이 없다. 추리소설, 연애소설, 과학소설이 다 들어있는 이 책은 불굴의 의지를 지닌 의사가 어떻게 희귀병 환자들에게 희망을 전달할 수 있었는지를 보여준다.

－ 마이클 S. 브라운, 1985년 노벨 의학상 수상자

치명적인 질병을 가진 환자가 스스로 원인과 치료법을 찾아내는 의사이자 과학자가 되기까지의 과정을 보여주는 이 놀라운 이야기에 우리는 몰입할 수밖에 없다. 파젠바움 박사가 밟아온 여정은 용기와 헌신, 그리고 총명함의 기록이다.

－ 아서 H. 루벤스타인, 펜실베이니아대학 페렐만 의과대학 교수

『희망이 삶이 될 때』는 진정한 사랑, 굳건한 믿음, 어떻게 살 것인가 등 우리 삶에서 궁극적인 가치라고 할 수 있는 주제를 붙들고 씨름하는 일종의 의학 스릴러라고 할 수 있다. 빠른 전개와 가슴이 아플 정도의 구체적이고 솔직한 묘사로 채워진 이야기는 우리에게 삶에서 우선시되어야 하는 것은 무엇인지를 다시 생각할 수 있는 계기를 마련해준다.

－ 린 빈센트, 《뉴욕타임스》 베스트셀러 『천국은 진짜다』 『인디애나폴리스』 공동 저자

대단한 흡입력을 가진 파젠바움의 이야기에 매료되어 단숨에 읽었다. 한동안 감동의 여운이 머릿속을 떠나지 않았다. 아툴 가완디의 책과 『숨결이 바람 될 때』를 잇는 작품이다.
**- 애덤 그랜트, 《뉴욕타임스》 베스트셀러 『기브 앤 테이크』『오리지널스』의 저자**

『희망이 삶이 될 때』는 초기 발병을 시작으로 의학적 발견을 통한 회복기에 이르기까지 파젠바움 박사가 불굴의 의지로 헤쳐나간 치료의 여정을 기록한 책으로, 한번 읽기 시작하면 눈을 떼기가 어렵다. 이 책은 스스로의 정신력과 지성, 가족과 친구들의 조력, 현대 과학의 힘, 새로운 치료법을 발견하기까지 환자들이 제공한 치료 사례 등에 바치는 진실된 헌사라고 할 수 있다. 이 책은 내 마음을 온전히 빼앗았다.
**- J. 래리 제임슨 박사, 펜실베이니아대학 페렐만 의과대학장**

죽음의 입구에 추락하고도 희망을 잃지 않은 끈기가 가슴을 절절하게 만든다. 그 과정을 따라가다 보면 손에서 책을 놓을 수 없게 된다.
**- 앤절라 더크워스, 《뉴욕타임스》 베스트셀러 『그릿』의 저자**

삶과 죽음, 회복, 희망이 이어지는 이 놀라운 이야기의 첫 장부터 마지막 장까지 단숨에 읽어 내려갔다. 파젠바움은 믿기 어려울 정도의 '초능력'을 발휘했음이 분명하다. 그리고 그 능력을 다른 이들을 위해서도 발휘하고 있다는 것을 의심하지 않는다.
**- 니콜 보이스, 〈글로벌 진스〉 설립자**

『희망이 삶이 될 때』는 공포를 믿음으로, 희망을 행동으로 바꾼 이야기가 담겨 있는 매우 훌륭한 책이다. 데이비드 파젠바움의 억센 생존의지, 희귀병 앞에서도 굴하지 않는 리더십은 희귀병 및 난치병의 치료법을 찾고자 노력하는 모든 이들에게 큰 귀감이 될 것이다.
**- 스티븐 그로프트, 약학박사, 전 미국국립보건원 희귀질병국장**

이 책을 엄마, 아빠, 누나들

그리고 케이틀린과 아멜리아에게 바칩니다.

당신들은 내게 어떻게 살아야 할지를 가르쳐줬습니다.

사경을 헤매던 시간 동안 나는 당신들께 의지했습니다.

또한 나 자신과 타인을 위해

이 병의 치료법을 찾아 나설 용기를 얻었습니다.

모두 사랑합니다.

# 차 례

# 프롤로그

　'이번엔 제발 깨어나라.'

　나는 심폐 소생술의 기본 기술, 이를테면 손의 위치 잡기, 머리 젖히기, 압박 타이밍 등을 익혔다. 또 가슴을 압박할 때 손바닥 아래서 전해지는 환자의 갈빗대가 으스러질 듯 불편한 느낌도 감내할 수 있다. 요컨대 나는 심폐 소생술을 할 줄 안다. 그런 내게 가장 어려운 일이 있다. 바로 언제 손을 떼야 하는지 결정하는 것이다.

　'한 번 더 압박해보면 될까? 그래도 안 된다면 또 한 번 더 해봐야 하나?'

　그토록 강한 힘으로 압박하고 간절한 마음으로 기도했는데도 박동은 돌아오지 않는다. 이후의 모든 과정은 전적으로 내 손에 달려있다. 생명은 이미 꺼져버린 듯하다. 그래도 희망마저 사라진 것은 아니라고 믿고 싶다. 어떻게든 '희망'은 살려야 한다. 그걸 위

　　　　　　　　　　　　　　　　희망이 삶이 될 때

해서라면 내 팔과 어깨의 힘이 완전히 빠질 때까지, 환자 갈빗대를 으스러뜨리는 것은 고사하고 압박이란 말이 무색해질 정도로 내 힘이 약해질 때까지 계속할 수 있다.

대체 얼마나 오래 해야 할까?

결국에 가선 멈추게 될 것이다. 그럴 수밖에 없다. 다만 얼마 동안 하다가 그렇게 멈추어야 하는지 알 수 없을 뿐이다. 지침서에도 적혀있지 않고 심폐 소생술을 설명하는 그림에도 나와 있지 않다. '언제', '왜' 그만둬야 하는지 누구도 알려주지 않는다. 더이상 희망을 품을 수 없기에 내 손이 멈추는 그 순간이 바로 소생술을 그만둬야 하는 때다.

손을 떼는 결정이 그토록 어려운 것은 환자를 살리려고 노력하는 한 그가 살아날 거라는 희망을 가질 수 있기 때문이고 그런 희망이 있으면 그의 삶은 아직 끝난 게 아니기 때문이다. 희망, 삶, 노력, 이 세 가지는 서로의 뒤를 쫓으면서, 서로를 밀어주면서 끊임없이 트랙을 빙빙 돈다.

나는 지금까지 심폐 소생술을 두 차례 해봤다. 두 번 다 죽은 거나 다름없는 상태의 환자들이었다. 가슴을 사정없이 압박하면서 기도했다. 그러나 그들의 생명을 구하진 못했다. 하지만 나는 멈추고 싶지 않았다. 계속 압박하고 싶었다. 심지어는 손을 떼고 나서도 심장 모니터에 그들의 박동 신호가 다시 뜰 거라는 기대를 접지 않았다. 하지만 희망이나 바람은 종종 그걸로 그치고 만다. 희망이 힘이 될 수는 있지만, 초능력은 될 수 없다. 우리는 모두 의학이 초능력을 발휘해주길 바라지만 그런 일은 결코 일어나지 않는다.

초능력을 발휘하는 것처럼 느껴질 때도 간혹 있지만 정말 그런 것은 아니다. 의사의 길로 들어설 무렵에 이미 나는 치료되지 않는 병을 목도했고 위로되지 않는 슬픔을 겪었다. 내가 대학생일 때 엄마가 뇌종양으로 돌아가셨다. 그럼에도 불구하고 나는 결국 과학과 의학이 질병이라는 문제의 정답과 치료법을 찾아줄 것임을 의심하지 않았다. 세상의 모든 문제를 해결하기 위해 우리 가까이에 또는 멀리에 현실적인 힘과 마법적인 힘을 총동원해서 노력하는 사람들이 항상 존재한다는 믿음, 어쩌면 그들이 이미 다 해법을 찾아놓았을 거라는 믿음 말이다.

이런 믿음은 역효과를 낳기도 한다. 모든 의학적 문제의 정답이 거의 다 나와 있을 거라고 믿으면 할일이라곤 그 정답을 알고 있는 의사를 찾아내는 것뿐이라는 결론에 이르게 된다. 설령 아직 치료법이 없다 하더라도 산타클로스 같은 의사들이 열심히 노력하고 있는 한 우리가 직접 우리 자신과 사랑하는 이들을 위협하는 질병들을 물리치기 위한 행동에 나설 필요까진 없다고 생각하게 된다.

지난 몇 년 동안 나는 의사들에 대해, 의사들은 나에 대해 많은 생각을 할 수밖에 없는 시간을 보내왔다. 거기서 내가 배운 한 가지는 하얀 가운을 걸친 거의 모든 이들이 스스로의 권위에 짓눌려 있다는 사실이다. 물론 의사들은 권위를 갖기 위해 오랜 시간 공부하고 수련한다. 또한 그걸 갖게 되길 원한다. 여느 사람들이 아무것도 모른 채 질문밖에는 할 수 없는 답답한 상황에서 '이거다' 하고 정답을 제시할 수 있는 그런 인물이 되고 싶어 한다.

일반인들은 의사들이 모든 것을 다 알고 있으리라 생각한다. 그러나 의학 교육을 받고, 의학서를 읽고, 임상 훈련을 하기 시작하면서 현실을 깨닫는다. 궁극적으로 어디까지 가능하고 어디서부터 가능하지 않은지 분별할 수 있게 되는 것이다. '알아야 할 것'을 다 아는 의사는 한 명도 없다. 그 근처까지 간 사람도 없다. 매우 출중한 능력을 발휘하는 이들은 간간이 있다. 선택받은 소수는 특정 분야에서 고도의 기량을 보일 수도 있다. 그러나 대체로 의사들에겐 한계가 있다. 이걸 인정하기란 쉽지 않다. 한계 너머로 보일 듯 말 듯 한 '전지전능함omnipotence'이라는 신기루가 끊임없이 그들을 애태우기 때문이다. 조금만 더 노력했더라면 죽어가는 생명을 살릴 수도 있었고 치료법도 발견할 수 있었을 거라는 생각이 떠나지 않는다. 딱 맞는 약, 진단, 정답을 제시할 수 있었을 거라는 신기루.

여하튼 진실은 누구도 모든 것을 다 알지 못한다는 것이다. 그런데 그건 문제가 아니다. 진짜 문제는 어떤 것에 대해서 아는 사람이 단 한 명도 없을 때 그리고 그 상황을 타파하기 위해서 할 수 있는 일이 아무것도 없을 때 일어난다. 때로 의학은 틀린 것이 된다.

나는 아직도 과학과 의학의 힘을, 그리고 노력과 친절의 중요성도 믿는다. 항상 희망을 품고 기도한다. 그러나 의사이자 환자로서 쉽지 않은 경험을 한 끝에 나는 알게 됐다. 과학이 제공할 수 있는 최상의 것과 연약한 생명, 생각과 기도와 건강과 안녕 등은 서로 그리 밀접한 관계가 아니라는 다소 억울한 진실을.

이 책은 산타클로스 같은 의사는 없고 그러므로 내게 줄 선물이 있을 리 만무하며 치료법을 알려주지도 않는다는 사실을 알아내는 과정에 관한 것이다. 또한 희망은 수동적인 개념이 아니고 선택이자 능동적인 힘이라는 것을 이해하는 과정에 관한 것이기도 하다. 희망이란 하늘에 소원을 빌고 뭔가 좋은 일이 일어나길 기대하는 것 이상이다. 희망은 행동을 이끌어낼 수 있어야 한다. 특히 의학과 과학 분야에선 희망이 행동으로 이어질 때, 꿈은 헛된 바람으로 끝나지 않고 현실이 된다. 희망이 삶이 되는 것이다.

이 책은 죽음에 관한 이야기이지만 사람들이 여기서 삶을 배울 수 있기를 바란다.

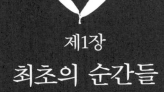

제1장
최초의 순간들

의대 2년 차에 펜실베이니아의 베들레헴에 있는 한 병원에서 임상 수업을 받았다. 베들레헴은 전통적인 철강 도시로 1990년대에 침체를 면치 못하다가 그즈음 다소 활기를 되찾아가고 있었다. 이는 내 개인사와 약간 닮은 데가 있었다. 나 또한 6년 전에 엄마를 잃고 어두운 골짜기를 헤매다가 겨우 극복하고 맞은 편 등성이로 올라섰다고 생각하고 있었기 때문이다. 엄마의 죽음이 내가 의대에 진학한 최초의 이유였다. 엄마 같은 환자를 돕고 싶었고 엄마를 데려간 병에 복수하고 싶은 마음이 간절했다.

나 자신을 암과의 싸움에 나선 전사라고 생각하면서, 이른바 모든 병의 황제이자 공포의 왕인 그 병을 완전히 파괴하는 꿈을 꾸면서 수업을 들었다. 나는 엄청난 분노에 휩싸여 그 전쟁에 필요한 모든 무기를 갖추고 그것들을 날카롭게 벼리면서 전의를 불태웠다.

그런데 그 전사가 출동한 최초의 장소는 산부인과 병동이었다. 그리고 (전사답지 않게) 아주 겁에 질려버렸다. 이 잊을 수 없는 날, 나는 전사라기보다는 배우에 가까웠다. 병동으로 향하면서 내가 해야 할 일들을 머릿속으로 되뇌었다. 취해야 할 동작들과 해야 할 말들을 연습하고 체크리스트를 거듭 훑었다. 어떻게 의사를 '연기'할지 궁리한 것이다. 연극 무대에 서는 기분이었다. 분만실 커튼을 젖히자 햇빛이 처음으로 부모가 되려는 찰나에 있는 부부와 파란색으로 온몸을 감싼 간호사를 스포트라이트처럼 비췄다. 예비 부모들의 얼굴은 설렘과 기쁨으로 가득 차 있었다. 산모의 이마에선 땀방울이 반짝였다. 내 이마도 그랬을 것이다.

부부는 20대 후반쯤으로 나보다 약간 나이 들어 보였다. 갑자기 당시 3년 동안 사귀어온 여자친구 케이틀린이 생각났다. 나도 곧 저들과 같은 입장이 되겠구나 하는 생각이 들었다. 그 생각을 하자 행복해졌고 마음이 가라앉았다. 그런데 내 모습이 생각과는 달리 안절부절못하는 것처럼 보였나 보다. 아빠가 되려는 쪽이 이렇게 물었기 때문이다. "이번이 처음은 아니시죠?"

의료계의 일과 관련해 두려운 점이 있다면 매사에 '최초'가 있다는 것이다. 모든 약에는 이를 최초로 투여받는 환자가 있고 모든 외과의는 최초의 수술을 해야 하며 모든 치료법은 최초의 시행이 있다. 당시 내 삶은 하루하루 이런 최초의 것들, 경험들, 시도들에 점령당한 상태였다.

아니요, 나는 전에도 경험이 있다고 말하며 예비 아빠를 안심시켰다. 그게 딱 '한 번'이라는 말은 하지 않았다.

나는 자세를 잡았다. 그날 아침 두 병째 마신 레드불이 효과가 있는 듯했다. 여하튼 준비가 됐다. 그런 다음 머릿속으로 분만 단계를 떠올리려는 차에 아기의 머리가 쑥 나왔다.

'놓치지 마, 데이브. 놓치지 마, 데이브. 놓치지 마, 데이브.'

그랬다. 나는 아기를 이 세상으로 안전하게 인도했다(실제로는 생각보다 쉬웠다). 그리고 아기가 최초로 생명의 큰 숨을 쉬는 것을 지켜봤다. 어떤 심오한 목적의식 같은 게 내 몸을 타고 지나가 팔다리로 확산되는 것 같았다. 거기에 압도된 나머지 분만에 어김없이 동반하는 대변과 피 냄새를 맡지 못했다.

그 뒤로도 여러 차례 분만실을 경험했지만 나는 그때마다 내가 받은 그 아기를 떠올렸다. 내 행동은 어떻게 봐도 영웅적이지도 복잡하지도 특별하지도 않았다. 그냥 일상적인 것이었다. 하지만 나는 한 생명이 새로운 세상에 착지하도록 도왔고 그건 보통 일이 아니었다. 병원에서 이뤄지는 의료 행위 중에 새 생명과 관련된 것은 그다지 많지 않다. 의사들, 간호사들, 환자들이 한 방에 있다면 그것은 대개 아주 좋지 않은 이유에서다.

처음 병동 순환 실습rotation working을 나간 병원에서 이를 직접 체험한 것이 2010년 1월의 일이었다. 베들레헴 병원에서 아기를 받기 불과 몇 달 전이었다. 예과pre-med 4년을 마치고 석사학위를 받고 의대에서 1년 반 동안 수업을 들은 뒤 드디어 의학 지식을 현장에 적용할 때가 된 것이다. 더이상 견학도 관찰도 할 필요가 없었다. 생명을 구하는 일에 실질적으로 참여하게 됐다. 병원에 가기 전날 밤 3시간밖에 잠을 자지 못했다. 풋볼 선수를 하던 때 말고는 그렇게 뭔가로 인해 마음이 벅차오른 적이 없었다. 영하의 추위에도 불구하고 새벽에 일어나서 병원으로 갔다. 하지만 아드레날린이 뻗친 덕분에 춥지도 졸리지도 않았다. 그전에도 펜실베이니아 병원의 정문과 안뜰을 숱하게 드나들었다. 그러나 이번에는 느낌이 완전히 달랐다. 복도는 더욱 빛났고 건물은 더욱 커 보였다. 아니면 내가 작아 보였거나. 나는 병원 경비원들에게 웃으면서 손을 흔들었고 그들은 늘 하던 대로 정중하게 받아줬다. 그날 아침만 해도 수십 명의 의대생이 상기된 표정으로 거길 지나갔을 것이다. 저마다 자신들이 의사가 나오는 드라마 〈하우스 House〉의 주인공처럼 문제를 해결하고 환자에게 도움을 주는 꿈을 꾸면서.

처음으로 들른 곳은 정신과의 레지던트 호출실이었다. 거기서 이른바 정신과 상담 서비스라는 걸 경험할 참이었다. 그 일은 내과의가 추가적으로 정신과의 도움이 필요하다고 판단한 환자들을 찾아 순회하는 것이 기본 업무였다. 단순히 수술 후유증에 따른 의식의 혼란을 겪는 환자가 있는가 하면 본인들이나 타인들에게 위해를 가하겠다고 하는 환자도 있었다.

정신과는 내가 궁극적으로 선택하고 싶은 분야는 아니었다. 내 머릿속에는 오로지 암과의 싸움 생각밖에 없었다. 그러나 임상 경력의 첫발을 기분 좋게 내디디고 싶은 마음도 간절했다. 그래서 다소 과도한 열성을 가지고 정신과의 순환 실습을 시작했다. 나보다 몇 살 위로 보이는 한 여성과 인사했다. 레지던트 중 한 명이었는데 컴퓨터 스크린에 나타난 뭔가를 열심히 들여다보는 중이었다. 나는 손을 뻗어 악수를 청하면서 자기소개를 했다. 그러고는 "순환 실습 첫날입니다"라는 안 해도 될 말까지 하고 말았다.

다른 의대생 한 명이 내 뒤를 따라 들어왔다. 정확히 말하자면 의대생은 아니었다. 물론 우리가 거기서 해야 하는 일은 같았지만 나와 같은 수준에 있는 학생이 아니라는 걸 금방 알 수 있었다. 그는 구강외과의였다. 진작에 치의대를 마쳤고 레지던트 과정까지 끝낸 상태였다. 구강외과 개업의가 되기 위해선 의무적으로 거쳐야 하는 의대 순환 실습을 마치기 위해 병원에 온 참이었다. 나로 말하면 의학 수련 8년 차가 되는 그와 경쟁해야 하는 처지였다.

그건 누가 뭐래도 경쟁이었다. 우린 둘 다 의대 학부생처럼 입고 있었다. 허리까지 내려오는 짧은 흰 가운이었다. 이게 우리의 신분을 나타냈다(원래 그런 의도로 입게 한 것이지만). 주치의와 다른 레지던트들은 바닥에 끌릴 정도로 길고 드레스처럼 멋진 가운을 입고 있었다. 짧은 가운 아래로 드러난 내 다리가 마치 아무것도 걸치지 않은 듯 그렇게 부끄러웠던 적은 한 번도 없었다. 함께 실습하게 된 그 구강외과의는 자신이 원하기만 하면 긴 가운을 입을 수도 있었다. 그는 이미 모든 과정을 통과했으므로 그럴 자격이 있는 사람이었다. 정식 의사가 되려면 우선 학부의 예과 과정

희망이 삶이 될 때

을 A학점으로 마쳐야 하고 그런 다음에는 혹독한 의대 4년을 거쳐야 한다. 그게 1단계다. 1단계를 마치면 긴 가운을 입을 수 있다. 이론적으로는 그렇다. 그러나 그렇다 해도 레지던트와 펠로우십(레지던트 과정이 끝나고 전공 중에서도 특정한 분야를 집중적으로 연구하고 훈련받는 것을 펠로우십이라고 하고 펠로우십에 참가하고 있는 의사를 펠로우라고 한다 – 옮긴이) 수련 과정이 남아있다. 이 과정은 전공 분야에 따라 짧게는 3년에서 길게는 12년 이상이 걸릴 수도 있다. 그런 다음에야 의사로서 독자적인 길을 갈 수 있다. 그러니 내가 갈 길은 멀어도 너무 먼 셈이었다. 그리고 그날은 그 첫발을 떼는 날이었다.

우리가 서로 인사를 나누고 자기소개를 하는 (그리고 내가 잠시 혼자 생각에 빠져있는) 와중에 호출기가 울렸다. 그날의 첫 번째 미션이 떨어졌다. 우리는 복도로 달려나갔다. '계급' 순으로 구강외과의가 앞장서고 나는 뒤따랐다.

얼마나 부리나케 움직였던지 병실에 도착했을 때는 숨이 턱까지 차올랐다. 병실은 어두웠다. 환자의 상태는 매우 안 좋았다. 그의 볼은 코르티코스테로이드corticosteroids(부신 피질 호르몬 및 유사 화학 물질의 총칭 – 옮긴이) 요법으로 인해 부어올라 있었다. 그 모습은 엄마를 연상시켰다. 엄마도 암 투병을 할 때 코르티코스테로이드 요법을 받았다. 엄마가 웃을 때마다 부은 볼 때문에 웃음이 과장돼 보이곤 했다. 슬프고도 웃긴 추억이었다. 엄마의 그 모습이 생각나면 나는 힘들었지만 그럼에도 그 기억을 내칠 수는 없었다.

그러고 싶지 않았다. 부은 볼로 짓던 그 웃음이 나를 웃게 했으니까.

여하튼 그 환자는 그냥 아픈 게 아니었다. 심각했다. 우리의 목적은 그가 스스로 자신의 치료와 관련이 있는 어떤 결정을 내릴 능력이 있는지 알아내는 것이었다. 병상 옆에는 한 여성이 앉아있었다. 그의 부인이라는 걸 이내 알 수 있었다. 눈물이 그녀의 얼굴을 타고 흘렀다. 닦지 못한 눈물은 담요 한쪽을 움켜쥐고 있는 양손 사이로 스며들었다. 그녀에게 다소간 심리적 안정을 주고 있는 듯한 그 담요는 그녀 자신의 슬픔으로 젖어 있었다. 환자는 매우 혼란한 모습이었고 정신 상태를 시험하는 질문에 힘들게 대답했다.

"우리가 지금 어디 있나요?"

"나는 뉴델리에 있어요."

그곳은 필라델피아였다.

"올해가 몇 년이죠?"

"1977년이요."

그때는 2010년이었다.

우리는 병실 밖으로 나와 의논을 했다. 의논 시간은 짧았고 합의는 어렵지 않았다. 환자 스스로 결정을 내릴 능력이 없으므로 그의 부인이 그걸 해줘야 한다. 물론 의학이 언제나 이분법의 세계인 것만은 아니다. 삶이나 죽음, 환희와 절망만으로 나눠지진 않는다. 죽음을 앞에 두고도 기쁨을 느낄 수 있는 중간 지대가 존재한다.

정신과 상담 서비스팀의 일원으로 보낸 시간은 그저 그랬다. 2주가 그렇게 지나가고 나는 정신과 입원 환자 병동으로 옮겨갔다. 거긴 펜실베이니아 병원의 폐쇄 병동으로 실습 중인 초보 의사에게는 꽤나 겁나는 장소였다. 마지막까지 몰린 환자들이 있었기 때문이다. 우울증, 양극성 장애, 조현병, 자살 충동 등에 시달리는 사람들이었다. 아무리 순환 실습이 의사가 되기 위한 필수 과정이라고 해도 거기서 배운 게 미래의 암 치료 기술을 연마시켜 줄 것 같지는 않았다.

내 첫 환자는 조지였다. 52세의 이혼남으로 키가 크고 어깨가 넓었다. 그는 교아종glioblastoma 진단을 받은 상태였다. 이는 매우 공격적인 암으로 가장 악성에 속한다. 엄마가 걸린 암이기도 했다. 그는 얼굴 한쪽이 축 늘어진 상태로 절뚝거리며 걸었다. 그런데 그가 병원에 있는 이유는 암 때문이 아니었다. 우울증과 자살을 공언한 까닭에 정신병동에 있는 것이었다. 그는 앞으로 두 달밖에 살지 못할 거라는 선고를 받았다.

나와 함께 일하는 레지던트는 조지가 입원한 이래 누구와도 말을 섞지 않고 거의 매일 하루 종일 병실에만 틀어박혀 있다고 했다. 입원 서류를 보완해야 한다면서 그녀는 내게 그의 정신 상태를 체크하는 테스트를 해달라고 부탁했다. 뇌종양이 빠른 속도로 커지고 있음에도 그는 30점 만점에 30점을 받았다. 내가 테스트한 다른 환자들 대부분은 뇌에서 종양이 자라고 있지 않음에도 불구하고 25점 정도를 기록하는 데 그쳤다.

내가 그런 내용이 담긴 결과지를 내밀어도 그는 뚱한 표정이었다.

"만점이라……. 의사 선생. 그럼 나한테 뭐 특별히 좋은 거라도 있어요?"

"그럼요. 아주 잘하셨어요. 상으로 뭘 받으실지는 나중에 알려 드릴게요."

그는 나에게 올 때보다 훨씬 자신감 넘치는 모습으로 나갔다. 그의 걸음걸이, 자세에서도 그게 확연히 느껴졌다. 절뚝이는 걸음이 마치 우쭐거리는 것처럼 보였다.

그러나 바로 당일 몇 시간 후에 그가 TV도 켜지 않고 침상에 누워 있는 걸 봤다. 벽만 응시하고 있었다. 테스트 점수를 가지고 그에게 준 기쁨은 그저 일시적인 것에 불과했나 하는 생각이 들었다. 좋아, 그게 일시적이었다 하더라도 그러한 기쁨을 다시 주지 말라는 법은 없잖아. 그가 다시 의기양양한 걸음을 걷는 데 내가 도움이 되지 못할 이유가 전혀 없었다. 그리고 그의 그런 자신감에 찬 모습이 우리의 최선이라면 분명 해볼 만했다.

나는 인터넷을 뒤져 새로운 정신 상태 테스트 문항들을 찾아내 그에게 다시 시험을 치게 했다. 이번에는 30점 만점에 28점, 거의 앞서 진행한 테스트의 점수만큼 나왔다. 여전히 다른 환자들의 평균인 25점을 넘었다. 조지는 다시 활짝 웃었다. 다음 날 아침, 침상에 누워 있는 그의 모습은 볼 수 없었다. 대신 간호사실에서 그를 찾을 수 있었다. 본인이 두 차례의 시험에서 얼마나 좋은 점수를 받았는지 들어주는 사람마다 붙들고 자랑하는 중이었다.

나는 그가 입원해 있는 동안 매일 오후에 정신 상태 테스트를 받도록 했다. 그의 치료에 필요한 것도 아니었고 환자 차트에 기록할 것도 아니었지만 그런 건 중요하지 않았다. 조지의 자살 충동은 호전돼갔다. 일상적인 병원 서류 작업의 하나에 지나지 않았던 이 일이 우리 두 사람에겐 매우 즐거운 행사가 됐다. 그리고 그이상의 의미가 있는 무엇으로 발전했다.

정신 상태 테스트에는 환자에게 자신이 쓰고 싶은 문장을 써보도록 하는 문항이 있었다. 매번 조지는 딸인 애슐리에 관해 뭔가를 썼다. 월요일에는 "애슐리를 사랑한다"라고 썼고 화요일에는 "토요일은 애슐리의 생일이다"라고 썼으며 수요일에는 "애슐리가 보고 싶다"라고 썼다. 목요일에는 "나는 애슐리를 사랑해!"라고 썼다. 애슐리는 그에게 중요한 사람임이 분명했다. 조지에게 애슐리에 관해 물었다. 나는 그가 한동안 딸과 대화하지 못했고 매일 딸에게 음성 메시지만 남긴다는 걸 알게 됐다. 나도 그렇게 둔한 사람은 아니기에 상황이 생각보다 상당히 복잡하다는 것을 알수 있었다. 둘의 사이가 멀어지게 된 데는 여러 가지 이유가 있을 터였다. 그러나 정신병동에 들어앉아서 자신을 보고 싶어하지 않는 딸을 향해 뭔가를 쓰고 답신을 하지 않는 딸의 전화기에 메시지를 남기면서 삶의 마지막을 보내는 누군가를 그냥 지켜보는 것보다는 그것을 해결하는 데 힘을 보태는 것이 덜 복잡한 일일 것으로 생각했다. 나는 조지에게 내가 전화를 걸어 아빠는 잘 지낸다고 애슐리에게 말해줘도 되냐고 물었다. 시험 점수, 그가 쓴 문장들도 이야기하고 엄마가 뇌종양에 걸렸을 때의 내 심정에 대해 들려줘도 되냐고 물었다. 그는 그러라고 했다. 그래서 나는 애슐리의 전화번호를 눌렀고 음성 메시지를 남겼다.

다음 날 조지를 만난 자리에서 그에게 기분이 어떠냐고 물었다.

"아주 좋아요! 애슐리가 어젯밤에 전화했어요!"

그 병실에서 나온 다음 조지가 안 보이는 곳에서 나는 주먹을 흔들며 마음속으로 환호했다. 내 환자에게 정말로 도움을 준 첫 번째 경험이었다. 절차가 복잡한 것도 아니었고 고도의 외과 기술이 필요하지도 않았다. 대단한 의학적 미스터리를 밝혀낸 것도 아니었다. 그저 삶의 마지막 시간 동안 조지가 행복하게 지내길 바라는 내 마음이 시키는 대로 행동했을 뿐이다. 간단한 서류 작업을 하던 중에 조지와 나는 뭔가를 이뤄냈다. 그게 다였다. 꼭 무언가 대단한 것만이 우리를 지탱시켜주는 건 아니다.

나는 처음 부모가 되는 사람들의 순전한 기쁨을, 더이상 뭘 할 수 있는 능력을 상실한 환자와 그의 부인이 빠져있던 어마어마한 절망을 목격했다. 그런가 하면 조지의 슬픈 얼굴이 기쁨을 되찾는 데 도움을 줬다.

말할 수 없이 기분이 좋았다. 뭔가 더 많은 일을 하고 싶었다.

그런 내겐 다행이었던 것이, 의료 실습은 하면 할수록 점점 더 많은 일을 할 수 있도록 짜여 있었다. 감당할 수 없을 정도로 말이다.

　　　　　　　　　　　　　　　　　　　희망이 삶이 될 때

제2장
불시에 찾아온 이별

너무 피곤한 나머지 병원을 나서면 아무것도 할 수 없어야 정상이었다. 그러나 끝없는 업무와 높은 긴장도는 오히려 내게서 에너지가 솟구치도록 만들었다. 그래서 사람을 완전히 녹초로 만드는 순환 실습과 병동 근무 사이 틈나는 대로 나와 의대 친구들은 체육관으로 달려갔다. 우리는 운동을 다이내믹한 휴식이라고 불렀다. 운동하면서 순환 실습, 병원 의료진 등에 대한 뒷말을 늘어놓았다. 처음 몇 주간 내 뒷말의 희생양은 그 구강외과의였다.

현재의 내 모습은 이전 모습에 비하면 허깨비나 다름없다 보니 한때 벤치프레스를 170킬로그램까지 했다는 내 자랑은 거짓말처럼 들릴 것이다. 의대 친구들은 나를 괴물이라 불렀다. 의대에 들어오기 전에 대학 풋볼 선수로 뛸 때도 그 정도로 '괴물' 같지는 않

희망이 삶이 될 때

왔다.

어느 날 밤, 친구 여럿이 내 아파트에서 필라델피아 필리스의 야구 경기를 보는 동안 나는 방에서 공부하고 있었다. 잠시 머리를 식히려고 나왔는데 마침 라이언 하워드가 타석에 들어선 참이었다. 그는 당시 메이저 리그 최고의 강타자 중 한 명이었다. 해설자는 하워드가 벤치프레스를 159킬로그램까지 할 수 있다고 했다. 그러자 친구인 애런이 나를 보며 말했다. "하워드는 벤치프레스 159킬로그램을 하는 힘을 홈런 치는 데 쓴다지만 너는 그 힘을 대체 어디다 쓰는 거냐? 수술할 때 환자 피부 잡아당기는 데 쓰는 거냐?" 이 말에 나를 포함한 모두가 웃었다. 내 웃음이 약간 억지스러웠다는 것을 눈치챈 애런은 다음 날 내게 버지니아 스태너즈빌에서 열리는 벤치프레스 대회에 링크를 건 이메일을 보냈다. "그 힘을 좀 써먹어봐라"라는 문구와 함께. 애런의 제안이 얼마나 진지한 건지는 확실치 않았지만 어쨌든 그 시합에 나가보기로 했다.

몇 주 후에 우리 아홉 명은 차 두 대에 나눠 타고 필라델피아에서 스태너즈빌까지 5시간을 운전해갔다. 스태너즈빌은 인구가 500명 정도 되는 작은 동네였다. 시합에 나가는 건 나 혼자뿐이었지만 친구들은 기꺼이 귀하디 귀한 휴일을 나를 응원하는 데 썼다. 그 대회 참가자는 당일에 받은 소변 샘플을 제출해야 한다는 규정이 내겐 무척 다행이었다. 그렇지 않았더라면 불법 근육 강화제 상용자들과 대결했을 가능성이 컸다. 내가 먹은 것은 레드불 세 병인데 그건 완전히 합법적인 음료였다.

필리스팀에서 홈런을 치지는 못했지만 스태너즈빌의 벤치프레스 대회에선 내 체급의 우승을 차지했다. 2.3킬로그램이 모자라 버지니아주 기록을 깨진 못했지만 내 친구들은 환호했다. "괴물! 괴물!" 우리는 그날 밤 시끌벅적하게 자축연을 벌였다.

어찌 보면 이 벤치프레스 시합 참가는 나에 대해 설명하는 사례라고 할 수 있다. 내가 자신을 매우 가혹하게 다루는 스타일이라는 것. 아마도 이런 성향 때문에 끊임없이 무언가 하기를 요구받는 젊은 수련의 생활이 내게 딱 맞았던 게 아닌가 싶다. 나는 스스로에게 항상 뭔가를 더 요구하는 사람, 그 요구한 만큼 일과 놀이에 더 힘을 쏟을 수 있는 사람인 것 같았다. 조지 같은 사람을 돕기 위해 내가 어떤 일을 할 수 있는지를 알게 된 것을 계기로 나는 그밖의 다른 모든 일에도 집중력을 발휘하도록 자신을 다그쳤다. 의대 초기 몇 년간 나는 스스로의 잠재력을 발굴하는 일에 미친 듯이 매달렸다.

그건 매우 기분 좋은 일이었다. 나 자신이 공부할 때나 운동할 때나 다른 누구보다 더 집중할 수 있고 열심히 할 수 있는 사람이라는 생각은 확실히 내게 힘이 됐다. 그런 생각 덕분에 풋볼 선수로도 활약할 수 있었다. 태생적으로 발이 느렸지만, 조지타운대학 풋볼팀의 주전 쿼터백이 될 수 있었던 것도 그 때문이었다고 본다.

엄마가 돌아가시고 힘든 시간을 보낸 후에 나는 힘을 되찾았고 모든 문제에 정면으로 맞섰다. 나는 건강했고 잘나갔다. 멋진 여자친구 케이틀린도 생겼다. 케이틀린은 엄마의 죽음으로 내가 힘들어할 때 든든한 버팀목이 돼줬다. 그녀가 노스캐롤라이나의 롤리에서 대학의 마지막 해를 보내고 있었기 때문에 우린 멀리 떨어져 있을 수밖엔 없었지만, 의사가 되고 싶어하는 나를 응원하고 격려했다. 덕분에 나는 내 엄마를 죽인 그 병을 절멸시키겠다는 목표를 향한 발걸음을 내디딜 수 있었다. 뭔가 세상을 정복해가는 느낌이었다.

하지만 실제로는 세상을 멀리하고 있었다.

스태너즈빌 시합이 있고 몇 주가 지난 어느 날 밤 나는 신경학 실습 준비를 위해 공부를 하고 있었다. 정신없이 암기 카드를 보고 있는 와중에 전화가 왔다. 케이틀린이었다. 당시 우리는 2주에 한 번씩 필라델피아와 롤리를 오가며 주말에 만났다. 어쩌면 케이틀린이 롤리에 있는 우리 집에서 저녁을 먹고 오는 길일 거라는 생각이 들었다. 그녀는 내가 없이도 종종 우리 가족들과 식사를 같이하곤 했으니까. 그 자리에서 있었던 일들을 들려주려고 전화를 했거니 생각했다. 그게 아니라면 일을 마치고 오는 길에 뭔가 재미있는 걸 공유하려는 목적일 수도 있었다. 그즈음 케이틀린은 파트타임으로 내 누나가 운영하는 옷가게 일을 거들거나 세 살 먹은 조카 앤 마리의 베이비시터 일을 하고 있었다. 여하튼 뭐든 간에 그녀의 전화는 항상 내 기분을 좋게 하는 쪽이었다.

그런데 이번에는 아니었다.

"저기," 그녀가 말했다. "우리 이야기 좀 하자." 딱 다섯 마디였지만 그녀의 어조는 여느 때와 달리 침울하고 불안하게 느껴졌다.

일하면서 뭔가 안 좋은 일이 있었거나 공부에 문제가 생겼거나 그도 저도 아니면 그녀의 부모님이나 남동생에게 무슨 일이 생긴 것 같았다. 나는 그녀의 가족을 내 가족처럼 생각했다. 그런 생각을 하는 찰나 들려온 그녀의 짧은 말이 나를 완전히 무너뜨렸다. "우리 헤어지는 게 좋을 것 같아."

엄청난 충격이었다. 그 무렵 내가 향후 인생을 어떤 식으로 계획하든 간에 거기엔 모두 케이틀린이 포함돼 있었다. 케이틀린이 그걸 모르는 게 아닐까? 내가 말해주지 않았나? 내 곁엔 케이틀린이 언제나 있어야 한다. 케이틀린도 언제나 나를 곁에 두고 싶어 한다고 믿었다. 당황한 나머지 할 말을 잊었다.

그러다 결국 죽어가는 소리로 말했다. "알았어." 그리고 긴 침묵이 이어졌다.

그때 내가 "왜?"라고 묻지 않은 이유를 이제야 알겠다. 나는 이미 답을 알고 있었고 그걸 그녀 입을 통해 듣고 싶지 않았던 것이다. 내 외골수적인 집중력, 여러 가지 면에서 나 자신의 삶에 좋게 작용했고 앞으로도 힘이 되어줄 그 장점이 케이틀린에게는 덜 투사됐다.

이윽고 그녀가 그 기묘한 침묵을 깨뜨렸다. "우리 헤어지는 게 좋겠어. 나는 네 우선순위에 없는 것 같아."

그녀의 말이 무슨 뜻인지 알았다. 그런데 머릿속에 이런 생각이 떠오르는 것을 막을 수 없었다.

'너도 알잖아. 내가 지금껏 어떤 일들을 해야 했고 우리가 어떻

희망이 삶이 될 때

게 살아가게 될지. 지난 3년 동안 나는 노력했어. 우린 이 관계를 잘 이끌어왔다고. 아마 지금껏 살아온 우리 인생에서 가장 행복한 시간이었을 거야. 나는 조지타운에 있었고 너는 차로 4시간이나 가야 하는 롤리에 있어서 시간적·지리적 제약도 있었지만 말이야. 영국에서 석사학위를 따기 위해 1년 동안 너를 떠나 있긴 했어. 그러나 어쨌든 죽을 둥 살 둥 노력해서 1년 안에 그걸 따고 미국으로 돌아와 그나마 네 가까이에 있게 됐어. 지난 2년 동안은 네가 사는 데서 차로 7시간 떨어진 의대를 다녔어. 나는 항상 내 우선순위에 있는 목표를 성취하기 위해 분투했어. 너는 바로 그 우선순위의 맨 꼭대기에 있었어. 그걸 모른다는 거야? 왜 지금 이런 말을 하는 거지? 왜 지난주에 우리가 만났을 때 말하지 않았어? 도대체 왜 너는 나와 함께 하고 싶지 않은 거야?'

그런데 나는 너무 충격을 받은 나머지 이 말은커녕 아무 말도 할 수가 없었다. 침묵이 이어졌다. 침묵이 길어진다는 것은 관계를 끝내자는 그녀의 말에 힘이 실린다는 뜻이었다. 내가 그렇듯 크게 놀라 말을 잊은 것이야말로 평소 우리의 커뮤니케이션이 얼마나 빈약했는지를 보여주고 있었다. 우리가 정말 헤어진다면 바로 그게 첫 번째 이유가 될 것 같았다. 어쨌든 우리는 전화를 끊었다.

그러고 나서야 비로소 나는 홀로 침묵을 깼다. "그거야? 내가 노력하면 되는 거야?" 나는 소리를 질렀다. 그러면서 모든 게 잘될 거라는 순진한 믿음을 자신에게 열심히 주입시켰다. 이게 '잘 되려고' 그러는 것이라면 우리는 어떻게든 서로에게로 다시 돌아갈 방법을 알아낼 터였다. 그러나 분명한 것은 당장 그렇게 되기는 어렵다는 사실이었다. 그럼에도 이런 믿음은 최소한 아픔을 약화시키는 효과가 있었다. 나는 젊고 건강했다. 그리고 그 결정은 내 뜻이 아니었다. 문제가 해결될 수 있는 시간이 있었다. 나로선 어떤 행동을 할 필요가 없었다. 그저 기다리고 지켜보면 저절로 좋아질 것으로 생각했다.

나는 애초에 결별을 초래한 그 행동 방식을 그대로 유지하면서 결별의 충격에 대처했다. 더 일에 집중했고 더 열심히 공부했다. 병원에서도 몇 시간씩 초과 근무했다. 운동량도 늘렸다. 그래서 보다 더 '괴물답게' 변해갔다. 나는 망연자실한 채 오랫동안 실연의 고통을 응시하고 싶은 생각이 없었다. 빨리 달리면 고통을 앞지를 수 있을 것 같았다.

두 달 후에 케이틀린은 그런 식으로 계속 그녀를 피하는 것이 쉽지 않은 일임을 보여줬다. 그즈음 필라델피아에서 살고 있던 부모님을 보러온 그녀는 온 김에 저녁을 같이 먹자고 했다. 그 자리에서 케이틀린은, 자신이 다시 내 삶의 우선순위 앞자리에 놓일 수 있다면 나를 다시 만날 생각이 있다고 말했다. 나는 그때까지도 그녀에게 받은 상처가 아물지 않은 상태였던 데다가 잘되게 돼 있는 일이면 어느 때고 적절한 순간이 오면 저절로 해결된다는 믿음을 갖고 있었다. 지난 몇 달 동안 일에 과잉집중하면서 지냈던 터라 그녀에 대한 내 마음이 어떠한지 살필 여력도 없었다. 그래서 그녀의 제안을 거절했다. 우리에게 시간은 충분하다고 생

희망이 삶이 될 때

각했다. 그러곤 일과 운동에 집중하는 삶으로 돌아갔다.

그런데 그 모든 게 나만의 거부이고, 합리화이고, 구분이었다. 모래 속에 머리를 파묻고 외면하고자 하는 나와는 상관없이 삶과 죽음은 진행되고 있었다.

일주일 후에 마르긴 했지만 건강해 보이는 60대 여성이 응급실로 실려 왔다. 전형적인 뇌졸중 증상을 보였다. 호출기가 울릴 때 나는 해당 과 레지던트와 같이 있었다. 우리는 복도를 달려 응급실로 갔다. 글자 그대로 달렸다. 환자의 말은 조리가 전혀 없었다. 그리고 몸의 오른쪽에 마비가 와있었다. 우리는 서둘러 CT 촬영을 했다.

심각한 상태였다. 레지던트가 그녀와 그녀의 남편에게 말했다. "사용하면 곧바로 일부 증상을 호전시킬 수 있는 약이 있습니다. 다만 심각한 부작용이 나타날 수도 있어요. 약을 쓰려면 그러한 위험을 감수해야 합니다." 레지던트는 그 위험이 뭔지 설명했다. 메시지는 분명했다. 뭔가 행동을 취하려면 빨리 결정을 내려야 한다는 것이었다. 그리고 대단히 중대한 결정이었다.

우리는 그 부부에게 결정할 시간을 주기 위해 병실 밖으로 나왔다. 곧 남편이 나와서 빨리 치료받았으면 좋겠다는 뜻을 밝혔다. 우리는 행동에 들어갔고 투약이 시작됐다.

나는 병상 옆에 앉아서 호전의 징후가 보이는지 모니터했다. 솔직히 말하면 모니터만 한 것이 아니라 간절히 희망하고 기도했다.

처음 몇 분간 영원처럼 길게 느껴졌다. 그녀에게 변화가 나타나기 시작했다. 좋은 쪽으로는 아니었다. 빠른 속도로 나빠졌다. 그녀의 말은 더욱 알아들을 수 없게 됐다. 흔히는 아니지만 언제든 나타날 수 있는 그 약의 부작용인 두개내출혈이 왔다. 그리고 호흡곤란이 오기 시작했다. 우리는 즉각 투약을 중지하고 그녀를 살리기 위해 할 수 있는 모든 일을 했다. 병상을 똑바로 세우고 다른 약을 투여했다. 긴급 개두 수술을 놓고 신경외과와 협의했으며 기도하고 빌었다. 우리의 모든 노력에도 불구하고 그녀는 3시간도 안 돼 사망했다. 그런 일이 자주 일어나는 것은 아니었지만 그 가능성에 대해선 모두가 충분히 알고 있었다. 우리는 그녀와 남편에게 그런 사실을 미리 알려주기까지 했다. 그러나 그렇다고 해서 마음이 편해지는 건 아니었다.

나는 스물다섯 살 청년에 불과했다. '내' 첫 번째 환자를 지키지 못한 나는 눈물을 흘리며 병실을 나왔다.

"할 수 있는 게 아무것도 없었어"라는 진부한 표현으로 진실의 무게를 줄일 수는 없었다. 그것은 전달하고자 하는 진실에 비하면 매우 빈약한 진술에 불과했다. 그 환자는 보기 드문 치료 합병증을 겪었다. 그러나 그녀에게 그 치료 이상으로 할 수 있는 것이 없었다. 그 약을 투여하지 않았다면 심각한 정신적 육체적 손상을 피할 수는 없었겠지만, 생존은 할 수 있었을지도 모르겠다. 어쨌든 이 일은 나 같은 사람에게 줄 수 있는 가장 쓰디쓴 교훈을 줬다. 자기 삶의 중심이라고 할 수 있는 것만을 확장하고 그 외 나머

희망이 삶이 될 때

지 것들은 배제해버리는 사람들 말이다.

나는 가톨릭 신앙 속에서 희망의 힘을 믿는 사람으로 성장했다. 나는 또한 의학의 힘을 믿었으며 그 힘을 기도가 증강해준다고 믿었다. 내 근면성을 받쳐주는 기둥은 내가 언제나 옳은 일을, 그것도 매우 열심히 하고 있고 '옳은 일'은 결국 성과를 낸다는 믿음이었다. 옳은 일을 하는 한 나는 언제나 승자가 된다고 생각했다. 겨울과 봄에 체육관과 운동장에서 열심히 훈련하면 나는 당연히 가을철 선수 선발 명단에 들어갈 것이고 시합에서 좋은 결과를 낼 것이었다. 모든 것은 차지할 자격이 있는 자가 차지하게 돼 있었다. 그때까지의 내 인생에서 그건 대체로 진실이었다.

하지만 엄마의 죽음으로 인해 그 진실이 그리 확고한 게 아닐지도 모른다는 생각이 들기 시작했다. 유전, 건강, 질병에 관한 의대 강의를 들으면서 그러한 의심이 좀 더 강해졌다. 그러나 삶이 공평하지 않다는 것을 제대로 깨달은 것은 그 여성 환자의 죽음을 목격한 바로 그 순간이었다. 사람들이 종종 그렇듯이 놀라울 정도로 갑자기 그 깨달음이 찾아왔다. 그 여성이 그토록 드물고 치명적인 투약 반응을 보인 것이 과연 정당한가? 아내의 죽음을 마주하지 않고는 얻을 수 없는 교훈을 그 남편에게 주기 위해 그런 일이 벌어진 것인가? 나는 전혀 수긍할 수 없었다. 슬픔으로 인해 내 안에서 일단 회의론이 고개를 들기 시작하자 여러 가지 불공평한 사례들이 눈에 들어왔다. 태중에 있을 때 무작위적으로 발생했던 유전자 변형으로 인해 죽음에 이르는 사람들은 뭐란 말인가? 비통해하는 가족들에게 모종의 교훈을 주기 위해 신의 섭리에 따라 그 치명적인 변형이 이뤄졌단 말인가? 고아원에서 아무도 돌봐주는 이 없이 죽는 아기들은 어떤가? 그런 아기들의 죽음에서 누가 어떤 교훈을 얻을 수 있다는 말인가?

응급실에서의 그 허무한 죽음으로 인해 어쩌면 나도 열심히 일하고, 좋은 결정을 내리고, 최선을 다해 남을 도우면 좋은 결과를 얻을 수 있는 은총을 받은 사람이 아닐 수도 있다는 돌연한 인식에 이르게 됐다. 거품이 터졌다. 인과응보? 아니, 인생에서 일어나는 일이 항상 가장 좋은 쪽으로 가는 것만은 아니다. 어쩌면 이런 깨달음은 너무 늦은 것이었는지 모르겠다. 마음속 어느 구석인가에서 나는 그 상황이 케이틀린과의 관계와 관련해 어떤 교훈을 던지고 있음을 사실은 인식하고 있었다. 다만 애써 모른 체하고 있을 뿐이었다.

제3장

울지 말아야 하는 이유

엄밀히 따지면 나는 장애인이다. 어렸을 때 나는 주의력결핍과잉행동장애ADHD 진단을 받았다. 이 사실은 내가 어떻게 체육관에서 몇 시간이고 계속 운동을 하거나 다른 동료 선수들이 지겨워 나가떨어질 때도 혼자 지치지 않고 하루 종일 상대 팀 시합 영상을 보는 게 가능한지를 설명해준다.

이건 초능력이 아니니 오해가 없기를 바란다. 이는 어떤 일에서 다른 일로 옮겨가야 할 때 방해가 된다. 항상 나무만 보고 숲은 못 보는 상태라고 생각하면 된다. 과잉 집중 상태가 되면 나무 한 그루가 매우, 매우, 매우 흥미로운 무엇이 된다.

어쨌든 결과적으로는 흥미도 흥미지만 가치 있다고 생각되는 일을 지향하면서 분 단위로 계획을 짜는 것으로 나는 ADHD가 대체로 내 삶에 도움이 되도록 만들었다. 부모님은 올바른 우선순위 수립이란 어떤 것인지 그 본보기를 보여줬다. 나는 그분들의 전략을 빌려와 내 것으로 삼았다. 그리고 아주 세세한 계획 수립에는 아이캘iCAL 캘린더(애플에서 개발한 개인 일정 관리 소프트웨어-옮긴이)를 이용했다.

　나는 노스캐롤라이나의 롤리에서 자랐다. 부모님은 카리브해의 트리니다드에서 미국으로 이민을 왔다. 아빠는 미국에서 의대를 다녔고 졸업 후 노스캐롤라이나로 이주했다. 그리고 정형외과에서 혹독한 레지던트 과정을 마쳤다. 그동안 엄마는 지나, 리사 누나와 나를 키웠다. 내 근면성은 대부분 엄마에게서 물려받은 것으로 생각한다. 엄마는 신앙심 깊은 가톨릭 신자였고 그 신앙심을 우리 가족과 공동체를 위한 행동의 바탕으로 삼았다. 그리고 아빠와 누나들과 나를 보살피기 위해 쉼 없이 일했다. 나는 엄마에게서 삶의 중요한 교훈을 배웠다. 그녀는 주중에 종종 나를 데리고 연로한 교회 신도들에게 음식을 전해주는 봉사를 했다. 주말엔 자선 걷기 행사에 참여하거나 무료 급식소에서 일하곤 했다. 노스캐롤라이나 스페셜올림픽North Carolina Special Olympics(지적 장애를 가진 사람들이 체육활동을 통해 지적 육체적 능력을 향상시키고 가족, 사회와의 유대를 유지해갈 수 있도록 연중 내내 체육 행사를 벌이는 노스캐롤라이나의 자선 단체와 그 활동-옮긴이) 자원봉사자로 일하기도 했다. 다른 사람을 돕거나 그들을 위해 앞에 나서는 일은 엄마의 삶에 활력을 불어넣었다. 결코 그럴듯한 일이라서 한 게 아니었다. 엄마는 그게 자신의 책임이라고 믿었고 그 책임을 사랑했다.

아빠는 대단히 실력 있는 정형외과의였지만 의사의 전형에서 벗어난 사람이었다. 그리고 내가 아는 사람 중 가장 외향적이었다. 아빠의 머릿속에는 온갖 의견과 이야깃거리가 그득했다. 예전에 한 적이 있는 이야기도 틈만 나면 다시 해주곤 했다. 아빠는 내게 교육이야말로 어려움을 극복하는 가장 확실한 방법이라는 믿음을 심어줬다. 이 믿음은 홀로코스트에서 모든 가족을 잃은 할아버지에게서 배운 것이었다. 할아버지는 제2차 세계대전이 끝나고 트리니다드에서 다시 삶을 시작했다. 할아버지는 공용어인 영어를 한마디도 하지 못하는 상태로 그 섬에 왔고 거기서 가이아나 출신의 할머니를 만나 결혼했다. 할머니의 집안은 대대로 남미에서 살았고 할머니에게는 세계 여러 나라, 심지어 사하라 이남 서부 아프리카인의 피까지 섞여있다. 엄마의 가족은 여러 세대 전에 유럽에서 트리니다드로 이민 왔다. 내 혈통은 그래서 트리니다드 섬 그 자체라 할 수 있다. 여러 문화, 피부색, 종교가 섞여있는 것이다. 내겐 한 명의 유대인과 세 명의 가톨릭교도 조부모가 있다.

나와 누나들에 대한 아빠의 기대는 무척 높았다. 그는 자신이 그랬던 것처럼 우리가 평생의 업이 될 수 있는 직업을 찾아 거기서 성공하길 바랐다. 그러니 어떻게 내가 정형외과의가 돼보겠다는 생각을 하지 않을 수 있겠는가? 나는 수많은 사람이 휠체어를 타고 아빠의 진료실을 찾아왔다가 수술과 후속 치료를 마치고 두 발로 퇴원하는 장면을 봤다. 아빠가 치료한 환자들은 아무리 복잡한 문제가 있어도 결국에는 호전됐다.

희망이 삶이 될 때

한편으로 의학은 그의 시간을 거의 다 빼앗아갔다. 해도 해도 일이 끝나지 않는 것처럼 보였다. 내가 일어나기 전에 출근했고 늦은 저녁 식사에 맞춰 겨우 귀가했으며 주말에도 일했다. 그럼에 도 내 풋볼 경기엔 한 번도 빠진 적이 없었다. 운동장 밖에서 나를 지켜보던 모습에는 아빠로 성공하는 것도 무엇보다 중요하다는 메시지가 담겨있었다.

나는 어떻게 하면 직업에서도 성공을 거두고, 미래의 내 가족을 위해서도 시간을 낼 수 있을지 알 수 없었다. 하지만 풋볼을 어떻 게 하면 잘 할 것인가를 놓고는 내 특유의 엄청난 집중력을 발휘 할 수 있었다.

나는 일곱 살 때부터 디비전1(미국대학스포츠협회NCAA에 속한 대 학 스포츠 리그 중 가장 수준 높은 리그 – 옮긴이) 소속 대학의 풋볼팀에 서 쿼터백으로 활약하는 꿈을 꿨다. 밤낮없이 나는 오로지 풋볼만 생각했다. 아빠는 노스캐롤라이나주립대학 풋볼팀 울프팩의 팀 닥터이기도 했다. 아빠를 따라서 선수 라커룸에도 들어가 봤고 홈 경기일 때는 사이드라인에서 구경하기도 했다. 경기마다 수만 명 씩 관중이 몰렸고 나는 그걸 보며 정신을 잃을 지경이었다. 선수 들의 체격, 스피드, 집요함에 경외감을 느꼈다. 그들은 내게 마치 신과 같았다.

중학교에 갈 즈음 나는 내가 풋볼에 재능이 있지도 않고 빠르 지도 않다는 것을 알게 됐다. 내가 경기장에 계속 나서려면 노력 을 해야 했다. 그것도 아주 많이. 이미 타고난 재질을 보이는 아이들이 팀 내에도 몇 명 있었다. 내겐 기술, 운동 능력 등 모든 면에서 더 많은 것들이 필요했다. 그래서 매일 몇 시간씩 훈련하기 시작했다. 아침과 저녁은 물론 학교의 자습 시간에도 연습했다. 운동과학과 영양학에 관한 책을 읽었고 몇 시간씩 앉아서 우리 팀과 상대 팀의 시합 영상 자료를 봤다. 나는 결코 경기장에서 가장 빠른 아이는 아니었다. 그러나 당시 미국에 사는 열세 살짜리 소년 중에선 방 벽에 온갖 차트를 제일 많이 붙이고 사는 아이였다고 감히 말할 수 있다. 그 차트들이란 질주 거리, 질주 속도, 송구 정확도, 송구 거리 등에 관한 것들이었다. 나는 열심히 연습했고 그 결과들을 차곡차곡 쌓아나갔다. 그렇게 들인 노력이 차트와 경기장에서 드러났다. 타고난 재능은 어찌할 수 없지만, 노력의 정도는 충분히 제어할 수 있음을 나는 알았다.

아빠는 항상 밖에서 일했고 누나들은 나보다 각각 다섯 살, 일곱 살이 많아서 엄마가 내 가장 가까운 친구이자 지원군이 돼줬다. 심지어는 공 던지기 연습도 같이 했다. 그러나 커가면서 체력이 부쩍 좋아지자 내가 던지는 공을 엄마가 받기 어려워졌다. 차선책을 찾던 엄마는 우리가 같이 연습할 수 있는 방법을 하나 생각해냈다. 우리 집 뒤의 언덕 꼭대기에 과녁을 하나 세운 다음 그 옆에 엄마가 서있고 내가 과녁을 향해 힘껏 공을 던지면 그걸 집어 아래쪽에 있는 내게로 다시 굴려 보내는 방법이었다. 엄마는 내게 풋볼을 하라고 강요한 적이 한 번도 없었다. 오히려 안 하겠다고 했으면 더 좋아했을 것이다. 내가 다칠까 봐 항상 걱정했으니까. 그러나 내가 풋볼을 얼마나 사랑하는지 알고 있었기 때문에 기꺼이 지원해줬다. 비록 그것이 몇 시간 동안이나 지겹도록 반복해서 공을 굴려 보내는 일일지라도. 우리가 사랑하고 실천한 모토는 "모든 연습이 완벽함을 보장하지는 않는다. 오직 완벽한 연습만이 완벽함을 이끌어 낸다"는 것이었다.

고등학교 풋볼팀 코치였던 네드 고넷은 내가 노력형임을 알았다. 그래서 내게 큰 기대를 걸었다. 그는 듀크대학에서 풀백으로 활약했고 NFL(미국 프로 미식축구 연맹 - 옮긴이)에서 뛰었다. 노스캐롤라이나 풋볼계에선 전설이나 다름없는 인물이었다. 그런가 하면 연습장에선 폭군으로 악명 높았다. 그는 첫날부터 나를 따라다니며 소리를 질렀다. 잘못하면 당연히 소리 질렀다. 잘해도 지난번에는 왜 이만큼 못했냐며 소리 질렀다. 내 기량 발전에 대한 그의 집념은 무자비할 정도였다. 그의 그런 태도는 내 '성공관'의 형성에 지대한 영향을 미쳤다. 그가 말하고 나도 동의한 성공은 어떤 뚝 떨어진 지점에 도달하는 것, 이를테면 우리가 벽에 적어둔 목표를 달성하는 것을 의미하지 않는다. 그런 성공은 한번 성취하고 나면 그다음부터는 할 일이 없어지기 때문이다. 네드 코치가 가르쳐준 것은 성공은 동적인 것이 되어야 한다는 것이었다. 내 목표는 내 옆에 있는 누군가의 그것과 애초부터 다르며 목표 자체도 매일매일 달라져야 한다고 그는 역설했다. 요지는 경쟁자나 경쟁 팀보다 더 잘하기 위해 훈련하는 게 아니라 될 수 있는 한 최고가 되기 위해 훈련하는 것이었다. 하나의 목표를 달성했다고 끝이 아니었다.

그런 맥락에서 보자면 그가 지르는 소리는 혼내기 위해서가 아니었다. 그것은 영원히 이어지는 '다음 목표'들이 빨리 자신들을 '달성해달라'고 내 이름을 부르는 것과 같았다.

노력이 반드시 좋은 결과를 보장해주는 것은 아니라는 사실을 나는 아주 괴로운 경험을 통해 배웠다. 고등학교 졸업 전해에 나는 팀을 이끌고 주 선수권 대회 결승전까지 올라갔다. 그런데 패했다. 다음 해엔 반드시 우승한다는 목표를 다시 세웠다. 대학들에선 이미 나를 점찍어 놓고 있었다. 풋볼이 내 현재만큼이나 미래에서도 중요한 위치를 차지할 거라는 사실을 잘 알고 있었다. 그런데 현재와 미래가 동시에 무너져버렸다. 졸업하는 해에 연습경기를 하다가 쇄골이 세 조각으로 부러진 것이다. 아빠가 엑스레이 필름을 보고 단호하게 다시는 풋볼을 할 수 없을 거라고 말했다. 그러고는 하던 일을 계속했다. 그다음 날 수술을 해줬다.

다행이었던 것은 아빠가 의사로선 훌륭했지만, 미래를 내다보는 데에는 그렇지 못했다는 것이다. 나는 시즌 중반에 팀에 합류해 쿼터백을 맡았다. 그리고 또 결승전에 올랐다. 경기 종료 시간이 몇 분밖에 남지 않은 4쿼터 후반 공격을 하면서 나는 우리 팀의 득점을 갈구했다. 하지만 마법은 없었고 우리는 다시 한번 패했다. 참으로 극적이지 못한 결말이었다.

그 대회에서의 패배는 내가 크게 실망한 이유의 일부분에 불과했다. 실은 부상을 당한 이후로 이미 많은 대학이 나에 대한 스카우트 노력을 중단했기 때문이다. 이해할 만했다. 디비전1 소속 대학 풋볼 선수라는 내 꿈을 재조정해야 했다. ACC(Atlantic Coast Conference, 대서양연안 경기연맹. NCAA에 속해 있는 12개의 연맹 중 하나─옮긴이) 시합이 열리는 경기장의 휘황찬란한 빛, 수만 명의 관객, TV 중계 등등 내가 꿈꾸던 이미지들이 흐릿해져 갔다. 디비전1 소속이긴 하지만 좀 더 학구적인 분위기인 패트리어트리그와 아이비리그 쪽으로 눈길을 돌렸다. 나는 조지타운대학을 택했다. 라이벌 팀으로는 브라운대학의 베어스, 코넬대학의 빅 레드, 라파예트대학의 레퍼즈 등이 있었다. 공부 잘하고 장차 거대 기업 임원들이 될 사람들로 구성된 이 팀들의 실력은 천차만별이었다. 다만 공통적으로 높은 지능에 걸맞은 전략을 구사하고 뭔가 체계적으로 풋볼을 했다. 조지타운대학팀은 매년 우승 후보에 오르는 강호는 아니었지만, 여전히 디비전1에 속해 있었고 또 알고 보니 나한테는 딱 맞는 팀이었다. 이 대학은 내게 높은 수준의 풋볼을 할 기회를 제공한 동시에 내가 어머니를 본보기로 삼은 미덕인 봉사 정신을 강조했다. 또한 내 아버지가 높게 치는 가치인 학문적인 우수성도 요구했다. 나는 철저하게 호야Hoya(조지타운대학의 운동부 별칭─옮긴이)가 될 예정이었다.

입학할 때 부모님은 나를 차에 태우고 워싱턴 DC로 갔다. 아빠는 늘 그런 것처럼 쾌활했지만 엄마는 평소와 달리 말이 없었다. 엄마와 나 둘만 있는 자리에서 왜 그러냐고 물었다. 막내아들이 품을 떠나는 게 슬퍼서 그런 거라고 지레짐작하면서. 그런데 그게 아니었다. 두통이 너무 심하다고, 왜 그런지 모르겠다고 했다. 그러나 나는 아직 철없는 열여덟 살짜리답게 엄마의 두통도 나와 떨어져 살게 된 것과 연관이 있다고 생각했다. 엄마에게 스트레스 때문에 그런 걸 거라고, 걱정하지 말라고 말했다.

부모님이 집으로 돌아가기 전에 함께 사무실로 풋볼 코치를 찾아갔다가 나오는 길에 우연히 한 무리의 상급생 선수들이 지나갔다. 그 순간 쉽게 잊히지 않을 어색한 장면이 연출됐다. 엄마는 내 등을 문지르고 있었고 아빠는 코치와 악수하면서 애원조로 이렇게 말했다. "코치님, 우리 꼬맹이 좀 잘 챙겨주세요."

지나가던 상급생들이 폭소를 터뜨렸다. 그리고 첫 강의에 들어가기도 전에 내게 별명이 생겼다. '꼬맹이 데이비'라는.

체면 구겼다 싶었다. 다음 기회를 잘 이용해야 좋은 첫인상을 남길 수 있을 것 같았다. 일주일 후에 우리는 하워드대학을 상대로 7 대 7 연습 경기를 했다. 나는 쿼터백이었다. 터치다운을 다섯 번 했고 가로채기는 한 번도 당하지 않았다. 압승이었다. 부모님께 이 사실을 알리려고 집에 전화했다. 아빠가 받자 나는 마치 중계를 하는 것처럼 흥분한 어조로 자랑했다. 아빠는 조용히 듣다가 입을 뗐다.

"엄마가 뇌종양에 걸렸다." 이어지는 말은 굳이 할 필요가 없음에도 아빠는 덧붙였다. "집으로 오너라."

노스캐롤라이나로 가는 비행기 안에서 나는 혼자만의 생각 속으로 빠져들었다. 지난 18년간 엄마와 함께했던 기억들이 머릿속

희망이 삶이 될 때

에서 소용돌이쳤다. 집 뒤 언덕 꼭대기에 서 있던 엄마의 실루엣. 교회에서 내 옆에 앉아있던 장면. 내가 시험공부할 때 같이 안 자고 기다려주던 모습. 낯선 사람들에게도 음식을 나눠주고 보살펴 줬던 엄마의 모든 행동.

듀크대학병원의 뇌종양 센터에 도착하고 보니 엄마는 이미 수술실에 들어가 있었다. 아버지와 누나들 그리고 나는 수술실 밖에 앉아 기다렸다. 벽에는 "듀크에는 희망이 있습니다"라고 쓰인 팻말이 걸려 있었는데 우리는 그 아래 앉아 앞으로의 일에 관해 이야기했다. 팻말의 내용이 위안이 됐다. 그러나 우리는 뇌수술이 얼마나 복잡한 것인지 알고 있었다. 그래서 생존이 100퍼센트 보장되지 않는다는 것도. 우리는 엄마가 뇌의 일부를 절제한 뒤에도 전과 다름없는 사람으로 남을 수 있을지 매우 걱정됐다. 우리를 몰라보면 어떡하나 하는 생각도 했다. 수술이 끝났고 엄마를 보러 갔다. 나는 절대로 엄마 앞에서 울지 않겠다는 약속을 가족들에게서 받아냈다. 우리가 울면 엄마가 걱정할 것이고 그건 그 시점에서 엄마가 가장 피해야 하는 일이라는 게 내 생각이었다.

병상으로 다가가면서 우리 중 누구도 입을 열지 않았다. 엄마가 우리를 볼 수 있게 됐을 때 그녀는 손가락으로 자신의 머리를 가리켰다. 붕대가 감겨있고 튜브들과 신호음 발신 장치의 선 등이 연결돼 있는 머리를 보라고 하면서 '귀여운 바나나 아가씨(자신이 카리브해 출신인 걸 빗대서 한 말-옮긴이)'라고 말했다. 그리고 웃음지었다. 우리 모두는 크게 웃었고 기쁨의 눈물을 흘렸다. 엄마는 엄마 그대로였다. 우리에게는 희망이 생겨났다.

다음 날 의사는 우리에게 그녀의 종양이 4도 교아종이라 했다. 나는 누나들에게 말했다, "그래도 5도는 아니잖아?" 나중에 알고 보니 5도는 아예 없고 4도가 가장 심한 상태였다. 엄마 정도로 심한 환자의 평균 생존율을 물어볼 수도 없었다. 4등급 교아종 환자의 경우 가장 오래 산 기록이 얼마나 되는지만 물었다. 뭔가 희망의 끈이 될 만한 것을 찾고 싶었다. 그것이 설사 근거가 없거나 잘못된 정보라 하더라도. 의사들 중 한 명이 말했다, "5년째 생존해 있는 사람을 알고 있어요." 그렇다면 우리에겐 최소한 5년하고도 하루 동안 엄마와 지낼 시간이 있는 거라고 생각했다. 일단 '하자' 가 엄마의 기본자세가 아니던가? 게다가 엄마는 내게 기도하면 뭐든지 가능하다는 믿음을 심어줬다. 기적을 누릴 자격이 있는 누군가가 있다면 그건 바로 엄마였다. 그래서 나는 기도했다.

나는 조지타운으로 돌아가고 싶지 않았다. 하지만 엄마는 단호했다. 내가 어린 시절부터 꿔왔던 꿈을 계속 좇기를 원했다. 나는 누나들이 뉴욕에서 노스캐롤라이나의 집으로 거처를 옮기면 그때 학교로 돌아가겠다고 고집을 부렸다. 누나들은 뉴욕에서 대학을 마치고 거기서 쭉 살고 있었다. 결국 나는 일단 조지타운으로 돌아가고 주말마다 엄마를 보러 오기로 약속했다.

엄마가 살아온 삶을 보면 엄마를 돕기 위해 기도해줄 사람이 많은 게 전혀 이상한 일이 아니었다. 집에 가 있던 어느 주말 나는 엄마의 화학요법에 쓸 약 처방전을 들고 약국에 갔다.

희망이 삶이 될 때

킴이라는 이름이 새겨진 명찰을 달고 있는 계산원은 내가 누구의 약을 타러 왔는지를 알고는 울음을 터뜨렸다. 엄마가 킴과 자주 시간을 같이 보낸 게 분명했다. 그녀가 봉착해 있는 여러 삶의 문제들을 들어주고 조언하고 위로해줬을 것이다. 나는 킴이 어떤 느낌일지 알 수 있을 것 같았다. 두 사람의 뒤바뀐 처지를 생각하니 너무 가슴 아팠다.

그 후 몇 달 동안 조지타운과 집을 오갔다. 홈경기를 할 때는 가족들이 차를 몰고 조지타운으로 와줬다. 나는 원정 경기 선수 명단에서는 빼달라고 부탁했다. 그래야 그 시간에 집에 있을 수 있기 때문이었다. 이는 불과 얼마 전까지 상상조차 해보지 않은 일이었다. 그러나 그래야만 했다. 학교에 있을 때 나는 완전히 혼자였다. 좋은 친구들이 없어서가 아니고 내가 겪고 있는 일을 진정으로 이해해주고 들어줄 사람이 없었기 때문이다. 화학요법을 받고 MRI를 찍고 좋은 소식을 기다리는 일이 반복되면서 나는 엄마의 담당 의사들이 우리 가족의 삶에 미친 큰 영향에 대해 생각하게 됐다. 내 과잉 집중력이 다른 과녁을 향해 움직였다. 의대 진학은 항상 내 마음 한구석에 남아있었다. 다만 그게 정형외과는 아니라는 게 확실해졌다. 담당 의사들이 엄마를 보살피는 방식으로 환자들을 돕고 싶다는 꿈을 꾸기 시작했다.

그러나 그들이 할 수 있는 일에는 한계가 있었다. 엄마의 기억력은 악화돼 갔다. 일단은 단기 기억력이 나빠졌다. 손을 씻고 나서 수도꼭지 잠그는 것을 잊곤 했다. 하지만 우리가 다 같이 예전에 찍은 가족 비디오를 볼 때 거기에 나오는 장면은 다 기억했다. 그뿐이 아니었다. 엄마는 때로 장면들에서 빠져있는 부분을 보충해주거나 어떤 장면에 얽힌 뒷이야기를 들려주기도 했다. 그중 많은 것들은 내가 처음 듣는 말이었다. 나는 엄마의 입을 통해 그 이야기들을 듣게 된 것에 감사했고 계속 그렇게 들을 수 있기를 염원했다.

대학에 입학하고 맞이한 첫 여름 방학 내내 엄마와 함께 지냈다. 물리치료와 방사선치료를 받으러 갈 때, 의사를 만나러 갈 때, 교회에 갈 때도 같이 갔다. 우리는 자주 기도했고 희망을 포기하지 않았다. 집중치료를 했는데도 암이 재발했다는 MRI 상의 소견이 나왔을 때조차, 이제는 수술도 할 수 없다는 말을 들었을 때조차 엄마는 우리가 이토록 많은 시간을 함께할 수 있으니 '생애 최고의 해'가 아니냐는 말을 했다. 화학요법에도 불구하고, 방사선치료에도 불구하고 그리고 암에도 불구하고 엄마는 기쁜 마음으로 세상을 떴다.

무슨 말을 해야 할지 모르겠다. 엄마가 삶의 마지막 해에 겪었던 것과 비슷한 일을 겪고 있는 지금에야 나는 알게 됐다. 엄마가 그저 친절하고 인정 많은 사람이 아니라 무서울 정도로 강한 의지의 소유자였다는 사실을. 또 나는 이제 그 '의지'란 더는 희망이 없는 상황에서 나오는 매우 특별한 투지임을 알게 되었다.

강한 의지가 던지는 가장 위대한 메시지는 그걸 가지고 있는 한 우리는 폭풍우와 싸우면서도 그 뒤에 있는 밝은 빛을 볼 수 있

희망이 삶이 될 때

다는 것이다. 물론 엄마가 보여준 의지력은 다른 차원의 것이긴 했다. 엄마는 밝은 빛을 본 게 아니라 자신만의 밝은 빛을 만들어 냈다. 그래서 엄마의 마지막 시간은 기쁜 것이 됐다. 말도 안 되는 소리처럼 들릴 수도 있지만 그렇지 않다. 그해 엄마의 태도는 어딘가 실무적이고 작가적인 데가 있었다. 엄마는 자신이 가고 난 다음에도 가족들이 공유할 만한 좋은 추억이 있어야 한다고 생각 했고 그걸 만들어주기로 했다. 그리고 엄마 자신과 남은 우리를 위해 실제로 그렇게 했다.

식료품점에 갔을 때의 일이 생각난다. 암세포가 이미 엄마 몸의 오른쪽을 완전히 마비시켜 걷기도 쉽지 않았다. 내 몸에 의지해 가게 안으로 들어간 엄마는 가게에 있는 전동 카트를 사용하려고 했다. 그런데 한쪽 핸들 밖에는 사용하지 못하니 자꾸만 카트가 제자리에서 빙빙 돌았다. 나는 엄마가 속상해서 울지도 모른다고 생각했다. 나 같으면 그랬을 테니까. 카트는 돌다가 내 쪽으로 왔 다. 바로 그 순간 엄마 얼굴에 큰 미소가 피어나는 것을 봤다. 그 녀는 카트가 계속 돌아가도록 했고 우린 그걸 보면서 함께 웃었 다. 요즘도 그런 카트 옆을 지나칠 때마다 엄마와 웃었던 생각이 난다. 엄마는 밝은 빛을 만들어냈고 그날 그걸 내게 줬다. 엄마는 기적이 일어나길 희망하거나 다른 누군가가 나나 내가 사랑하는 사람을 위해 뭔가 해주길 바랄 필요는 없다는 것을 보여줬다. 기 적을 잡으려면 그냥 카트 핸들만 쥐면 된다는 것을, 그리고 기적 이 스스로 일어나도록 하면 된다는 것을 알려줬다.

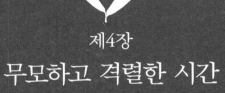

제4장

무모하고 격렬한 시간

나는 어렵사리 학교로 돌아가 2학년을 시작했다. 그러고 나서도 주말마다 집에 가서 엄마와 함께 시간을 보냈다. 2004년 10월 집에 온 나는 마지막으로 엄마와 대화를 나눴다. 엄마는 앞으로 내가 괜찮을지 걱정했다. 나는 씩씩하게 살 거라고 말했다. 그리고 엄마를 기리는 모임을 만들고 싶다고, 그 모임을 통해 나와 처지가 비슷한 '슬픔에 빠진' 다른 학생들을 돕고 싶다는 뜻을 밝혔다. 그 생각은 바로 그 자리에서 갖게 된 것이었다. 그리고 덧붙이길, 엄마의 이름인 앤 마리 파젠바움Anne Marie Fajgenbaum의 이니셜을 따서 모임의 이름을 AMF로 지었으면 좋겠다고, 그러면 그 모임은 엄마의 작품이 되는 것이고 엄마는 계속 내 안에서 살아있을 것이라고 말했다.

당시 긴 문장을 구사하지 못하는 상태였던 엄마는 웃으면서 이

희망이 삶이 될 때

렇게 말했다. "무조건적인 사랑." 그로부터 2주 후에 엄마는 세상을 떠났다. 내 나이 열아홉이었다.

엄마의 죽음은 글자 그대로 창처럼 나를 꿰뚫었다. 그렇게 말고는 달리 표현할 길이 없다. 어떻게 이런 일이 일어날 수 있지? 엄마는 내가 그때까지 만났던 사람 중 가장 열심히 일하고, 가장 친절하고, 가장 너그러운 사람이었다. 항상 깔끔하고 건강한 식사를 했으며 매일 운동을 했고 흡연과 음주를 하지 않았다. 엄마는 다른 사람을 돕는 일에 삶의 많은 부분을 할애했다. 그런데 왜 신은 엄마를 이렇게 대우한단 말인가? 신이 전능한 존재라면 엄마에게 이런 일이 일어날 수는 없을 것이다. 엄마의 병과 죽음은 질서와 희망에 대한 내 믿음의 기반에 균열을 만들어냈다.

몇 주 후에 나는 엄마의 지갑에서 종잇조각을 하나 발견했다. 신문을 오려낸 것인데 누렇게 변하고 가장자리를 스카치테이프로 감싸듯 붙여놓은 것이었다. 엄마가 자주 들여다보면서 영감의 원천으로 삼은 것인 듯했다. 나는 그게 교황 요한 바오로 2세가 1998년에 쿠바를 방문했을 당시 기사의 일부라는 것을 알 수 있었다. 거기에는 교황의 연설 중 한 대목이 인용돼 있었다.

친애하는 젊은이들이여, 그대들이 신자든 아니든 그대들은 고결한 인간이 되어야 한다는 소명을 받아들여야 합니다. 이는 강한 내면, 넓은 마음, 풍부한 감성, 진실 앞에서 과감한 태도, 자유를 위한 용기, 한결같은 책임감, 너그러운 사랑, 희망 속에서 불굴의 인간이 되어야 한다는 뜻입니다.

이 글에 감명을 받은 나는 해야 할 일이 무엇인지를 깨닫게 됐다. 나는 사명을 띠고 조지타운으로 돌아갔다. 그리고 공식적으로 AMF를 설립했다. 이는 엄마의 이름에서 따온 것이지만 동시에 '아픈 어머니와 아버지Ailing Mothers & Fathers'를 의미하기도 했다. 이는 부모를 잃고 슬퍼하는 동료들을 돕는 한편 공동체를 위해 봉사 활동을 하는 모임이었다. 곧 나는 많은 친구, 특히 가장 가까운 친구 중 한 명이었던 케이트도 나와 동병상련의 처지라는 것을 알았다. 서로 그에 대해 말하지 않고 있다 보니 각자 홀로 슬퍼하고 있었던 것이다. 우리는 모임을 개방해서 사랑하는 이의 병이나 죽음을 겪었거나 마주하고 있는 학생들이면 누구든지 회원으로 받아들였다. 회원 자격 범위가 넓어지면서 모임의 의미가 바뀌어 이번에는 '적극적으로 움직여 나아가자Actively Moving Forward'라는 뜻이 됐다. 힘들게 지내는 학생들이 자신들의 외로움, 고립무원의 상황을 공유하는 모습이 내게 큰 동기부여가 됐다. 나는 한층 더 열심히 모임을 위해 일했다. 엄마가 떠올라서 슬플 때마다 더 큰 에너지를 AMF에 쏟아부었다. 고등학교 시절 친한 친구였던 벤은 자신의 엄마나 다름없었기에 내 엄마의 죽음에 크게 상심했다. 그는 노스캐롤라이나대학에 AMF 지부를 세웠다. 벤과 나는 AMF를 전국적인 비영리단체로 만들기로 했다. 조지타운에서의 마지막 2년과 그 후 몇 년 동안 나는 일주일에 20시간에서 40시간가량을 AMF의 무보수 이사로 일했다. 그리고 전국의 대학 캠퍼스에 지부를 설립했다.

희망이 삶이 될 때

엄마의 죽음 자체에선 본질적으로 그 어떤 '긍정성'도 찾을 수 없었다. 엄마 본인이 그것에 자신의 의지로 긍정성을 불어넣었던 것이다. 엄마가 남긴 뜻이 AMF의 토대가 되었다. 그리고 AMF는 전국의 수많은 슬픔에 빠진 자식들에게 도움이 되었다. 그건 의심할 바 없는 '밝은 빛'이었다. 내가 그곳에 가져다 놓기 전까진 없었던 것이었다.

내 근면성은 목표의식이 손짓할 때 최대한의 출력을 발휘한다. 내가 AMF를 전국적인 규모로 키우는 일에 주력하면서 풋볼은 자연스럽게 우선순위에서 하위로 미끄러져 내려갔다. 그리고 의학이 상위로 올라왔다. 나는 암을 잡는 종양전문의가 되고 싶었다. 그래서 복수하고 싶었다.

4학년 때 영국 옥스퍼드대학에서 석사학위 과정을 밟을 수 있는 장학금을 받았는데 그 와중에도 머릿속엔 암 생각밖에 없었다. 옥스퍼드에서 돌아오면 의대에 진학해 본격적으로 암과 싸우는 전사가 되기로 했다. 인생의 다음 단계를 설계하면서 나는 무척 설렜고 신병 훈련소 입소 준비를 하듯 영국으로 갈 준비를 했다. 그런데 여기서 변수 하나가 생겼다. 겨울 방학에 집에 와 있는 동안 롤리의 한 바에서 케이틀린을 만난 것이다.

알고 보니 우리 둘 다 롤리의 레이븐스크로프트고등학교 출신이었다. 다만 그녀가 나보다 2년 반 후배인 데다가 내가 졸업하기 6개월 전에 그 학교로 전학을 왔기 때문에 서로 만날 기회가 없었다. 고등학교를 마치고 그녀는 롤리에 있는 메레디스대학에 진학했다. 그런데 그 학교는 엄마가 40대 후반에 입학해서 암 때문에 그만둘 때까지 학사 과정의 절반을 이수한 곳이었다.

고등학교 시절 우리는 실제로 만나거나 사귄 적은 없었지만, 케이틀린은 우리가 처음에 어떻게 스쳤는지 기억하고 있었다. 이웃 고등학교와의 농구 시합에서였다. 원정팀의 팬 한 명이 등에 파젠바움이라고 적힌 풋볼 운동복을 입고 있는 게 그녀 눈에 띄었다. 그녀는 그게 누구를 지칭하는지 알지 못했다. 그런데 레이븐스크로프트고등학교 재학생 하나가 원정팀 응원석으로 뛰어올라가더니 그 옷을 죽 찢어버렸다. 경비가 와서 그 학생을 끌어냈고 원정팀 응원석에서는 야유가 쏟아졌다.

옷을 찢은 학생이 바로 나였다! 운동복에 인쇄된 내 이름은 당연히 농구하고 상관이 없었다. 내가 참지 못한 이유는 우리 학교 풋볼팀과 라이벌 관계였던 그 고등학교 풋볼팀의 적대감이 느껴졌기 때문이었다.

시합이 끝나고 케이틀린은 자기 엄마에게 경기장에서 있었던 일을 말했다. 케이틀린의 엄마는 그녀에게 더이상 농구 시합하는 데 가지도 말고 그 파젠바움인가 뭔가 하는 녀석하고는 아예 상종할 생각도 말라고 했다.

그런 일이 있고 나서 4년이 지난 시점이었다. 바에서 얼굴을 보는 순간 나는 즉시 그녀를 기억해낼 수 있었다. 만남은 없었다 해도 공통의 친구들이 많았기 때문이다. 그녀는 그때로부터 몇 달 전에 내게 페이스북 친구 요청을 해왔다. 친구 요청을 수락한 후

희망이 삶이 될 때

에 나는 이제 우리가 매우 가까운 친구를 의미하는 페이스북 친구가 되었으니 다음에 내가 롤리에 가게 되면 얼굴이나 보자는 내용의 '촌스러운' 메시지를 보냈다(페이스북 초기였으니까). 어쨌든 바에서 용기를 내어 그녀에게 다가갔다. 우리는 마치 잘 알고 지낸 사이인데 오랜만에 만난 사람들처럼 포옹했다.

어찌 보면 이상하게 느껴질 수도 있는 장면이었다. 처음 만난 자리에서 나는 의대 예과 과정에 대한 불만을 쏟아놓았고 그녀는 자신이 듣고 있는 메레디스대학의 패션 상품 관련 강의에 관한 모든 것을 이야기했다. 우리의 대화를 우울한 쪽으로 끌고 가지 않으려면 엄마나 엄마와 관련된 주제를 꺼내지 않아야 했는데 나는 케이틀린에게 엄마도 메레디스대학에 다닌 적이 있고 너무 젊은 나이에 세상을 떴다는 말까지 하고 말았다. 이미 그녀에게 못할 말이 없었던 것이다.

내 심장이 마구 뛰었다. 나는 그녀에게, 그녀는 내게 빠졌다. 우리 둘 다 그걸 느꼈다. 다만 나는 내 본심을 빨리 내보이지 않으려고 애썼다. 별로 관심이 없는 듯이 30분 정도 그 자리의 다른 사람들하고만 이야기했다. 그러다가 가끔 케이틀린 쪽을 보면 그때마다 어김없이 그녀도 나를 보고 있었다. 그녀는 매혹적이었고 미소가 아름다웠다. 케이틀린을 웃게 만드는 일이 내가 과잉 집중력을 발휘해서 성취해야 할 새로운 목표가 됐다.

조지타운에서 마지막 학기에 접어들었을 때 우리는 원거리 데이트를 시작했다. 내가 롤리로 내려가거나 그녀가 DC로 올라오

거나 하면서 거의 매 주말을 같이 보냈다. 그녀 또한 내가 AMF에서 하는 일에 뜻을 같이해서 메레디스에 지부를 세웠다. 그녀는 내 가장 큰 지지자였다.

그야말로 처음으로 나를 일에서 끌어내 쉴 수 있도록 해주는 사람을 만난 것이었고 나는 그런 점이 좋았다. 케이틀린은 내게 전화해서 편안하게 이것저것 지적도 하고 충고도 해줬다. 내 가족이나 친구 중에서도 그런 사람은 많지 않았다. AMF와 관련해 처음으로 TV 인터뷰를 하게 됐을 때 케이틀린이 아니면 그 누가 내게 TV에 나가면 입을 일자로 다물고 다소 과장되게 고개를 끄덕이라는 말을 해줬겠는가? 나는 그녀 말대로 뭔가 경청하는 듯한 표정을 짓기 위한 연습에 들어갔다.

내가 옥스퍼드로 떠날 때 우리는 비록 멀리 떨어져 있어도 미국에서 지낼 때처럼 자주 연락하기로 약속했다. 석사과정은 2년짜리였다. 그러나 나는 케이틀린과 그렇게 오랫동안 떨어져 있기 싫은 데다가 하루빨리 의대에 진학하고 싶었다. 석사과정에 들어간 지 일주일쯤 됐을 때 과정 담당자에게 과정을 속성으로 밟고 싶다고 말했다. 하지만 일이 쉽게 풀리지 않았다. 그는 내게 석사학위를 받기 위해서는 2년간 풀타임으로 대학원 수준의 공부를 제대로 해야 할 거라고 엄포를 놓았다. 그러나 나는 8개월 안에 공부를 끝내기로 했다.

나는 스스로 정한 기한을 엄수하기 위해 밤잠을 안 자고 공부했다. 그러면서 AMF 일도 병행했다. AMF는 본궤도에 올라서고 있었고 전국적으로, 심지어는 해외에서도 관심을 끌게 됐다. 토크 쇼 〈투데이Today〉와 《리더스 다이제스트Reader's Digest》에서 그해 우리의 활동을 다뤘다. 그리고 2007년과 2008년에는 200만 개의 쿨랜치 맛 도리토스 200만 봉지에 AMF의 설립 배경과 관련된 이야기가 실렸다. 도리토스는 대학생들이 사랑하는 스낵인 만큼, 그 덕분에 여러 대학에 AMF 지부가 생겨났다. 그러나 자각이나 인식이 반드시 행동으로, 이 경우엔 기부로 이어지진 않는다는 사실을 알고 나는 깜짝 놀랐다.

수백만 명이 그 스토리를 읽었고, 수백 명이 이메일을 보내 내가 큰일을 했다고 축하해주긴 했지만 기부하겠다는 사람은 소수였다. 아마도 성공적이라는 말이 너무 많이 들리다 보니 사람들은 재정 문제가 해결됐거나 다른 누군가가 알아서 하리라고 생각했던 것 같다. 사실 얼마나 어렵게 거기까지 왔고 또 향후에 얼마나 많은 일을 해야 하는지 공공연히 내색하기가 결코 쉽지 않았다. 그러다 보니 다수의 사람들은 그냥 우리를 다룬 언론 취재만 보고 AMF에 기부가 쇄도하며 자금이 넘쳐나는 줄 알았던 것이다. 그러므로 자신들까지 나서서 기부할 필요는 없겠다고 생각했을 것이다.

나는 짬을 내어 옥스퍼드대학의 미국식 풋볼팀 옥스퍼드 캐벌리어에서 쿼터백을 맡았다. 미국 대학의 풋볼팀과는 비교할 수 없는 수준이었지만 그래도 취미 생활로는 할 만했으며 풋볼을 하고 싶은 간절한 욕구를 어느 정도 채울 수 있었다. 그리고 정말 재미

있었다. 뭔가 그런 식으로 유학 생활의 분출구가 필요했다.

옥스퍼드에 있는 동안 생물의학연구를 접했는데 그곳에서 목격한 일들은 내게 충격적이었다. 엄마가 치료받을 당시 듀크대학병원 의료진들은 서로 협업했다. 각 분과의 협력과 공조는 마치 윤활유를 잘 친 기계처럼 매끄럽게 손발이 맞아 돌아갔는데 그게 매우 인상적이었다. 그래서 나는 이런 협력이 연구 분야를 비롯해 의학의 다른 부문에서도 잘 이뤄지고 있을 거로 생각했다. 모든 사람이 '생명 구하기'라는 공동 목표를 위해 한마음으로 일할 거라고 말이다.

그러나 그곳에서는 놀라울 정도로 협력이 제대로 이뤄지지 않았다. 특히 암과 심혈관 질병 예방 연구자들 사이에서 그랬다. 양쪽 질병에서 식생활 문제, 운동 부족, 흡연은 교정 가능한 3대 위험인자다. 그렇지만 연구자들은 각자의 사일로silo(개인이나 조직 부서들이 아이디어를 공유하지 않고 각자의 이익만을 추구하는 현상 - 옮긴이)에서만 연구를 진행하고 복도를 건너가서 같이 연구하는 법이 없었다. 심지어는 같은 전공 분야에서도 좀처럼 다른 연구자와 협업하지 않는 것 같았다. 위험인자의 교정이 암 예방에 미치는 영향을 연구하면서도 위험인자 교정이 심혈관 질병 예방에 미치는 영향을 참조하지 않았다. 역으로도 마찬가지였다. 잘게 분화된 영역 간에는 반목이 생기기 쉽다. 내가 목격한 것은 힘을 모아 진짜 적에 대항해 사람의 생명을 구하는 '동맹'이 아니라 분야 간의 '내전'이었다.

희망이 삶이 될 때

내 연구 논문은 이런 내용이었으며 더욱 통합된 접근을 제안하는 것으로 마무리됐다. 이를 통해 암 예방 연구자와 심혈관 예방 연구자는 서로의 연구 결과를 활용할 수 있을 거라는 뜻이었다. 이런 논지를 연구자들과 공유하기가 다소 거북할 것 같았다. 그런데 나 혼자만의 기우였던지 정작 그들은 내 주장에 크게 놀라지도 않았다.

어쨌든 내 과잉 집중력이 힘을 발휘해서 나는 8개월 이내에 석사를 끝냈고 케이틀린을 본다는 기쁨에 들떠 미국으로 돌아왔다. 그리고 전액 장학금을 받고 펜실베이니아대학 의대에 들어갔다. 의대에 들어가서도 첫 1년 반 동안 AMF 무보수 상임이사로 일했다. 놓친 강의는 강의 비디오를 2.2배속으로 돌려 보면서 따라잡았다. 잠잘 시간이 없었다. 깨어있기 위해 카페인 정제와 에너지 드링크를 상용했다.

나는 사명을 수행하고 있으며 거의 마지막 단계에 와있다고 생각했다. 그러나 실은 무모할 정도로 격렬하게 나 자신의 집착을 쫓고 있었다. 그리고 그걸 계속할 수 있느냐 없느냐는 곧 중요하지 않게 돼버렸다.

제5장

# 농담처럼 다가온
# 미지의 병

2010년 7월, 6개월간의 순환 실습을 마친 나는 2주간의 휴가를 얻었다. 가장 하고 싶은 일은 가족들을 만나는 것이었다. 아빠, 리사와 지나 누나, 지나 누나의 딸 앤 마리와 매형 크리스가 기다리는 집에 한시라도 빨리 가고 싶어서 롤리 더럼 공항 터미널을 달려서 빠져나왔다. 집에 갔더니 지나 누나가 둘째를 임신했다고 말했다. 내가 다시 한번 삼촌이 되는 거였다. 베들레헴 병원에서 아기를 받은 일로 인해 또 한 명의 조카가 생긴다는 게 새로운 의미로 다가왔다. 나는 내 미래의 삶 속에 케이틀린과 우리의 아이들을 그려넣어 보았다. 우리가 영위해갈 삶, 그러나 아직은 충분히 집중적으로 생각해보지 못한 삶.

나는 지나 누나 부부를 만나서 너무 행복했다. 그런데 한편으로 자고 싶은 마음이 너무 간절했다. 그때까지 살면서 그토록 피곤을

희망이 삶이 될 때

느껴본 적이 한 번도 없었다. 계속 안 자고 가족과 같이 기쁨을 나누고 싶었지만 그럴 수 없었다. 다음날, 12시간을 자고 나서 커피를 몇 잔이나 들이켰는데도 몸이 가뿐해지지 않았다. 크리스와 체육관에 가서 함께 운동하려던 것도 포기했다. 이전에는 그런 적이 전혀 없었다. 하루 종일 쉬었는데도 피곤이 가시지 않았다. 영원한 숙취에 시달리는 느낌이었다. 그런 식으로 며칠이 흘러가자 나는 뭔가 잘못됐다는 생각이 들었다. 그리고 며칠이 더 지나 샤워를 하던 중에 사타구니의 림프절이 커져 있음을 발견하고는 심각한 문제가 생겼음을 직감했다. 가족들을 놀라게 하고 싶지 않아서 아무 말도 하지 않았다. 그러나 림프절 비대가 암의 징후가 될 수도 있음을 알고 있었다. 누나들이나 내가 스스로에게 힘든 어떤 것을 서로에게 내색하지 않은 것이 그때가 처음은 아니었다. 우린 그 방법을 최고수에게서 배웠다. 엄마는 아무 말 없이 혼자 짐을 지는 데 선수였다. 엄마가 암과 싸울 때, 우리는 엄마가 어떤 증상들을 힘들게 참아내고 있는 것인지를 의사가 엄마에게 던지는 질문을 통해서만 겨우 알 수 있었다. 엄마는 통증에 대해 한마디도 하지 않았다. 다만 의사가 묻는 말에 솔직하게 대답하는 과정에서 우리가 알게 됐던 것이다. 엄마가 그랬기 때문에 누나들도 멀리 떨어져 공부하고 있는 나와 엄마 병세를 말하면서 지극히 말을 아꼈다.

나는 필라델피아로 돌아가면 내가 그 밑에서 수련했던 외과의에게 검진을 부탁해보기로 했다. 림프절 조직검사를 해봐야 할 것 같았다. 그러나 어쩌면 내가 이른바 의대생 증후군, 다시 말해 인간에게 알려진 1만 가지 질병에 대해 알게 된 수련의들이 심심치 않게 걸리는 일종의 건강 염려증을 앓고 있는 것일 수도 있다고 생각했다. 그래서 일단은 림프절에 대해선 생각하지 않고 가족들과 함께 하는 귀한 시간을 즐기기로 했다.

나는 경험주의자다. 나는 내 눈을 믿는다.

이런 말이 의사나 연구자에게서 나왔다면 그다지 특별할 게 없을 것이다. 20세기 서구 의학은 '증거'가 전부라 해도 과언이 아니다. 흰 가운, 청진기, 과학적 방법론 등으로 구성된 일종의 패키지 상품인 것이다. '치료'산업 종사자가 실제로 하는 일의 대부분은 바로 검사test다. 더 많은 검사, 더욱더 많은 검사, 더더욱 더 많은 검사, 그렇게 했는데도 '운이 좋으면' 할 검사들이 더 남아있을 수도 있다. 전문적인 결과 수집자가 되는 것이다. 가끔 이런 결과 중 하나가 인기를 끌고 주목받게 된다. 효과적인 치료법, 신약, 새로운 수술법. 그 외에는 대개 별 볼 일 없다.

그러나 잘된 것 하나가 안 된 것 여러 개를 벌충할 수 있으니 충분히 해볼 만하다. 우리는 그 과정을 믿고 증거를 믿는다.

그러므로 어떤 의사들은 직관이란 것을 받아들이기가 매우 어렵다. 자신의 직관 앞에서 망설이고 있는 내 경우도 이와 다르지 않았다.

롤리에서 방학을 보내고 베들레헴의 병원으로 돌아가서 순환 실습의 마지막 코스인 산부인과 외래로 이동했다. 그런데 진짜 이

희망이 삶이 될 때

동이 일어났다. 내 몸 상태가 완전히 바뀐 것이다. 활기는 사라지고 엄청난 피로감에 시달리기 시작했는데 그게 갈수록 심해졌다. 어떻게든 버텨보려고 카페인 정제와 에너지 드링크를 더 많이 먹었다. 하루에도 몇 번씩 빈방을 찾아 들어가 휴대전화 알람을 7분 후로 맞춰놓고 잠을 잤다. 그렇게 쪽잠을 이어 붙여 하루 6시간 수면을 채웠다. 나는 뭔가 잘못돼 가고 있는 케이틀린과의 관계와 내 건강 문제를 제외한 나머지 것들에만 집중했다.

내가 병에 걸린 것은 분명했다. 그러나 그걸 의식하지 않으려 했다. 최악의 증상이 확연해지기 전까진, 신체 장기의 기능 부전으로 꼼짝 못하게 되기 전까진, 입원하고 가족들이 오기 전까진, 어떻게든 인정하지 않고 버티고 싶었다. 하지만 나는 알았다. 내가 죽어가고 있음을. 그냥 알 수 있었다.

아니 그건 정확한 표현이 아니다. 나는 '느꼈다' 내 운이 다했음을. 그 깨달음은 어떤 증거보다도 빨리 왔다.

경험주의가 아니고 직관이었다. 나는 그 상황을 이렇게밖에 설명할 수 없다. 그건 마치 죽기 전의, 또는 천재지변이 일어나기 전에 애완견이 주인 옆에 와서 몸을 웅크리는 것과 다를 바가 없었다. 뭔가 나쁜 일이 벌어질 것을 그냥 감지한 것이다.

절친한 친구 세 명, 벤, 그랜트, 론에게 내가 죽어가고 있음을 알렸다. 완전히 나쁜 상태로 접어들기 전이었다. 극심한 피로감, 커진 림프절, 뭔가가 몹시 빠른 속도로 나빠지고 있다는 느낌만으로도 충분히 그런 말을 할 수 있었다. 친구들은 당황해서 어떻게 반응해야 할지 몰라했다. 내가 농담을 한다고 생각하는 것 같았다. 나도 그게 농담이면 좋겠다고 생각했다. 그랜트는 내가 운동을 못할 정도로 피곤해하는 걸 보고 뭔가 정말로 안 좋은 일이 일어나고 있음을 눈치챈 듯했다. 순환 실습 기간 중에 우리는 매일 아침 일찍 일어나 베들레헴 병원 숙소 앞에 있는 나뭇가지를 잡고 턱걸이를 했다. 지금 생각해보면 그 턱걸이야말로 향후 내가 절실히 필요로 하게 될 체력을 쌓은 마지막 기회였던 셈이다. 그랜트는 아침마다 귀찮은 턱걸이 운동을 안 하게 돼서 좋다고 말하긴 했지만 힘이 없다거나 운동을 안 하는 게 나답지 않다는 걸 잘 알고 있었다.

나는 일종의 운명론자가 되어갔다. 그 무렵 구입한 새 컴퓨터가 배달돼왔을 때 나는 그걸 반품하고 좀 더 큰 모니터가 달린 제품으로 다시 샀다. 돈이 더 들었지만, 어차피 나는 오래 살지 못할 테니 돈을 아낄 필요가 없다는 식의 이상한 허세를 나 자신과 친구들 앞에서 부렸다. 친구들은 내가 도대체 무슨 말을 하는 것인지 이해하지 못했다. 다만 내 태도가 흔한 건강 염려증은 아니고 확실히 뭔가가 있긴 있다고 생각하는 듯했다.

그러나 막연히 불길함을 느끼고, 어떤 운명론적인 호기를 부리고, 대형 모니터에 돈을 펑펑 쓰는 식의 일종의 죽음과의 허니문이라 할 수 있는 시간은 빨리 끝났다. 곧 칼로 찌르는 듯한 복통과 구역질이 나를 엄습했다. 구역질 때문에 식사도 거르게 됐다. 복통이 오면 태아처럼 웅크린 자세로 눕거나, 서 있어야만 하는 상황에선 거의 90도 가까이 몸을 굽혀야 했다. 그런데 환자를 돌보는 중에는 이런 모습을 보일 수가 없었다. 그런 까닭에 나는 진료를 제대로 할 수 없었다. 통증은 척추로 번져갔다. 나는 회진 중 쉬는 시간에 그랜트에게 내 등을 힘껏 쳐달라고 부탁했다. 그렇게라도 하면 통증이 좀 가실 것 같았다. 하지만 전혀 효과가 없었다. 이미 내 등은 내 등이 아니었다.

순환 실습 최종 시험 4일 전 아침에 깨어났을 때 내 침대보가 땀으로 흠뻑 젖어있는 걸 발견했다. 비틀거리며 싱크대로 가서 물을 좀 마시려고 하는데 내 목 양쪽에서 덩어리가 만졌다. 화들짝 놀랐다. 거울에 비춰보니 림프절이 커져 있는 게 보였다. 그 얼마 전에 림프종에 걸린 젊은 환자를 진료한 적이 있는데 그의 것과 똑같았다. 더이상 아무 생각이 나지 않았다. 내가 아닌 다른 누군가의 몸에서 그런 게 만져졌다면 나는 그 즉시 진단 내릴 태세를 갖췄을 것이다. 감염? 단핵증? 루푸스? 암? 이런 생각을 하면서 말이다. 그러나 그 순간, 나 자신을 보면서는 그렇게 할 수가 없었다. 스스로가 환자임을 기를 쓰고 부정했던 것이다.

그다음 날 아침, 팔과 가슴에 나 있던 작은 붉은 돌기들이 며칠 전보다 커져 있음이 눈에 띄었다. 마치 혈관들이 뭉쳐서 만들어진 공들이 피부 위에 붙어있는 것처럼 보였다. 피부과 순환 실습을 할 때 그와 비슷한 걸 본 일이 있었다. 그걸 혈액기태blood mole, 또는 버찌 혈관종이나 노년 혈관종으로 불렀던 것 같다. 나이를 먹어가면서 피부에 그런 것들이 나타나는 것은 지극히 정상이다. 그래서 노년 혈관종이란 이름도 붙은 것이다. 그러나 이렇게 순식간에 생겨서 이토록 빨리 커진다는 말은 들어본 적이 없었다. 그것도 젊은 남성에게.

모든 증상은 더이상 무시할 수 없는 것이 됐다. 그러나 순환 실습과 최종 시험을 끝내야 했다. 며칠만 더 버티면 되니 그 후에 검진을 받자고 생각했다. 칼로 찌르는 듯한 통증이나 구역질, 그 외 독감 비슷한 증상으로 볼 때 담낭 감염 같은 것일 수도 있다고 생각하며 스스로를 안심시켰다. 당연히 담낭 감염은 혈액기태와는 관련이 없다. 이는 세상 모두가 아는 사실이었지만 혹시나 하고 구글 검색을 했다. 예상했던 대로 위안이 될 만한 결과는 나오지 않았다. 1970년대와 1980년대에 나온 논문들로 눈을 돌렸다. 혈액기태는 암의 징후일 수 있다는 주장이 실려 있었다. 나는 즉시 새 컴퓨터의 대형 모니터에서 검색창을 닫았다.

시험을 보기 하루 전, 나는 에너지 드링크 두 병을 마시고 겨우 힘을 내 아침 회진에 참여했다. 내 체온은 고열과 오한 사이를 왔다 갔다 했다. 회진 중 들른 병실에 있는 온도계로 처음 쟀을 때는 38.6도였다가 몇 분 후에 다시 재보니 35도였다. 나와 함께 일하는 레지던트는 내가 상태가 안 좋다는 것을 눈치챘다(의사가 아닌 다른 누가 봤어도 알아차렸을 테지만). 그녀는 내게 집에 가서 좀 쉬라고 했다. 그 말에 따라 병원을 나와 도서관으로 가서 공부했다. 아직도 목표의식이 살아있었다. 그 말은 그때까지도 완전히 착각에 빠져있었다는 뜻이다. 하지만 필기 노트의 한 페이지도 채 못

희망이 삶이 될 때

넘기고 나는 바닥에 몸을 웅크린 채로 쓰러졌다. 카펫이 돌처럼 딱딱하게 느껴졌다. 그러나 상관없었다. 4시간 후에 깨어나 보니 필라델피아로 차를 몰고 갈 시간이 돼 있었다. 그래야 그랜트와 나는 다음 날 아침 시험 시간에 맞춰 도착할 수 있었다. 그날 밤 I-476고속도로(펜실베이니아주의 고속도로―옮긴이)를 달리던 모든 운전자에겐 다행스럽게도 그랜트가 운전을 했다.

시험 날이 되면 몸이 좀 나아져서 몇 시간을 버틸 힘이 생길 거라는 환상을 품었다. 그러나 환상은 환상일 뿐이었다. 그다음 날 시험장에 나타날 수 있었던 것은 순전히 어렸을 때부터 체화된 습관 덕분이었다(어려서부터 나는 시험 보는 날이면 여러 자루의 시험용 연필을 잘 깎아서 준비해 갔다). 하지만 시험장에 간 것 자체가 무리였다. 고열이 강타했고 복통은 글자 그대로 내 몸을 꿰뚫었다. 머리부터 발끝까지 땀으로 목욕을 했다. 그리고 무엇보다 너무나도 피곤했다. 피곤하다고 말할 수 있는 수준을 넘어서 내 몸에는 기력이라는 것이 전혀 남아있지 않은 듯했다.

시험을 보기에 최적의 컨디션은 아니었지만 나는 눈앞에 놓인 시험지의 문제를 파악하려 안간힘을 썼다. 통증의 파도 속으로 의식이 가라앉았다 떠오르기를 반복했다. 나는 (내가 제일 잘하는) 집중을 할 수 없었다. 마치 영원처럼 느껴지는 시간 동안 답이 A냐 C냐를 놓고 저울질하는 나 자신만 인식될 뿐이었다. 문제가 뭐였는지는 하나도 기억나지 않는다. 다시 한번 내 운명을 너무도 분명하게 알 수 있었다. 답이 A인지 C인지는 전혀 중요한 게 아니었다. 나는 내가 곧 죽을 것임을 알았다.

시험이 끝나고 나는 비틀거리며 막 시험을 치른 그 병원의 홀을 가로질러 응급실로 갔다. 초진 간호사는 한눈에 상황을 파악했다. 나는 즉시 일련의 검사들을 받았다. 초음파 검사 결과 내 담낭은 멀쩡했다. 그러나 혈액검사 결과는 비정상으로 나왔다. 이건 좀 순화시킨 표현이고 내 간 기능, 신장 기능, 혈구 수치는 '완전히 갈 때까지 간' 상태에 가까웠다. 응급실 의사가 내 목의 커진 림프절을 촉진했다. 그러고는 흉·복부와 골반 CT 촬영을 지시했고 좀 더 정밀한 검사를 위해 입원을 지시했다.

갑자기 나는 내가 의사로서 일했던 그 병원의 그 복도를 환자복을 입은 채 휠체어를 타고 지나가며 바로 전까지 같이 일했던 의대생, 레지던트, 간호사들과 마주치는 처지가 됐다. 나는 내가 돌보던 환자가 사용했던 그 병상에 환자로 누워있게 됐다. 내가 서 있던 자리엔 내 담당 의사가 서 있었다. 내 환자가 느꼈을 두려움과 불안감이 고스란히 전해졌다. 다만 의사 노릇을 해봤으니 의사가 환자를 대하는 태도를 이해한다는 측면에선 다른 환자들보다는 좀 더 아는 게 있었다고 할 수 있다. 그러나 그날의 나는 밝은 빛이나 어떤 삶의 교훈을 생각할 입장이 전혀 아니었다.

촬영을 하고 결과를 기다리는 동안 가족들에게 전화를 하고 싶어졌다. 그러나 좀 더 확실한 정보를 공유할 수 있을 때까지 기다리기로 했다. 나는 뭐가 나쁜 건지 제대로 파악하지 못한, 진짜 문제가 뭔지 알 수 없는 상태에서 다른 누군가를 개입시키고 싶지

희망이 삶이 될 때

않았다. 가족들이 심히 걱정하리라는 것을 알고 있는 터라 통화를 뒤로 미뤘다.

다음 날 아침, 근무 중인 내과의가 내게 말하길, CT 촬영 결과 전신에 걸쳐 림프절 비대가 확인됐고 혈액검사 결과는 그 전날보다 나쁘다고 했다. 그가 보기엔 림프종이나 다른 혈액 관련 암이 아닌가 싶다고, 그러나 가능성이 아주 희박하긴 하지만 바이러스가 원인일 수도 있으니 추가 검사를 더 해보자고 했다. 그 의사는 신속하고 전문적이었다. 나는 그가 무슨 말을 하는지 잘 알았다. 모든 징후가 악성 림프종일 가능성이 크다는 사실을 말해주고 있었다. 그도 나도 그걸 알았다.

이는 내가 듣고 싶고 가족과 공유하고 싶은 '좀 더 명확한 정보'가 아니었다. 의대 시험에 나오는 림프종 사례는 거의 항상 이런 식으로 기술이 시작된다. "건강했던 25세의 남성이 독감과 유사한 증상을 보이고 림프절 비대와 비정상적 혈구 수치를 보인다." 바로 내가 그랬다. 의사들도 그렇게 말했다. 다만 아직 확실치가 않을 뿐이었다. 의사들이 병실을 나간 뒤에 나는 복도로 걸어나갔다. 짧은 의사 가운 대신에 환자복을 입고 벽을 따라 비치돼 있는 컴퓨터 중 한 대로 가서 내 CT 촬영 화면을 띄웠다. 몸이 절로 굽혀지는 통증을 참아가며 사진을 찬찬히 보고 또 보고 했다. 여러 장의 사진들이 똑같은 모습을 보여주고 있었다. 커진 림프절이 내 몸 전체에 가득 퍼져 있었다. 체액이 심장과 폐, 복부에 몰려 있었다. 증상이 이토록 뚜렷하고, 빠른 속도로 악화한다면 그게 림프종이든 뭐든 나는 몇 주밖에 살지 못할 게 분명했다.

불과 2주 전에는 내가 죽어가고 있다는 느낌이 전적으로 비과학적인 것이었다면 이제는 그 업그레이드된 증거가 컴퓨터상에 나타나 있었다. 이번에는 단지 느낌이 아니었다. 죽음은 사진상으로 확실히 드러난 사실이었다. 이미 내 몸속에 축적된 죽음의 증거가 눈앞에 신빙성 있는 흑백의 형상으로 제시돼 있었다. 케이틀린 생각났고 그녀에게 전화를 걸고 싶었다. 그러나 그럴 수 없었다. 우리는 6개월 전에 헤어졌다. 그 후로 한 번인가 그녀가 연락을 취해온 적이 있었지만 나는 받지 않았다. 아직도 상처가 남아있던 데다가 애당초 우리의 관계가 잘되게 돼있다면 어차피 언젠가는 그렇게 될 것이고 그때까진 시간이 있다는 어리석은 생각에 빠져있었기 때문이다. 모든 게 좀 더 명확해질 때까지 기다리고 있는 중이라고 생각했다. 예기치 않은 병으로 인해 우리의 결별 이후 처음으로 내가 일하지 않는 '빈' 시간이 생겨났고 이는 그녀를 향한 내 감정을 다시 돌아볼 기회가 됐다.

나는 카운트를 시작했다. 내게 남은 몇 주, 며칠 동안 우리가 다시 함께할 시간을 가질 수 있을까? 우리가 다시 사랑에 빠질 시간이 있을까? 지금 돌이켜보면 다소 제정신이 아니었던 듯싶은데, 미래를 함께하고 싶다는 내 마음 깊은 곳의 욕망이 드러난 때가 바로 이때였던 것 같다. 우리가 아기를 가질 시간이 있을까?

눈물이 내 얼굴 위로 흘러내렸다.

그다음으로 생각난 사람은 가장 친한 친구 벤이었다. 벤은 고등학교에 입학한 첫날부터 형제나 다름없는 친구였다. 벤은 항상 나를 응원하며 늘 같은 자리에 있어줬다. 신문 배달이나 라틴어 숙제는 물론이고 그보다 어려운 일을 할 때도 나를 도와줬다. 벤은 내가 몇 주 전에 새 컴퓨터를 사면서 그 '비장한' 이야기를 하기 위해 전화를 건 친구 중 한 명이었다. 그에게 다시 전화하기 전에 애써 마음을 가라앉혔다. 그런데 말을 꺼내자마자 울음이 터졌다. "내가 아픈 것 같은데 어디가 안 좋은 건지 모르겠다고 말했던 것 기억 나? 의사는 그게 림프종인 것 같대. CT 촬영 사진도 아주 안 좋아." 힘들게 숨을 고른 다음 말했다. "시간이 많이 남지 않은 것 같아."

겨우겨우 유지했던 평정심은 깨졌다. 나는 울면서 말했다. 그가 결혼할 때 들러리가 돼주지 못하게 돼서, 그가 아이를 낳으면 대부가 돼주지 못하게 돼서 얼마나 미안한지 모르겠다고 했다. 이 두 가지는 우리가 몇 년 전에 서로에게 약속한 것들이었다. 벤은 당장 차를 몰고 내가 있는 곳으로 오겠다고 짧게 말했다. 그리고 그 밤중에 7시간이나 운전해 내게 왔다.

그러고 나서 누나들과 아빠에게 전화했다. 슬프게도 그들은 자신들이 어떻게 해야 하는지 너무 잘 알고 있었다. 전에도 이런 소식을 들은 적이 있기 때문이다. 그들은 하던 일을 모두 멈췄다. 아빠는 모든 수술과 진료 약속을 취소했고 누나들은 가게 문을 닫았다. 그리고 다음 날 비행기 편으로 내게 왔다. 해야 할 전화를 다 하고 나니 케이틀린만 남았다. 우리의 재회와 미래에 대한 생각은 한쪽으로 밀쳐됐다.

혈액검사 결과와 증상은 계속해서 악화됐다. 그러나 진단은 여전히 오리무중이었다. 처음 보는 의사들이 와서 림프종은 확실히 아닌데 뭔지 모르겠다고 말했다. 우리는 그 말을 듣고 안도했다. 그럼에도 나는 여전히 불확실성의 회색지대에 있었다. 내가 환자인 게 너무 싫었다. 뭔가를 통제하는 입장이 되고 싶었다. 뭐가 잘못됐는지 알아내서 즉시 그걸 고치고 싶었다.

의사들은 추가 검사를 지시했다. 그리고 시험을 끝내고 응급실로 들어온 지 48시간 만에 퇴원을 허가했다. 가족들에게는 잘 지켜보다가 상태가 나빠지는 것 같으면 즉시 병원으로 데려와야 한다고 당부했다. 아파트로 돌아온 나는 24시간 동안 잠을 잤다. 중간에 딱 한 번 깼을 뿐이다. 참을 수 없이 목이 말라서 게토레이를 벌컥벌컥 마시고 다시 잠이 들었다. 그런데 소변이 나오지 않았다. 아버지와 누나들은 벤, 론, 그랜트와 함께 내 아파트의 소파에 앉아서 나를 모니터했다. 모두가 겁에 질려있었다.

다음 날 아침 내 다리와 배가 체액으로 인해 부어올랐다. 물이 차는 증상은 전에 간과 신장, 심장의 기능 부전을 겪고 있는 환자들에게서 본 적이 있었다. 그러나 이토록 빨리 나타나는 경우는 없었다. 침상에서 빠져나오려고 애를 쓰다가 가슴이 눌리면서 엄청난 통증이 찾아왔다. 총에 맞은 것 같았다. 나는 아빠를 불렀다. 그는 급히 나를 데리고 응급실로 갔다. 심전도 검사를 해보니 우리가 익히 예상했던 결과가 나왔다. 심각한 심장 이상. 의사와 간

희망이 삶이 될 때

호사들이 급히 병실에 들어왔다가 나갔다. 그리고 몇 가지 약을 처치했고 몇 가지 새로운 검사들을 했다. 이런 부산함의 와중에 꼼짝 안 하고 누워있자니 이상한 평온함이 몰려왔다. 마치 젠가 쌓기 놀이에서 탑이 최초로 흔들릴 때와 무너지는 순간 사이의 기이하고도 느린 정적 같았다. 나는 곧 영원히 아무 곳에도 있지 않게 될 것이다. 그러다 갑자기 그때까지 겪었던 것 중 가장 격렬한 통증이 가슴을 뚫고 들어왔다. 내 시야에서 불꽃이 번쩍했다. 그리고 정신을 잃었다.

나는 중환자실에서 24시간 후에 깨어났다. 왼쪽 눈으로는 아무 것도 볼 수 없었다. 어찌어찌 손을 얼굴로 가져와서 눈을 문질렀다. 왼쪽 눈은 여전히 깜깜했다. 나중에 의료진들이 망막출혈이라고 말해줬다. 안과의가 왔고 치료가 시작됐다.

솔직히 시력은 걱정거리조차 될 수 없었다.

거의 모든 신체 장기, 내 생존에는 눈보다 더 중요한 장기들이 붕괴되고 있었다. 맨 먼저 간 그리고 신장 그리고 골수 그리고 심장. 의사 입장에서 간결한 표현을 사용하자면 MSOF가 일어나는 중이었다. 나는 이게 '다계통 장기부전Multiple System Organ Failure'의 줄임말이라는 것을 알고 있었다. 과거에 나는 이게 직접 당해보면 어떤 느낌인지 전혀 알지 못하는 상태에서 차트에 이 용어를 여러 차례 휘갈겨 쓰곤 했다.

깨어나니 많은 검사가 기다리고 있었다. 거듭된 혈액검사, 감염 검사, 면역활성화검사 결과가 모두 비정상으로 나왔다. 그런데 그 원인이 무엇인지 아는 사람이 없었다. 곧 나는 몸을 일으키거나 서 있을 수 있는 능력을 상실했다. 심지어는 피를 뽑거나 새로 정맥 주삿바늘을 꽂기 위해 팔을 펴거나 구부리는 동작을 하는 것도 힘들었다. 의식이 들락날락했다. 깨어있는 잠깐의 시간 동안 나는 제대로 생각하고 말하려고 노력했다. 문장은 너무 늦게 형성됐고 그마저도 머리에서 입으로 내려오는 길 어딘가에서 길을 잃곤 했다. 의식이 돌아왔을 때 내가 곰곰이 생각한 것은 두 가지였다. 우선 내가 어떤 짓을 했기에 이런 형벌을 받는 것인지 알고 싶었다. 도대체 뭘 했고 하지 않았기에 그 벌로 이런 시련을 겪는 것일까? 기도를 너무 적게 했는가? 질문을 너무 많이 했는가? 다른 하나는 내 몸에 나 있는 혈액기태였다. 내 생각은 그것에 꽂혔다. 병실에 들어오는 사람마다 붙잡고 그것에 관해 물었다. 의사들, 간호사들, 식사를 날라다 주는 사람들, 청소부들을 가리지 않고 물었다. 나는 혈액기태에 대한 집착을 떨칠 수 없었다.

혈액학 펠로우 한 명이 내 병실에 들렀다. 나는 기회를 잡았다고 생각했다. 눈을 감은 채 나는 온 힘을 다해 손을 들어 목에 있는 혈액기태를 가리켰다. "이…게…뭘…의…미…하…는…거…죠?" 내가 전에 이미 여러 번 사람들에게 던진 질문이었다. 그 혈액학 펠로우는 확실히 당황한 듯했다. 그는 내게 간청하다시피 말했다. "데이비드, 당신의 간, 당신의 신장, 당신의 심장, 당신의 폐 그리고 당신의 골수가 제대로 기능하지 않고 있어요. 우리는 최선을 다해 정말 중요한 원인들을 규명할 거예요. 그러니 제발 혈액

희망이 삶이 될 때

기태에 대해선 잊어줘요."

나는 그러지 못했다. 어쩌면 혈액기태에 대한 집착으로 확실히 임박했다고 느껴지는 내 죽음을 생각하지 않을 수 있었기 때문일지도 모른다. 아니면 일단 혈액기태는 내가 집중하기 좋을 만큼 단순한 증상이었고, 그것에 집착하는 것이 내 스스로가 뭔가 나 자신의 치료에 조력하는 행위를 하고 있는 양 느껴져서 그랬을 수도 있다. 아니면 건강 때문에 모든일이 일단 멈춤 상태에 있는 데 혈액기태가 뭘 나타내고 있는지를 안다면 다시 일로 복귀하는 데 도움이 되리라는 생각에서 그랬는지도 모르겠다.

어쨌든 일을 다시 시작하기엔 아직 일렀다.

2주일이 채 지나기 전에 내 모습은 완전히 바뀌어버렸다. 병원에 들어갈 때는 97.5킬로그램으로 거의 운동 중독자의 몸매를 하고 있었다. 그랬는데 체액으로 인해 41킬로그램이 늘었고 근육에서 23킬로그램이 빠져나갔다. 간 부전이 있다 보니 혈관에서 체액이 새어나가는 것을 막는 주요 인자가 생성되지 않았다. 그래서 복부와 다리, 팔, 심낭, 폐, 간으로 체액이 쇄도했다. 의사들은 내 혈관에 혈액이 충분히 유지되도록 수 리터의 수액IV fluids을 정맥 안으로 투여했다. 그래야만 심장이 피를 신체 중요 기관으로 보낼 수 있기 때문이다. 그런데 그게 끊임없이 새어나갔다.

수액extracellualar fluids은 세포외액과 같은 물질로 기본적으로 혈구를 제외하고 혈액이 갖고 있는 모든 것이 함유돼 있으며 물과 단백질이 주종을 이룬다. 체액이 내 장기 주위의 낭들을 용량 이상으로 팽창시켰다. 비명이 터져 나오는 걸 참을 수 없었다. 나는 고용량의 오피오이드 진통제(아편과 비슷한 작용을 하는 합성 진통제 - 옮긴이)를 맞았지만 효과가 없었다. 진통제는 그저 내 생각을 멍하게 하고 환각을 일으켰을 뿐이다. 나는 곰 인형처럼 생긴 생물체가 병실의 벽 위를 걷는 것을 봤다. 온몸을 칼로 찌르는 듯한 통증에 시달리면서 기괴한 악몽을 꿨던 것이다.

외상 외과의들이 내 증상의 원인이 뭔지, 복통의 출처가 어디인지를 알아내기 위해 내 배를 여는 문제를 의논했다. 그러나 안전한 수술을 하기엔 혈구 수치가 너무 낮았다. 그나마 다행인 것은 풋볼을 하다가 뼈가 부러진 덕분에 고통의 수용 한계점이 높아졌다는 것이다. 그게 극심한 통증의 와중에서도 숨을 쉬는 데 도움이 됐다. 또 수년 동안 고강도 훈련을 통해 쌓인 근육량이 내 생명 유지에 절대적으로 필요한 단백질 공급원이 돼줬다. 덕분에 면역체계가 내 몸을 그토록 유린했어도 살아남을 수 있었다. 아버지가 나를 데리고 응급실로 달려간 후에, 내가 24시간 혼절했다가 깨어난 후에 각기 한 차례씩 의료진이 부산하게 움직였다. 그러나 내 병에 대해선 아무것도 파악된 게 없었다. 내 상태가 걷잡을 수 없을 정도로 악화하는 동안 셀 수 없이 많은 검사가 실시됐다. 골수생검, PET 촬영, MRI, 신장동맥조영, 경정맥 경유 간 생검 등등. 그러나 나를 죽이고 있는 게 뭔지를 알아내는 데는 무용지물이었다.

희망이 삶이 될 때

제6장

죽어가는 일에
종사한다는 것

나는 수 주 동안 침상에 죽은 듯이 누워있었다. 병실은
대부분의 시간 동안 컴컴했다. 약물치료 덕분에 왼쪽 시력은 회복
됐다. 그러나 밝은 빛을 감당하기엔 무리여서 병실의 조명을 줄곧
꺼뒀다. 구역질이 멈추지 않았다. 첫 몇 주간은 뭘 먹기만 하면 남
김없이 토해냈다. 의식은 계속 명멸했다. 뇌가 공격받고 있었다.
의식이 잠깐 들어왔다가도 서서히 사라지는 것을 느낄 수 있었다.
의식이 있는 것도 아니고 없는 것도 아닌 어중간한 상태에선 예,
아니요 같은 간단한 답변을 하는 데도 몇 분이나 걸렸다.

나는 내가 앓고 있는 그 무엇이 매우 기이한 것임을 알고 있었
다. 한편으로 내 병의 진단이 이토록 어려운 데는 다른 이유가 있
을 거라고 생각되기 시작했다. 의사들이 병실에 들를 때마다 정신
이 완전히 없어지는 때를 제외하면 상황이 어떻게 돌아가는지 언

희망이 삶이 될 때

뜻 일별할 수 있었다. 신장 전문의와 류마티스 전문의들은 내 병이 림프종이라고 생각했다. 종양 전문의들은 감염성 질병으로 봤다. 감염병 전문의들은 류마티스성 문제가 아닐까 추측했다. 중환자실 의료진은 아예 감도 잡지 못했다. 의대 친구들이 답을 찾으려고 교과서와 의학 저널을 샅샅이 뒤졌지만 나를 담당하는 의사들과 마찬가지로 결론은 "알 수 없다"였다.

그러는 중에도 가족들은 내가 뭘 필요로 하는지 정확히 알고 있었다. 아빠와 누나들(지나 누나는 임신 3개월째였다)은 내 병의 원인이 모종의 위험하고 잘 알려지지 않은 바이러스일 경우 병실에 같이 있는 게 위험할 수도 있다는 경고에도 불구하고 언제나 내 병상을 지켰다. 지금도 나는 그들이 용기를 주고 항상 함께 있어 줬기 때문에 내가 살 수 있었다고 믿는다. 이 불가해한 병의 공격은 나를 무기력, 무방비 상태로 만들었다.

시간이 흘러가면서 나는 포기할 준비를 하게 됐다. 포기라는 이 단어는 아픈 상태냐 건강한 상태냐에 따라 그 해석이 달라진다. 그 당시에 내가 품었던 죽음에 굴복한다는 것의 의미가 지금의 내겐 와닿지 않는다. 그러나 나는 분명히 포기했었다. 죽음은 평안과 고통의 종식을 약속하는 듯 보였고 숨 한 번 쉬는 것도 고통스러울 때마다 나는 죽음의 유혹을 느꼈다. 숨을 어떻게든 깊이 쉬어보려고 노력할 때마다 칼로 찌르는 듯한 통증은 더 심해졌다. 그러니 숨을 덜 쉬는, 급기야는 안 쉬는, 다 내려놓는 쪽으로 노력할 수밖에 없었다.

내 환자였던 조지를 떠올렸다. 그가 딸과 다시 연락이 닿기 전까지 어떤 식으로 삶을 포기하고 지냈는지 생각났다. 내 가족들도 혈육만이 가질 수 있는 특별한 감각, 내 이상한 낌새를 즉시 포착해내는 비상한 능력을 갖고 있었다. 내 숨이 약해지는 듯싶으면 그들의 긴급한 외침이 들려왔다. "숨 쉬어, 숨 쉬라고." 지금도 그 외침을 기억한다. 그걸로 충분했다. 나는 가사상태에서 빠져나왔다. 그러면 다시 통증이 몰려왔지만 어떻게든 숨을 쉬기 위해 안간힘을 쓰기 시작하곤 했다.

가족들은 병실 밖에서도 각자가 맡은 일을 했다. 지나 누나는 검사 자료와 관련된 부분을 담당했다. 의사들에게는 어떤 진단들이 가능한지 묻고 다녔다. 밤에도 몇 시간씩 론, 그랜트와 함께 검사 결과들을 놓고 이야기를 나눴다. 도대체 나올 수 있는 진단이 뭔지, 어떤 추가적인 검사가 이뤄져야 하는지를 논의했다. 나로서는 누군가가 가능한 한 많은 데이터를 모아주는 게 좋았다. 한편으로는 그렇게 분주하게 움직이는 것이 그녀가 이 상황을 견뎌내는 데 도움이 되리라 생각했다.

리사 누나는 내 기분을 면밀히 관찰하는 일에 힘썼다. 그러면서 겨우 궤도에 올려놓은 AMF가 유지될 수 있도록 신경 썼다. 검사 결과나 내게 어떤 일이 일어날 수도 있는지를 알아보는 일에는 거리를 뒀다. 그랬다간 자칫 감정에 압도당해 본인도 쓰러질 수 있었기 때문이다. 병원 같은 '과다 활동' 환경에서는 언제든 인지적 과부하 상태가 될 수 있다.

아빠는 예상대로 자신만의 접근법을 택했다. 아빠가 얼마나 힘들어하는지 나는 잘 알았다. 아빠는 여러 가지 점에서 자신의 영역 안에서 움직이는 사람이었다. 정형외과 의사로서 아빠는 치료가 절실하게 필요한 환자들을 매일 마주했다. 그러나 이런 막막한 상황에서는 아빠도 괴로울 수밖에 없었다. 엄마가 아팠을 때 아무 도움을 줄 수 없었던 상황과 똑같았다. 아들 또한 자신이 고칠 수 없는 환자였다. 팔을 걷어붙이고 뭔가를 해보려고 해봐야 할 게 없었다. 그 병을 멈추게 하려면 뭐가 필요한지 아무도 몰랐기 때문이다. 아빠는 무력했고 어떤 사실도 알아낼 수 없었다. 의사의 길로 들어선 이래 한 번도 본 적 없는 검사 결과만 들여다볼 뿐이었다. 역설적이지만 나는 아무도 모르는 병에 걸린 의사였다.

아빠는 병실에 접이식 의자를 갖다 놓고 내가 혼자 있지 않도록 매일 밤 거기서 잤다. 중환자실 근무 의사에게 자신의 '꼬맹이'를 잘 봐달라고 간청하기도 했다. 나는 아빠가 이따금 사람들이 안 보는 데서 운다는 것을 알았다. 그러나 가족 중 누구도 내가 있는 병실 안에서는 울지 않았다. 눈물은 나가서 흘렸다. 7년 전 엄마가 뇌수술을 받고 났을 때, 엄마의 병실에서는 절대로 울지 말자는 내 다짐을 그들은 잊지 않고 있었다. 그러나 보살피는 사람에서 환자로 입장이 바뀌니 생각도 달라졌다. 사랑하는 사람들이 우는 건 괜찮았다. 전혀 스트레스를 가중시키지 않았다. 그들이 나를 얼마나 귀하게 여기는지 느낄 수 있었다.

엄마가 돌아가신 후로 누나들과 나는 더 가까워졌다. 반면에 아빠와는 멀어졌다. 나는 의대 수업 말고는 AMF를 통해 엄마의 정신을 살리는 문제에만 집중했다. 하지만 엄마에 관한 이야기를 꺼내거나 기억을 되살리려는 모든 시도가 아빠에게는 너무 힘든 일이었다. 이러한 '전략적'인 차이가 우리를 단절시켰다. 이는 본질적인 차이가 아니라 방법론상의 차이였음에도 그랬다. 사이가 벌어진 것 같았지만 막상 내가 아픈 상황에서는 그게 아무것도 아니었음이 드러났다. 우리는 그 어느 때보다 가까워졌다.

마침내 아빠는 자신의 장기를 발휘할 수 있는 길을 찾아냈다. 우리 가족과 잘 알고 지내던 누군가가 아빠에게 미국국립보건원 National Institutes of Health(NIH)에 근무하는 어떤 의사의 연락처를 줬던 모양이다. 아빠는 그 의사가 도움이 될 수도 있다는 말을 들었고 아들의 문제에 대한 답을 너무 알고 싶었던 터라 하루에 최소 한 번씩은 전화를 했다. 그 바쁜 의사를 붙잡고 한 번에 무려 30~40분씩 통화하기도 했다. 전화에 대고 최근의 양상이 어떤지 큰 소리로 말했다. "저기요, 푸치 당신이 좀 봐줬음 하는 검사 결과가 또 나왔네요." 그러고 나서 결과를 속사포로 불러주고 질문을 퍼부었다. 나중에 나는 아빠가 그토록 전화를 자주 거는 상대인 '닥터 푸치'가 누구인지 물었다. 아빠도 그가 누구인지 알 리 없었다. 그래서 구글 검색을 했는데 결과를 보고 몹시 당황했다. 그는 토니 파우치 박사였다. NIH 산하 알레르기, 감염병 연구소장으로 전 세계에서 가장 존경받는 내과의이자 과학자 중 한 명으로 대통령 자문위원이기도 했다. 그는 조지 부시 전 대통령이 출범시킨 에이즈 퇴치 긴급 계획을 크게 발전시키는 데 공헌했고 대통령 자유 훈장을 수상하기도 한 인물이었다. 아빠는 한 번도 그런 자리에 있어 본 적이 없거니와 관심도 없었다. 다만 아들을 위한 거라면 어떤 일이든 할 사람이었다. 그게 NIH의 높은 사람을 귀찮게 하는 일일지라도.

우리 가족 모두에게 매우 힘든 상황이었다. 망막 출혈이 있은 후 나는 시력 회복과 재발 방지를 위해 혈액 희석제 정맥 주사를 투여받았다. 그런데 주입 중 주삿바늘이 빠지면서 피가 병실 바닥을 흥건하게 적셨다. 혈액 희석제 때문에 묽어진 피가 열린 수도꼭지에서 물이 나오듯 흘러나왔다. 리사 누나는 달려가 간호사를 찾았다. 간호사가 와서 주삿바늘을 교체해서 다시 꽂고 혈액 희석제 투여 속도를 늦췄다. 그리고 나는 안정을 되찾았다. 이는 리사 누나에게 매우 중대한 순간이라고 할 만했다. 왜냐하면 피한 방울과 주사만 봐도 까무러치는 사람이었기 때문이다. 그래서 내가 검사를 위해 피를 뽑거나 할 때는 늘 병실 밖으로 나가곤 했다. 리사 누나는 자신이 그런 걸 보기만 해도 기절할 거라고 생각했다. 그런데 이번에는 웬일인지 정신을 잃지 않았고 그러자 갑자기 담대해졌다. 겁을 내면서도 수습하는 과정을 다 지켜봤다. 그게 너무 무리였을까. 리사 누나는 결국 실신해 바닥에 쓰러졌다. 그래서 의료진의 신세를 지게 됐다. 이에 지나 누나는 리사를 돌보느라 의료진이 자신의 '꼬맹이' 동생에게 신경을 덜 쓰는 걸 보고 기분이 안 좋아졌다. 의사와 간호사들의 조치를 받고 리사 누나가 깨어나자 지나 누나는 리사 누나를 째려봤다.

병원에 입원하고 처음 몇 주간 벤도 내 곁을 지켰다. 정신이 돌아올 때면 그에게 아빠나 누나들과는 공유하기 어려운 어떤 희망, 두려움에 관한 속내를 털어놓았다. 무엇보다 케이틀린에 대해 이야기를 많이 했다. 그녀에게 연락해 병원에 한 번 들르게 하는 게 과연 좋은 생각인지를 놓고 의논했다. 솔직히 나는 그녀가 이 지경이 된 내 모습을 기억하는 게 싫었다. 그녀가 결별하자고 했을 때 나는 아무 말을 하지도, 할 수도 없었다. 그러나 사정이 달라지고 보니 하고 싶은 말이 너무 많았다. 하지만 나는 내게 진정 원하는 바를 말하고 대화를 진행시킬 수 있는 내적인 힘이나 정신력이 없다는 사실을 알고 있었다. 나는 여전히 케이틀린에 대해 품고 있는 감정과 우리의 미래에 대해 그녀와 대화를 나누고 싶었다. 속으로만 그런 생각을 하고 있자니 스스로가 참 못나게 느껴졌지만 어쨌든 그건 진심이었다. 허나 당장 내게 어떤 미래가 있는지, 과연 미래라는 게 있기나 한지 전혀 알 수 없는 처지에서 미래에 대해 뭔가를 말한다는 게 우스웠다.

병이 깊어갈수록, 나는 케이틀린에 대해 생각을 점점 덜 하게 됐고 나 자신의 건강에 대해서도 일절 말하지 않게 됐다. 그래서 벤과의 대화 주제는 내가 살 수 있다면 무엇을 할 것인가, 끝내 살 수 없다면 또 무엇을 할 것인가 하는 쪽으로 옮겨갔다. 우리는 사소하지만 중요한 몇 가지에 대해 합의했다. 그것들을 생각하는 것만으로도 기분이 좋아졌다. 내가 살아난다면 차를 몰고 그랜드캐

희망이 삶이 될 때

니언에 함께 가기로 약속했다. 그걸 시작으로 매년 자동차 여행을 한 번씩 하기로 했다.

만약 살아날 수 없다면 너무 늦기 전에 가족과 친구들에게 작별 인사를 해야 하니 이를 어떻게 할 것인가를 의논했다. 확실히, 우린 이 문제를 놓고 꽤 여러 번 이야기를 나눴던 것 같다. 벤은 고통스럽더라도 그 이야기를 틈나는 대로 계속하자고 했다. 내 정신과 기억이 너무 불안정해서 언제 어떻게 될지 몰랐기 때문이다.

병원에 있은 지 20일째 되는 날, 우리는 그 계획을 실행에 옮기기로 했다. 내 몸 상태는 악화될 대로 악화돼 회복 불능의 지점으로 내려가 있었다. 뇌는 제대로 사고하지 못했고 거의 하루 종일 회로가 꺼져 있다시피 했다. 폐와 복부, 다리엔 물이 찰 대로 찼다. 나는 3주 동안 걸음이란 걸 걸어본 적이 없었다. 담당 의사들은 내가 받을 수 있는 검사가 몇 개 남지 않았다고 했다. 그런데도 정확한 진단은 나오지 않고 있었다. 벤은 친한 친구들에게 연락해 마지막으로 나를 보러 오라고 했다.

사흘 동안 친구 아홉 명과 마이클 삼촌이 나를 찾았다. 죽어가는 사람이 '죽어가는 근무'를 하는 것 같았다. 친구들은 각각 30분 정도 병실에 있다가 나갔는데 다들 많이 울었다. 그나마 일찍 온 친구들은 운이 좋았다. 날이 가면 갈수록 나는 대화하기 어려운 상태가 됐다. 각각의 친구들에게 작별 인사를 할 때마다 그게 마지막인 셈이었다.

친구들은 내게 도움이 되는 것이면 무엇이든 해줬을 것이다. 리

암이 생각난다. 내게 자신의 폐와 신장, 간 일부를 기증하겠다고 했다. 아빠가 병실로 들어와서 그런 장기 기증이 필요하지 않을 거라고 말했다. 그리고 내가 이식수술 자체를 견디지 못할 거라고 했다. 게다가 리암의 장기는 너무 커서 나에게 맞지 않을 거라는 농담도 했다.

한 친구가 방문했을 때 나는 마지막으로 그야말로 순전한 기쁨을 누릴 기회가 있었다. 바로 프란시스코가 찾아왔을 때였는데 그도 의대생이었다. 그는 완벽한 의사의 진료 자세로 나를 안아주기 위해 몸을 굽혔다. 나도 같이 안아주려다가 그의 청진기가 내 이마에 부딪혔다. 혈소판 수치가 정상이었다면 아무런 문제가 되지 않았겠지만, 당시의 내 혈소판 수치는 1만 이하로 떨어져 있었다. 혈소판은 몸을 따라 돌며 과도한 출혈이 일어나지 않도록 막아주는 역할을 하는데 정상 수치는 15만에서 45만 사이다. 따라서 나는 작은 외상에도 심각한 출혈을 일으킬 수 있는 상황이었다. 프란시스코와 나는 순간적으로 얼어붙었다. 그의 포옹이 출혈을 일으켜서 그로 인해 내가 그 자리에서 죽으면 어떡하나 하는 생각 때문에 너무 당황해 둘 다 말을 잊었다. 내가 멀쩡하다는 것을 확인한 뒤에 우리는 한껏 웃었다.

그러고 얼마 있지 않아 물리 치료사가 찾아와서 멍들거나 외상을 입을 위험성에도 불구하고 내가 걷고 싶다면 도와주겠다고 했다. 전날 간호사 한 명이 만일 내가 움직이는 고통을 견디거나 극복하지 못한다면 절대로 병원에서 벗어날 수 없을 거라고 경고한

희망이 삶이 될 때

바 있었다. 솔직히 그 상황에서 병원을 벗어나는 게 그리 중요한 가 싶었지만 어쨌든 시도는 하고 싶었다.

병상에서 일어나 앉는 데도 숨이 찼다. 걷는다든가 서 있는 걸 해본 지가 거의 한 달이 되어가고 있었다. 그러나 내 옆에는 프란시스코가 있었다. 그는 내 웨이트트레이닝 파트너였고 내가 아는 한 가장 든든한 벤치프레스 보조자였다. 나는 병실에서 나와 간호사실까지 약 7.5미터를 걸었다. 그리고 다시 돌아왔는데 처음에는 다리가 전혀 내 뜻대로 움직이지 않았다. 마치 걷는 방법을 잊어버린 것 같았다. 근육 기억이 활성화되자 이번에는 내 동작을 뒷받침해주는 심장과 폐가 속을 썩였다. 다섯 걸음을 걷고 나니 숨을 쉴 수조차 없었다. 중환자실의 내 침상으로 돌아오기 전에 사과 주스를 좀 마시면서 쉬어야만 했다. 돌아와서 나와 프란시스코는 가슴 아픈 작별을 했다.

3년 후 프란시스코는 오토바이 사고로 불구가 됐다. 걸을 수 없게 된 것이다. 그는 그때 하버드대학병원에서 응급의학 레지던트를 하고 있었다. 놀랍게도 그는 다시 자신이 밟고 있던 레지던트 과정으로 복귀했다. 그리고 휠체어를 타고 그 대학의 응급의학 레지던트 과정을 완료한 최초의 인물이 됐다. 그는 책을 쓰고 있는 지금 이 시간에도 내게 큰 힘이 돼주고 있다.

친구인 그랜트가 작별 인사를 하러 왔다. 나를 본 그는 다른 사람들처럼 표정 관리를 하지 못했다. 나중에 그는 그날 내가 얼마나 끔찍한 모습을 하고 있었는지 말해주곤 했다. 근육으로 뭉쳐

있던 내 다리는 원통처럼 부어올라 형태를 알아보지 못할 정도였다. 체액은 내 몸 구석구석까지 들어찼다. 반면에 얼굴은 살이 쪽빠져 쪼그라들어 있었다. 게다가 혈소판 수치가 너무 낮아 출혈 위험 때문에 몇 주간 면도를 하지 못한 까닭에 그 형상이 자못 기괴했다. 그랜트의 표정을 보니 내 몰골이 어떤지, 내 몸이 어떻게 '변형'돼 있는지 짐작할 수 있었다. 나는 그 몇 주간 한 번도 거울을 보지 않았다. 이미 기괴해질 대로 기괴해진 마당에 새삼 거울을 봐야 할 이유가 없었다.

그리고 누군가가 찾아왔다. 내가 와달라고 하지 않았는데도 그녀는 왔다. 내 상태를 알지 못했으면 하는 바람에도 불구하고 말이다. 내 소식이 퍼져나가는 것을 막을 도리는 없었다. 더욱이 그게 좋은 의도로 현대 문명의 이기를 타고 확산되고 있었기 때문에.

그녀는 케이틀린의 어머니인 패티 아줌마였다. 며칠 전에 케어링 브릿지Caring Bridge(다양한 상황에 처해있는 환자들과 가족들, 친구들 간에 서로 연락하고 소통하는 데 도움을 줄 목적으로 1997년에 설립된 자선 단체-옮긴이)에 링크된 이메일과 데이비드 파젠바움을 위해 기도해달라는 요청을 담은 이메일을 받았던 것이다. 패티 아줌마는 그게 동명이인이길 바라며(그러기엔 흔한 이름이 아니지만) 내 휴대 전화 번호를 눌렀다. 아빠가 전화를 받았고 전후 사정을 이야기해줬다. 아빠는 에둘러 말하지 않고 내가 계속 나빠지는 중이며 도대체 무슨 병인지 아무도 모른다고 말했다.

프란시스코가 다녀가고 나서 잠들었다가 잠깐 깨어났는데 아빠가 서 있었다. 패티 아줌마가 다녀갔다는 이야기를 해줬다. 아빠 말로는 그녀가 조만간 케이틀린과 함께 나를 보러 올 거라고 했다. 케이틀린은 대학을 졸업하고 뉴욕의 패션업계에서 일하고 있었다.

처음 응급실에 온 날부터 하루도 케이틀린을 생각하지 않은 적이 없었다. 나는 그때의 내 모습이 그녀의 기억 속에 마지막 모습으로 새겨지는 게 싫었다. 나는 아팠고 육체적으로나 정신적으로나 약해진 상태였다. 제대로 의사소통을 하려고 무진 애를 써도 허사로 끝나기 일쑤였고 완결되고 복잡한 문장은 아예 구사할 엄두도 내지 못했다.

케이틀린에게 내 그런 꼴을 보여주고 싶지 않다는 소망은 엄마와 관련된 내 경험과 관련이 있다. 엄마가 돌아가시기 직전의 쇠약해진 모습이 내 기억 속에 지울 수 없는 화인처럼 찍혀버렸다. 나는 내가 죽고 난 뒤 몇 년, 몇십 년이 흐른 뒤에도 케이틀린이 나를 처참하게 붕괴된 모습, 내가 기억하는 엄마 같은 모습으로 기억하는 광경을 상상했다. 그건 엄마가 남기고 싶어 했고 내가 기억하고 싶어 한 모습이 절대 아니었다. 케이틀린이 그 상태의 나를 기억하게 할 수 없었다.

그래서 나는 누나들에게 케이틀린이 내 모습을 보는 것을 원치 않는다고 말했다. 다음 날 케이틀린과 패티 아줌마가 병원에 오자 누나들이 병원 로비에서 그들을 막아섰다. 얼마나 끔찍한 장면이 었을지 상상하기조차 어렵다. 케이틀린 모녀는 영문도 모른 채 망연자실했고 슬퍼했다. 나를 꼭 보고 싶었지만 떨어지지 않는 발걸음을 돌려야 했다. 그러면서도 누나들이 이리 오라고, 괜찮다고 다시 불러주기를 희망했다. 하지만 누나들은 절대 그렇게 하지 않았다. 그러지 말라고 신신당부했기 때문이다. 나는 그랬던 게 지금도 후회된다.

케이틀린이 다녀간 후에, 내가 그녀의 접근을 거부한 후에, 가족과 친구들에게 작별을 고한 후에 나는 죽음 속으로 가라앉을 채비를 갖췄다. 어떤 것도 그보다 나쁠 수는 없었다. 내 몸 상태는 더 악화될 것이고 나는 죽음에 한 발 더 가까워질 것이었다. 그런데 결코 그럴 수는 없었다. 나는 자신을 절대로 어떤 불가피성에 그런 식으로 내어줘서는 안 되는 것이었다. 당시의 나날들, 시간들에서 기억의 편린들을 찾아 서로 맞춰보면 일종의 만화경 같은 광경이 펼쳐진다. 의식은 부서질 듯 위태위태했지만 지나온 삶, 남길 유언이나 내 사망 기사 같은 것들에 대해 곰곰이 생각해봤던 게 기억난다. 나는 한없이 병실 창밖을 응시했다. 그러면서 케이틀린과 함께할 수 있었을 것들을, 삶을 상상했다.

희망이 삶이 될 때

제7장
뭔지 모를 그놈이
지나간 뒤

병원에 있은 지 4주가 지났을 때 가족들은 나를 비행기에 태워 아빠가 일하는 롤리의 병원으로 옮기기로 했다. 나는 장례를 치르기 좋게 집 근처의 병원으로 옮긴다고 생각했지만, 가족들의 의도는 그게 아니었다. 의사들, 간호사들, 건물들을 훤히 알고 있는 병원에 있는 게 상황을 통제하기에 유리했기 때문이다.

내 병에 대한 진단은 아직도 내려지지 않은 채였다.

나는 롤리에 있는 렉스 병원의 중환자실에서 지내게 됐다. 카터 핀리 스타디움에서 1마일도 떨어져 있지 않은 곳이다. 그 스타디움이야말로 내게 대학 풋볼 선수가 되고 싶다는 열망을 심어준 곳이다. 청소년기 내 영웅들이었던 노스캐롤라이나주립대학 풋볼 선수들과 팬들의 함성이 꿈을 꾸도록 만들었다. 아직 어린아이였을 때 나는 그 스타디움에서 여러 번 승리의 기적을 바라는 기도

희망이 삶이 될 때

를 하기도 했다. 내가 응원하는 팀의 승산이 전혀 없어 보일 때가 많았다. 기적 없이 경기가 패배로 끝나면 울곤 했다.

비록 갑자기 처지는 달라졌지만 그 장소를 통해 어린 시절의 나와 연결될 수 있었다. 그 병원에선 더 많은 검사가 이뤄졌고 뭔가 더 부산했으나 여전히 성과는 없었다.

어느 날 병상 곁에 있는 어떤 사물에 내 눈길이 집중됐다. 한참 보고 있다가 나는 내가 전화선을 보고 있음을 깨달았다. 누나들이 막 방을 나간 뒤였다. 그래서 나는 내가 혼자임을 알았다. 그 시점에는 사고의 과정은 존재하지 않고 단순한 파편들의 조합만 있었다. '나는 혼자 있다, 나는 아프다, 곧 죽는다, 날 돌보느라 가족들도 힘들다. 그리고 이 모든 상황에 뭔가 변화를 줄 수 있는 물건이 저기 있다.' 이런 생각의 조합은 내게 고뇌와 동시에 안도감을 가져다줬다. '나는 죽고 싶지 않다. 그러나 어차피 죽을 수밖에 없다면 서두르는 것도 좋을 것이다.'

거기엔 하나의 우주가 있었다. 그 우주 안에선 죽고 싶다는 생각과 전화선으로 팔을 뻗어 그걸 목에 감은 다음 눈을 감고 절대로 깨어나지 않는 행동이 서로 일치했다. 어쨌든 마침내 산지옥으로부터 풀려날 것이니까. 그러나 다행히도 그 우주는 내가 있는 우주가 아니었다. 이런 뜬금없는 자살 생각이 회복의 신호이지 않았나 싶다. 생각은 다시 가족들을 향했다. 내가 자살한다면 가족들이 얼마나 상심할지 생각하기 시작했다. 생각은 거기까지였고 그다음부턴 엉뚱한 곳으로 흘러가지 않았다.

그러고 나서 알 수 없는 이유로, 나는 안정화됐다. 몸 상태가 나아지기 시작한 것이다. 간과 신장 기능 검사 결과가 개선된 것으로 나왔다. 폐와 심장 주위에 차 있던 물이 빠지고 통증이 줄었다. 혈액기태도 작아지기 시작했다. 적혈구와 혈소판 투여 횟수도 줄였다. 구역질과 구토 증세도 가라앉았다. 5주 만에 처음으로 음식을 먹을 수 있었다. 나는 걸어서 중환자실을 반 바퀴 돌았다. 나중에는 한 바퀴 다 도는 것도 가능해졌다. 펜실베이니아 병원 입원 초기에 의사들은 고용량의 코르티코스테로이드를 내게 주입했다. 이는 달리 어찌 해볼 방법이 없을 때 중환자실에서 통상적으로 쓰는 방법 중 하나다. 주입하고 즉각 효과가 나타나지는 않았지만 몇 주간에 걸쳐 축적된 효력이 나타났고 그게 내 몸 상태의 호전과 관련이 있지 않나 하는 생각이 들었다.

나는 참으로 오랜만에 웃었다. 아마 프란시스코의 청진기가 내 이마를 찔렀을 때 이후로 처음이 아니었나 싶다. 걷는 연습을 좀 하고 난 뒤에 중환자 병동의 의사 한 명이 병실에 들렀다. 우리가 그 병원에서 지내면서 알게 된 의사였다. 나와 누나들 사이에서 '잘난' 사람으로 통하는 사람이었다. 그는 항상 자신이 어떻게 의대에 들어갔고 어떻게 학위를 받았는지를 말하면서 우리에게 깊은 인상을 남기려고 했다. 그는 나를 근엄한 눈초리로 보더니 이렇게 말했다. "걷는 연습을 더 하기 전에 당신한테 뭐 하나 갖다 줘야겠네요. 음, 그거…… 단어가 생각 안 나네. 뭐……더라?" 잠깐 말을 멈췄다.

"지난주에 이탈리아에 있었거든요. 아직도 내 머리는 이탈리아어로 생각한다니까. 그러니까 영어로 왜……그 고무 밑창이 있고……" 이번에는 그가 말을 멈춘 시간이 좀 더 길어졌다.

"아! 샌들. 그걸 당신한테 갖다 줘야겠어요. 그래야 발에 물집이 안 생겨요. 많이 걷는 것도 아니니 그걸로 될 거예요."

그는 환자의 임신한 누나에게 살짝 웃음을 지으며 추파를 던지는 동시에 상류 사회에 속한 자신의 삶을 겸손하게 과시한 것이다. 그가 나간 뒤에 우리는 포복절도했다. 그렇게 다시 웃을 수 있다는 게 놀랍기만 했다. 누군가의 우스꽝스러운 모습을 보면서 다 같이 웃어본 게 얼마 만인지 알 수 없었다.

그 병원에서 주로 중환자실에 있다가 7주 만에 퇴원했다. 나는 어느 정도 회복됐지만, 도대체 무슨 병에 걸린 것인지에 대해선 입원 첫날보다 더 아는 게 없었다.

퇴원하면서 나는 중환자 병동에 근무하는 다른 의사에게 나를 거의 죽일 뻔한 이 병이 뭐라고 생각하느냐고 물었다. (의사들 사이에서 내 병이 화제가 되고 있다는 걸 알고 있었다. 의사들은 미스터리를 사랑하니까.) 그가 말했다. "그게 뭔지는 모르겠네. 다만 그놈이 다시 돌아오지 않기를 희망하세." 희망이라는 단어에서 수동적 뉘앙스가 느껴져 내 가슴이 철렁했다. 수동적인 희망이라니.

하루에도 수천 명이 나를 위해 기도했음을 나는 곧 알게 됐다. 트리니다드(거기엔 지금도 우리 친척들이 살고 있다)의 한 수녀님이 내 건강을 위해 기도했다는 이야기를 들었다. 친구들과 친지, 그 외 여러 사람이 나를 위해 얼마나 많이 기도했는지, 내가 나아져서 얼마나 행복한지 말해줬다.

나를 위해 기도해줬다는 사실에 대해선 감사했다. 그러나 어떤 말은 다소 석연치 않게 들렸다. 몇몇 친구들과 친지들은 병이 재발하지 않으리라고 확신한다고 했다. 왜냐하면 그건 신의 시험이었는데 내가 통과했다는 것이다. 나는 그들이 무슨 말을 하고 싶은지 알았다.

엄마가 수술을 받고 나서 찍은 MRI에 아무런 암의 흔적이 남아있지 않았던 것이 떠올랐다. 이제 깨끗합니다, 물리친 거예요. 우리는 계속 기도했다. 그런데 그게 돌아왔다. 우리의 기도는 엄마를 구할 수 없었다. 누군가는 내게 말하기를, 내가 이 세상에서 이뤄야 할 일이 많이 남아있기 때문에 신이 내 생명을 구해주신 거라고 했다. 그러나 엄마나 끝내 살아남지 못한 다른 환자들보다 내가 더 가치 있고 유능한 사람이라는 생각이 들지 않았다. 여하튼, 이런 말들과 생각들을 머릿속에서 몰아내려고 애썼다.

내게 케이틀린에 대해 생각할 게 남아있다는 사실이 놀라웠다. 꽤 오랜 시간 거의 죽은 거나 다름없이 누워있다가 마침내 내가 얼마나 그녀를 걱정하고 그리워하는지 찬찬히 자신의 내면을 들여다볼 수 있는 시간이 찾아왔다. 긴 입원을 끝내고 집으로 돌아온 직후 나는 용기를 내 그녀에게 전화해서 내가 왜 빈사 상태의 모습을 끝내 보이고 싶지 않았는지 설명했다. 매우 힘든 대화였다. 내가 자신을 거부한 일로 인해 그녀가 받은 상처가 깊었기 때문이다. 그녀는 괜찮다고 했다. 그런 상태의 나를 못 보게, 기억 못하게 한 이유를 다 이해할 수 있다고 말했다. 그런데 케이틀린은 내 말을 곧이곧대로 받아들이진 않는 것 같았다. 나를 봐선 안 된다고 생각한 건 내 누나들이고 내가 누나들을 위해 변명을 하는 것으로 생각하는 듯했다.

케이틀린과 대화를 하고 나니 내가 건강해졌다는 것 이상의 좋은 느낌이 들었다. 뭐랄까 정상적 삶으로 복귀한 것 같았다. 묘한, 그러나 예전과 같아졌다는 느낌이 참 좋았다. 우리 다시 옛날로 돌아가자는 말은 피했다. 비록 케이틀린이 할로윈 때 나를 뉴욕으로 초대했지만 말이다. 알았다고 했다. 내 건강 상태가 그걸 가능하게 할지 자신이 없었지만 초청받은 건 기뻤다.

그리고 곧 케이틀린의 부모님이 롤리에 왔다. 예정돼 있던 여행이었다. 그들은 아빠의 집에 들렀고 우리는 함께 산책했다. 그들이 찾아온 것, 그리고 내가 그들을 반갑게 맞이할 수 있게 된 상황이 뭐라고 말할 수 없을 정도로 감격스러웠다. 패티 아줌마는 그때까지 내가 만난 사람 중에서 엄마와 가장 비슷한 분이었다. 자녀들에게 대한 무한한 자부심, 원칙을 견지하는 태도, 도움이 필요한 사람에게 언제든지 손을 내미는 자세 등. 농구장에서 내가옷을 찢은 사건은 우리가 빨리 친해지면서 흐지부지 지나갔다. 케이틀린의 아빠인 버니 아저씨는 훌륭한 아버지이자 잘나가는 TV 방송국 임원이었다. 그 또한 바쁜 시간을 할애해서 본인이 사는 지역 사회의 여러 자선 단체에서 활동했다. 동시에 여러 가지 일을 하면서도 균형을 잃지 않는 그의 능력을 나는 항상 우러러봤다.

내가 패티 아줌마와 케이틀린의 면회를 거부한 일을 놓고 그들은 조금도 서운한 감정을 내비치지 않았다. 내 상태가 좋아진 걸 보는 것만으로도 매우 흡족해했다. 패티 아줌마는 내가 죽다 살아났으므로 이제는 AMF 일과 의학 공부에 좀 덜 매달리면 안 되겠냐고 물었는데 이게 그날 대화의 요지였던 것 같다. 나는 알았다고 했다. 너무 과하게, 장시간 일에 매달리지는 않겠다고 대답했다. 그러나 버니 아저씨는 그 말을 못 믿는 듯했다. 자기 친구 중에도 심장 이상이나 뇌졸중, 암 진단을 받은 사람들이 있다고 했다. 진단을 받고 나서 모두 생활을 바꾸겠다고 말했지만 결국 그렇게 하지 못했다는 것이다. 나는 그들처럼 하지 않기를 버니 아저씨는 바라고 있었다. 그런데 곧 그들처럼 됐다. 내 삶에 '살살한다'라는 것은 없었다.

하지만 그렇다고 해서 내가 죽음과 최초로 조우한 사건에서 어떤 교훈도 얻지 못한 것은 아니다. 나를 돌보기 위해 내 병실로 모여들었던 많은 사람이 생각났다. 나는 그들을 예전보다 더 크게 의식하게 됐고 왜 그들이 내게 왔는지 항상 생각했다. 마지막 작별 인사를 할 때 나를 찾아왔던 사람들, 내가 사랑하는 그들이 끝까지 기억해줬으면 하는 내 모습은 확고하게 정해져 있었다. 나는 살아있는 동안 그 모습에 어긋나지 않게 매일매일을 살고 싶었다.

병원 로비에서 패티 아줌마와 케이틀린을 막아서게 한 일, 헤어지기 전에 케이틀린을 내 삶의 우선순위 맨 앞에 놓지 않은 일, 헤어진 후에도 그녀를 챙겨주지 못한 일이 너무나 가슴 아팠다. 내가 호전된 것이 삶의 계약 갱신 같은 거라면, 비록 그게 얼마나 지속될지는 모르겠으나 갱신 기간 동안 결코 나 자신을 '너무 바쁜' 사람으로 기억하도록 만드는 일이 없게 하기로 마음먹었다. 물론 어쩔 수 없이 바쁘게 일해야만 하는 경우도 있겠지만. 아무튼 기회가 주어진다면 훌륭한 파트너, 멋진 아버지, 좋은 친구, 병을 치료하는 사람으로 기억되는 삶을 살고 싶었다.

나는 사랑하는 사람들을 위해 시간을 낼 것을 맹세했고 당장 그렇게 하기로 다짐했다. 그러나 나를 공격한 병의 정체를 알아내는 일에는 결코 느긋해질 수 없었다. 알지 못할 병에서 알지 못할 방식으로 '회복된' 것을 마냥 좋아할 순 없었다. 나는 답을 원했다.

어린 시절까지 거슬러 올라가는 내 의료 기록들을 여기저기에 요청해서 살펴보기 시작한 건 호기심 때문이 아니었다. 병이 저절로 사라진 것처럼 보인다고 해서 그게 다시 돌아오지 말라는 법은 없었다. 내 생각에는 일시적 휴면 상태인 것 같았다. 놈이 다시 깨어나기 전에 정체를 알아야 했다. 나는 환자이자 수련 중인 의사였고 그중 후자가 되는 쪽이 훨씬 좋았다.

그렇게 작업을 시작했다. 3천 페이지가 넘는 의료 기록을 넘겨받아 나 자신의 의료 이력을 재구축하는 일이었다. 우선 내가 겪었던 일련의 특별한 증상과 문제를 야기할 가능성이 있다고 생각되는 여러 질병 후보군을 살펴봤다. 그런 다음 내가 접근할 수 있

는 데이터를 활용해서 각각의 증상을 평가했다. 그렇게 가능 후보
군의 범위를 축소시켰다. 이는 불과 몇 달 전까지 병원 순환 실습
기간에 내가 환자들을 대상으로 자주 사용한 방법이었다. 나는 하
루에 12시간 이상 의료 기록과 연구 논문들을 훑으며 내가 겪었
던 것과 조금이라도 연관성이 있는 것들을 골라냈다. 그리고 거기
서 어떤 패턴을 찾아내려고 했다.

내 집중력은 여전했다. 그런데 나를 산만하게 만드는 복병이 찾
아왔다. 잦은 화장실 출입으로 두 달 간 부전 상태에 있던 신장과
간이 제 기능을 회복하게 되면서 몸 안에 차 있던 체액이 모조리
소변으로 방출되기 시작했다. 2주에 걸쳐 19킬로그램의 체액이
빠져나갔다. 부풀어 있던 배와 다리가 쪼그라들었다. 갑자기 몸무
게가 75킬로그램이 됐다. 이는 처음 펜실베이니아 병원에 입원할
때의 몸무게에서 22~23킬로그램이 줄어든 것이었다. 중학교 때
이후로는 생각조차 해보지 못한 몸무게였다. 그걸 달성하다니 놀
라운 일이었다. 정상으로 돌아가기 위해 나는 오줌을 눴다.

그러자 다시 피로감이 찾아왔다.

희망이 삶이 될 때

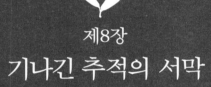

제8장

기나긴 추적의 서막

면역체계는 어지러울 정도로 복잡하다.

그게 무엇을 하는지 설명하려는 시도, 그게 제 본업을 어떻게 수행하는지를 설명하려는 시도는 곧 난관에 봉착하게 된다. 일반적인 은유를 통해 설명할 수도 있지만 정작 그에 상응하는 정확한 개념들이 마련돼 있지 않기 때문이다. 고등학교의 생물학 강의를 떠올려보자. 교과서의 저자들은 일반 용어를 동원해서 면역체계를 설명한다. 경고 시스템? 전력망? 응급 의료요원? 군대? 마지막 것이 그나마 가장 적절하다고 생각한다. 나도 그런 식의 설명을 수도없이 들었다. 우리의 몸은 요새와 같다. 그리고 백혈구에는 몸을 침범하는 병원체와 암을 추적하는 많은 특수부대원들과 공격 장치가 있다. 그리고 나머지 일반 병사들이 백혈구를 채운다. 이 모든 것들 사이엔 연락망이 깔려있다. 전투가 벌어지고 승자와 패자가 갈린다.

솔직히 말해서 군대에 비유하는 것은 과도하게 드라마틱한 일이라고 할 수 있다. 그렇지만 사람들이 익히 알고 있는 것에 근거한 것이다 보니 면역체계를 이해하는 데는 상당히 도움이 된다.

면역세포는 표면에 수용체가 있어서 어떤 것이 자신의 친구인지 적인지를 판별해낼 수 있다. 기본적인 구조가 그렇고 이는 잘 알려진 상식이기도 하다. 그런데 세포들 간에 일종의 무기 경쟁이 일어나면서 많은 적대적 세포들이 자신들의 침입자 속성을 은폐하는 쪽으로, 또는 건강한 세포의 겉모습을 닮는 쪽으로 진화하게 된다. 그런데 위장이 제대로 안 됐거나 들통이 나면 면역세포들은 이를 즉각 포착하고 사이토카인Cytokine이라는 분자 물질을 방출한다. 이는 다음과 같은 식으로 전열이 정비됨을 의미한다.

1. 탐지된 적을 조심하라는 경계령을 다른 면역세포들에게 발동
2. 살상 전문 면역세포에게 공격태세 명령
3. 영내로 들어오는 낯선 세포를 공격
4. 그리고 최종적으로, 언제 일제 사격을 멈출 것인지 조율

만일 이런 면역반응이 어떤 부분에서 잘못된다면, 즉 오보 경계령이 떨어지거나 살상 세포가 엉뚱한 표적을 겨냥하거나, 공격 멈춤 신호가 전달되지 않는 등의 일이 일어나면 건강한 세포가 피

해를 보게 된다. 실수가 딱 한 번 있었다 해도 한 번으로 끝나는 게 아니기 때문이다.

내가 정리한 이 4단계는 그 과정을 아주 단순화시킨 것이다. 이 단계들은 각각 수천 개의 작은 단계들과, 그리고 그 단계들 간의 상호연결로 이뤄져 있다. 그뿐 아니라 그 작은 단계들조차 그 안에서 수천 개의 유전자와 수백 개 분자 간의 상호작용이 일어난다. 이 유전자들과 분자들은 특정한 세포 수용체에 결속돼 있다. 유전자와 분자들의 상호작용 결과에 따라 세포 수용체는 추가적인 분자 생산으로 이어지는 세포적 절차를 촉발한다. 하나의 촉발은 다른 촉발을 불러일으키며 일사천리로 쭉 이어진다. 그러고 나면 촉발 과정이 그대로 방향을 바꿔 다시 거슬러 올라가는 피드백 과정이 나타난다. 이 피드백 과정을 통해 계속 (공격을) 할 것인지 말 것인지가 결정된다. 그런데 이런 과정들이 수십억 개의 세포에서 동시에 일어난다. 그리고 수십억 개의 세포들이 다 같은 종류인 것도 아니다. 수백 가지의 서로 다른 특수한 면역세포 유형들로 구성돼 있다. 그러니 누군가가 면역세포를 둘러싸고 많은 일이 일어나고 있다고 말한다면 이는 아주 절제된 표현인 셈이다.

어쨌든 이런 일이 하루 종일, 매일, 우리 몸 전체에서 일어나고 있다. 그러므로 유전자 코드에서 단 한 번의 오류, 면역반응에서 단 한 번의 실수가 있어도 치명적인 결과가 초래될 수 있다. 한 번의 실수가 면역체계 전체에 분기 폭포처럼 갈라져 뻗어 나가면서 어마어마하게 증폭된다.

군대는 항상 실수를 저지른다. 보급품을 잃을 수도, 장비가 고장날 수도 있다. 좀 더 비극적인 시나리오라면 실수로 같은 편에게 총을 쏘는 경우도 있다. 그런데 이러한 우군의 총격이 그에 대한 응사로 더 큰 우군의 총격을 불러오는 상황을 한번 상상해보자. 더 큰 우군 총격은 더욱더 큰 우군 총격을 불러온다. 더욱더 큰 우군 총격은 더더욱 큰 우군 총격을 불러오게 된다.

이 정도까지 알고 있으면 우리는 면역체계의 상호작용과 기능에 대해 알아야 할 모든 것을 다 알게 됐다고 생각할 수도 있다. 그러나 전혀 그렇지 않다.

렉스 병원에서 퇴원한 후에 나는 아빠 집과 지나 누나 집을 오가며 지냈다. 두 사람 모두에게도 그게 더 편했다. 나를 돌보는 일을 어느 한 사람에게 몽땅 책임지게 하는 게 마음이 편치 않았다. 물론 그런 상황이 됐더라도 아빠든 누나든 기꺼이 나를 맡았을 것이지만 말이다.

3주 후 지나 누나 집에 있을 때였다. 하루 종일 엄청난 피로감을 느꼈다. 그냥 몸이 회복 중이라서 그런가 보다고 생각했다. 말이 되는 게, 죽음 직전까지 갔던 몸이 쉽게 정상으로 돌아오지는 못할 것이기 때문이었다. 그런데 그날 밤 잠들기 전에 나는 몸 상태가 호전되면서 작아졌던 가슴과 팔의 혈액기태 중 몇 개가 커져 있는 것을 발견했다. 창백한 피부에 나타난 사나운 붉은 빛을 띤 그것들이 눈에 들어왔다. 더 좋지 않은 건 새롭게 나타난 것들이 있었다는 것이다.

피로감이 불안감을 압도했기 때문에 나는 잠에 곯아떨어졌다. 14시간 후 지나 누나가 날 깨웠다. 여전히 피곤했다.

그리고 무섭도록 정확하게 구역질과 복통이 찾아왔고 뒤를 이어 몸에 물이 차기 시작했다. 이미 알고 있는 일이지만 그래도 확인하기 위해서 몇몇 혈액검사를 받았다. 이상하고 사나운 놈이 다시 돌아온 게 확실해졌다.

퇴원한 지 4주 만인 2010년 11월 1일 나는 다시 병원으로 돌아갔다. 렉스 병원에선 고용량의 코르티코스테로이드를 다시 투여했다. 대체로 환자의 기분을 좋아지게 하고 또 가끔씩은 이름 모를 병에 차도를 가져오는 약물이라고 생각해서 그랬겠지만 별 효과는 없을 듯했다.

그런데 이번에는 다른 부분에서 새로운 변화가 있었다. 내 담당 의사가 낯익었다. 사실 한때 나는 그와 같은 의사가 되고 싶었다. 불과 몇 달 전 나는 내 진로를 놓고 그와 이야기를 나누고 싶어서 그를 만난 적이 있었다. 나는 그에게서 배우고 싶었다. 그는 엄마를 담당했던 종양전문의였다.

앞서 나를 담당했던 의사들처럼 그도 검사 결과와 증상들을 체크했다. 그러고는 그게 뭐든 림프종은 아니라는 결론에 도달했다. 몇 달 전이었다면 그의 말을 복음 진리처럼 받아들였을 것이다. 그러나 그즈음 나는 뭔가 고약한 쪽으로 변해가고 있었다. 알 수 없는 그 병은 내 의학 교육을 중단시킨 한편 내게 호전성과 노골적 태도 같은 것을 선사했다. 건강할 때의 나는 그런 사람이 아니었다. 아마도 그건 몰릴 대로 몰린 사람이 자연스레 갖게 되는 심리일 것이다. 어차피 잃을 게 없으니까.

엄마 담당 의사였고 지금은 내 담당 의사인 그가 내 병이 림프종이 아니라고 말하자 나는 반박했다. 내가 찾아낸 1970년대와 1980년대 논문에는 혈액기태가 몸 안에 있는 악성종양의 징후이며 그 악성종양은 림프종일 가능성이 크다고 나와 있었다. 내 림프절은 커져 있었고 그 외 림프종의 모든 증상을 다 갖고 있다. 그런데 어떤 의사도 림프종 진단에 필수적인 검사, 즉 림프절 생검을 실시하지 않았다. 그 외에도 나는 마치 경험 있는 내과전문의인 양 의견을 내놓았다. 그는 나를 여전히 수련의로 취급하면서 이렇게 대꾸했다.

"자네는 환자야. 의사 역할은 내게 맡겨 두게." 단호하고 약간 거친 말투였다. 그러나 틀린 말은 아니었다.

나는 질책당했다. 여느 때 같으면 그 상황에선 더이상 내 의견을 밀어붙이지 않았을 것이다. 내가 존경하는 인물을 상대로는 더더욱. 그러나 나는 애가 달 대로 달아있었다. 지난 11주간 환자 노릇은 할 만큼 했지만, 누구도 이 망할 놈의 병이 뭔지 못 알아냈다고 마음속으로 외쳤다. 솔직히 발병 초기에도 "누구도 그게 뭔지 모른다"라는 사실을 받아들이기 힘들었다. 그런데 재발까지 한 상황에선 도저히 수용할 수 없는 것이 되어버렸다.

"좋아요, 그럼 뭔데요?" 그것은 거의 비명에 가까웠다.

"나도 모르네. 하지만 그게 림프종이라면 내 손에 장을 지지겠네"라고 그가 말했다.

가족들도 낙담하긴 마찬가지였다. 몇 주 동안이나 의사들을 믿고 따랐는데 내놓은 진단이라곤 림프종은 아니라는 것 말고는 없었기 때문이다. 그나마도 결정적인 검사는 하지도 않은 상태에서. 다만 뭔가 질병 후보군에서 아닌 것을 하나씩 지워가는 과정이 시작된 것 같기는 했다. 그래도 확실하게 배제하려면 결정적인 검사 결과가 있어야 할 것 아닌가? 어쨌든 그 과정에 들어갔다 해도 결론이 나려면 시간이 얼마나 걸릴지 알 수 없었다. 혈액검사 결과 간과 신장, 골수 부전이 다시 시작되고 있었다.

지난번에 내 생명을 구했다고 추정되는 코르티코스테로이드는 이번에는 별 효력이 없었다. 그래서 결론 도출에 도움이 안 되는 몇 가지 검사를 해본 후에 내 담당 의사는 최종적으로 림프절 생검을 지시했다. 안도가 됐다. 림프종이라고 확신해서가 아니었다. 림프종이라는 게 그때까지의 여러 진단과 검사들에 근거해서 볼 때 가장 가능성이 큰 결론이었기 때문이다. 나는 추측하고 짐작하는 데 진력이 났다. 물적 증거가 필요했고 확실한 결과를 얻고 싶었다. 의사들의 의견을 믿어보거나 그들이 답을 발견해주기만 기대하는 것이 지긋지긋했다. 수련의로서, 의사의 아들로서 나는 절대로 의사들이 틀리지 않는다거나 모든 걸 안다고 생각하지 않았다. 어림도 없었다.

금요일 아침에 팩스로 결과가 왔다.

담당 의사는 외유 중이었다. 임상 간호사가 진단 결과를 전하러 병실에 들렀다. 글자 그대로 검사 결과지를 손에 쥐고서. 그때까지 다 합쳐서 병원에 대략 3개월 정도 있었다. 그동안 병실에 혼자 남겨져 있었던 건 몇 번 안 됐는데 그때가 바로 혼자 있을 때였다. 혼자 있을 때 좋은 소식이 오기도 했고 나쁜 소식이 오기도 했고 의사와 간호사들이 좋은 의미의 무표정을 하고 올 때도 있었고 나쁜 의미의 무표정을 하고 올 때도 있었다. 그 임상 간호사는 좋은 의미의 무표정을 하고 있진 않았다. 그렇다고 나쁜 의미의 무표정도 아니고 그냥 좀 호들갑스러웠다.

　"좋은 소식이에요. 림프종이 아니래요. 당신은……" 여기서부터는 팩스를 읽었다. "당신은 HHV-8-네거티브, 특발성다중심캐슬만병idiopathic Multicentric Castleman Disease(iMCD)입니다. 개인적으로 한 번도 들어본 적 없는 병명이네요. 그러니 어떤 질문을 해도 난 답변할 수 없어요. 그러나 림프종은 확실히 아닙니다. 담당 의사가 다음 주에 돌아오면 자세히 설명해줄 거예요." 그녀는 웃어 보이더니 병실을 나갔다.

　내 담당 의사가 손에 장을 지질 일은 애초부터 없었다. 정말로 림프종이 아니었으니까. 더 좋은 것은 내가 더이상 '미스터리' 병을 앓지 않아도 된다는 것이었다. 그 병엔 이름이 있었다. 그 이름을 의대의 면역학 강의에서 들은 적이 있다는 사실이 어렴풋하게 떠올랐다. 이름이 있다는 건 그 병의 역사가 있다는 뜻이고, 임상 실험이 행해진 적이 있다는 뜻이고, 치료가 실시된 적이 있다는 뜻이었다. 나는 놈의 정체를 알아낼 가능성이 보인다는 것에 감격했다.

누구라도 그랬겠지만, 나도 병상에서 아이폰으로 구글 검색을 해봤다. 위키피디아 페이지를 쭉 훑다가 확실한 데이터로 생각되는 것을 찾아냈다. 거기 인용된 유일한 논문으로 1996년에 발표된 것이었다. 다중심캐슬만병Multicentric Castleman Disease(MCD) 환자들의 주된 사인은 다계통장기부전MSOF이었다. 최악의 경우만 놓고 보면 림프종보다 더 안 좋은 케이스였다. 사람은 항상 가장 나쁜 시나리오만을 생각하게 되니까. 여하튼 입이 딱 벌어졌다. 뭐랄까 심리적인 공황 상태가 됐다. 내가 병적으로 림프절 생검에 집착한 것을 합리화하자면, 림프종이 아닌데 림프종인 것으로 내가 잘못 생각했다면 최소한 좋은 방향에서 잘못 생각한 것이 되는 셈이었다. 잘못 생각한 게 좋은 것이었다. 이렇게 더 안 좋은 것일 수도 있다는 사실은 아예 생각조차 하지 않았던 것이다. 완전히 허를 찔린 꼴이 돼버렸다.

병실에서 나는 혼자 펑펑 울었다. 짧은 순간에 두 가지가 갑자기, 동시에 머릿속에 떠올랐다. 나는 죽을 것이다. 그리고 케이틀린과 함께할 미래는 없을 것이다.

생존율 외에 그 논문에서 밝히고 있는 iMCD에 대한 사실 하나는 커진 림프절이 주요 장기부전과 사망을 야기하는 물질을 생산한다는 것이었다. 이유는 아직 알려지지 않았다고 했다. 앞에서처럼 군대에 비유하자면, 이 병은 우군 총격, 더 큰 우군 총격을 부르는 수준이 아니라, 방어해야 할 자국의 주요 도시에 핵폭탄을 투하하는 격이라 할 수 있었다. 아빠와 누나들이 병실로 돌아온 후에 나는 그 병에 관해 설명해줬다. 며칠 후에 트리니다드에서 조부모님과 고모들이 찾아왔다. 우리는 긍정적으로 생각하려고 애썼다. 최소한 욕을 퍼부을 대상의 이름은 알고 있는 것이니까. 그러나 대부분의 시간 동안 우리는 울었다. 그러면서 기도했다.

몇 주 동안 나는 상대의 전모를 파악하고자 노력했다. 그래야 제대로 가늠하고 게임 플랜을 세우고 물러서지 않고 싸울 수 있을 것이었다. 그런데 이 상대는 이름 말고는 알려진 게 별로 없었다. 그래서 싸움에 필요한 전문성과 치료 경험을 가진 의사를 찾아보기로 했다.

곧 '얼마간의 경험'이 있는 듀크대학병원의 의사를 알게 됐다. 나는 듀크대학병원의 혈액학·종양학 병동으로 옮겼다. 거기에는 7년 전과 같이 "듀크에는 희망이 있습니다"라고 쓰인 팻말이 벽에 붙어있었다. 하지만 엄마가 뇌수술을 받는 동안 대기실 벽에 붙은 그 팻말이 내게 위안을 주었던 것과는 달리 이번에는 아무런 위안도 주지 않았다.

매일 5명에서 8명으로 이뤄진 내과전문의들과 수련의들이 병실에 와서 내 사례를 놓고 논의하며 나를 관찰했다. 새 담당 의료진은 코르티코스테로이드는 효과가 없다는 데 의견이 일치했다. 그다음 방편으로 그들이 생각하는 것은 항암 화학요법 약물이었다. 그들은 이 병에 관한 한 자신들의 경험이 그리 많지 않다는 것을 내게 솔직하게 털어놓았다. '얼마간의 경험'이 있는 것으로 알려졌던 의사는 '소수의' 캐슬만병 환자만 다뤘을 뿐이라고 했다. 그 환자 중엔 나와 동일한 아종subtype 캐슬만병을 앓은 사람이 없었다. 나는 실험 대상이 된 기분이 들었다. 아무것도 달라진 게 없었으므로 가족들도 당황스럽긴 마찬가지였다. 화학요법이 실시된 후에도 내 상태는 더 악화됐다. 그럼에도 담당 의료진은 그 방식을 고수했다. 그것 말고는 할 줄 아는 게, 할 수 있는 게 없었다.

그들은 내가 최소한의 영양 섭취를 해야 한다고 했다. 뭘 먹기만 하면 토했기 때문에 의료진은 영양 보급 튜브를 코를 통해 위까지 내려가게 한 다음 액상 음식물을 투입했다. 튜브가 막히는 일이 종종 있었는데 그때마다 새것으로 갈아 끼웠다. 빼기와 끼우기 중 어느 쪽이 더 괴로운지는 비교 불가였다. 나도 의대생 시절에 그 일을 자주 했었다. 그걸 할 때 환자가 얼마나 고통스러운지, 역겨운지 전혀 알지 못했다. 내게 깨달음이 하나 생겼다. 의사가 되려면 의대생 시절에 적어도 몇 차례는 그런 경험을 해봐서 그게 어떤 건지 알아야 한다.

듀크대학병원에서 나는 악화, 더 악화, 더욱더 악화돼 바닥까지 내려갔다. 장기들이 동시에 부전상태에 빠지면서 엄청난 전신 통증이 몰려왔다. 몸의 각 부위에 물이 들어찼고 장기는 기능하지 않았으며 의식은 낡은 TV처럼 켜졌다 꺼졌다 했다. 또 한 번 내 기억에 균열이 생겨났고 급기야는 서로 연결되지 않는 조각들로 쪼개졌다. "뭐든 하루는 견딜 수 있어." 나는 지나 누나에게 이렇

희망이 삶이 될 때

게 말했던 것 같다.

나는 벼랑 끝에 서 있었다. 신장과 간의 동시 부전으로 내 혈액에는 독소가 쌓였다. 나를 무의식 상태로 빠뜨리기에 충분한 양이었다. 며칠 또는 몇 주간의 장기 기억은 아예 형성되지도 않았다. 때로 나는 차라리 그런 기억의 공백이 더 광범위하게 생겨났으면 싶었다. 솔직히 어떤 기억은 있어도 그만 없어도 그만이니까. 이를테면 이런 게 있었다. 나는 가족들이 사제를 부른 것을 기억한다. 당연히 사교적인 방문은 아니었고 종부성사를 집전하기 위해서였다. 그런데 나는 손의 감촉, 성유, 이런 것에 대한 기억이 없다. 그때 캄캄했다는 것, 죽기가 무서웠다는 것밖에는 기억이 나지 않는다.

두 번째로 케이틀린이 노스캐롤라이나까지 비행기를 타고 나를 보러 왔다. 그즈음 들어 내가 사랑하는 사람들이 얼마나 귀한 사람들인지 새삼 깨닫고 있었지만, 그럼에도 나는 그녀가 날 보도록 할 준비가 되어 있지 않았다. 거의 혼수상태에 빠진 거나 다름없었던 그 2주간, 내가 그나마 제대로 문장을 구사했을 때는 케이틀린이 날 보길 원치 않는다는 말을 할 때였다. 그녀가 이런 꼴을 한 내 모습을 기억하게 하고 싶지 않았다. 리사 누나는 케이틀린에게 지금은 나를 만나는 게 그리 좋은 생각이 아니라는 내용의 문자 메시지를 보냈다. 내가 매일매일 악화되고 있고 죽음의 문 앞에 가 있다는 말은 하지 않았다.

케이틀린은 롤리에서 시간을 보냈다. 병문안을 왔던 내 친구들로부터 병원을 찾아가기에 좋은 때가 언제인지 물어보기 위해서였다. 내가 얼마나 안 좋은지도, 언제 죽을지 모르는 상태라는 것도 전혀 알지 못하고 결국 상심한 채 뉴욕으로 돌아갔다. 그녀를 두 번째로 거부한 그 일을 지금도 크게 후회한다. 나는 종부성사를 받고 죽음의 입구로 향했다. 그런데 바로 그때 화학요법의 효과가 나타나 죽음 직전의 나를 붙들었다. 처음 병원에 입원하고, iMCD 진단을 받고, 첫 번째 화학요법을 받을 때까지 11주가 걸렸다. 11주에서 하루만 더 걸렸어도 나는 아마 살지 못했을 것이다.

약 3개월 동안 두 차례 거의 죽음까지 가는 경험을 했고 또다시 그럴 가능성이 있었다. 러시안룰렛을 오래 하면 할수록 살 확률이 떨어지는 것은 자명한 사실이다. 그렇기 때문에 내가 깨어났고 의식을 찾았다는 사실에 마냥 좋아할 수만은 없었다. 이런 식의 삶이라면 받아들일 수 없었다. 주기적으로 거의 죽었다 살아나기를 반복하는 일을 수용할 수는 없었다. 그 일로 인해 내 가족이 받는 고통이나 케이틀린에게 못할 짓을 할 수밖에 없는 걸 생각하면 더욱 그랬다. 지금까지는 뭘 몰랐다. 그저 담당 의사들의 운이 좋기만, 가족들이 내 죽음에 잘 대처하기만 바랐다. 내가 그토록 사랑하는 사람이 나를 부풀어 오른 송장으로 기억하는 게 두려워 그녀를 극구 거부했다. 그러나 이제부터는 내 몸 상태가 허락하는 한 내 삶의 주도권을 잡기로 마음먹었다. 나는 특발성다중심캐슬만병, 즉 iMCD에 맞서기로, 그걸 내 적이라고 생각하고 상대하

희망이 삶이 될 때

기로 했다. 전술은 그때그때 바뀔 수 있지만 목표는 분명했다.

병원에서 서서히 회복되는 동안 나는 행복한 얼굴을 하고 있었다. 사실 행복했다. 살아난 게 감사했다. 그리고 내가 하기로 한 일에 집중했다. 그러다 보니 자기 연민이나 슬픔을 느끼는 데 허비할 시간이 없었다. 벌써 11월 하순이었다. 아빠는 추수감사절 요리를 만들어서 내 병상으로 가져왔다. 영양 보급 튜브는 제거돼 있었다. 누나들, 아빠, 우리 가족의 친구들 그리고 나는 함께 만찬을 들었다. 몇 주 만에 맛보는 진짜 음식이었다. 그 오후에는 내가 환자라는 생각이 조금도 들지 않았다. 식사하고 나서 누나들과 나는 〈보랏Borat〉과 〈새터데이 나이트 라이브Saturday Night Live〉 동영상을 유튜브로 봤다. 웃으면서 봤고 자질구레하고 시시한 것들을 화제로 수다를 떨었다.

다음 날 아침, 나는 병실에서 일을 시작했다.

제9장

혼자가 아니라는 신호

업투데이트UpToDate는 분야를 막론하고 질병과 치료법을 포함해 의사들이 최신 정보를 접하고 습득할 수 있는 최고의 온라인 사이트다. 의사들이, 의사들을 위해 만들기 때문에 믿을 만하다. 그리고 계속 업데이트되는데, 그런 이름이 붙은 이유가 여기 있다고 생각한다. 나는 의대에 다닐 때부터 여길 이용했다.

캐슬만병을 입력하니 나와 같은 아종(특발성다중심)은 겨우 4건이 보고되어 있고 그중 환자 한 명만이 현재 생존해 있다고 나왔다. 나는 충격을 받았다. 듀크대학병원의 내 병실 담당 레지던트 한 명과 나는 이게 내가 5번째 케이스임을 의미하는 것이라고 '잘못' 생각했다. 환자군이 이렇게 적으니 과연 좋은 치료법이 개발되었을지 의문이었다. 이렇게 사례가 드문 질병의 치료약을 개발하는 것은 한정된 연구 재원을 낭비하는 일이라고 말하는 사람도

희망이 삶이 될 때

있다. 물론 나는 그런 말을 할 입장이 전혀 아니었지만.

어딘가에 나와 같은 iMCD 환자가 더 있으리라는 생각에 마치 난파선 생존자가 뗏목을 엮듯이 필사적으로 자료를 찾았다. 그랬더니 어떤 임상실험에 무려 75명이나 되는 iMCD 환자들이 피실험자로 올라와 있는 게 나타났다. 사실 펍메드PubMed(무료 검색엔진으로 미국 국립의학도서관이 만든 메드라인 데이터베이스Medline Database에 등재된 생명과학과 생물의학 분야의 연구 논문 초록과 참고 문헌에 접근할 수 있다 - 옮긴이)를 잠깐만 들어가 봐도 나와 같은 아종의 캐슬만병 사례를 다룬 수백 건의 연구 논문이 등재되어 있음을 알 수 있다. 그러고 보면 업투데이트는 그 이름에 걸맞게 최신 정보가 올라와 있는 건 아닌 것 같았다.

나도 현재는 업투데이트 사이트의 캐슬만병 집필자다. 나도 쓰고 있으므로 캐슬만병에 관한 한 업투데이트에는 이제 최신 정보가 올라온다고 자신 있게 말할 수 있다. 현재 알려진 바로는 미국에서만 한 해에 대략 6천~7천 명이 캐슬만병 진단을 받는다. 이는 ALS(근위축성 측색경화증, 일명 루게릭병)의 발병 건수와 비슷하다. 이 중 천여 명 정도가 나와 같은 아종의 iMCD이다. 매년 그렇다는 뜻이다. iMCD 환자의 평균 생존 기간은 대략 7년 정도이고 현재 미국 내에 생존 중인 환자는 7천 명 정도다. 생존 환자가 한 명만 있는 게 아니다.

그러나 그때는 진행 중인 임상실험이 있다는 걸 아는 것만으로도 충분했다. 그건 이 병이 흔치 않긴 해도 어디서 뚝 떨어진 게 아니라는 의미였다. 또 내가 듀크대학병원의 혈액학 병동을 나가서 외부의 전문가를 찾아볼 필요가 있다는 뜻이었다. 반드시 전문가가 있으리라고 생각했다. 그(녀)를 찾을 수 있다면 못갈 데가 없었다. 이런 종류의 희귀병에는 필히 여기에 매혹된 천재가 있을 것 같았다. 왜냐하면 뛰어난 사람들은 뭔가 복잡하지만 연구가 불충분한 주제에 관심을 갖는 경향이 있으니까. 나 또한 조만간 그런 사람들의 일원이 되리라 생각했다.

아니나 다를까 온라인을 뒤지다 보니 지나 누나와 나는 우리가 찾는 사람을 만날 수 있었다. 프리츠 밴 리Fritz Van Rhee 교수로 의학 박사인 그는 여러 국제적인 연구 기관의 회원이자 국립보건원에서 상당한 기금을 후원받으며 다발성 골수종 연구를 하는 인물이었다. 이는 연구자로서 누릴 수 있는 최고의 특전이라 할 수 있다. 그리고 캐슬만병 최고 권위자라는 평판도 얻고 있었다. 그는 아칸소대학 의대(UAMS) 교수로 있었다.

나는 밴 리 박사에게 이메일을 보내 듀크대학병원에서 퇴원할 정도로 몸 상태가 나아지면 아칸소주의 리틀록에서 나를 한번 만나줄 수 있는지 물었다. 이 최고 전문가를 처음부터 알았더라면 매우 행복했겠지만 그를 알기까지의 과정도 중요한 의미가 있다고 생각했다. 재판을 대법원까지 가져가는 과정과 비슷하다고나 할까. 그는 누가 뭐래도 나를 죽이려고 하는 병의 권위자였다. 그가 내 이메일에 답하지 않을지도 모른다는 생각은 아예 하지 않았다.

희망이 삶이 될 때

기대했던 바대로 밴 리 박사는 나를 만나고 싶다고 즉각 답신을 보내왔다. 나는 그가 세심하고 정확한 사람임을 알았고 이는 매우 좋은 징조로 여겨졌다. 그렇게 바쁘면서도 그토록 신속하게 일을 처리하는 사람은 뭔가 특별한 사람임이 틀림없었다.

밴 리 박사와 만날 날짜가 12월 26일로 정해졌다. 나는 그때까지 PET 촬영과 골수 생검, 각종 혈액검사를 받아야 했다. 듀크대학병원에서 한 달 더 있는 동안 화학요법을 위시해서 필요하다고 생각되는 의료적 조치들이 행해졌다. 상태는 좋다고 할 수 없었다. 혈액검사 결과도 매우 나빴다. 리틀록에 가서 캐슬만병에 대해 최대한 많이 배우려면 힘이 있어야 했는데 그걸 기를 시간이 3주밖에 없었다. 내 스토리는 미지의 악마적 힘에 휘둘리는 주인공을 다룬 고난의 서사시도, 영웅담도 더이상 아니었다. 어떤 점에선 한고비를 넘긴 탐정 소설 같았다. 째깍거리는 시한폭탄이 내 몸 어딘가에 박혀있고 이제 그것을 제거하는 일만 남아있었다.

퇴원하려면 새 옷이 필요했다. 물이 차서 부풀어오른 배는 임신 7개월이 된 누나의 배보다 더 컸다. 아프기 전에 입던 옷은 맞는 게 하나도 없었다. 그렇다고 환자복을 걸치고 다닐 수는 없었다. 내겐 아직도 체면이 남아있었다. 그래서 누나와 나는 싸구려 쓰리엑스라지 사이즈의 옷을 여러 벌 구했다. 그걸 입고 보니 죄수복을 걸친 마피아 두목처럼 보였다.

또 몇몇 사람들과 관계 개선을 할 필요가 있었다. 아버지 집에 돌아와서 내가 맨 처음으로 전화를 건 사람은 케이틀린이었다. 다시 한번 내가 왜 그녀를 거부했는지 설명했다. 그녀는 내 사과를 받아들였다. 그러나 나중에 알고 보니 그녀는 내가 거부한 게 아니라 누나들이 막아선 것으로 생각했다고 한다.

표출되지 않은 감정들과 많은 생각이 내 마음속 깊은 곳에서 끓고 있었다. 나는 지난 몇 개월간 겪은 일들로 인해 우리 둘 다 완전히 지쳤다고 생각했다. 그녀는 자신의 방문이 거부당했을 때 심정이 어땠는지에 대해 무척 할 말이 많았다. 대화를 나누면서 우리가 가까워졌음을 느꼈다. 둘 사이의 긴장은 사라졌고 옛 감정, 즉 첫 데이트 이후 항상 느꼈던 순수한 행복감이 돌아왔다. 그러나 우리 관계에 관한 한 너무 앞서 나가지 않으려고 했다. 이 끔찍한 병이 당장 내일 또 어떤 모습으로 나타날지 누가 알겠는가? 나는 그냥 그 정도, 사랑하는 사람과의 전화 대화 그리고 그게 가능한 정도의 의식이 있는 상태로 만족하려 했다.

제10장

# 또다시 폭주하는 병

1954년 매사추세츠 출신의 한 병리학자가 비슷한 증상을 보이는 환자 10명의 림프절에서 비정상적인 패턴을 발견했다. 그의 이름은 벤저민 캐슬만이었다. 이 병리 현상은 그의 이름을 따서 명명됐다. 그런데 캐슬만병은 전혀 그 이름처럼 단순하지 않았다. 내가 앓고 있는 이 질병이 얼마나 복잡한 것인지는 iMCD라는 이름에 첫 번째 단서가 들어있다. '특발성'은 대체로 원인 불명을 의미한다.

내가 진단받았을 당시 iMCD가 사이토카인과 관련이 있다는 사실은 알려져 있었다.

면역세포가 분비하는 사이토카인은 면역체계 전체의 활성화 및 활동을 조절하는 데 지대한 역할을 한다. 그중에서도 특히 인터루킨6interleukin-6, 줄

희망이 삶이 될 때

여서 IL-6라 부르는 사이토카인이 두드러진다. 누구나 IL-6를 만들어내고 분비한다. 지금 이 순간에도 우리는 그걸 분비하고 있는데 이 물질은 감염과 암세포에 대적한다. 그런데 iMCD 상태에서는 IL-6가 과잉 생산되고 분비가 멈추지 않는다.

iMCD에 걸리면 우군 총질이 통제 불능이 된다. 그 결과 독감 비슷한 증상이 발생하고 간, 신장, 심장, 폐, 골수에서 치명적인 교란이 일어난다.

왜 과잉 생산되는가? 그게 우리가 알지 못하는 것 중 하나라고 할 수 있다. 어떤 바이러스 같은 바람직하지 않은 외부 행위자의 등장으로 인해서이거나 암세포의 출현 때문이 아닐까 추측하고 있다. 아니면 촉발 자체가 내인성일 수도 있다. 즉 면역세포의 유전자 코드에 발생한 돌연변이를 말하는 것으로 날 때부터 그렇게 프로그램화된 것일 수도 있고, 살면서 획득한 것일 수도 있다. 여하튼 아무도 모른다. 그러니 iMCD를 자가 면역 질환으로 봐야 하는지, 암이나 바이러스 원인 질병 같은 것으로 봐야 하는지도 확실하게 말해줄 사람이 없다. 분류하기가 어려운 것이다. 때로는 암인 림프종처럼, 때로는 자가 면역 질환인 루푸스처럼 활동한다. 이놈은 둘 사이에 있는 미지의 영토를 차지하고 있다.

나는 캐슬만병이라 하더라도 케이스 별로 각각 다르다는 것을 알게 됐다. 그리고 암도 그렇지만 어떤 아종이냐가 굉장히 중요하다는 것도 배웠다. 내가 앓고 있는 아종은 '특발성'이면서 '다중심'

캐슬만병이다. 왜냐하면 여러 곳의 림프절이 커져 있기 때문이다. 이 림프절 비대는 캐슬만 박사가 최초로 기술한 비정상 패턴과 유사하다.

림프절은 면역세포가 진격 명령을 하달받는 본부 역할을 한다. 누구와 싸우고 무엇을 하고 건강한 세포를 해치지 않으려면 어떻게 해야 하는지 등을 여기서 지시받는 것이다. 이는 우리 모두의 몸에서 항상 일어나는 대단히 복잡한 과정으로 면역세포들이 올바른 메시지를 주고받기 위해선 림프절 내의 정확한 장소에 가 있어야 한다. 캐슬만병 환자들의 림프절에선 혈관이 비정상적으로 여기저기 뻗쳐 있으며 면역세포들도 제자리에 있지 않고 비정상적으로 여기저기 뭉쳐 있다. 그리하여 이 면역세포들은 적이 아닌 아군(건강한 세포)을 공격하라는 그릇된 명령을 받을 위험성에 노출되는 것이다.

현미경으로 봤을 때 iMCD와 겉모습이 같은 세 가지 유형의 '다른' 캐슬만병이 있다. 하나는 단일중심성 캐슬만병UCD(unicentric Castleman disease)이다. 이 녀석은 iMCD에 비해 증상이 약한 편이다. 국한된 한 장소에서만 림프절 비대가 나타난다. 그래서 그 림프절을 외과적으로 절제해 종종 치료 효과를 보기도 한다. 다른 하나는 POEMS증후군(신체의 여러 곳이 동시에 공격을 당하는 희귀병으로, 다발신경병증Polyneuropathy, 장기 비대Organomegaly, 내분비병증Endocrinoapthy, 단세포군 감마글로불린병증Monoclonal gammopathy 또는 M-단백질M proteins, 피부 결손Skin defects의 머리글자를 따서 지은 이름-옮긴이)

희망이 삶이 될 때

과 관련된 MCD다. 소수의 암세포들이 iMCD에서 보이는 것과 같은 임상적·수치적 비정상성을 유발한다. 이 암세포들을 제거하면 MCD를 퇴치할 수 있다. 마지막 하나는 인간 헤르페스 바이러스 8(HHV-8)에 관련된 MCD인데 이는 iMCD와 거의 같은 증상을 보인다. 다른 점은 이 유형의 캐슬만병은 제어되지 않은 HHV-8 바이러스 감염에 의한 것으로 그 원인이 밝혀져 있다는 것이다. 이 아종에 대해서는 연구가 꽤 진행돼 있다. 원인과 주범 역할을 하는 면역세포의 유형이 밝혀지기 전까진 HHV-8 관련 MCD는 iMCD보다 예후가 나빴다. 그러나 이제 원인과 HHV-8 관련 MCD의 메커니즘이 밝혀지면서 효과적인 치료법이 나왔고 이를 통해 환자들의 장기 생존율이 크게 높아졌다.

여기서 내게 중요한 메시지는 내가 앓고 있는 유형의 캐슬만병도 그 기저에 무엇이 놓여 있는지만 알아내면 절대 난공불락이 아니라는 것이다.

이런 사실들을 알고 난 뒤에 힘이 솟긴 했지만 내 생존에 관련된 데이터를 읽는 게 쉬운 일은 아니었다. MSOF을 겪고 있다 보니 의대를 다니면서 이론적으로 생존 데이터를 대할 때와는 달리 모든 데이터가 사적인 의미로 다가왔고 그걸 읽으면서 평온함을 유지하기가 어려웠다. 여타의 무서운 병들과는 달리, iMCD는 나이에 상관없이 발병했다. 그래서 어린아이들이나 청년층에서도 이 병과 싸우는 환자들이 많았다.

iMCD 환자의 약 35퍼센트가 진단 후 5년 이내에 사망했다. 이는 모든 암의 평균 생존율과 같았으며 림프종, 방광암, 유방암, 다발성 경화증, 전립선암보다는 예후가 더 나쁜 것이었다. iMCD 환자의 약 60퍼센트가 진단 후 10년 이내에 사망했다.

나는 논문들을 여러 번 훑었다. 내 병과 관련해서 발병 원인, 면역세포 유형, 세포 간 연락망 등에 대한 단서를 찾고 싶었다. 캐슬만 박사가 첫 번째 사례를 보고한 지 54년이 지났지만 이 병의 원인, 주요 세포 유형, 주요 세포들의 연락망에 대해선 알려진 바가 없다. 유일한 진전이라면 IL-6의 과잉 생산을 발견한 것뿐이었다. 이는 소수의 iMCD 환자를 대상으로 이뤄진 많지 않은 연구의 결과였다. 그런데 의학 종사자들이 공통적으로 갖고 있는 문제점 중 하나는 보고 싶은 것만 본다는 것이다. 알려진 사이토카인은 수백 가지가 되는데 IL-6는 iMCD 환자들에게서 관찰되는 몇 안 되는 사이토카인 중 하나였다. 매우 중요한 사이토카인임에도 불구하고 아직 발견되거나 측정되지 않고 있는 것도 있을 터였다. 그런데 토실리주맙tocilizumab이라는 약이 일부 환자들에게서 효과를 나타내면서 일본에서 iMCD 치료약으로 승인받았다. 이 약은 사이토카인 분비에 관여하는 면역세포 수용체를 봉쇄한다. 그렇지만 FDA가 요구하는 효능, 안전성, 엄격한 연구 설계 기준을 충족시키지 못해 미국에서는 iMCD 치료약 승인의 문턱을 넘지 못했다. 미국에서는 나중에 류마티스성 관절염 치료약으로 승인을 받

　　　　　　　　　　　　　　　　　희망이 삶이 될 때

왔다. 그래서 듀크대학병원의 내 담당 의사들이 그 약을 써볼 생각이 있었고, 사용에 따르는 보험 승인을 받을 수 있었다면 나는 투약을 받을 수도 있었다. 그러나 그들은 그 약에 대해 알지 못했다. 캐슬만병에 대한 공부와 조사의 초기 단계에선 나 또한 일본에서 iMCD 치료용으로 토실리주맙이 쓰인다는 사실을 알지 못했다. 내가 아는 것이라곤 캐슬만병이 어마어마하게 복잡하면서도 반박 불가할 정도로 매혹적인 병이라는 것뿐이었다. 내가 겪고 있는 개인적인 고통과 별도로, 이 병은 경이 그 자체였다. 어떤 면에서 보면 내 장기를 공격하는 내 면역체계의 능력은 참으로 놀라웠다.

내가 iMCD에 관해 가능한 한 많은 것을 알려고 애쓰던 그즈음 연구자들은 iMCD 환자들을 통해 사이토카인에 대해 알아낸 것을 가지고 암과 싸우고 있었다. 이는 의학계가 갖고 있는 장점 중 하나라고 할 수 있다. 우리의 건강에 대한 위협 그 자체로부터 배울 수 있는 학습 능력, 적의 무기를 그대로 복제해서 적에게 응사할 수 있는 유연성과 능란함을 보여준다는 측면에서 그렇다.

암 치료와 관련해서는, 면역세포의 화력을 오직 암세포에만 집중적으로 퍼부을 수 있는지가 매우 중요해지고 있다. 이는 희망이기도 하고 계획이기도 하다. 물론 위험성도 있다. 만일 이 강력한 무기가 '잘못된' 방향으로 조준, 발사된다면 환자는 치료는커녕 더 빨리 생명을 잃을 수도 있다.

지난 20여 년간, 펜실베이니아병원을 비롯한 여러 의료 기관의 의료인들이 T세포라 불리는 특수 살상 면역세포를 재프로그래밍할 수 있는 방법을 알아냈다. T세포는 표면에서 특정한 분자 물질을 방출하는 암세포를 표적으로 삼아 죽이는 면역세포다. 그들은 환자에게서 T세포를 꺼낸 다음 HIV바이러스(인간면역결핍 바이러스)의 성분을 이용해서 유전자 물질을 이 세포에 주입했다. 이렇게 해서 만들어진 카이메릭항원수용체Chimeric Antigen Receptor, 줄임말로 CAR T세포들을 다시 주입하면, 이것들은 사이토카인을 방출하고 면역체계를 활성화해 특정한 세포 표지자를 갖고 있는 암세포를 골라 죽이는 대살상극을 벌이게 된다. 당연히 환자는 이 과정에서 많은 경우 매우 약해진다. 그것도 아주 빠른 속도로. 실제로 아주 초기에 CAR T세포 치료를 받은 환자들 중 한 명은 iMCD 환자들이 보이는 것과 거의 같은 증상을 보이면서 사경을 헤맸다. 그 환자의 IL-6 수치는 엄청나게 높았다. 그러자 의사들은 IL-6 수용체 차단제이자 iMCD 치료약으로 일본에서 개발된 토실리주맙을 투여하기로 결정했다.

결과는 성공이었다. 토실리주맙이 그 환자의 생명을 구하지 못했다면 CAR T세포 연구 사업 전체가 중지됐을 것이다. 오늘날, CAR T세포 요법은 FDA의 승인을 받아 다양한 유형의 백혈병과 림프종 치료에 쓰이고 있으며 다른 많은 암 치료에 있어서도 새로운 희망으로 부상하고 있다.

사람들은 이른바 기적의 약이란 게 매일 쏟아져 나오고 의학계는 거의 모든 질병에 대한 해법을 알고 있다고 믿는 것 같다. 이런 믿음의 형성은 '획기적인 진전'이라는 식의 오직 관심을 끄는 것

희망이 삶이 될 때

이 목적인 미디어 보도에 크게 영향을 받은 것으로 생각한다. "수십만 번 실험했지만 단 한 번도 성공하지 못했다"라는 헤드라인은 본 적이 없다. 다수의 사람들은 '기적'이 그냥 일어나서 제 발로 연구자의 실험실을 찾아오는 것으로 생각하는데 이는 사실이 아니다. 토실리주맙이 그 적절한 예일 것이다.

요시자키 가즈유키 박사는 몇몇 iMCD 환자를 살펴본 결과 IL-6 수치가 상승했다는 사실을 처음으로 알아낸 인물이다. 그는 1990년대와 2000년대에 걸쳐 10년 넘게 iMCD 치료를 위해 토실리주맙을 개발하고자 노력했다. 그는 자신이 개발해낸 그 약을 임상실험을 위해 다른 사람들에게 투여하기 전에 자신의 몸에 주입했다. 안전성을 입증하고 싶었던 것이다. 언젠가 내가 그 일에 대해 묻자 그는 웃으면서 자신의 팔을 가리켰다. 그러고는 이렇게 말했다. "아뇨, 아뇨, 내가 내 손으로 주입한 게 아녜요. 간호사가 주입했지요."

자신의 몸에 직접 임상실험을 한 인물이 가즈유키 박사만 있는 것은 아니다. 지금까지 12명의 자가 투여 실험자들이 노벨상을 받았다. 워너 포스만 박사는 심장 도관 삽입술의 선구자로 불린다. 그는 처음으로 자신의 팔 정맥에 도관catheter를 삽입하여 이것이 심장까지 도달하게 하는 데 성공했다. 배리 마셜 박사는 궤양을 일으키는 특정 형질의 박테리아가 있음을 증명하기 위해 그 박테리아가 배양돼 있는 수프를 마셨다. 이는 그의 노벨상 수상으로 이어졌고 전적으로 새로운 궤양 치료의 길이 열리게 됐다.

과학자로서나 실험 대상자로서나 가즈유키 박사의 사례는 내게 아주, 아주 중요한 의미가 있었다. 캐슬만병을 조사하면서 나는 내 몸의 일부, 처음 응급실로 기어들어 가면서 어딘가로 가라앉아버렸던 내 몸의 일부가 다시 떠오르는 것 같은 느낌을 받았고 나 자신이 다시 의사로 느껴지기 시작했다. 그 정체성의 일부분은 끝내 잃어버리고 말았지만.

수련의 시절 나는 병이란 우리가 가지고 있는 진단 도구들에 맞는 여러 부분들의 합으로 생각하도록 훈련받았다. 우리는 우리가 확정할 수 있는 것들, 오직 그것들에만 주목하도록 배웠다. 그런데 환자가 되고 보니 이런 편협한 접근의 결함이 드러났다. 나는 수전 손택의 말, 우리 모두는 이중 국적을 가지고 태어났기 때문에 언젠가는 '질병의 왕국'에서 일정 시간을 보내야 한다는 그녀의 말이 이해되기 시작했다. 내 병은 단순히 내가 보여주고 있는 증상들의 총합이 아니었다. 그것은 내가 주위의 세계와 사람들과 맺고 있는 관계였다.

나는 노스캐롤라이나에 있는 질병 왕국의 신민이었다. 그리고 7일 후에 아칸소로 여행을 떠날 계획이었다. 여행 준비를 하기 위해 리사 누나의 부축을 받으며 쇼핑몰까지 걸어갔다. 쇼핑몰에는 나 같은 '보행 연습자'가 없었다. 오직 크리스마스를 앞둔 쇼핑객들만 있었다. 나는 그 몇 주 전에 듀크대학병원에서 퇴원했다. 몸 상태는 비교적 괜찮았다. 어떻게든 흉한 몸매를 좀 나아 보이게 하고 싶은 생각이 간절했다. 불룩 튀어나와 있는 복부를 가려볼

양으로 새로 산 쓰리엑스라지 회색 스웨터를 입었다. 배에는 아직도 5리터의 체액이 차 있었다. 발은 너무 부어서 맞는 신발을 구할 수가 없었다. 그래서 나는 병원 양말을 신고 너비 조정이 가능한 벨크로 끈이 달린 아디다스 샌들을 걸쳤다.

나는 마치 래치드 간호사(켄 케시의 소설이자 동명의 영화 〈뻐꾸기 둥지 위로 날아간 새〉에 나오는 고압적이고 가학적인 간호사 - 옮긴이)에게서 막 도망친 환자처럼 보였다. 하지만 상관없었다. 기분이 좋았다.

코너를 도는데 내 나이 또래의 여성과 잠깐 눈이 마주쳤다. 화답의 미소를 기대하며 나는 웃음을 지어 보였다. 남부에 한 번도 안 와본 사람을 위해 한마디 하자면 이 지역에서는 반드시 미소에는 미소로 답한다. 그런데 이 여성은 웃지 않았을 뿐 아니라 노골적으로 역겨워하는 표정을 지어 보였다. 리사 누나는 내 웃음과 그녀의 찡그림이 교환되는 찰나를 포착했다. 누나와 나는 웃음을 터뜨렸다. 순간적으로 나는 내가 질병 왕국의 신민임을 잊고 있었다……. 웃을 수 있어서 너무 좋았다. 나는 더이상 예전의 '괴물' 같은 풍모가 아니었다. 괴물에게 공격받은 희생물의 모습이었다.


우리 가족들은 다 같이 모여 크리스마스를 축하했다. 그해의 크리스마스는 엄마가 돌아가신 후 맞은 크리스마스들 중에서도 유독 특별하게 느껴졌다. 산타클로스로부터 받고 싶은 선물이 계속 머리를 떠나지 않았다. 밴 리 박사가 내 건강을 되돌려주는 일.

다음 날 드디어 리틀록에 도착했다. 공항에서 셔틀버스를 타고 행선지가 아칸소대학 의대라고 말하자 버스 기사가 물었다. "캐슬만병 때문에 가는 거요?"

나는 몹시 놀라 이렇게 대답했다. "네."

"당신 모습이 캐슬만병 환자인 것 같았소."

최고 수준의 대학병원 의사들도 내가 캐슬만병에 걸렸다는 걸 알아내는 데 11주가 걸렸는데 이 버스 기사는 한눈에 파악한 것이다.

"제대로 찾아왔군요. 밴 리 박사는 전 세계에서 온 캐슬만병 환자들을 돌보는 분이오."

이 말이 위안이 됐다. 처음으로 나는 내가 앓고 있는 병이 '일반' 질환으로 취급되는 곳을 향하고 있었다.

똑같은 일이 우리가 호텔에 체크인하고 병원으로 걸어가는 중에도 일어났다. 마주치는 사람들마다 캐슬만병에 대해 잘 알고 있는 듯한 표정을 지었다. 나는 얼마 전까지도 캐슬만병에 대해선 아무것도 모르는 내과 전문의들이 있는 미국 최고 수준의 대학병원 환자였다. 세계에서 가장 권위 있는 의학 사이트에서 겨우 알아낸 것도 나와 같은 종류의 캐슬만병을 앓고 있는 생존 환자가 한 명밖에 없다는 잘못된 사실뿐이었다. 나는 이제 그게 사실이 아님을 확신할 수 있었다. 왜냐하면 iMCD 환자들이 밴 리 박사를 보기 위해 이른 아침부터 자기 순서를 기다리고 있었기 때문이다. 마침내 제대로 찾아온 것이다.

나는 '좋은' 강박증이 있는 사람답게 필요한 준비물을 다 챙겨 갔다. 지난 몇 달간 내게 나타난 증상들, 받았던 여러 가지 진단들, 검사 결과들을 파워포인트로 정리해서 가져갔다. 자료의 양이 많아서 100페이지가 넘었다. 밴 리 박사와 만난 자리에서 그걸 설명하려 하자 그가 다소 당황스러운 표정을 지으며 시계를 들여다봤다. 나는 불안해졌다. 환자이자 아직 의대생인 주제에 대가를 가르치려 들었다. 그것은 그의 방식이 아니었다. 대신에 그는 세 시간 동안 아빠와 나와 함께 자료들을 들여다보면서 자세한 치료 계획을 내놓았다. 이야기를 나누면서 우리가 캐슬만병에 대한 흥미 이상의 것을 공유하고 있음을 알게 됐다. 그의 부인이 트리니다드 출신으로 엄마가 살았던 동네에서 성장했음을 알게 된 것이다. 우리는 함께 그 섬, 제일 좋아하는 그곳의 음식, 해변을 추억했다.

　문화적인 공감대가 있다는 게 위안이 됐다. 그런데 가장 고무적이었던 것은 그가 우리에게 보여준 것이 내 병에 관한 이 세상의 지식 전체를 망라한 것이라는 사실이었다. 그 지식과 그라는 인물이 모두 경이로웠다. 그는 어떤 제약회사가 실툭시맙siltuximab이라는 약을 개발 중이라고 알려줬다. 그 약은 iMCD의 치료를 위해 IL-6를 직접 봉쇄한다고 했다(토실리주맙과 실툭시맙은 둘 다 IL-6가 신호를 보내는 경로를 막는다. 토실리주맙은 IL-6끼리 묶이지 않도록 수용체를 봉쇄하는 반면에 실툭시맙은 IL-6에 직접 달라붙어 그것을 무력화시킨다). 또한 임상실험의 2단계, 2단계의 첫 번째 과정인 iMCD의 무작위 대조 연구가 진행 중이라고 했다. 이게 성공리에 끝나면 FDA가 실툭시맙을 iMCD 치료약으로 승인할 가능성이 컸고 지금까지의 실험 경과는 고무적이었다.

나는 임상실험에 참여할 환자를 등록받는 곳이 듀크대학병원에서 15분밖에 안 걸리는 노스캐롤라이나대학에 있었다는 사실에 깜짝 놀랐다. 내가 사경을 헤매던 순간에도 나나 담당 의사들이나 근처에 그런 게 있다는 사실을 전혀 알지 못했다. 그런데 처음 발병과 재발했을 때 검사한 결과를 보면 내 IL-6 검사 수치는 높지 않았다. 그에 대해 밴 리 박사는 iMCD에 관해 그때까지 알려진 바를 바탕으로 생각해보면 내 IL-6 수치가 분명히 높았을 거라고 했다. 그 수치 상승은 iMCD에서 대단히 중요한 지표라는 것이었다. 그는 검사 자체에 문제가 있었기 때문에 낮게 나왔을 가능성이 있다고 했다. 우리의 계획은 일단 노스캐롤라이나로 돌아가 실툭시맙 임상실험에 참여하는 것이었다. 그것은 iMCD 치료와 관련해서 임상실험 중인 유일한 약으로 iMCD의 가장 중요한 인자 하나를 직접 겨냥했다. 이런 게 내가 바랐던 것이었다. 전문가의 지식과 판단, 계획, 행동. 나는 뛸 듯이 기뻤다.

약속된 시간이 지나고 밴 리 박사는 나를 병원 현관까지 배웅했다. 거기서 다른 환자를 한 명 만났다. 대략 내 연령대의 iMCD 환자인데 그 또한 중환자실에서 위중한 상태로 몇 달을 보냈고 재발했을 때는 거의 죽음 직전까지 갔다고 했다. 여러 차례 뇌졸중을 겪었고 결장의 많은 부분을 절제해냈다. 그러나 그즈음은 밴 리 박사가 내게도 추천해준 실험 약 덕택에 거의 100퍼센트 치유가 된 상태였다. 그가 내 미래였다. 지난 몇 달 중 그 어느 때보다도 더 큰 희망이 내 안에서 솟구쳤다. 나는 집으로 돌아가지만 이번에는 무장을 한 상태였다. 나름대로 공격력을 갖췄고 수세에 몰려 낮게만 해달라고 기도하는 처지가 아니었다.

다음 날 나는 공항으로 가기 위해 택시를 탔다. 택시를 타고 가는 동안 나는 병이 재발했음을 느꼈다. 피로와 구역질이 며칠 전보다 심해져 있었다. 밴 리 박사를 만나고 계획을 실행에 옮길 때까지 나는 그 증상을 무시했다. 그런데 놈이 나를 다시 강타하기 시작한 것이다. 내 예감을 확인하기 위해 공항에 도착한 뒤 리 박사의 진료실에서 실시한 혈액검사 결과를 온라인으로 찾아봤다. 확실했다. 내 몸, 내 피가 모든 것을 말해주고 있었다.

3라운드가 시작되고 있었다. 우리는 공항 터미널에서 다시 돌아 나와 택시를 타고 병원으로 갔다. 나는 실망했고 두려웠지만 그래도 최소한 캐슬만병의 메카에 있다는 생각에 다소 위안을 얻었다.

밴 리 박사는 즉각 입원을 허가했고 렉스 병원에서 나를 살렸던 것과 같은 양의 코르티코스테로이드를 투여했다. 그리고 듀크대학병원에서 내 목숨을 구했던 양의 두 배로 화학요법을 실시했다.

며칠이 되지 않아 이번 라운드에는 그 치료법들이 별 효과가 없다는 사실이 드러났다. 내 캐슬만병은 바야흐로 폭주하고 있었다.

나는 기능하지 않는 신장을 대신할 혈액 투석을 시작했다. 매일 다량의 혈액, 혈소판, 알부민을 투여받았다. 의료진은 일주일에 몇 차례씩 내 배에서 6~7리터의 물을 빼냈다. 내 몸은 뭔가가 왔다 가고, 흡수됐다 빠지고, 멈췄다 시작됐다 다시 멈추는 장소가 됐다.

밴 리 박사가 내게 권유한 임상실험은 참여하기 전 8주 동안 어떤 치료도 받지 않아야 한다는 것이 조건이었다. 그래야만 치료 효과가 나타날 경우 그게 실툭시맙의 효과라는 게 입증되기 때문이다. 담당 의사나 나나 8주 동안 아무 치료도 받지 않은 채 생명을 유지하는 것은 불가능하다고 생각했다. 그래서 밴 리 박사는 FDA와 제약회사에 그 약을 긴급 배려 목적으로 일단 사용하게 해줄 것을 간청했다. 즉 그 임상실험에 정식으로 참여하지 못한다 해도 실험적으로 내게 약을 투여할 수 있게 해달라는 말이었다. 그들은 내 상태가 너무 위중하고 별다른 선택지가 없다는 걸 고려한 끝에 그 요청을 수락했다.

첫 번째 투약을 받고 나서 희망을 품었다. 약물이 주입되는 동안 임상실험 코디네이터 한 명이 자신이 목도한, 불과 2~3일 사이에 극적으로 회복한 환자들의 사례를 아빠와 내게 들려줬다. 그녀와 담당 간호사의 말로는 실툭시맙을 투여받은 직후에 내 IL-6 수치가 매우 높이 올라가기 시작하면 약이 효력을 발휘한다는 신호라고 했다.

이틀이 지났고 상태는 계속 나빠졌다. 어떤 개선의 조짐도 느낄 수 없었다. 검사 결과를 봐도 악화하고 있는 것이 분명했다. 장기들이 잇달아 기능부전에 빠졌다.

그러다가 마침내 우리가 바라던 신호가 나타났다. 내 혈액의 IL-6 수치가 정상치의 100배를 넘을 정도로 높아졌다. 간호사와 코디네이터는 그게 실툭시맙이 곧 작용할 것임을 가리키는 지표임을 다시 한번 상기시켰다.

아빠와 나는 하이파이브를 하며 기뻐했고 가족들과 친구들에게 이 소식을 알렸다. 그러고 나서 우리는 기적의 반전이 일어나길 기다렸다.

이틀이 더 지났다. 내 장기들의 기능이 더 떨어졌다. 그리고 의식을 잃는 일이 생기기 시작했다. 담당 의사들 중 한 명이 더이상 약효가 나타나기를 기대할 수 없는 상황이라고 말했다. 나는 귀환 불능 지점으로 접근하고 있었다.

기적의 약은 iMCD에 관해 '알려진' 하나의 것만을 표적으로 삼았다. 내 IL-6가 문제였는데 이를 봉쇄하는 데 실패했다. 이것 말고는 연구 중인 다른 약이 없었다.

내 뇌도 MSOF의 영향을 받고 있었기 때문에 사고는 명료하지 않았지만 그래도 뭔가 지적인 문제 제기를 할 정도의 작동은 하고 있었다. IL-6를 차단하는 일이 왜 우리 뜻대로 되지 않았을까? 내 경우는 뭐가 다른 것인가? 확실한 것은 이런 질문들에 대한 답을 찾을 때까지 내가 살 수 없으리라는 것이었다. 나는 그걸 알 수 있었다.

밴 리 박사가 어떻게 할지 논의하기 위해 병실에 들렀다. 짧은 대화가 끝나고, 우리는 둘 다 아마 실툭시맙은 제대로 작동했을 거라는 생각을 품게 됐다. 그게 아니었다면 더 악화됐을 수도 있고, 어쩌면 그 약의 효과가 나타나려면 시간이 더 필요한 게 아닌가 하는 생각도 들었다. 그가 병실을 나간 뒤 내 사례가 밴 리 박사의 연구와 미래의 나 같은 환자에게 유용할 거라는 생각이 떠올랐다. 그런데 병원에서는 연구가 중요한 게 아니었다. 나를 죽지 않게 하는 일이 더 중요하고 급했다. 불에는 불로 맞서는 것 말고는 다른 방법이 없었다.

밴 리 박사는 내 병에 대해 '충격과 공포' 작전 비슷한 걸 감행하기로 결정했다. 일곱 가지의 화학요법 약물을 섞어 한꺼번에 대량 투여한다는 계획이었다. 일곱 가지 약물이란 그 이니셜로 잘 알려져 있는 벨케이드Velcade, 덱사메사손Dexamethasone, 탈리도마이드Thalidomide, 아드리아마이신Adriamycin, 시클로포스파마이드Cyclophosphamide, 에토포사이드Etoposide, 리툭시맙Rituximab이다. 이 가공할 VDT-ACER 폭탄을 최초 4일 동안 투하한다. 그런 다음 17일 동안 이틀에 한 번씩 면역체계의 특정한 전략 지점을 공격하는 약물을 주입하는 것이었다. 이 투약 방식은 원래 다발성 골수종 치료용으로 개발됐다. 다발성 골수종은 혈액암의 일종으로 iMCD와 유사한 데가 있다. 그렇지만 iMCD에 이런 식으로 약물을 투여하는 것은 유례가 없었다. 의료진은 내가 견뎌야 할 부작용에 대해 자상하게 설명했다. 나는 괜찮다고, 해볼 만하다고 말했다. 책을 통해 최소한 무슨 일이 일어날지 나는 알고 있었다. 독성의 강도는 어마어마했다. 그들은 머리가 빠질 것이고, 구토가

희망이 삶이 될 때

# 2019 더난출판 도서목록

## "직원들이 일에 미치게 하는 것, 그것이 진짜 리더의 일이다!"

삼성, 현대, CJ, LS …
대기업 임원들이 열광한 화제의 리더십 강의

### 리더 반성문
정영학 지음 | 값 15,000원

IGM 세계경영연구원 정영학 교수가 빠르게 변화하는 시대에 리더의 역할이 어떻게 바뀌어야 하는지에 대한 혜안과 통찰을 전한다. 25년간 경영 현장을 누빈 경험을 살려 균형 잡힌 시각으로 리더들의 고민과 문제점을 정리하고 실용적 해결책을 제시한다. 아울러 어떻게 하면 빠르고 정확하게 움직이는 조직을 만들 수 있는지 현실적인 조언을 아끼지 않는다.

더난출판 www.thenanbiz.com 전화 02) 325-2525 페이스북 Thebookdigital

## 딱 1년만, 나만 생각할게요

마리안 파워 지음 | 김재경 옮김 | 15,800원

"자기계발서가 정말 인생을 바꿀 수 있을까?"

자기계발서의 조언에 따라 1년간 살아본 한 기자의 좌충우돌 체험담. 드라마 속 캐리처럼 『시크릿』을 읽고, 영화 속 브리짓처럼 『성공하는 사람들의 7가지 습관』을 실천하며 벌어지는 일들을 유쾌하게 풀어낸 이 책은 세상살이에 지친 사람들에게 용기와 위로의 메시지를 준다.

★ 전국 서점 에세이 베스트셀러

## 당신도 내 맘 좀 알아주면 좋겠어

다카쿠사기 하루미 지음 | 유윤한 옮김 | 14,000원

"왜 남편은, 왜 아내는?"

감정적으로 내뱉은 말에 숨겨진 부부의 속마음. 헤어 디자이너 출신 상담사인 저자는 부부 문제의 대부분이 해석하는 방식의 차이에서 비롯된다고 말하며, 남편과 아내가 빠지기 쉬운 서른여덟 가지 주제를 선별해 행복한 부부 생활을 위한 구체적인 조언을 준다.

## 곤마리 씨, 우리 집 좀 정리해주세요

곤도 마리에 지음 | 홍성민 옮김 | 우라모토 유코 그림 | 12,000원

전 세계 800만 명을 바꾼
곤도 마리에 정리법이 만화로 돌아왔다!

어수선한 집, 관계, 일상을 바꾸는 정리 레슨. 그동안 다양한 책에서 정리의 힘을 설파해온 저자의 핵심 메시지를 압축해 한 권으로 만날 수 있다. 정리 컨설턴트로서 저자가 직접 경험하고 느낀 이야기와 에피소드 등을 친근하게 털어놓음으로써 독자의 공감을 유발한다.

### 아인슈타인의 보스

로버트 흐로마스 · 크리스토퍼 흐로마스 지음 | 박종성 옮김 | 16,000원

천재들의 보스에게 배우는 리더십

세계적 백혈병 전문의이자 의과대학장인 저자는 각 분야 전문가로 이뤄진 팀을 이끌어나가기 위해서는 색다른 리더십이 필요하다고 진단한다. 의사, 과학자, 엔지니어, MBA 등 1만여 명의 전문가를 이끌어온 자신의 경험과 에이브러햄 플렉스너의 리더십 철학을 접목해 새로운 인재 관리법을 제안한다.

### 거절당하지 않는 힘

이현우 지음 | 15,000원

어떻게 의심, 반발, 무관심을 극복하는가?

설득 과정에서 맞닥뜨리는 저항의 정도에 따라 거세게 반발하는 사람, 의심 많은 도마, 무관심한 사람을 설득하는 방법과 저항으로 설득을 이기는 방법을 알려주는 실용적 설득론. 거절하는 말과 거절당하지 않는 말의 사소한 차이가 인생을 결정한다.

### 나는야 호기심 많은 관찰자

임정욱 지음 | 15,500원

SNS를 통해 들여다본 세계의 혁신 현장 이야기

언론사 기자 출신으로 라이코스 대표 등을 역임한 저자가 지난 10년간 경험한 보스턴, 실리콘밸리, 이스라엘 그리고 중국까지 전 세계 혁신 현장과 일하는 방식을 소개한 책. 혁신은 단지 기술에서만 나오는 것이 아니다. 일하는 방식도 함께 바뀌어야 한다.

### 김뽀마미 악마의 전신 운동

김뽀마미 김이경 지음 | 김태욱 감수 | 15,500원

SNS 홈트천왕 김뽀마미의 궁극의 다이어트 비법

튀어나온 뱃살, 축 처진 엉덩이, 늘어난 팔뚝 살로 한숨 짓는 언니들, 엄마들을 위한 일대일 밀착 가이드. 출산 후 20킬로그램을 감량한 홈트 노하우를 공개해 화제가 된 저자가 상세한 동작 설명과 운동 효과를 올려주는 시크릿 포인트를 짚어준다.

### 그래도 집밥이 먹고플 때

젠엔콩 이계정 지음 | 14,000원

매일이 아니어도 요리에 서툴러도 괜찮은 한 끼

모두가 공감할 수 있는 에세이와 실용적인 레시피를 함께 담아 집밥이 먹고 싶은 그 순간 부담 없이 만들어 먹는 '가끔 집밥족'의 세상으로 독자를 초대하는 책. 누적 조회수 1천600만 뷰 파워 블로거 젠엔콩의 집밥 레시피와 요리 초보들이 꼭 알아야 할 다양한 정보를 아낌없이 담았다.

### 원목 가구 제작 레시피 32

마루바야시 사와코 · 이시카와 사토시 지음 | 김윤경 옮김 | 15,000원

취향을 담은 집짓기와 가구 이야기

오픈 선반부터 작은 창고까지 상세한 과정 컷과 도안으로 보여주는 서른두 가지 원목 가구 아이템을 담은 책. 원목 가구는 시간이 흐를수록 손때가 묻어 자연스러움을 더하는 매력이 있다. 하지만 가격이 비싸서 구입하기엔 부담이 되는 것도 사실이다. 이 책은 그런 아쉬움을 날려버릴 수 있도록 부부가 직접 디자인한 서른두 가지 유니크한 가구 만드는 법을 담았다.

심할 것이며, 어쩌면 불임이 될 수도 있다고 말했다.

머리가 빠졌다. 자주 구토를 했다. 다만 미래에 아이를 가질 가능성만큼은 포기할 준비가 안 돼 있었다. 그러나 포기하든지 말든지 그럴 기회라도 가지려면 당장은 살아나야 했다. 내 아버지는 침상 옆에 앉아서 크래커를 먹어보라고 권했다.

참으로 말이 안 된다 싶은 게 화학요법을 받으면서 내 상태가 좋아진 것이다. 재발한 iMCD의 모든 걸 삼킬 듯한 맹렬한 기세가 VDT-ACER라는 어느 정도 조절된 수준의 독극물 투여로 잡혔다. 의식은 몽롱했고 몸 대부분을 움직일 수 없었다. 그러나 모든 조치가 점진적이긴 하지만 옳은 방향으로 가고 있다는 것이 느껴졌다. 놀라웠다. 나는 인간의 심리 중에서 가장 위대한 측면의 하나라고 할 수 있는 것으로부터 도움을 받았다. 그건 바로 '익숙해지기'였다. 어쨌든 지옥에서 탈출한 뒤에는 뭐든지 좋게 느껴졌다.

그 약물들은 내 면역체계를 파손했다. 그건 나를 죽이려 했다는 말과 같다. 그래서 그 치료는 임시 방편에 불과했다. 하지만 누군가가 iMCD라는 암호를 해독하기 전까지 내가 기댈 수 있는 것은 그 방법밖에 없었다.

한편 나는 의대에 다니는 동안 온 시간을 바쳐 배운 약들에 대해 새로운 생각을 갖게 됐다. 항상 그것들을 의사의 도구함 안에 있는 도구 같은 것으로 생각했었다. 그런데 이제 알게 됐다. 목숨을 살리는 것은 약이고 의사는 그걸 투여할 뿐이라는 것을.

좀 더 분명히 말하자면 의사는 촉매제이고 약은 근본적인 물질이라는 것이다. 어떤 의사들은 이런 말을 들으면 화를 낼지도 모른다. 나 또한 아프기 전에 이런 말을 들었다면 기분 나빴을 것이다. 의료계에선 약의 지위를 가장 높게 보는 것에 저항하는 경향이 있다. 이 저항감으로 인해 혼선이 생겨난다고 생각한다. 아주 현실적인 시각에서 보면, 우리가 구할 수 있고 쓸 수 있는 약들이 우리가 환자들을 위해 할 수 있는 치료의 최대치, 또는 한계를 제시한다. 물론 언제 그 약들을 써야 하고 쓰지 말아야 할지 결정하는 일은 대단히 복잡한 문제이고 훌륭한 의사의 특별한 식견을 요구한다. 하지만 표적의 겨냥에 필수적인 약이 없다면 아무것도 겨냥할 수 없다.

이상한 것은 그 경이로운 약들의 부작용 때문이었는지, 아니면 세 번째로 임박한 죽음 앞에서 마음을 가볍게 할 양으로 그랬는지는 몰라도 성장하면서 아빠에게 했던 거짓말들을 실토하고 싶은 마음이 들었다. 내가 아프기 시작한 지 6개월쯤 되는 시점이었다. 아빠는 매일 밤 내 병상 옆에 보조침대를 꺼내놓고 거기서 잤다. 아빠가 나를 위해 할 일을 다 했으니 그 보답으로 진실을 들려줘야겠다는 생각이 들었는지도 모르겠다. 더 악화될 경우를 대비해서 내 안에 있는 모든 것을 꺼내놓고 싶은 심정이었던 것 같기도 하다. 그토록 불쌍한 꼴을 하고 있으니 내가 어떤 짓을 했다고 해도 아빠는 화를 안 낼 성싶었다. 이유야 어찌 됐든, 나는 아빠가 출장 갈 때마다 주위 사람 말을 듣지 않고 무수히 그의 차를 '빌

희망이 삶이 될 때

려' 쓴 걸 털어놓았다. 아빠는 용서해줬다.

아빠는 내가 병실에서 케이틀린과 통화할 수 있도록 자리를 비켜줬다. 그녀와 내가 연락을 재개하고 나서 우리는 그동안 누락되어 있었던 서로의 근황을 알려주고 빈칸을 채워가는 중이었다. 일주일에 한 번 정도였던 케이틀린과의 통화에 내 모든 에너지를 쏟아부었다. 비록 업데이트된 일주일 치 내 소식이라고 해봐야 밝은 내용은 별로 없었지만 나로선 그녀가 일하면서 겪는 자질구레한 일상사를 듣는 게 너무 좋았다. 뉴욕의 패션업계에서 일하는 그녀는 약간 틀어진 재봉선이나 원하는 대로 안 나온 색상을 죽느냐 사느냐의 문제로 여기는 사람도 있다고 말했다. 이야기를 나누면서 우리 둘은 웃었다. 뭘 그 정도를 가지고!

새해 전야에 나는 아버지의 부축을 받으며 혈액학·종양학 병동의 복도를 몇 바퀴 돌 수 있을 만큼 상태가 좋아졌다. 불룩 튀어나온 내 배는 임신 8개월이 된 누나 것만 했다. 나는 감염의 위험성 때문에 마스크를 써야 했다. 의도적이었고 '성과'를 거뒀지만, 화학요법으로 인해 면역체계가 약해졌기 때문이었다. 코너를 돌아 가족 대기실 쪽으로 가는데, 그날 저녁 술을 마신 게 분명한 한 남성이 눈에 띄었다. 어쨌든 새해 전날 밤이니까. 한 바퀴를 더 돌면서 보니 그새 그 사람은 의자에서 굴러떨어져 바닥에 누워있었다. 아빠도 역시 의사이니까 재빨리 달려가서 그를 일으켰다. 혀가 꼬인 듯한 발음으로 고맙다고 인사한 그는 이렇게 한마디 덧붙였다. "당신과 당신 부인의 행운을 빕니다." 우리는 어리둥절할 수밖에 없었다. 그러다가 내가 튀어나온 배(그리고 그의 술기운)로 인해 만삭의 임산부처럼 보인다는 것을 알았다. 그가 보기엔 영락없이 우리가 서둘러 분만실로 가는 부부였던 것이다. 내가 아빠의 임신한 부인이라니! 나는 아빠에게 이 말을 하지 않고는 견딜 수 없었다. "이봐요, 당신 아내의 우스운 꼴 좀 봐요." 우리는 완전히 포복절도했다.

물론 죽음은 즐거운 일이 아니다. 그러나 죽음에 직면한 상황보다 더 유머가 필요한 상황은 없을 것이라는 생각이 들었다.

장기부전으로 인해 기괴하게 뒤틀리고 변형된 모습으로 인해 급기야는 취객에게 임산부로 오해받게 되면 정말로 처참한 기분이 들 수도 있다. 어떤 상황에서 누가 말했느냐에 따라서는 모욕으로 느껴질 수도 있다. 아프기 전에 누가 나한테 그런 말을 했으면 매우 불쾌했을 것이다. 한때 나야말로 벤치프레스를 170킬로그램까지 할 수 있다는 자부심과 우월감이 충만했던 사람이다. 그런 내가 나 자신의 겉모습이 어떻게 보이는지 전혀 신경을 안 쓰는 척하면서 살 수 있겠는가?

처음 발병했을 때나 지난번 재발 때와 상황은 매우 유사했지만 나는 다르게 행동했다. 케이틀린을 거부했던 그 시점의 나는 웃지 않았다. 내 흉한 외양이 그녀의 기억 속에 각인되는 게 두려웠기 때문이다. 전혀 즐겁지 않았고 계속 그럴 거라고 생각했다.

그럼 그날은 뭐가 달랐던 걸까?

바로 내가 달랐다.

의사 역할이었을 때, 아주 힘든 상황에 처해 있으면서도 그 상황에서 어떤 희극적인 본질을 찾아내는 환자들을 보고 놀란 적이 있다. 그저 일종의 회피겠거니 하고 생각하기도 했다. 무서운 걸 보면 눈을 돌리는 게 사람들의 본능이다. 유머도 그런 방법의 하나로 보였다.

그러나 내가 틀렸다는 걸 알게 됐다. 유머는 어떤 것을 회피하는 데 쓰는 도구가 아니다. 그것은 내가 처한 곤경을 직시하고 웃어버릴 수 있게 만든다. 웃음으로 저 두려운 순간을 똑바로 마주한다는 것은 나에 대한 캐슬만병의 지배를 근본적으로 거부하는 것과 같다. 그것은 그 병과 싸우기 위해 내가 하는 다른 행동들과 다를 바 없다. 유머는 내 마음을 맑게 하며 내 결의를 굳게 한다. 뭐가 즐겁고 뭐가 즐겁지 않은지 결정하는 것은 온전히 내 몫이다. 가장 중요한 것은 유머는 사회적이라는 것이다. 나와 내 가족에게 있어서 다 함께 웃는 것 이상으로 우리의 집단적 결의를 다질 좋은 방법은 없었다. 식료품점에서 전동 카트를 빙빙 돌리면서 나와 함께 웃었을 때 엄마는 이 진실을 내게 가르친 것이다. 이제 아빠와 내가 그런 순간을 공유하게 됐다.

7주간의 다중 약물 화학요법과 함께 매일 수혈 및 빈번한 혈액 투석을 받은 결과 나는 퇴원할 수 있을 만큼 호전됐다. 퇴원하기 전에 내가 제일 좋아하던 간호사인 노엄에게 병원 문을 나가는 시간까지 기다리는 게 너무 힘들다고 말했다. 그러곤 "나는 지난

6개월을 대부분 병원에서 보냈네요"라고 덧붙였다. 그러자 병상 옆에 앉아있던 아빠가 불쑥 끼어들었다. "그게 무슨 소리냐? '나는 병원에서 보냈네요'라니…… '우리는 병원에서 보냈네요'라고 해야지." 그 말이 맞았다. 분명히 나는 그의 존재를 당연한 것으로 여기고 있었다.

아빠는 지난 6개월 동안 모든 수술 계획과 진료 약속을 다 취소하고 거의 매일 밤 내 병실에서 잤다. 리사 누나가 와서 교대해줄 때만 가까운 호텔로 가서 제대로 된 침대에서 잤다. 그런 경우에도 다음 날 아침이면 누구보다 먼저 병실로 왔다. 아무런 보상도 받지 못하는데도. 그저 자신의 '꼬맹이 데이비'가 힘든 하루하루를 이어나가는 것을 말없이 지켜보면서 애를 태웠다.

내 에너지와 낙관주의 수치는 친구들, 가족의 친구들이 올 때 올라갔다. 특히 대부모님과 그들의 친아들이자 내게는 형제나 다름없는 코너가 왔을 때는 진정 회생하는 기분이었다. 그러나 그들이 떠나고 나자 에너지와 낙관주의 수치가 뚝 떨어졌다. 그때 아빠는 나와 함께 그 기분을 나누고 감내했다.

노스캐롤라이나의 집으로 돌아왔다. 나는 3라운드에서 승리했다. 그러나 그 승리는 TKO였다. 우리가 모든 희망을 걸었던 기적의 약, IL-6 차단제인 실툭시맙은 듣지 않았다. 그래서 전면적인 화학요법 공격을 감행해야 했다. 실툭시맙을 쓴 시점에 내가 너무 약해져 있어 효과가 나타나지 않았을지도 모른다는 생각을 밴리 박사와 나는 지금도 하고 있다. 이전에 검사 결과상 정상으로 나왔던 IL-6 수치도 실제로는 매우 높았을 것이며 아마도 그 검사 자체가 제대로 되지 않았던 게 이유가 아닐까 추측하기도 했다. 실툭시맙이 3라운드에선 듣지 않았지만 우리는 그게 또 다른 재발을 막을 수 있으리라 생각했고 그렇게 희망했다. 실툭시맙은 iMCD를 치료하는 경이로운 힘을 갖고 있다고 생각했다. 내가 퇴원할 때 밴 리 박사는 향후 계획을 적은 노란 종이쪽지를 한 장 줬다. 거기에는 "3주에 한 번씩 실툭시맙을 맞을 것"이라고 씌어 있었다.

몸이 회복돼 아칸소를 떠나는데도 불안감이 느껴졌다. 지금까지는 재발할 때마다 더 강한 반격을 할 수 있었다. 그런데 문제는 더이상의 강한 무기가 무기고에 남아있지 않다는 것이다.

iMCD가 째깍거리는 시한폭탄인 것만큼이나 약물도 시한폭탄이 될 수 있다. 인간의 몸은 독한 화학요법을 받아들이는 데 한계가 있다. 부작용이 너무 커져 화학요법을 도저히 받을 수 없는 시점, 즉 생애 최대 용량이 되기 직전까지만 받을 수 있다. 대부분의 환자들은 여기까지 도달하지도 못한다. 심장이나 다른 장기 손상이 너무 커서 화학요법을 감당할 수 없게 되거나 병을 잡기 위해 실시한 화학요법이 역설적으로 DNA 손상을 가져오고 이로 인해 암이 퍼지기 때문이다.

만일 화학요법이 재발에 대한 유일한 해법이라면 약물이 나를 죽일 때까지 나는 대체 몇 차례나 더 화학요법을 받을 수 있을까? 불안했다. 하지만 그런 생각은 잠시 미뤄두기로 했다. 그 대신 이렇게 생각하기로 했다. 실툭시맙은 분명 효과가 있다. 게다가 이 질병에 관한 한 최고 전문가가 있다. 그와 그의 팀원들이 iMCD 의 정체를 밝히기 위해 노력하고 있음을 나는 잘 알고 있다. 그러므로 내 병이 '특발성(특발성 질병이란 어떤 개인에 국한된 고유한 성격의 병으로 그 원인이 분명하지 않다는 뜻임 – 옮긴이)'으로 남아있을 시간은 그리 길지 않을 것이다.

그런데 이 병의 미스터리를 궁극적으로 푸는 일이 개인적으로 뭐가 그리 중요할까 하는 생각도 들었다. 내겐 기적의 약이 있고 그걸 투여받는 한 어차피 놈은 돌아오지 못할 텐데.

제11장

# 아플 때
# 곁을 지킨다는 것

롤리로 돌아오자마자 지난 10년 동안 하지 않았던 일을 했다. 파이브가이스에 가서 햄버거를 먹은 것이다.

　그동안은 어떤 형태로든 다진 고기를 먹지 않았다. 닭고기를 먹을 때는 껍질을 벗겨내고 먹었다. 튀긴 음식이나 마요네즈, 버터처럼 지방으로 채워진 식품도 멀리했다. 내 식단은 청정한 식생활의 표본이었다. 접시 위엔 항상 과일, 야채, 생선, (껍질을 떼어낸) 닭고기, 통곡물만 있었다. 말린 망고 정도는 마음껏 먹었다. 건강의 이름으로 그리고 어느 정도는 허영심으로 그렇게 했다.

　나는 '쾌락적' 식사의 충동을 억눌렀다. "나는 맛을 위해 음식을 먹지 않아." 이게 한때 내가 접시 위에 있는 음식의 칼로리를 계산하고 단백질 함유량을 가늠하면서 친구들에게 자랑스럽게 하던 말이다. 그래서 몇 차례 거의 죽음 직전까지 가는 일이 있었어도

　　　　　　　　　　　　　　　　희망이 삶이 될 때

병의 원인을 음식 탓으로 돌리긴 어려웠다. 오히려 영양 상태가 좋은 내 몸이 스스로를 공격하고 있는 셈이었다. 자연식을 해도 건강이 확실히 보장되지 않는다는 생각이 들어서 그랬는지(그 시점에서 면역체계의 '강화'는 내게 가장 불필요한 일이기도 했다), 아니면 영양 보급 튜브를 통해 음식을 투여받던 것이 생각나서 그랬는지는 잘 모르겠다. 여하튼 공항 밖으로 나오자 내 육식 본능이 살아났다. 기쁨으로 가는 길을 억지로 차단하는 것이 더이상 지혜로운 일로 보이지 않았다.

나는 햄버거의 맛을 깊이 음미했다. 음식을 절제해야 하는 긴 사순절(기독교인들이 예수의 고난을 기리는 40일간의 기간 - 옮긴이)이 끝난 후의 만찬, 또는 독감에 걸렸다 나은 후에 먹는 최초의 제대로 된 식사 같았다.

자리에 앉아 조용히 먹으면서 지난 몇 주 동안 숙고한 내용을 다시 떠올렸다. 삶을 위한 투쟁의 새로운 국면(또는 승리의 구간-내가 완전히 잘못 알고 있었던)에서는 새로운 방향 설정이 필요하다. 나는 새로운 행동방식을 만들고 싶었다. "생각하라, 행동하라Think it, do it." 이 문구가 머릿속에 떠올랐다. 쉼표가 중요했다. 마침표가 아니었다. 되는 대로 아무렇게나, 생각은 이렇게 하고 행동은 다르게 하는 식이 아닌, 어떤 걸 생각했으면 바로 행동으로 옮긴다는 것이었다. 그렇게 되면 중간에 멈추거나 할 필요가 없었다.

이 문구를 핑계 삼아 충동적인 사람이 되겠다는 뜻은 아니었다. 본심을 불쑥 내뱉는다거나 미친 듯이 온라인으로 물건을 마구 사들일 계획은 없었다. '생각하라, 행동하라'는 일종의 사적인 지침, 원칙이었다. 생각이 그냥 떠올랐다 사라지게 하지 말자는 것. 모든 생각은 그게 실행으로 옮길 만할 가치가 있는 것인지를 판단하기 위한 분석과 평가의 대상이 돼야 한다는 것. 그래서 그럴 가치가 있다고 판단되면 그냥 실행 모드로 가는 것이었다. 실행에 필요한 최적의 기술을 갖고 있느냐는 나중 문제였다. 이 원칙으로 인해 나는 '내가 진실로 무엇을 원하는가, 어떤 생각이 행동의 타당성을 보장할 수 있는가'라는 문제 앞에서 좀 더 신중하고 철저한 자세를 갖게 됐다. 이로 인해 정신적 에너지를 배분하고 사용하는 데 보다 경제적이 될 수 있었다. 또한 이는 아이러니하게도 항상 내 안에 잠복하고 있던, 매사 의심하는 '회의론자'가 사라지는 데 일조했다. 우리는 자신이나 자신이 사랑하는 사람들의 삶에 실제적인 영향을 줄 수 있는 어떤 것을 행하거나 말해볼까 하다가 아무것도 안 하는 경우가 많다. '생각하라, 행동하라'라는 원칙은 내가 쓸데없는 생각을 솎아내고 가치 있는 생각은 과감하게 행동으로 옮기는 데 도움을 줬다. 그날 햄버거를 먹은 사건은 후자에 속한다.

아칸소에 있을 때 나는 이 새로운 방향으로 나아갈 준비를 하기 시작했다. 가장 힘들었던 세 번째 죽음과의 조우를 끝내고 회복에 들어선 첫날이었다. 이는 아주 단순한 깨달음에서 출발했다. 내가 죽어가는 순간 나를 가장 후회스럽게 만들었던 것은 내가 행한 일들이 아니라 하려고 생각은 했지만 끝내 하지 않았거나,

못한 것들이었다. 물론 내가 이런 결론에 도달한 최초의 인물은 아니다. "죽음의 순간에 자신이 직장 일에 좀 더 많은 시간을 쓰지 못한 걸 후회하는 사람은 없다"라는 말은 진부하다. 왜냐하면 너무나 맞는 말이기 때문이다. 건강할 때는 잠드는 순간까지 기억이 따라붙는다. 저녁 파티에서 했던 멍청한 농담, 잘못한 패스, 두 번째 데이트에서 상대에게 사랑한다고 말했던 것 등등.

기억하고 싶지 않은 기억이라 해도 기억은 기억이다. 그런데 죽어가는 순간이라면, 최소한 내가 죽어갈 때는 이런 행한 것들에 대한 기억들은 아무 문제가 되지 않는다. 오히려 하고 싶었으나 하지 않았기 때문에 당연히 그에 대한 아무 기억도 존재하지 않는 상태의 허무감 그리고 나중에라도 그 일을 통해서 기억할 거리를 만들 기회가 다시는 없을 것이라는 자각이 한데 뭉쳐져 스스로를 끔찍할 정도로 생생한 후회의 구덩이 속으로 떨어뜨린다 (그러면 중환자실 모니터에 급격한 심장박동 수 증가에 따른 경고음이 뜰 수가 있다).

케이틀린과의 결혼과 미래의 우리 아이들에 대해 나는 100번도 넘게 상상했다. 절반의 시간 동안은 정신 나간 상태에서, 나머지 절반의 시간 동안은 극심한 고통과 싸우면서 말이다. 또한 우리의 관계를 유지하기 위한 최소한의 노력도 하지 않은 일, 그녀가 기회를 줬을 때조차 관계 회복을 위해 어떤 자세도 취하지 않은 걸 후회했다. 사경을 헤매면서 '내가 노력했더라면 마지막 6개월을 그녀와 함께할 수 있었을 텐데'라고 생각했다. 나는 존재하지 않는 기억을 두고 애통해했다. 만일 내가 살아날 수만 있다면 최선을 다해 내 생각을 실행으로 옮길 것이라고 다짐했다.

그날 밤 우리 가족은 만찬을 했다. 축하할 게 많았다. 나는 집에 돌아왔고 지나 누나는 내가 리틀록에 있는 동안 건강한 둘째를 낳았다. 모두가 아빠 집에 모여 저녁 식사를 했다. 나는 너무 쇠약해져 요리를 한다거나 접시를 나른다거나 하는 일은 엄두조차 낼 수 없었다. 내 앞에 놓인 그릇을 드는 것도 힘에 부쳤다. 그렇지만 테이블 세팅은 거들 수 있었다. 평생에 가장 즐거운 테이블 세팅이 아니었나 싶다. 살림의 여왕 마사 스튜어트도 그보다 잘할 수는 없었을 것이다. 나는 입이 찢어져라 웃으며 냅킨을 완벽하게 삼각형으로 접었다. 그러면서 내가 받은 축복들을 하나하나 떠올렸다.

행복감에 들뜬 나는 망설임을 억누르고 '행동'하기로 결심했다. 케이틀린에게 전화를 걸었다. 아칸소에 있을 때 그녀와 간헐적으로 통화를 하긴 했다. 그리고 그날 오후(통찰력을 일깨운 햄버거를 먹고 난 후) 케이틀린이 제일 좋아하는 꽃과 제일 좋아하는 걸로 기억되는 캔디를 그녀의 사무실로 보냈다. 그리 대단한 것은 아니었지만 행동했다는 것 자체가 중요했다. 내 안에 있는 회의론자는 선물을 보내지 말라고 끈덕지게 속삭였다. '데이트를 다시 하는 것도 아니고 그녀는 이상하다고 생각할 거야. 기다렸다가 나중에 다른 걸 해.' 예전 같으면 이런 생각이 승리를 거뒀을 것이다. 그

희망이 삶이 될 때

러나 중환자실에서의 경험이 깨우쳐준 바도 있고 새로운 모토도 생겼으므로 나는 그냥 그렇게 '했다'.

그러나 스스로를 속여서 뭔가가 해결됐다고 믿게 할 수는 없었다. 비록 그녀가 좋아하는 꽃과 캔디를 아직 기억하고 있음을 보여준 것은 첫 단추를 꽤 잘 끼운 것이었음에도 병상에서 그녀를 두 번이나 거부한 일로 인한 관계의 손상은 조금도 회복되지 않았다고 봐야 했다.

나는 용기를 짜내 롤리로 나를 만나러 와줄 수 있냐고 물었다. 그녀는 좋다고 했다. 나를 보러 기꺼이 오겠다는 말은 매우 좋은 신호로 보였다. 그러나 걱정거리가 아직도 상당히 남아있었다. 상태가 좋아졌긴 했지만 내 배엔 7리터의 체액이 차 있었다. 그리고 화학요법으로 인해 대머리가 돼 있었다(누군가는 그걸 당당하게 드러내고 다녔지만 나는 그러지 못했다). 내 생각은 온통 내 겉모습에 집중돼 있었다. 거기에 심리적으로 고착된 듯했다. 물론 망가진 외관은 빙산의 일각으로 캐슬만병을 들여다보는 창문 같은 것이었고, 몸 안의 엄청난 문제에 비하면 겉껍질에 불과했다. 하지만 병은 당분간 눈에 보이지 않으니 그만큼 마음이 쓰이지 않았다. 그러나 내 외양에 대해선 절대로 그럴 수 없었다.

우리는 거의 1년 넘게 서로 얼굴을 보지 못했다. 다시 만나는 순간 느끼게 될 어색함이 마음에 걸렸다. 그리고 그다음 일이 걱정됐다. 솔직히 말하자면, 그동안 내가 겪은 일과 내가 그녀에게 겪게 한 일들로 인해 그녀가 예전으로 돌아가는 것을 거부하지 않을까 걱정했다. 생각조차 하기 싫은 경우지만 이해할 수는 있을 듯했다. 그럼에도 나는 시도할 셈이었다. 나는 생각했고, 이제 행동으로 옮기는 중인 것이다.

몇 주 후에 케이틀린은 롤리에 왔다. 내가 머물고 있는 누나네 집으로 바로 왔다. 이번에는 그녀에게 들어오지 말란 말도 안 했고 사람을 시켜서 내 말을 전하지도 않았다. 나는 문간에서 그녀를 맞았다. 케이틀린은 나를 봤다. 나는 나를 보는 그녀를 봤다. 케이틀린은 누나와 자신이 몇 년 전에 베이비시터를 하면서 봐준 적이 있는 조카와 이야기를 나눴다. 그러고 나자 누나네 소파 위에 나와 그녀만 남게 됐다. 그 소파는 우리가 사귈 때 상당히 많은 시간을 같이 보낸 곳이었다.

나는 한 손을 케이틀린의 어깨에 얹었다. 남은 손은 내 머리에 얹었다. 대머리를 가리려는 헛된 시도였다. 그러나 그녀는 내 겉모습에 신경 쓰지 않았다. 그녀 마음속에 다른 뭔가가 있었던 것이다. 그녀는 우리가 다시 함께할 수 있기를 원한다고 말했다.

"정말이야?" 나는 살짝 눈길을 돌리면서 말했다. 눈을 마주치고 싶지 않았다. 얼마나 그 말을 듣고 싶어 했는지 들키고 싶지 않아서였다. 케이틀린이 내 의사와는 상관없이 자기 뜻대로 그 결정을 내려주기를 바랐다.

내가 아플 때 누군가가 보여주는 동정 어린 행동은 고마운 것이다. 누군가가 날 보살펴주고 위안을 준다면 더 고마운 일이다. 그런데 내가 아주, 아주 심하게 아픈 경우라면 그런 것들이 더이

희망이 삶이 될 때

상 고맙지만은 않다. 의무감의 발로이거나 임박한 것으로 보이는 내 죽음에 대한 두려움 때문이 아닐까 하는 생각에 마음이 편치 않게 된다.

사람들은 대개 자신이 하는 행동의 동기가 뭔지 정확히 알지 못할 것이다. 그들은 단지 마음이 가는 대로 행동할 뿐이다. 그러나 친절과 배려의 수혜자가 되고 나면, 만일 내가 처해 있는 상황이 이렇지 않았으면 사람들이 어떻게 했을지 고민하기 시작한다. 그들은 그냥 자기 입장에서 행동하고 있을 뿐이란 걸 잘 알고 있다. 그러나 한편으로 그들은 내 '병'을 보면서 내게 반응하는 것이다. 그 말은 내가 더이상 '내'가 아니라는 뜻이다. 다른 (건강한) 상황이었다면 좋아할 수도, 화를 낼 수도, 안아줬을 수도, 소리를 질렀을 수도 있는 그 '내'가 아니라는 것이다. (그들이 보는) 나는 그저 항상 병에 걸린 사람일 뿐이다. 사람들이 나를 위해 뭔가를 기꺼이 하는 것, 그게 뭐든 자신에게 필요한 것을 나를 위해 포기하는 것은 그들이 의식하고 있든 아니든 최소한 어느 정도는 내 병 때문이라는 뜻이다.

오해하지 말기를. 나는 케이틀린과 다시 한번 한 팀이 되어 세상을 살아가고 싶었다. 그 무엇보다도 간절한 소망이었다. 그러나 한편으로는 그녀가 그토록 중대한 결정을 내려야 하는 상황이 가슴 아팠고 죄책감이 느껴졌다. 그녀의 선택지는 미래가 없어 보이는 누군가와 함께하기 위해 자신이 가진 많은 것을 버리거나, 아니면 그냥 떠나는 것이 전부였다. 후자를 선택한다면 자신이 죽어가는 사람을 실망하게 했으리라는 생각에 계속 미안함을 느끼게 될 가능성이 컸다.

그런데 알고 보니 내 건강 문제는 그녀의 결정에 별 영향을 끼치지 않았다. 그 대신에 케이틀린이 고민한 것은 아프기 전에 내가 내 꿈을 추구할 때 보였던, 그야말로 일에만 완전히 매몰되는 생활 태도를 스스로 바꿀 수 있는지였다. 만일 내가 그걸 바꾸지 못한다면 과연 그걸 자신이 감당할 수 있을지 걱정이었던 것 같다. 그녀는 우리가 각각의 삶에서 어떻게 해야 상대방을 최우선으로 삼을 수 있을지 줄곧 생각했다. 상대방을 최우선으로 삼는 게 가능한지 끝내 알 수 없다면 어떻게 해야 할지 고민했던 것 같기도 하다. 내가 심각하게 아프다는 사실은 그녀로 하여금 (내가 아프기 때문에) 예전과는 다른 새로운 삶의 방식, 새로운 관계가 필요하다는 생각을 하도록 만들었다. 그리고 그걸 이루기 위한 노력을 해보자는 쪽으로 움직이게 만들었다. 나를 불쌍하게 생각했기 때문이라거나 아픈 사람을 실망하게 하고 싶지 않다는 차원이 아니었다. 나는 앉아 있었다. 케이틀린의 눈을 마주 보기가 두려웠다. 그녀는 내가 자신을 쳐다볼 때까지 기다렸다. 그때 본 그녀의 표정을 나는 절대 잊지 못할 것이다. 거기에는 '난 정말이라고'라는 의미가 담겨 있었다.

"그런데 날 봐, 이 튀어나온 배와 대머리를!" 나는 소심하게 저항했다. 그녀는 나를 똑바로 쳐다봤다. 표정에 전혀 흔들림이 없었다. 다만 한쪽 눈썹이 살짝 올라갔을 뿐이다. 그건 마치 내 신체적인 상태로 인해 자신이 포기할 거라고 믿는다면 자신을 모욕하는 거라고 말하는 듯했다.

그래서 나는 본질적인 문제를 제기했다. "케이틀린, 이 병이 언제 재발할지 아무도 몰라."

"신경 안 써." 그녀는 단호하게 말했다.

그게 다였다. 단 한마디로 그녀는 나를 행복하게 만들고 자신의 사랑이 무조건적임을 알게 했다. 나는 이제 내 또래의 사람 중에 나처럼 운 좋은 사람, 내가 부어있든, 쪼그라들었든, 살쪘든, 대머리가 됐든, 그 아무리 어려운 시간이라도 같이 헤쳐 나가겠다는 누군가가 항상 곁에 있는 그런 사람은 별로 없다는 것을 알게 됐다. 우리는 가능한 한 많이 만나기로 계획을 세웠고 그녀는 뉴욕으로 떠났다. 케이틀린은 일이 바빴고 나는 몸이 그렇다 보니 생각만큼 자주 보지는 못할 터였다. 그러나 계획만으로도 기분 좋았다.

그리고 아마도 당분간 케이틀린에게는 내 누나들이 잘못한 게 아무것도 없고 그저 내가 부탁한 대로 행동한 거라고 계속 말하는 수밖에 없을 것 같았다. 그러면서 내가 만들어낸 기이한 논리를 들먹일 것이다. 케이틀린을 거부한 것은 당시의 내가 상상해낼 수 있는 최선의 우선순위 배정 방식에 따른 것이었노라고. 내가 가장 중요하게 생각했던 것은 그녀가 나를 생명력 넘치는 건강한 사람으로 기억하는 일이었다고.

나는 그 상상력이 매우 빈곤한 것이었음을 이제 알고 있다. 우선순위를 배정할 때 최선은 나 자신이 얼마나 약해져 있는지를 그대로 그녀 앞에 드러내는 것이었다.

5주 정도 양호한 상태로 지냈는데 이는 지난 7개월 중 병원 밖에서 보낸 최장 기간이었다. 이 병을 완전히 퇴치했다고 믿고 싶었다. 그 생각만으로도 일시적이나마 기분이 매우 좋아졌다. 그러면서 병에 관한 연구 조사도 하지 않게 됐다. 캐슬만병은 이제 과거의 일이 됐다고 생각했다. 그보다 더 시급한 일들이 있었다. 기운을 차리고 운동을 다시 시작하는 일이었다.

물론 처음에는 살살해야 했기에 주방과 거실을 도는 걸로 시작했다. 다소 심심한 운동이라서 뭔가 양념을 쳐야 했다. 유튜브에서 찾아낸 〈트롤롤로〉인가 하는 옛 소련 시절의 기이한 노래를 틀어놓고 거기에 맞춰 걸었다. 최근에 알게 됐는데, 이 노래의 실제 제목은 대충 "나는 매우 즐겁다네, 드디어 집에 돌아왔거든" 정도로 번역될 수 있다고 한다. 그러니 내 처지에 딱 맞는 노래였던 셈이다. 물론 그 때문에 노래를 계속 들은 것은 아니었다. 그 박자가 회복기에 접어든 내 느린 걸음에 맞았던 것이다. 그리고 따라서 흥얼거리기도 좋았다. 몸이 망가진 상태로 수개월을 보낸 후 운동을 하니 심박수가 올라가고 웃음이 절로 나왔다. 나는 계속 집안을 왔다 갔다 했다. 당분간은 그걸로 충분했다.

나는 내 근육을 내버려두지 않았다. 곧 노인센터에서나 볼 수 있는 1킬로그램짜리 덤벨 두 개를 들고 근력 운동을 시작했다. 네 살짜리 조카 앤 마리의 눈에도 가벼워 보였는지 내 손에서 덤벨을 뺏더니 자신도 내가 하는 그대로 할 수 있음을 보여줬다. 앤 마

희망이 삶이 될 때

리는 그것 말고도 뭐든 나를 따라서 하려고 했다. 드문드문 자라나는 머리카락을 감추려고 모자를 쓰자 자기도 모자를 쓰기 시작했다. 나를 올려다보면서 뒤를 따르는 천진난만한 추종자를 보니 마음이 훈훈해졌다. 그러나 나는 더이상 예전의 괴물이 아니었다.

물론 가슴 속에는 괴물이 살아있었다. 풋볼 선수일 때의 기억이 고스란히 남아있었다. 그때 나는 고통 앞에서 과감했고, 그걸 돌파했고, 시련을 통해서 힘을 길렀다. 그리고 그 힘은 다시 고통을 돌파할 수 있게 도와줬다. 영하의 추위에 얼음으로 덮인 운동장에서 우리는 가능한 한 가장 빠른 속도로 몸을 굴려야 했다. 결국 나는 먹은 걸 다 토했고 다른 선수들도 그랬다. 비시즌 체력 훈련에 지각한 벌이었다. 그 당시는 그게 정말 싫었다. 그러나 지금에 와선, 만일 경기장과 체육관이라는 통제된 공간에서 고통과 맞선 경험이 없었다면 나는 어떻게 됐을까 하는 생각이 든다. 이 경험들이 내 은행에 '예금'돼 있다. 내가 제로 상태에서부터 몸 만들기를 하는 동안 거기에 필요한 '비용'을 앞서 '예금된' 경험들이 내줬다. 덤벨 무게를 올려가면서 나는 나 자신의 모습을 사진으로 찍어 체형 변화의 과정을 기록했다. 굶주린 임산부의 모습에서 덜 임산부 같고 더 괴물에 가까운 모습으로 바뀌어갔다.

투병과 회복을 반복하는 과정을 거치는 동안, 내가 쇠약해진 상황이 아니었으면 생기지 않았을 기회가 내게 주어졌다. AMF에 쏟을 수 있는 시간이 많아진 것이다. 렉스 병원에서 가까운 곳에 작은 사무실을 빌려 그 일에 전념할 수 있었는데 그건 선물과도 같았다. 나는 AMF 네트워크를 확장해 보다 많은 '슬픔에 빠진' 학생들에게 다가가고 싶었다. 그즈음엔 이미 100개가 넘는 대학 캠퍼스에 지부가 생겨나 모임을 갖고 지역 봉사 활동을 주도하고 있었다. 그러나 나는 더 많은 사람을 돕고 싶었다. 지부가 아직 없는 대학의 학생들에 다가가기 위해 책을 써보기로 했다. 내가 세운 원칙에 따라 생각을 했으니 행동을 해야 했다. 나는 친구이자 멘토인 헤더 서배티 세이브 박사와 함께 책을 쓰기로 했다. 우리는 AMF 네트워크에 가입돼 있는 젊은 친구들의 사연과 이야기를 모아 책으로 출간했다. '강요된' 휴식 시간에 '밝은 빛silver lining'을 만들어내는 일을 하자 엄마와 연결된 것 같은 느낌이 들었다.

6개월 동안 나는 롤리에서 몸을 추슬렀다. 그동안 3주에 한 번씩 병원에 가서 실툭시맙을 투여받았다. 나는 리틀록에서 '융단폭격' 치료를 받은 이후로 계속 상태가 좋아졌다. 혈액검사 결과는 모든 부분에서 정상으로 돌아왔다. 그것 말고도 좀 더 깊은 차원에서 삶이 바뀌었다. 물리적으로는 상당한 거리가 있었음에도 불구하고 케이틀린과 처음으로 균형 잡힌 관계를 맺게 된 것이다. 나는 더이상 다른 누군가를 배제하는 방식으로 내 일에 몰두하지 않았으며 과거 케이틀린과 AMF 또는 케이틀린과 의대 공부 중에서 어느 한 가지를 선택할 것을 스스로에게 강요했던 것처럼 나 자신을 몰아붙이지 않았다. 나는 균형을 선택했다. 그리고 그녀는 AMF를 위한 자원 활동에 더 많은 시간을 할애하기 시작했다. 그렇게 하면서 우리는 슬픔에 빠져있는 학생들을 돕는다는 열정을 공유했고, 그 열정과 더불어 둘이 함께 일할 수 있는 시간을 확보했다. 우리는 이전과는 완전히 다른 방식으로 둘의 삶을 결합시켰고 엮어냈다. 대단히 흥미진진한 일이었다.

2011년 7월 드디어 캐슬만병이 부숴놓은 내 삶의 조각들 중 남은 마지막 몇 조각을 수습할 때가 됐다고 생각했다. 의대에 복학해서 종양전문의가 되기 위한 공부에 집중하기로 한 것이다. AMF의 일은 유급 상근 사무국장에게 넘기기로 했다. 나는 그때까지 이뤄진 조직 성장에 큰 자부심을 갖고 있었다. 케이틀린, 벤, 리사, 지나, 다수의 자원 활동가들과 내가 만든 그 조직을 잘 이끌어 나갈 수 있는 좋은 관리자를 찾고 싶었다. 그때 한 지원자와 나눈 대화가 기억에 남는다. 60대 중반인 그는 『하프타임Half-time』이라는 책을 읽고 감명을 받아서 이 일에 지원하게 됐다고 했다. 그 책에는 인생의 후반전에서 중요한 의미를 찾는 것과 관련한 내용이 담겨있었다.

"자넨 그걸 읽기엔 너무 젊어." 그가 말했다. "아직 인생 절반 근처에도 못 왔거든. 이제 막 인생을 시작한 거야."

나는 머리카락이 다시 자라기 시작하고 있는 머리를 문지르며 대답했다. "전 연장전 중인데요."

사실상 세 번째 연장전이라고 생각했다. 시계가 세 번 제로를 가리켰다. 나는 세 번 일어났고 경기장으로 돌아갈 수 있었다.

나는 풋볼을 처음 시작할 때부터 연장전을 숱하게 치렀다. 그런 경험들로 인해 '끝까지 가기'와 '마지막 시도'가 얼마나 의미 있는 것인지 알게 됐다. 연장전은 밖에서 보면 그야말로 운에 크게 좌우되는 것처럼 보인다. 그렇기 때문에 버저 비터(농구에서 종료 버저와 함께 골이 꽂혀 득점하는 일 – 옮긴이)는 동영상으로 만들어져 온라인에서 유포되고 사람들은 그 운에 끊임없이 감탄한다. 헤일 메리Hail Mary(풋볼 게임에서의 마지막 패스 – 옮긴이)가 성공하면 그야말로 행운의 여신이 강림한 듯 여겨진다. 마지막 순간의 승부 결정은 그 희귀성 때문에 어떤 불멸성을 띠게 되고 영원한 축하의 대상이 된다. 이런 순간들에는 모든 걸 다 바꿔버리는 마법적인 힘이 있다. 일 초간 농구 감독은 땀을 흘리며 제자리에 못 박힌 듯 서서 링을 향해 날아가는 공의 궤적을 눈으로 따라간다. 그러고 나면 그는 미친 사람처럼 코트로 뛰어나와 끌어안을 누군가를 찾는다.

그런데 자세히 들여다보면 이런 순간은 행운도 우연도 아니며 전혀 기이하지도 않고 마법 같지도 않음을 알 수 있다. 경기 결과와는 별개로 연장전은 그 자체로 놀라울 정도로 강력한 각성과 집중력, 의식의 명료함을 요구한다. 그 이유는 이렇다. 전광판에 남은 시간이 단 몇 초일 때, 모든 잡념이 사라지고 목표, 즉 승리만이 분명하게 머릿속에 떠오른다. 현재만이 존재한다. 그리고 연장전이 그 현재다. 현재와 목표 외엔 아무것도 없다. 연장전은 완전히 지쳐버린 상태에서도 경기를 해야 한다는 뜻이다. 잔디는 발아래, 공은 손 안에, 코너백(풋볼의 디펜스 포지션 중 하나 – 옮긴이)은 몸을 흔들고 햇빛은 관중석으로 쏟아진다. 연장전이 얼마나 중요한지 모두가 알고 있다. 2쿼터에서 패스를 실패하면 다음 쿼터에서 만회할 수 있지만 연장전에서 패스를 성공시키지 못하면 그걸로 경기는 끝이다.

이러한 연장전의 느낌이 내 삶을 지배하게 됐다. 매일 주어지는 24시간과 매분 매초가 중요했다. 모든 것에는 의미가 있다고 생각했다. 모든 것이 다 좋다는 뜻이 아니다. 우리는 캐슬만병이 아직도 뭔지 알지 못했다. 나는 완벽한 경기를 하지 못했다. 그 근처에도 못 갔다. 그렇게 세 번째 연장전까지 했지만 완벽한 경기력으로 시합을 끝내지 못했다. 그러나 곤경이 내게 힘을 불어넣었다. 망막출혈로 인한 단기 실명, 화학요법의 독성, 검사 결과에 따른 엄청난 피로감 등을 겪었지만 이런 것들은 내가 깨어있으면서 사랑하는 사람들을 볼 때만큼이나 내게 삶의 동기를 부여했다.

풋볼의 연장전에서는 매초 세 가지 가능성이 있다. 완벽한 움직임, 이는 승리를 의미한다. 끔찍한 실수, 이는 패배를 의미한다. 무승부, 이는 재연장전을 의미한다. 내 삶은 매 순간 그 세 가지를 끊임없이 만나는 일이었다. 이기거나 지거나 그럭저럭 버티거나. 나는 아프다. 그러나 은유적으로 표현하자면 경기장에서 절뚝거리는 모습을 보인다거나 몸에 얼음찜질을 하기 위해 경기장을 벗어나는 일은 없을 것이다. 놀랍게도 연장전의 삶이 나를 무언가로부터 해방시켰고 최선의 상태로 밀어 올렸다.

2011년 9월에는 의대에 복학했다. 그러나 내 삶이 완전히 '정상

복귀'한 것은 아니었고 그렇게 될 가능성도 전혀 없었다. 계속해서 3주에 한 번씩 실험 치료, 즉 실툭시맙을 투여받았다. 그게 내 삶의 조건이었는데 나는 그걸 받아들였다. 그보다 더한 현실도 받아들이는 환자들을 많이 봤다. 나 또한 캐슬만병이 재발되지 않는 조건이라면 훨씬 혹독한 조건도 수용할 수 있을 것 같았다.

중병의 발병과 회복은 내게 '정상적'인 삶이 대단히 비싼 것이라는 놀라운 진실을 가르쳐줬다. 어떻게든 정상에 가까운 삶을 재구축하려고 애쓰는 과정에서 내가 그동안 당연한 것으로 생각했던 것들에 실제로 얼마나 큰 비용이 드는지 절감했다. 이를테면 병원을 오가지 않는 삶 같은 것. 치료는 노스캐롤라이나에서 했고 학교는 필라델피아에 있었다. 1년에 34번 비행기를 타야 한다는 계산이 나왔다. 게다가 그게 1년으로 끝날지 더 길어질지는 아무도 모르는 일이었다. 친구인 라이언에게 애로 사항을 털어놓자 그는 당장 대책을 강구해 뉴욕에서 내 여비를 조달하기 위한 파티를 열었다. 곧 그렉 데이비스와 존 에드워즈 그리고 그랜트도 베데스타, 조지타운, 필라델피아에서 같은 목적의 파티를 열었다. 케이틀린과 나는 그 파티들에 참석해 깊은 감사의 마음을 전했다. 그들이 나를 위해 모아준 기금과 우리 모두가 함께 있을 수 있도록 해준 것이 너무나도 고마웠다.

필라델피아의 파티에서는 깜짝 선물을 받았다. 이로 인해 우리 모두는 매우 즐거웠고 나는 흥분을 금할 수 없었다. 친구의 친구를 통해 그랜트와 의대에서 내가 제일 좋아하는 교수인 존 모리스 박사가 내가 그토록 만나고 싶어하는 누군가와 접촉했던 것이다. 보랏Borat(카자흐스탄 방송국 리포터인 보랏의 좌충우돌 미국 체험기를 그린 래리 찰스 감독의 2007년 코미디 영화 〈보랏: 카자흐스탄 킹카의 미국 문화 빨아들이기Borat: Cultural Learnings of America for Make Benefit Glorious Nation of Kazakhstan〉의 주인공 ‒ 옮긴이)이 바로 그 사람이다. 그의 진짜 이름은 사차 바론 코엔Sacha Baron Cohen으로 보랏은 엄마가 돌아가실 무렵에 유명해진 캐릭터인데 나는 바론 코엔이 연기한 보랏에 홀딱 빠졌다. 그 무렵 웃을 일이 아무것도 없는 나였지만, 보랏은 예외였다. 그가 내 안의 뭔가를 풀어준 것 같았다. 나는 처음 그(의 연기)를 보면서 웃다가 지쳐 울고 말았다. 왜 이 괴짜 캐릭터가 내게 그토록 큰 해방감을 주는지 깊이 생각하지는 않았다. 다만 그를 알게 된 것을 은총으로 생각했다.

중요한 것은 당시의 내가 느꼈던 무력감이 임자를 만났다는 것이다. 얼치기 카자흐스탄 방송국 리포터가 "미국의 문화를 배워 자랑스러운 카자흐스탄에 이익이 되도록 하기 위해" 미국인들을 인터뷰한다니 말이 되는 소린가? 그렇다, 유치하다고 할 만도 했다. 하지만 나로서는 악전고투 상황에서 한숨 돌리도록 도와준 그가 고마울 따름이었다(그리고 솔직히 그가 똑똑하다고 생각했다).

대학에 다닐 때도 여전히 그의 광팬이었다. 5년 연속 할로윈데이에 보랏 복장과 분장을 했다. 케이틀린도 눈감아줬다. 심지어 의대 해부실에서 인체 해부 실습을 하며 애를 먹을 때도 나는 보랏에게 도움을 청했다. 장시간 해부 실습을 할 때 다른 사람의 몸을 칼질할 때의 불쾌감을 달래기 위해 동료에게 카자흐스탄 억양이 있는 보랏의 말투로 계속 말을 걸었던 것이다. 그렇게 하니 마음이 편해졌다. 그러니 어느 날인가 내가 보랏처럼 입고 강의실에 들어가서 보랏의 말투로 교수에게 질문을 던졌을 때 아무도 놀라지 않았다.

그런데 그때 파티가 열린 펜실베이니아대학의 휴스턴 홀에서는 보랏이 내게 말을 걸었다. 사차 바론 코엔이 자신이 출연한 영화 세트장에서 영상 메시지를 찍어 보낸 것이었다. 그는 내 이름을 두 번이나 틀리게 불렀다(고의로). 그러고는 자신은 내가 겪고 있는 어려움을 충분히 이해한다고 말했다. 본인도 그 전주에 정말, 정말 지독한 감기 때문에 휴지 한 통을 다 썼다는 것이었다. 그러고는 그 기금 마련 파티 주최자들에게 고맙다고, 거기서 걷힌 돈은 전부 자신의 특별 영상 메시지 출연료로 나갈 것이라는 말로 끝을 맺었다. 나는 그랜트와 모리스 박사가 보랏을 섭외해서 이 영상을 찍기 위해 큰 수고를 아끼지 않은 것에 감동했다. 그의 영상 메시지를 보고 나니 하늘을 나는 기분이었다.

나는 사차 바론 코엔에게 대단히 고맙다는 내용의 이메일을 보냈다. 거기에 보랏으로 분장한 내 사진을 첨부했다. 할 말이 많았기에 긴 이메일이 됐다. 그러니 그가 대리인을 통해 "내 이메일 주소를 삭제해주시오"라는 제목의 답장 메일을 보냈을 때 나는 놀라지 말았어야 했다. 추측건대, 내게 어떤 집착적인 경향이 있음을 그가 눈치 챈 듯했고 자신에게 아무 때고 메일을 보낼 수 있다

희망이 삶이 될 때

는 생각 자체를 하지 못하도록 못을 박으려 했던 것 같다.

희귀병 환자로서, 차도가 있는 환자로 지내다 보니 '생각하라, 행동하라'라는 모토를 실천해볼 수 있는 또 다른 영역을 발견하게 됐다. 원래 많지도 않은 연구 기금과 관심이 그나마 일반 질환 쪽으로 다 쏠려버리는 현상을 직접 목격한 바 있었다. 그건 그 병들이 '상위'에 있는, 즉 연구의 혜택을 입을 환자 수가 많고 그러다 보니 새롭게 개발된 치료법을 위해 돈을 쓸 사람들이 많은 병들이기 때문이었다. 이는 하루이틀의 일도 아니었고 전적으로 비합리적인 현상이라고 할 수도 없었다. 그러나 덜 흔한 질병은 현존하는 치료법 자체가 수가 훨씬 적고 연구 성과가 더 돋보이는 장점이 있다. 그리고 비용 대비 효과가 더 컸다. 적은 연구 기금으로도 치료법 연구를 더 오래 할 수 있으며 환자의 삶에 더 큰 영향을 줄 수 있는 결과물을 산출할 가능성도 높다.

나 같아도 연구 기금 배분 방식을 쉽게 바꾸지는 못할 것이라고 생각했다. 더 많은 사람들과 연관된 연구에 당연히 더 많은 돈이 투자되어야 하니까. 그러나 한편으로는 연구 기금의 배정 시스템이 그리 효율적이거나 타당하지 않아 보였다. 배정 과정이 좀더 체계적이 된다면 획기적인 연구 결과가 그토록 드문드문 나오지는 않을 것 같았다. 나는 이 문제를 파고들어 뭔가 체계적인 해법을 내놓고 싶었다.

내가 이 문제에 관심을 갖기 시작할 무렵, 즉 의대에 복학한 지 얼마 안 되어 익명의 독지가가 낸 후원금으로 펜실베이니아대학에 고아질병센터Orphan Disease Center가 세워졌다. 고아질병이란 희귀병을 말한다. 즉 고아처럼 방치되어 있는 질병이라는 뜻이다. 내게는 진정 뜻하지 않은 행운이었다. 펜실베이니아대학의 전 의대학장이었던 아서 루벤스타인 박사가 그 센터의 임시 센터장으로 임명됐다. 그를 개인적으로 만난 적은 없지만 강의를 들은 적은 있었다. 내분비학 연구와 치료에 있어서 전설적인 인물이자 의학계를 이끄는 지도자 중 한 명이었다.

나는 루벤스타인 박사에게 이메일을 보내 어떤 식으로든 센터 일을 돕고 싶다는 뜻을 전했다. 아직 의학박사학위도 없고 이렇다 할 이력도 없지만 고아질병과 싸운 경험이 중요하게 쓰일 수 있다고 생각했다. 게다가 고아질병 치료를 위해 실험적인 투약도 받고 있었다. AMF를 설립해봤기 때문에 조직을 만들고 키운 경험도 있다고 할 만했다. 분량이 꽤 되는 이메일에 이런 사항들을 강조해서 적은 다음 보내기 버튼을 클릭했다. 루벤스타인 박사와 만날 가능성은 매우 희박하다는 것, 최소한 향후 몇 달간은 그렇다는 것을 알고 있었다. 그가 매우 바쁘기도 했고 그를 만나고 싶어하는 사람들도 많았기 때문이다. 그런데 그의 조수 중에 한 사람이 내 친구인 프란이었다. 프란이 누군가와의 약속이 취소된 자리에 나를 넣어줬다. 뭔가 촉박한 상황은 언제나 나 같은 과잉 집중형 인간에게 일종의 선물이 된다. 나는 수십 시간 동안 공을 들여 희귀병 분야에서의 과제와 내가 생각하는 센터의 목표 등에 대한 자세한 문건을 만들었다. 우리가 만나는 자리에서 루벤스타인 박

희망이 삶이 될 때

사는(자기를 아서로 불러도 된다고 했다) 내가 얼마나 큰 열정을 갖고 있는지 알아봤다. 나는 그 열정을 어떻게 해도 숨길 수가 없었다. 그는 나를 조사위원회의 상임이사로 참여시켰고 센터의 성장 전략과 운영 계획 수립 작업을 맡겼다.

아서 루벤스타인은 내가 리더십의 새로운 패러다임에 눈뜨게 했으며 그 이후로도 계속해서 내 멘토가 돼주고 있다. 그때까지 내가 알고 있던 리더십은 풋볼을 통해 배운 것이 전부였고 그나마 혼자 앞장서서 열심히 하는 스타일이었다. 컨디션 조절 운동을 지도하고, 격려해줄 필요가 있는 것 같은 선수를 불러내서 이야기하고, 부상에도 불구하고 경기를 하는 것 등등. 그런가 하면 나는 두려움을 주입시켜 동기를 끌어내려는 지도자들도 많이 봤다. 이런 지도자는 의학계에 생각보다 많다. 그러나 아서는 아니었다. 그는 말씨가 부드럽고 다른 무엇보다도 도덕적으로 옳은 일에 한마음으로 매진했고 주변 사람들에게서 최선을 끌어내기 위해 헌신하는 인물이었다. (실제로 그는 내게 엄마를 많이 떠올리게 만들었다.) 그는 자신이 확신하는 바를 위해 물불 가리지 않고 열심히 일했다. 센터를 이끌면서 그는 희귀병 환자의 생명을 구한다는 대의하에 우리에게 권한을 위임했고 동기를 부여했으며 맡은 바 일에 집중하게 만들었는데 그런 측면에서 재능을 타고났다고 할 수 있었다.

그는 위계나 직위에 신경 쓰지 않았다. 모든 아이디어는 평등했다. 심지어 의대생에 불과했던 나 같은 경우도 거리낌 없이 아이디어를 내놓을 수 있었다. 전에 그와 같이 일해본 적이 없는 보좌

진이나 관리직원들은 그가 회의하면서 자신들에게도 의견을 구하자 놀랄 수밖에 없었다. 아서는 다른 사람들로 하여금 자신이 그들보다 더 잘난 사람이란 생각이 들지 않도록 행동했다. 오히려 그 반대였다. 그는 항상 "당신이 전문가입니다. 희귀병 연구를 펜실베이니아대학병원의 차원은 물론 그 이상으로까지 발전시키려면 무엇이 필요한지 아는 사람은 당신입니다"라고 강조했다. 그의 겸손한 자세로 인해 센터 내의 모든 구성원은 아이디어를 공유했고 센터의 일에 적극적으로 참여할 수 있었다.

내가 머리로 겨우 이해하기 시작한 어떤 것을 의학계의 '귀족'이라고 할 수 있는 누군가가 실천에 옮기는 모습은 내 눈을 번쩍 뜨이게 했다. 의료라는 것은 최전선에 있는 의사와 간호사들로만 이뤄진 분야는 아니다. 그것은 인간 전체가 결부된 큰 기획이기 때문에 재능, 지식만큼이나 리더십이 요구된다. 의학을 어떤 기능적인 전문 지식의 총합으로만 이해한다면 큰 문제에 봉착할 수 있다. 의학은 집단의 노력이 뒷받침될 때 발전할 수 있다.

나는 센터의 일원이 된 게 너무 감사했고 아서의 신뢰에 부응해 열정적으로 센터의 발전 전략 아이디어를 내놓았다. 그러면서 각각의 희귀병 환자 수는 적지만 이들을 전부 합치면 놀랄 정도로 많다는 사실을 알게 됐다. 전 세계적으로 대략 7천 종의 희귀병이 있었고 환자 수는 3억 5천만 명에 달했다. 미국인 10명 중 1명이 희귀병에 시달리고 있었다. 그중 절반이 어린아이들이었고 이들의 약 30퍼센트가 다섯 번째 생일까지도 살지 못했다. 희귀병의 95퍼센트 정도는 FDA의 승인을 받은 단일 치료법을 갖고 있지 않았다. 병의 정체 파악도 제대로 돼 있지 않기 때문이다. 무엇을 표적 삼아야 할지도 모르는데 어떻게 표적 치료법을 개발할 수 있겠는가?

가장 흔한 오해 하나가 희귀병은 매우 복잡하고 들여다보기 힘든 것이며 일종의 생물학적인 슈퍼 악당이라는 것이다. 그러나 많은 경우 희귀병의 기저에 있는 병리는 일반 질병들의 그것에 비해 단순하며 단 한 가지의 유전적 결함에 기인하는 경우도 많다. 근래에는 표적을 알아내면 치료법과 약이 효과적으로 그 표적을 변조시켜 병을 차단할 수 있는 기술이 생겼다.

낭포성섬유증cystic fibrosis은 연구와 현재의 생물의학적 역량이 제휴할 때 어떤 일이 일어날 수 있는지를 보여주는 좋은 예다. 지속적인 폐 감염을 일으키고 호흡 능력을 위축시키는 이 치명적인 유전적 질환은 약 3만 명의 미국인들이 앓고 있는 병이다(환자 수가 20만 명 이하이면 '희귀' 또는 '고아'라는 이름을 붙일 수 있다). 낭포성섬유증은 새로운 수명 연장 약물이 개발됨에 따라 점점 더 관리 가능한 질병이 돼가고 있다. 이는 우연의 산물이 아니다. 중요한 구성원들의 숫자와 상호 협력과 의지력의 결과다. 환자 커뮤니티는 수억 달러의 연구기금을 조성했다. 이 일의 선두에 있는 단체인 낭포성섬유증재단Cystic Fibrosis Foundation은 모든 이해 당사자들을 규합하기 위해 최선을 다하고 있다. 현재 국립보건원장인 프랜시스 콜린스Francis Collins 같은 생물의학계의 거물 연구자들이 이 병의 치료법을 발전시키기 위한 중요한 연구를 수행하고 있다. 그런데 불행하게도 이것은 예외적인 경우다. 의지는 있지만 협력, 조직, 자금력의 부족으로 일이 진척되지 않을 때가 많다. 희귀병들 중 약 50퍼센트는 그 병에 특화된 연구를 관장하는 재단이 설립돼 있지 않다. 그런가 하면 재단이 있는 질병의 경우도 아직 연구자 간의 협력이나 연구 수행의 조정, 데이터, 생체표본의 공유 등의 측면에서 개선해야 할 점이 많다.

희귀병의 경우 기금이 충분치 않다 보니 생물의학적 연구에 필요한 적절한 조정과 협력이 이뤄지기 어렵고, 이로 인해 연구자들은 서로 협력하기보다는 독자적이고 경쟁적인 태도로 연구를 수행하게 된다. 어떤 연구자들은 환자 생체표본을 다른 연구자들과 공유하지 않고 독차지하기 위해 싸움을 벌이기도 한다. 뿐만 아니라 기초 데이터량의 부족과 시스템상의 장애는 충분한 후속 데이터의 생성을 어렵게 만든다. 그리고 데이터가 충분치 않으면 연방 기금을 따낼 수가 없다. 연방 기금 관리자들은 기금을 배정하기 전에 연구자나 재단이 확보하고 있는 데이터의 양이 일정 수준 이상인지를 확인한다. 그런데 기금을 받아야만 기금을 받기 위해 필요한 만큼의 데이터를 산출해낼 수 있다. 참으로 깨기 어려운 순환 고리다.

물론 의사들은 FDA의 승인 치료법이 없는 상황에선 때로 다른 일반 질병 치료용으로 개발되고 승인된 '비인가off-label 약물'을 희귀병 환자에게 쓸 수 있고 쓰기도 한다. 사실상 의사들은 FDA

의 승인을 받은 약이면 언제든지, 어떤 상태에 있는 어떤 환자에게든 처방할 수 있다. 그 약이 특정 질병을 위해 개발된 약인지 아닌지는 상관없다(보험회사가 이 투약에 대해 보험금을 지급하는지는 다른 문제다!). 알고 보면 많은 질병에서 공통적인 기능장애 유전자, 단백질, 세포 등이 나타난다. 그렇다면 이들 질병이 이론적으로는 공통 치료법의 표적이 될 수 있다는 말이다. 그리고 동일한 치료법을 복수의 질병에 적용했을 때 효과를 보는 경우도 종종 있다. 비아그라는 폐고혈압 치료에서도 좋은 결과를 내고 있으며 보톡스는 극심한 두통 치료에 쓰이고 있다. 혈압약인 프로프라놀롤 propranolol은 치명적인 암인 혈관육종의 치료를 위해 처방되기도 한다.

그런데 이처럼 과학과 환자 치료의 진전을 위해 비인가 약물을 사용하는 데는 시스템상 매우 큰 장애가 있다. 이런 치료법의 적용과 효과는 추적되거나 집계되는 일이 드물다 보니 나중에 다른 의사들이 의료적 결정을 내릴 때 참고할 수 있는 치료 데이터의 역할을 하지 못한다. 그래서 어떤 환자들은 전혀 효과가 없는 치료법의 적용 대상이 되기도 하고 또 어떤 환자들은 적용만 하면 좋은 효과를 볼 수 있는 치료법의 혜택을 전혀 볼 수 없게 된다. 이 모두가 데이터의 결여 때문이다. 이토록 데이터가 넘쳐나는 시대에 이런 일이 일어난다는 것 자체가 역설적일 뿐더러 대단히 고통스럽기까지 하다. 희귀병 배후의 현실을 들여다보면 볼수록 9.11 테러 이전에 제대로 기능하지 않았던 정보 기관이나 경찰 조직의 상황을 보는 듯하다. 개별적으로는 모두가 주어진 업무에 최선을 다하고 있었지만, 상호 소통과 통합된 데이터가 없었고 당연히 협업과 데이터 공유도 이뤄지지 않았다.

고아질병의 세계에 대해 집중적으로 공부하다 보니 어느 정도 그쪽에 눈을 뜨게 됐고 몇몇 뛰어난 전문가들에 대해서도 알게 됐다. 그 전문가 중 한 명은 댄 레이더Dan Rader 박사였다. 그는 펜실베이니아대학의 저명한 내과의이자 과학자였고 고아질병센터에서 처음으로 만났다. 그즈음 그는 어떤 큰 제약회사에서 묵히고 있던 한 약품에 대한 연구를 막 끝냈는데 그는 그 약이 동형 접합체적 가족성 고콜레스테롤 혈증homozygous familial hypercholesterolemia이라는 치명적인 유전질환에 효과가 있을 것으로 봤다. 부작용이 너무 심해서 일반적으로는 사용하지 않던 약물이었다. 그러나 유전적 요인 때문에 사망에 이르는 성인과 어린아이들에게는 치료 효과가 있을 것이라고 그는 생각했다. 그리고 생명을 연장시킬 수 있다면 환자들과 환자의 부모들도 부작용을 감내하리라고 봤다. 댄은 제약회사와 함께 그 약의 효능을 연구했다. 아니나 다를까 그 시도는 성공적이었고 FDA의 승인을 받았다. 적임자가 나타나 적절한 문제 제기를 할 때까지 사람의 생명을 구할 수 있는 약품 하나가 제약회사 창고에서 먼지를 뒤집어쓰고 있었던 것이다. 그렇다면 이렇게 제대로 쓰이길 하염없이 기다리는 약품들이 얼마나 더 많은 걸까? 혹시 그중에 캐슬만병 치료약이 있지는 않을까?

FDA가 한 가지 질병의 치료용으로 승인한 약 중에서도 다른 병에 효과가 있는 약들이 수도 없이 많을 것이다. 이런 생각들이 내 머릿속에서 줄을 이었다. 그리고 우리가 구하고자 애쓰는 정답들이 이미 상당수 나와 있을 거라고 생각했다. 다만 잊혀졌거나 방치되어 있을 뿐이고 아직 적절하게 제기된 물음과 연결되지 않고 있을 뿐이었다. 제퍼디Jeopardy(이름 자체는 '위험'이라는 뜻이며 미국의 TV 게임 쇼로 참가자들에게 정답에 해당하는 문장이나 단서를 먼저 제시하면 이에 참가자들은 원래 문제가 뭐였는지를 '정답'으로 내놓는 게임을 말한다 - 옮긴이) 게임처럼! 다만 이쪽이 훨씬 더 위험 부담이 컸다.

내가 아서와 함께 고아질병센터에서 배운 것의 요지는 조직이 중요하다는 점이었다. 제대로 기능하지 못하는 조직이나 팀은 예전에도 본 적이 있었고 실토하자면 그중 몇몇 케이스는 나 자신에게 일부 책임이 있기도 했다. 한편으로 비범한 집중력을 가진 리더가 어느 정도 규모의 일을 해낼 수 있는지도 알게 됐다. 특히한 집단을 긴밀한 협력체로 만드는 데 있어 훌륭한 리더가 어떻게 능력을 발휘하는지 알 수 있었다. 풋볼을 할 때 나는 가장 빠르지도 가장 멀리 던지지도 못하는 선수였다. 그러나 나는 좋은 쿼터백이었다. 모든 희귀병에는 저마다의 쿼터백이 필요했다.

이 시기에 내가 만난 또 한 명의 희귀병 전문 쿼터백은 조시 서머Josh Sommer였다. 몇 년 전에 그는 척색종chordoma 진단을 받았다. 척색종은 드물게 발생하는 뼈암으로 두개골과 척추에 주로 발생한다. 진단을 받고 나서 그는 듀크대학을 중퇴하고 척색종재단을 세웠다. 그가 세운 재단은 연구 기금을 목적으로 한 이전의 재단들과는 달랐다. 그는 변화를 일으키고자 했다. 누구나 이용할 수 있는 자료를 만들어내고 전 세계의 연구자들을 연결하는 일에 힘을 쏟았다. 그의 리더십 덕분에 중요한 연구 성과들이 도출됐고 수차례의 성공적인 임상실험이 이뤄질 수 있었다. 사람이 붐비는 시끄러운 커피숍에서 그의 말을 들으면서 나는 생각했다. 캐슬만병을 위해서 나도 같은 일을 해야 할까?

내 그런 마음을 읽은 조시가 이렇게 말했다. "데이비드, 너는 뭔가를 해낼 자격을 갖춘 사람이야. 내가 이런 말을 해도 되는지 모르지만 캐슬만병은 네가 필요해."

그 후 며칠간 나는 향후 내 시간과 에너지를 성장 중인 AMF와 종양전문의가 되는 일에 집중하기로 한 내 다짐을 다시 한번 확인했다. 캐슬만재단과 관련해서는 다른 누군가가 그것을 위해 일할 거라고 생각했다. 당시 이미 캐슬만병과 관련한 두 개의 재단이 설립되어 있었다. 하나는 국제캐슬만병기구International Castleman Disease Organization이고, 다른 하나는 캐슬만병인식및연구노력 Castleman's Awareness & Research Effort 재단이었다. 나는 이 두 조직이 캐슬만병 연구를 빨리, 크게 진척시킬 것으로 봤다. 나는 옆에서 지켜보는 쪽으로 마음을 정했다. 다른 연구자들이 어딘가에서 내 병의 전모를 파악하길 희망하고 기도하면서. 그러나 그럼에도 조직 설립과 관련한 아이디어의 씨앗이 뿌려진 것은 분명했다.

의대에 복학하니 순환 실습이 나를 기다리고 있었다. 소아과,

내과, 가정의학과, 인터벤션 영상의학과, 응급의학과, 류머티스학과 등 각 과를 돌면서 내가 사경을 헤맬 때 나를 치료해준 의사와 레지던트들을 만났다. 나는 그들을 대부분 기억하지 못했지만 그들은 나를 기억했다. 마주칠 때마다 그들은 "데이비드, 아주 좋아 보여!"라고 말해줬다. 함께 일하게 됐지만 내가 아팠다는 사실을 모르는 다른 의사들은 꽤 어리둥절했을 것이다. "좋아 보여"는 병원에서 의사들이 하는 인사말로는 흔치 않은 것이었기 때문이다.

주중에 일하지 않는 시간은 고아질병센터에서, 주말은 케이틀린과 함께 보냈다. 내가 건강하다는 믿음이 스스로에게 주입되는 걸 구태여 막으려 하지 않았다. 지옥 같았던 지난 몇 달간은 내 정상적이고 만족스러운 삶에서 그저 일시적인 일탈과도 같았다고 생각했다.

캐슬만병에 대한 집중적인 공부는 더이상 하지 않았음에도 그 병의 환자(나)에 대한 사례 보고서 하나를 끝낼 수는 있었다. 나는 혈액기태 또는 버찌 혈관종의 생성이 어떻게 해서 누군가의 iMCD 발병이나 재발 임박의 신호가 될 수 있는지를 강조했다. 그건 매번 내게 일어난 일이었으니까. 의학 저널인 《자마더마톨로지JAMA Dermatology》(미국의학협회가 온라인으로 주간, 인쇄물로는 월간 발행하는 동료 심사 의학 저널 – 옮긴이)가 그 사례 보고서를 다뤘고 표지 사진으로 내 가슴에 나 있는 혈액 기태를 찍어 올렸다. 이는 내가 어딘가의 표지 모델이 된 최초의 사건이었다!

나는 이 혈액기태가 다른 환자들을 진단하거나 재발을 빨리 예측하는 지표로 그리고 이 기이한 질병의 퍼즐을 맞추는 한 조각으로 인식되기를 바랐다. 그리고 마음속으로 "혈액기태는 잊어달라"고 하면서 나를 책망했던 의사들도 그 저널을 한 부씩 받아봤으면 좋겠다고 생각했다.

나는 생각했고 행동했다.

그리고 숨을 편히 쉬기 시작했다.

제12장

조용한 병실의
융단 폭격

벌써 레드불을 두 병째 마셨다.

간밤에 잠도 충분히 잤다.

할 일이 많다.

왜 이리 피곤한 거지?

왜?

2012년 4월에 그게 다시 찾아왔을 때 나는 펜실베이니아 병원에서 순환 실습 중이었다. 환자 한 명이 무릎 수술 후의 느낌을 설명하는 참이었다. 그걸 듣던 중 갑자기 피로감이 몰려왔다. 그날 내내 피로하긴 했지만 그때는 뭔가 친숙한 느낌으로 구체화되어 나를 엄습했다. 환자의 입술이 움직이는 걸 보고 있었지만, 소리는 아스라하게 멀어져갔다. 너무나 많은 것들이 내 머릿속에 떠올랐

희망이 삶이 될 때

다. 나는 양해를 구한 다음 환자들을 보는 사이사이 내가 공부를 하는 방으로 달려갔다. 그 방은 처음 병원을 건립할 때부터 있었다고 한다. 캐슬만병 발병 이전의 좋았던 시절, 나는 1751년에 그 병원을 세운 벤저민 프랭클린도 그 방을 사용했을 거라고 종종 생각하곤 했다. 그도 나처럼 다소 사적인 용무를 보기 위해 왔을 것이고, 들어와선 가발을 벗어 던지고 쉬었을 거라고 상상했다.

그러나 그 순간은 그런 역사적 사실들이 하나도 생각나지 않았다. 잠을 좀 자야 했고 솟구치는 불안감을 다독여야 했다. 나는 문을 닫고 가운을 말아 베개 대신 베고 알람을 7분 후로 맞췄다. 그러고는 바닥에 누웠다. 눈을 감으면서 다음과 같은 생각을 하며 자신을 진정시키려고 했다. 넌 3주에 한 번씩 실툭시맙을 맞고 있어. 그게 약이야. 이 병에서 문제가 되는 놈을 표적으로 하고 있다고. 넌 재발하지 않아. 그냥 피곤한 것뿐이야.


그날 밤 나는 문자 그대로 손 하나 까딱할 수 없었다. 림프절 비대가 내 목에서 만져지는지 확인해봐야 하는데 할 수 없었다. 고민만 했다. 그런 태도는 전적으로 비합리적인 것이었다. 모르면 얻는 게 아무것도 없고 내 목을 촉진해보는 일도 끝까지 미룰 수 있는 게 아니었다. 그러나 나 같은 태도는 환자들 사이에서 흔히 볼 수 있는 모습이기도 했다. 의사라면 누구나 한 번쯤은 뭐가 잘못된 게 분명해질 때까지, 무작정 참기만 하다가 너무 늦게 도움을 요청하는 환자를 만난 경험이 있다. 그런 환자들은 뭔가 문제인지 알려고 들지 않았다. 나도 그런 환자들 때문에 당황한 적이 많았는데, 그들이 왜 그랬는지 이제야 알 것 같았다.

'알아야겠다'는 생각이 승리했다. 그리고 나는 내가 찾아내고 싶지 않은 것을 찾아냈다. 목 양쪽이 부풀어 있었다. 그렇지만 림프절 비대에는 여러 가지 이유가 있다고 나는 생각했다. 그건 맞는 생각이었다. 그날 밤은 아무 조치도 취하지 않아도 될 만큼 충분히 옳은 생각이었다.

다음 날 아침, 나는 내 담당 의사들에게 이메일을 보내 지난 1월에 그들이 권유했던 PET/CT 촬영을 하지 않았음을 실토했다. 그것은 병이 새로 활동하는지를 탐지하는 검사였다. 고아질병센터에서의 일과 의대 순환 실습으로 검사받을 틈이 없었다는 이유를 댔다. 그걸 받으려면 하루 중 오전이 통째로 날아가기 때문이었다. 그러나 재발의 조기 신호를 포착하기 위한 검사를 받기로 했던 때로부터 3개월이 지난 지금 '새' 증상이 나타났다. 그들은 내게 바로 다음 날 검사를 받으라고 했다.

그날 밤 케이틀린과 통화를 하면서는 하루 동안 있었던 자질구레한 일과 다음에 만나는 일에 대해서만 이야기를 나눴을 뿐 새 증상에 대해선 함구했다. 그녀를 걱정시키고 싶지 않았다. 아마 아무것도 아닐 거니까. 그녀에게 약속했던 대로 솔직해지고 나 자신의 약한 모습을 드러내 보이는 것이 아직도 힘들었다. 하지만 느낌이 조금 이상하다는 이야기를 매번 시시콜콜 다 듣고 싶어하는 사람이 있을까 하는 생각도 들었다. 내 증세가 감기나 독감이

희망이 삶이 될 때

아닌 것으로 밝혀지기 전까지는 케이틀린을 걱정시킬 필요가 없었다. 지금 와서 생각해보니 그랬던 이유를 알겠다. 나는 그 정도로 두려웠던 것이다.

그날 밤 나는 식은땀을 흘리면서 잠에서 깼다. 침대 시트가 흥건히 젖어있었다. 그걸 갈려고 몸을 일으켰을 때 내게 필요한 증거의 마지막 조각을 발견할 수 있었다. 혈액기태가 온몸에 돌아와 있었다. 나는 다시 한번 마법의 사고 회로 속으로 뛰어들었다. 재발될 수가 없어. 나는 실툭시맙을 투여받고 있다고. 실툭시맙은 재발을 막아준다고. 밴 리 박사가 그렇게 말했어. 이상 끝. 나는 건강해.

모든 게 괜찮다. 괜찮아야 한다. 그 실험적인 투약이 지속되는 한 내 병은 돌아오지 않는다고 알고 있었다. 나는 기적의 은혜를 입고 있다고 믿었다. 암과 싸웠던 엄마도, 그 외 저마다 투병을 했던 수많은 다른 환자들도 입지 못한 은혜였다. 그런데 만일 실툭시맙이 내 병을 멈추거나 재발을 막을 수 없다면…….

어느덧 환자로서의 자아가 어둠 속 어딘가로 물러나고 진단자로서의 자아가 그 자리를 차지했다.

다음 날 나는 환자 병실로 가면서 내 휴대전화에 오전에 받은 PET/CT 결과 이미지를 띄웠다. 촬영 결과는 내 림프절이 맨 처음 입원하던 날만큼 커져 있으며 그것들의 대사활동이 증가했음을 보여주고 있었다. 재발이 분명하며 신속히 혈액 관련 조치와 실툭시맙을 투여받아야 한다는 뜻이었다. 내 환자에게 그런 증상이 나타났다면 당연히 그렇게 했을 것이다. 그렇지만 아직도 내겐 오래된, 완강한 자아가 있었다. 나는 담당 의사들에게 현재 진행 중인 순환 실습을 마쳐야 하고 롤리에서 금요일에 있을 AMF의 연례 기금 모금 행사 준비로 해야 할 일이 많기 때문에 혈액검사나 실툭시맙 투여는 그다음 주 화요일에 할 수 있을 것 같다고 말했다. 케이틀린에게도 같은 식으로 말했다. 혈액검사의 시급성을 애써 모른 체했던 것처럼 그녀에게도 대수롭지 않게 말했다. 그녀는 처음에는 걱정하다가 내 모든 설명(실은 합리화)을 들은 후에는 안도했다.

'걱정하지 마', 내 생각이 그랬고 내 말이 그랬다. '재발일 리가 없어'.

불운하게도 의사들도 내 판단을 믿었다. 그래서 림프절 확장이 발견되고 일주일이 지나서야 혈액검사를 받았다. 몇 가지 검사 결과가 비정상으로 나왔다. 우리가 주목한 가장 중요한 것이 C-반응성 단백질C-Reactive Protein(CRP)이었다. 이는 염증과 면역체계 활성화를 알려주는 표지자다. 지난 세 차례의 재발에 있어서 이게 가장 믿을 만한 발병 표지자였다. 내가 악화될 때 수치가 급등하기 시작해서 가장 상태가 안 좋을 때는 300 이상으로 치솟았다. 그리고 상태가 나아지면 수치도 개선됐다. 대단히 중요한 검사였고 지난번 재발에서 회복된 이후론 정상 수치를 유지하고 있었다.

수치는 올라가 있었다. 그런데 약간 상승한 상태로 12.7이었다. 정상 범위는 0에서 10사이였다. 300까지도 올라간 적이 있는 마당에 정상치에서 2.7 벗어난 게 대수인가 싶었다. 크게 안도했다. 내가 과민 반응했나 싶은 생각이 들기 시작했다. 누구나 걸릴 수 있는 흔한 바이러스 감염이 아닐까 하는 느낌이었다. 그때 인후염 기미가 있었다. 그래서 인후염 때문에 CRP 수치가 다소 올라간 게 아닐까 생각했다. 새로이 커지고 활성화된 림프절을 이유로 담당 의사들은 원래 계획보다 일주일 앞서 실툭시맙을 투여하기로 결정했다. 안전을 위해서.

늘 해왔던 대로 약이 주입되는 동안 지나 누나가 내 곁을 지켰고 나는 컴퓨터를 앞에 놓고 AMF 관련 이메일 작업이나 고아질 병센터에서 내가 하고 있던 서류 작업에 몰두했다. 오늘은 다른 날과 똑같아. 자신에게 그렇게 말했다. 나는 롤리에 머무르기로 했고 이틀 후에 혈액검사를 한 번 더 받기로 했다. 그것도 안전을 위해서.

이틀 후에 CRP 수치가 227까지 올라갔다. 이는 충격적인 수치로 단순히 진짜 재발했다는 지표 이상의 의미가 있었다. 그토록 단기간에 그토록 많이 상승하는 것은 있을 수 없는 일이었다. 담당 의사와 나는 유능한 의사라면 그렇게 이해할 수 없는 수치를 접한 상황에서 당연히 함직한 행동을 했다. 그것은 결과 수치를 재검토하는 일이었다.

앞서 한 검사 결과를 샅샅이 훑어본 결과 앞서의 검사에서 12.7이라는 수치가 나온 것은 검사 단위를 달리 썼기 때문이었음이 드러났다. 12.7이라는 수치는 데시리터(10분의 1리터)당 밀리그램을 말하는 것이었다. 그간 우리가 해왔던 대로 리터당 밀리그램이 아니었다. 즉 안 찍혀도 되는 소수점이 찍힌 것이었다. 앞서의 CRP 수치는 12.7이 아니라 127이었던 것이다.

우리는 공황 상태에 빠졌다. iMCD가 돌아왔을 뿐만 아니라 그 강도가 이틀 사이에 두 배가 됐다. 심지어 투약을 받고 난 뒤에 그런 일이 일어났다. 흡사 캐슬만병이 날 놀리는 듯했다. 모든 희망을 타서 주입한 약물보다 자신이 얼마나 더 강한지를 과시하는 듯했다.

우리의 신형 무기가 효력이 없다는 게 드러나자 의사들은 과거의 방식으로 돌아갔다. 나는 즉각 화학요법을 받았다. 비록 3차 재발에선 효과가 없었지만 두 번째 재발에서는 그것이 효과가 있었다. 지푸라기라도 잡아야 했다.

나는 정신을 차린 다음 케이틀린에게 전화를 걸었다. 발생한 상황을 두고 더이상 둘러댈 필요는 없었다. 감기 같은 것이 아니었다고, 녀석이 돌아왔다고 나는 털어놓았다. 내 병이 아직 낫지 않았고 언제든지 재발할 우려가 있다는 걸 알면서도 그녀가 나와 함께하기로 했다는 사실을 나는 잘 알고 있었다. 그러나 이 상황이 뭔가 그녀에 대한 배신처럼 느껴지지 않을 수 없었다. 그녀를 이토록 빨리 '시험'하게 된 상황이 야속했다. 그녀가 이 모든 것을 고민하지 않을 수 없게 된 상황이 저주스러웠다. 그때까지 케이틀린은 뉴욕에 계속 거주하고 있었는데 내 얘길 듣고 필라델피아로 나를 보러 오기로 했다. 그런 다음 나와 아빠는 먼저 리틀록으로

희망이 삶이 될 때

갈 계획이었다. 케이틀린은 누나들과 함께 나중에 리틀록에서 우리와 합류하기로 했다. 그녀로선 처음으로 내가 iMCD와 싸우는 모습을 보게 된 것이었다. 그날 저녁 안으로 케이틀린이 필라델피아에 도착할 수 없었기 때문에 나는 하루 종일 절친한 의대 친구들을 만났다. 작별 인사를 고하는 이 의식은 이미 예전에 해본 적이 있던 터라 특별할 것이 없었다.

케이틀린이 도착하자, 나는 마음을 가다듬고 긍정적인 자세를 유지하려고 애썼다. 재발한 건 사실이었다. 그러나 내 질병의 그간 진행 경로에서 드러난 특성을 보면 다소 위안이 되는 부분도 있었다. 세 번 발병했지만 세 번 다 살아났다! 내게는 훌륭한 의사가 있었다. 그는 내 생명을 유지하는 일에 매우 능숙하다. 실룩시맙은 듣지 않았지만 그에겐 수많은 새로운 비책들이 있을 것이다.

내가 지난번에 그 병원에서 치료를 받은 지 15개월 만이었다. 리틀록은 크게 변한 게 없었다. 최소한 병원은 그랬다. 그곳은 여전히 캐슬만병 세상의 중심이었다. 다양한 형태의 희망들이 넘실거렸다. 힘이 넘치는 미소, 굳은 악수, 잘 깎여있는 녹색 잔디, 예전과 다를 바 없는 벽돌-유리 건축물은 빠르고 신속한 봉사를 상징했다.

나는 달라져 있었다. 내겐 지난해에 습득한 집단 지혜가 있었다. 내겐 '생각하라, 행동하라'라는 모토가 주는 힘이 있었다. 내겐 이미 다량의 화학요법을 받은 경험이 있었다. 뭐든지 다 감당할 자신이 있었다.

자신감만 충만했던 것일까? 리틀록에서 한 새로운 혈액검사 결과는 롤리에서 한 것보다 훨씬 나빴다. 캐슬만병은 돌아왔을 뿐만 아니라 맹렬히 날뛰는 중이었다. 아칸소대학 의대 병원에 도착한 뒤로 며칠 되지 않아 내 간, 신장, 골수, 심장, 폐 기능 전부가 급속도로 악화됐다. 그런 비정상적 검사 결과는 나 자신과 내 환자들에게서 이미 본 바 있었다. 나쁜 결과와 나쁜 소식에도 웬만큼 단련돼 있었다. 그러나 일련의 검사 결과가 그토록 실망스럽고 그토록 분명한 함의를 품고 있는 경우는 처음이었다. 실툭시맙 치료를 받는 와중에 그런 결과가 나왔다는 사실은 내게 끔찍한 좌절감을 안겨줬다.

내 재발은 다음 두 가지 중 하나를 의미했다.

1. 나는 어떤 실수에 의해 실툭시맙을 실제로 투여받지 못했거나, 투여받은 실툭시맙의 양이 충분치 않았다. (이 가능성은 높지 않다고 봤다.)
2. 내 병 치료약으로 개발 중인 유일한 이 약이 듣지 않았고 내겐 다른 선택지가 없다. 이는 의료계의 판단이 틀렸다는 것을 의미한다. 즉 IL-6가 iMCD 환자의 문제가 아니며, 이는 곧 실툭시맙이 모든 iMCD 환자에게 도움이 되는 게 아님을 뜻한다. (나는 이 가능성을 높게 봤다.)

이 두 가지 가능성은 곧 한 가지 가능성으로 추려졌다. 지난 15개월간 내가 투여받은 실툭시맙의 용량에 관한 자세한 병원 기록을 들여다본 결과 용량은 전혀 문제가 없었다. 정해진 그대로 투여됐다. 결국 나는 제대로 투여받았음에도 앓고 있는 것이었다.

그렇다면 남은 것은 한 가지였다. iMCD에 관해 의료계가 "알고 있다"고 믿는 유일한 한 가지가 나에 관한 한 옳지 않다는 것. IL-6가 모든 iMCD 환자의 공통 문제가 아니라는 것. 실툭시맙은 모든 iMCD 환자에게 효과가 있는 게 아니라는 것. 그리고 나는 효과가 없는 경우에 해당한다는 것.

그 전해 내내 투여받았던 실툭시맙과 며칠 전 롤리에서 한 번 받았던 화학요법이 병의 악화를 막지 못하는 게 분명해졌다. 그러자 밴 리 박사는 다시 한번 '충격과 공포' 작전을 감행하기로 했다. 나는 즉각 예전과 동일하게 일곱 가지 화학요법 약물을 다 섞어서 한꺼번에 투여받기 시작했다. 그리고 역시 예전과 동일하게 이 항암제 칵테일은 내 면역세포와 골수, 머리카락, 내장처럼 빠르게 분열하는 세포를 표적으로 삼았다.

나는 답이 필요했다. 이번 4차 재발에서 죽을 수도 있고 죽지 않을 수도 있었다. 화학요법 약물 칵테일이 침상 옆의 링거 거치대를 타고 방울방울 떨어지며 내 팔로 스며드는 동안 나는 밴 리 박사에게 재발을 느낀 순간 이후로 내 머릿속을 온통 차지하고 있던 질문들을 던졌다.

"도대체 이런 일이 일어난 이유가 뭘까요?"

"그 답은 아무도 모릅니다."

"어떤 유형의 면역세포가 작용해 이렇게 된 걸까요?"

"역시 아무도 모릅니다."

'왜 몰라요?' 나는 그렇게 묻고 싶었다.

'그리고 왜 나예요?'

나는 마지막 질문들은 그대로 삼켰다. 그러나 병원의 병실은 결코 조용한 곳이 아니다. 한밤중에도, 대화가 끊긴 뒤에도 (마음은) 조용하지 않다. 대화가 잦아들면 환자들은 의사가 한 말과, 할 수 없었던 말들에 대해 아주 '맹렬하게' 생각해보게 된다.

링거 거치대에서 주기적으로 울리는 삐 소리들 사이로 문득 밴 리 박사가 내 질문에 대해 더이상 "나는 모릅니다"라고 대답하지 않는다는 생각이 들었다. "확신을 못하겠네요. 이걸 한번 봅시다……"라고 대답한 것 같았다. 그러고는 자신의 컴퓨터 쪽으로 몸을 빙글 돌리더니 증상들을 다시 확인해보고 뭔가 답변할 거리를 찾아내려고 했다. 그러나 별다른 말을 하지 않았다. 다만 "아무도 모릅니다"라고만 한 번 더 말했다.

"개발 중이거나 임상실험 중인 다른 약이 있나요?"

밴 리 박사는 내 가장 중요한 질문에 대답할 때도 변함없이 차분했고 자상했다. "지금 당장은 없어요."

"계획 중인 것도 없나요?"

"내가 아는 한 없습니다."

밴 리 박사는 캐슬만병에 관한 한 누가 뭐래도 세계적인 전문가였다. 그런 그도 병의 원인이 무엇인지, 무엇이 그 병을 촉발시키는지 알지 못했다. 실험 중인 약물치료가 듣지 않는 환자의 재발을 어떻게 해야 막을 수 있는지도 알지 못했다. 이게 의미하는 바는 아무도 모른다는 것이었다. 더이상 '항소'할 곳이 없었다. 더이상의 상급심이란 존재하지 않았다. 밴 리 박사는 세상이 다 아는 내 상태를 두고 듣기 좋은 소리를 하지 않았다. 캐슬만병에 관한 한 그가 지식 그 자체였다. 그에겐 권위가 없었다. 그가 권위 자체였다.

의학도로서 나는 모든 질병을 두고 이런 질문들이 나올 수 있다는 걸 알았고, 또 웬만큼은 그에 대한 정답들을 골라낼 수 있었다. 그러나 이 병에 대해서는 전혀 그럴 수 없었다.

"IL-6 수치의 상승이 주범이라고 했는데 그걸 봉쇄했음에도 불구하고 병 치료에는 두 번 다 효과가 없었어요. 그리고 내 IL-6 수치는 처음이나 재발했을 때나 정상치였습니다. IL-6가 이 모든 경우의 주된 문제가 아닐 가능성이 있을까요?"

"가능합니다."

그랬다. 가능했다. 무엇이든 가능했다.

나는 그가 하는 말뜻을 알아들었다. 또한 의사들이 사용하는 말을 이해했다. 조심스럽게 사실을 말하기, 나중에 피할 수 있는 여지를 남겨놓기, 단정 짓지 않기. 나도 전에 그런 식으로 말했다. 그런데 내가 그런 말을 듣는 처지가 되고 보니 그리 배려심 있다거나 해석의 여지를 허용하는 말처럼 들리지 않았다. 예전에는 그렇다고 생각했는데 아니었다. 그게 아니고 나를 병실에서, 병원에서 쫓아내는 말처럼 들렸다. 스스로가 그저 가능성이라는 비행기에 위탁 탑승한 승객처럼 느껴졌다. 뭐든지 가능했다. 아무도 모르니까. 나는 혼자였다. 예의 바른 환자였다면 겸허하게, 수용하는 자세로 밴 리 박사의 말을 받아들였을 것이다. 그러나 아무도 모른다는 말은 내게 와닿지 않았다. 우리가 바꿀 수 있는 게 있고 바꿀 수 없는 게 있다. 그 사실을 담담하게 받아들이려면 우리에겐 품격이 필요하거나 둘을 분간하지 못할 만큼 무지해야 한다. 아니면 답을 알고 있는 다른 전문가를 찾게 해달라고 기도해야 한다. 나는 품격이 있지도 않았고 iMCD를 모를 만큼 무지하지도 않았으며 기도에는 신물이 난 터였다.

믿음과 기대, 어쩌면 자만심 위에 세워졌을 수도 있는 내 정신적 구조물이 그날 완전히 붕괴했다. 밴 리 박사가 내 병에 대해 의사 대 애송이 의사로 합리적인 논의를 하기 위해 병실에 들어왔을 때, 나는 눈에 보이지는 않지만 규모가 어마어마하고 매우 협응이 잘되는 과학자, 기업, 의사들의 시스템이 내 병의 치료를 위해 부지런히 움직이고 있다고 생각했다. 당연히 다른 질병들에 대해서도 그럴 것이고.

산타클로스와 요정들이 전 세계 착한 어린이들의 소원을 들어주듯, 우리가 안고 있는 다른 모든 문제에 대해서도 관련 전문가들이 열심히 대처하고 있다고 상상했다. 일반의 눈에는 잘 뜨이지 않지만 자신들의 연구실에서 그 문제들이 풀릴 때까지 끈질기게 붙잡고 있다고 늘 생각했다. 그리고 문제가 해결되면, 마치 눈을 떴더니 거실에 예쁘게 포장된 선물 상자가 놓여 있는 것처럼 연구실의 마법이 우리 앞에 쫙 펼쳐질 거라고. 구글로 인해 이런 믿

희망이 삶이 될 때

음이 강화됐다. 우리가 생각해낼 수 있는 모든 질문에 대한 답을 구글은 빠르고 정확하게, 그걸 뒷받침하는 데이터까지 곁들여서 제시했고 이를 통해 우리에게 어떤 위안까지는 아니더라도 상당한 신뢰감을 줬다. 의학적 도약에 대한 많은 뉴스로 인해 이런 낙관주의적 환상이 커지고 있다. 우리가 내놓을 수 있는 모든 의학적인 질문에 대한 정답을 너무도 당연하게 어딘가에서 누군가가 이미 확보해놓고 있다고 생각하거나 최소한 나 자신이 개인적으로 봉착해 있는 특정한 의학적 문제를 가능한 한 빨리 풀어주기 위해 모종의 전문가 집단이 열심히 일하고 있다고 여긴다. 그러므로 치료법은 곧 나올 것이며 위대한 의학적 성취는 내가 거기에 시간과 재능, 돈을 보탰든 아니든 이뤄질 것이라는 굳건한 믿음을 갖게 된다. 나는 그저 옆에서 지켜보기만 하면 된다. 내가 아닌 다른 사람들이 알아서 잘 해결해줄 테니까.

그러나…… 더이상 이런 환상을 가질 수 없게 됐다. 산타클로스가 내 눈을 보면서 무슨 말인가를 한다 해도 구체적인 선물, 내 치료법을 내놓지 않는 한 환상은 환상일 뿐이다.

구역질이 나를 덮쳤다. 우리가 대화하는 도중에도 내 정맥 안으로 꾸준히 들어간 화학요법 칵테일 때문이기도 했고, 철저하게 혼자라는 자각 때문이기도 했다. 나는 공포에 사로잡혔다. 2년 동안 네 번이나 죽음의 문턱에 다가가고 있는 셈이었다. 이번에는 죽을 것임을 나는 알았다. 내 병을 위해 개발 중인 유일한 약이 힘을 쓰지 못했으니까. 의료계가 내 병에 대해 가장 기본적인 사실도 파악하지 못하고 있는 것이 엄혹한 진실이었다. 의료계가 유일하게 '알고 있다'라고 믿었던 것도 진리가 아님이 드러났다. 이 병의 세계적인 전문가에게도 나를 위해 쓸 수 있는 아이디어와 선택지가 바닥났다.

내 면역체계가 자신의 장기를 공격하면서 내 모든 에너지를 소모하고 있다는 사실에도 불구하고, 체내에 축적되는 독성과 화학요법이 내 사고를 흐릿하게 만들고 있음에도 불구하고 이른 나이에 끝나게 될지도 모를 내 삶에 대한 몇 가지 생각들만큼은 명료했다. 치료가 될 거라는 희망을 더이상 가질 수 없다. 예전 연구에도 더이상 기댈 수 없다. 내 생명을 구해줄 의학적 도약으로 이어지는 연구를 누군가가 어디에서 하고 있으리라는 기대도 할 수 없다. 그래서 만일 내가 다시 한번 살아날 수 있다면, 비교적 장기간 생존이 가능해진다면 나는 옆에서 지켜만 보지 않고 직접 행동에 나설 것이다. 내가 이 병과의 싸움을 시작하지 않는다면 아무도 하지 않을 것이고 그렇게 되면 나는 결국 죽고 말 것이다. 죽는다면 케이틀린과 결혼을 하지도, 그녀와 아이를 가질 수도 없게 된다. 밴 리 박사는 세계 최고의 캐슬만병 전문가이자 산타클로스 같은 사람이다. 그러나 그런 전문가도 기성 지식 이상의 것은 알지 못한다. 정답이 아직 나오지 않았다면 세계 최고의 전문가인들 어찌 그걸 알겠는가? 그런 상황이면 구글도 답변하지 못할 것이며 아무리 기도한들 그 정답을 아는 의사를 찾을 수 없을 것이다. 그런 의사가 아예 없으니까. 아무도 모른다. 더 나쁜 것은 어떤 기

희망이 삶이 될 때

대도 걸어볼 수 없다는 점이다. 밴 리 박사의 한계가 세상의 한계다. 그건 곧 내 한계이며 다른 환자들의 한계다.

내 몸은 죽어가고 있었다. 나는 연장전을 뛰고 있었으며 소모되고 있었다. 그렇지만 최소한 나는 더이상 경기장 밖에 있지 않았다. 이제 나는 경기에 뛰어들었고 내가 뭘 해야 하는지를 알게 됐다. 나는 iMCD에 관한 세상의 지식을 늘리는 데 기여해야 한다.

누나들, 케이틀린, 아빠는 병상 옆에 앉아서 밴 리 박사가 하는 말을 하나도 놓치지 않고 들었다. 그들은 모두 머리에 손을 얹은 채 바닥만 내려다봤다. 간간이 눈을 깜빡이고 깊은숨을 쉬었다.

내가 끼어들었다. 예전에는 한 번도 입 밖에 낸 적 없지만, 이제 내게 남은 유일한 선택이 돼버린 것에 대해 입을 열었다. 나중에 떠올려 보니 그 말은 내가 엄마와 했던 마지막 약속과 비슷한 울림을 갖고 있었다.

"내가 이번에도 살아난다면 나는 남은 내 인생, 그게 얼마나 오래갈지 모르지만 내 삶을 이 병의 정체를 밝히고 그 치료법을 알아내는 데 쓰겠어."

내 귀에는 내 말이 마치 윈스턴 처칠이 해변에 서서 투쟁을 선언하는 것처럼 들렸다. 그러나 캐슬만병을 물리치겠다는 내 엄숙한 맹세는 케이틀린이나 가족들에게 그리 큰 감흥을 불러일으키지 못했다. 내 말은 병실 바닥에 그냥 툭 떨어져버렸다. 그들은 희미한 미소만 교환했다. 예전에 봤던 것과 같은 종류의 미소. 입을 다물고 눈을 감은 채 짓는 미소. 그들은 오직 내가 4차 재발 상황을 살아서 통과하느냐에만 온 신경을 집중시키고 있었다. 그들은 영웅적인 그 무엇에 조금도 관심이 없었다. 그들 또한 내가 연장전을 치르고 있으며 전혀 승리가 보장돼 있지 않음을 잘 알고 있었다.

가족들에게 뭐라고 할 수 없었다. 그들은 이 괴이한 병이 나를 세 번이나 죽음 직전까지 끌고 갔다 온 것을 알고 있다. 그들은 8년 전에 이미 그들이 갖고 있었던 낙관주의를 얼마간 잃었다. 엄마가 당시로선 가장 효과가 있다는 약으로 뇌종양 치료를 받고 나서 1년 후에 재발했을 때였다. 다른 선택지가 없었던 엄마는 몇 개월 후에 세상을 떴다. 나 또한 지난번 회복으로부터 15개월 만에 재발했다. 유일한 희망이었던 약은 듣지 않았다. 병실에 있는 모든 사람은 기시감을 느꼈을 것이다.

그러나 이때가 바로 나 자신이 수동적 희망과 결별했음을 깨닫게 된 순간이었다. 산타클로스를 마냥 기다리면서 적극적인 행동을 피하도록 만들었던 그런 종류의 희망. 솔직히 수동적 희망은 지난 세 차례의 재발을 견뎌내는 데 도움이 되긴 했다. 내가 밴 리 박사의 진료실 밖에서 건강해 보이는 환자와 마주치지 못했다면 나는 지난 3차 재발에서 살아날 수 없었을 것이다. 그의 사례가 나를 버티게 해준 것이다.

그런데 드디어, 나는 희망만으로는 충분치 않다는 것을 알게 됐다. 내 경우에 내가 받는 치료법이 효과가 있으리라는 희망, 어딘가에서 어떤 연구자가 iMCD의 정체를 밝히는 작업을 하고 있을 거라는 희망이 내가 직접 행동을 취하는 데 방해가 됐다. 나라고 왜 그 일을 못하랴 싶었다. 내가 가고자 하는 그 길이 먼 길일 수도 있겠다는 생각이 들긴 했다. 어쩌면 그 끝을 보지 못할 수도 있었다. 하지만 일단 떠나보기로 했다.

우선 내가 취해야 할 행동이 무엇인지 파악해야만 했다. 뭔가를 알아내거나 캐슬만병에 대해 아무 정답도 얻지 못한 채 내 마지막 나날들이 헛되이 소진되지 않을 거라는 보장이 없었다. 사실상 나 자신이나 다른 환자들에게 도움이 될 성과를 내기 전에 내 시간이 바닥날 가능성이 컸다. 그러나 곧 마음을 다잡았다. 내가 시도하지 않으면 길은 아예 없었다. 내겐 매 순간이 중요해졌다. 4차 연장전엔 단순히 살아남는다는 목표보다 더 큰 의미가 있었다. 이번 싸움은 나뿐만 아니라 나와 같은 병에 시달리는 수천 명의 다른 환자들의 생명을 연장하기 위한 것이 될 터였다.

나는 이내 희망과 행동 사이의 폐쇄회로가 가진 힘을 느낄 수 있었다. 케이틀린과 미래, 우리의 아이들에 대해 상상을 하면 할수록 머리를 짓누르는 공포와 의심이 흩어졌다. 행동해야겠다는 생각은 미래에 대한 더 큰 희망을 불러왔다. 같은 병을 앓고 있는, 앓게 될 가능성이 있는 수많은 사람을 생각할수록 행동 의지가 강해졌다. 희망은 그 시점에서 행동을 취하기 위한 필수 조건이자 연료가 됐다. 두려움은 해체됐고 의심은 무너졌다. 희망은 길을 열고 시야를 터줬다. 그리고 뭔가를 쌓아 올릴 수 있는 공간을 제공했다. 희망은 가족들이, 케이틀린이 내게 준 힘으로 인해, 결정적으로는 나 아니면 누구도 그걸 잡지 않을 것이라는 생각에 와

락 움켜쥔 그 힘으로 인해 가능했다.

'생각하라, 행동하라'는 내가 어떻게 희망을 '프로그램화'할 것인가, 어떻게 그것을 매일매일 실천 가능한 행동으로 변화시킬 것인가 하는 것을 의미했다. 희망은 간직하기만 해야 하는 소중한 물건이 아니었다. 그건 매우 강한, 나보다 강한 무엇이었으며 필사적으로 내가 매달려야 하는 것이었다.

몇 년 동안 틈날 때마다 나는 엄마의 지갑에서 찾아낸 교황 요한 바오로 2세의 '불굴의 희망'에 대한 말을 되새기곤 했다. 희망과 기도가 실현되리라는 믿음으로 인해 불굴의 인간이 될 수 있다는 말. 믿고 기다려라. 나는 이 구절을 행동을 취하는 것은 희망 속에서 불굴의 존재가 되는 것과 반대되는 일이라는 의미로 해석했다. 그러다가 교황 연설의 나머지 부분을 어딘가에서 찾아볼 수 있었다. 그는 이렇게 말을 이어갔다.

행복은 희생을 통해 성취됩니다. 그대의 안에 있는 것을 찾기 위해 밖을 보지 마세요. 그대 자신이 할 수 있는, 하기로 되어있는 일을 다른 누군가가 해주길 기대해선 안 됩니다.

나는 내가 행동해야 할 것을 자각한 후에 희망과 더불어, 그것을 통해 '불굴의' 자세를 지닐 수 있게 됐다. 내가 뭘 해야 하는지 깨달았다.

그럼에도 급선무는 처리해야 했다. 간호사에게 구역질을 가라앉힐 조프란Zofran을 가져다 달라고 요청했다. 구역질이 엄습할 때는 이 병에 집중할 수 없었으므로 그걸 속히 없애야 했다. 나는 아직도 공부할 게 너무 많은 일개 의학도에 불과했다. 구역질이 진정되고 나자 지나 누나에게 내 혈액검사 결과 복사본을 얻어달라고 부탁했다. 누나는 손으로 눈물을 훔치면서 밖으로 나갔다. 누나는 뭐든지 동생에게 도움이 되는 것이면 다 하고 싶은 마음이었을 것이다. 나는 검사 결과가 필요했다. 그래야 내 병을 공부할 수 있고 신장이나 간부전이 올 때까지, 죽기 전까지 시간이 얼마나 남아있는지 가늠할 수 있었기 때문이다.

그런 다음 나는 그 괴물에 정면으로 맞서기 시작했다. 사흘 연속 더 세포독성 화학요법을 받고 나서 17일 동안 산발적으로 화학요법을 또 받아야 했다. 전에 그랬듯이 내 머리는 뭉텅뭉텅 빠져나갈 것이다. 이번에는 빠져나갈 때까지 기다리지 않기로 했다. 나는 이 병이나 화학요법이 탈모를 일으키는 꼴을 보고 싶지 않았다. 더이상 당하는 역할을 맡고 싶은 생각이 없었다. 그래서 선제 행동을 취했다. 아빠에게 전기면도기를 하나 사다가 그걸로 내 머리를 밀어달라고 부탁했다. 머리통 한가운데를 가로지르는 띠 모양의 짧은 머리 한 줄만 남겼다. 예전부터 모호크 스타일 머리를 한번 해보고 싶었다. 얼굴에도 전투용 위장 페인팅을 하면 좋겠다고 생각했다. 나는 새로운 유형의 전투에 참여할 준비를 했다. 그 전투는 캐슬만병의 공격에서 살아남기 위한 것이 아니라 내가 행하는 반격이었다. 거울을 볼 때마다 계속 그 사실을 상기했다.

제13장

전 세계에서 모인
의사들

중요한 날이 다가오면서 나는 점점 더 신경과민이 됐다. 밴 리 박사는 내가 충분히 건강한 상태가 아니며 면역체계도 쇠약해졌다고 걱정했다. 아빠도 같은 의견이었다. 성급하게 결정하지 말고 신중하게 생각해보라고 했다. 뜻한 대로 안 되면 내가 얼마나 실망할지 잘 알고 있는 밴 리 박사는 그날 저녁 병원으로 내가 제일 좋아하는 트리니다드식 음식을 주문해줬다. 엄청난 위안이 됐다. 그러나 나는 내가 뭘 해야 하는지 알고 있었다. 내가 뭘 약속했는지도 알고 있었다.

마침내 시간이 얼마 남지 않은 상황에서 밴 리 박사가 검사 결과를 들고 와선 내 백혈구 수치가 우리가 말했던 기준에 도달했다고 말했다. 때가 된 것이었다.

나는 병원을 떠나 비행기를 타고 롤리로 돌아왔다. 벤의 결혼식

희망이 삶이 될 때

에는 반드시 참석해야 했다. 융단 폭격이 성공을 거뒀고 나는 다시 회복된 것이다. 어떻게 해서 그런 일이 일어났는지는 나도 모른다. 어쨌든 지옥 순례를 마치고 살아 돌아왔다. 다음에 재발하면 어떤 치료를 해야 할지 아무도 몰랐지만 내가 신랑 들러리로 제단 앞에 서서 하객들을 보고 있는 순간에는 그게 아무런 문제도 안 됐다. 하객들 속엔 아빠, 누나들 그리고 내 평생의 사랑 케이틀린이 있었다. 그날 찍은 사진에는 내 대머리(화학요법 때문이 아니라 내가 선수 쳐서 밀어버린)와 입이 찢어져라 활짝 웃고 있는 모습이 담겨 있다. 거의 제정신 아닌 사람 같았다. 똑바로 서 있을 수 있고 기분이 좋았기 때문에, 사랑하는 사람들이 모두 다 그 자리에 있었기 때문에 나는 활짝 웃었다. 그리고 지킬 수 있을 거라고는 꿈에도 생각하지 못했던 벤과의 고등학교 시절 약속을 이행하고 있었기 때문에 미소를 지었다.

그리고 한 가지, 웃은 이유가 더 있었다.

풋볼을 할 때, 나는 경기에서 뛰는 것보다 그걸 준비하는 게 더 재미있었다. 상대방 경기의 동영상 분석, 웨이트트레이닝, 단체 훈련, 개인 연습, 회의, 전략 짜기 등등. AMF 일도 마찬가지였다. AMF 사무실의 화이트보드 앞에서 어떻게 하면 우리의 봉사 영역을 넓히고 개선할 수 있을지를 궁리하는 순간을 사랑했다. 학교 다닐 때도 그랬다. 나는 도서관의 긴 테이블 앞에 앉아 있을 때 이상한(친구들은 확실히 이상하다고 봤다) 만족감이 느껴졌다. 책이 준비돼 있고 손에는 연필이 쥐어져 있고 종이들은 자로 잰 듯이 테이블에 놓여있고, 바야흐로 긴 공부의 시간이 막 시작되려고 하는 그 시점을 좋아했다.

그럼 결혼식에서의 그 웃음은? 그건 해야 할 일을 알고 있는 자의 웃음이었다. 그것은 폭풍우가 몰아치기 전의 웃음이었다.

4차 라운드(재발)가 끝나고 나는 더이상 '생각'하지 않게 됐다. 이제는 행동할 시간이었다. 마치 네 번째 위기를 벗어난 제이슨 본(미국 액션 영화 〈본Bourne〉 시리즈의 주인공 - 옮긴이)처럼 느껴졌다. 난타당한, 피투성이의, 완전히 쓰러지기 일보 직전 상태였지만 계획이 있는 상태. 더이상 잃을 게 없으면서도 열의로 충만해 있는 사람보다 위험한 사람은 없다. 거기에 과잉 집중형 인간이라면 더 말할 필요도 없다.


노스캐롤라이나에서 몇 주를 보내면서 건강을 회복한 다음 나는 의대로 돌아갔다. 계속해서 3주마다 실툭시맙을 맞으면서 내 병에 차도를 가져온 일곱 가지 화학요법제 중 세 가지를 매주 투여받기로 했다. 우리는 실툭시맙이 단독으로는 효과가 없지만 그 화학요법제들과 병행할 때 작용한다고 생각했기 때문이다. 내 IL-6 수치는 이미 정상으로 돌아왔지만 이 방법이 장기 치료 효과가 있을지는 자신하기 어려웠다. 그렇지만 다른 선택지가 없었다.

돌아보면 그때까지 내 삶에서 일어났던 모든 것이 내게 이 병과 맞설 수 있는 준비를 시킨 것 같다. 아직 전문의가 아닌 내겐 질병 치료 경험이 많지 않았다. 그러나 도구가 있었다. 강박에 가

까운 노동윤리, 근면성이 있었다. AMF를 설립해봤기 때문에 조
직적으로 뭔가를 구축할 때 필요한 계획성과 완성해냈다는 자신
감이 있었다.

풋볼 쿼터백 시절에 익힌 것은 팀을 만들고 키워가는 기술이었
다. 옥스퍼드대학에서 석사과정을 밟는 과정에서 나는 매우 복잡
한 문제를 연구하고 그에 대한 답을 구하는 데 필요한 틀을 마련
하게 됐다. 거의 끝나가는 의대 수업과 순환 실습 덕분에 나는 질
병 메커니즘의 언어와 이해력을 습득했으며 내게 필요하거나 장
차 필요할지 모르는 의학적 훈련을 받을 수 있었다.

펜실베이니아병원 고아질병센터에서 전략 기획 일을 하면서는
어떤 문제에 대해 내가 어떤 접근법을 취해야 하는지를 배웠다.
언제나 내 곁에 있다고, 있을 거라고 생각했던 케이틀린과의 결
별, 그녀를 되찾은 후에는 절대로 다시 잃고 싶지 않다는 생각은
내게 절박감을 줬으며 내 인생에서 가장 중요한 것이 뭔지 다시
생각해보게 했다. 무엇보다 내가 스스로 취약성을 솔직히 드러내
고 도움을 받기 위해 다른 누군가의 마음을 움직이는 것이 중요
하다는 사실을 마침내 받아들이게 됐다. 이런 모든 경험, 깨달음
과 더불어 내가 절실히 필요로 하는 사랑과 지원을 아낌없이 주
는 케이틀린과 가족의 존재가 괴물 같은 병과 싸우는 데 가장 큰
힘이 될 것이었다.

캐슬만병에 도전하면서 내게 가장 먼저 필요했던 것은 관련 연
구가 어느 정도, 어떻게 진행되고 있는지를 파악하는 일이었다.

병에 대해 어디까지 파악됐고 어떤 연구들이 행해졌는지, 다른 희귀병의 경우 그 연구의 진척을 위해 어떤 노력과 조치들이 이뤄졌는지 알아야 할 필요가 있었다.

캐슬만병이 1954년에 발견됐다고는 하지만 내가 앓고 있는 아종에 대해서는 유력한 용의자로 IL-6를 지목한 것 말고는 어떤 실제적인 진전도 이뤄지지 않은 상태였다. 그러나 내 경우엔 IL-6가 주범이라는 증거가 없었다. 어쩌면 1954년 이후 이뤄진 유일한 진전이란 게 엉뚱한 사람을 범인으로 지목한 것과 다를 바 없는 게 아닐까 싶기도 했다. 적어도 내 문제와 결부시키면 그랬다. 역학이나 예후에 관한 부정확한 정보는 평판 높은 의학 사이트에서도 자주 발견된다. 내가 아는 한 그 이름에 걸맞지 않게 '낡은' 정보들이 많이 있는 업투데이트도 그런 예 중 하나다. 다른 웹사이트들은 수록된 정보가 케케묵은 정도가 아니라 객관적인 사실이 아닌 경우도 허다하다.

국제질병분류법International Classification of Disease(ICD) 상에는 캐슬만병의 사례를 파악하고 추적하기 위한 코드가 따로 존재하지 않는다. 그래서 의사들이 캐슬만병 진단을 내릴 때 제대로 알고 내린다고 볼 수 없다. 그러니 깊이 있는 연구나 이 병에 대한 의료계의 인식 확대가 더욱 요원한 일이 되고 있다. 연구자들과 의사들이 캐슬만병을 하위 분류할 때도 서로 쓰는 용어가 다르다. 여러 다양한 사례들을 무시하고 뭉뚱그려 그냥 캐슬만병으로 통칭하는 사람들도 있다. 그러니 어떤 연구 논문을 읽는 사람은 해당 논문에서 거론하는 것이 어떤 아종의 캐슬만병인지 알 수 없을 뿐더러 그전의 연구들과 결부시켜 큰 맥락에서 논문을 이해할 수가 없다. 한마디로 캐슬만병을 둘러싼 의학적 상황은 난장판이라고 할 수 있다.

과학에서 이는 매우 치명적인 상황이라 할 수 있다. 왜냐하면 과학은 본질적으로 '반복'이기 때문이다. 모든 것이 과거 위에, 직전의 마지막 실험, 이론, 결과 위에 세워져 있다. 용어와 측정법의 통일은 어떤 것의 전모를 파악하는 데 필수 조건이다. 기본적으로 누구든지 일관된 방식으로 사과와 오렌지를 구분할 수 있어야 한다.

내가 곧 알아낸 것은 내가 앓고 있는 캐슬만병의 아종인 iMCD가 MCD 사례의 약 50퍼센트를 차지한다는 것, 미국에서만 매년 1천 건의 진단이 새롭게 내려지고 있다는 것, MCD의 다른 아종에 비해 주목이나 기금 지원을 적게 받고 있다는 것이었다. 실제로 iMCD의 경우 그 연구와 치료법 발견 목적의 연방기금 수령액이 전혀 없었다. 그리고 이 병은 자가 면역 질환과 암 사이의 어중간한 지점에 있다 보니 두 영역 중에 어느 쪽에 위치시켜야 할지 누구도 결정할 수 없었다. 이 말은 암과 자가 면역 질환 연구를 위한 사적인 후원금의 혜택조차 받을 수 없다는 뜻이다. 그야말로 고아 중의 고아였다.

놀랄 것도 없는 것이, 병의 원인은 아무도 몰랐고, iMCD와 연관되는 면역세포 유형, 세포 간 연락망에 대해서도 파악된 바가 없으므로 치료약의 발견이 늦어질 수밖에 없었다. 이 병과 관련된 뉴스들은 답답한 것들뿐이었다.

의사들, 연구자들, iMCD 환자들 사이엔 소통이 없었다. 밴 리 박사가 유일하게 iMCD에 특화된 연구 실험실을 가지고 있었다. 그 외에도 프랑스, 일본, 미국 내 몇 군데에 연구자들이 있긴 했다. 그러나 그들은 부정기적으로 다른 질병 연구와 병행해 iMCD 연구를 했다. 이들 연구자는 서로 만나는 일조차 없었다. 이는 생체 표본이나 연구 아이디어의 공유는 고사하고 소수의 환자를 대상으로 한 (유의미한 결론을 발생시키기엔 부족한) 사례 보고와 연구가 전부라는 뜻이었다.

검사가 끝나면 환자들에게서 채취한 대부분의 혈액과 조직 생체표본들은 버려졌다. 연구용으로 보관되는 생체표본이 있다 해도 연구에 활용되지 않고 전 세계에 고립적으로 산재한 실험실의 냉동고에 사장되기 일쑤였다. 공동 연구는 엄두조차 낼 수 없는 형편이었다. 중심이 되는 한 장소에 데이터나 생체표본을 보관하는 데 필요한 등록 시스템이나 생체자원은행biobank이 존재하지도 않았다. iMCD의 임상적·병리적 특성을 체계적으로 정리하기 위한 큰 규모의 노력은 찾아볼 수 없었다. 무엇보다 연구 자체가 완전히 중구난방이라는 것이 가장 큰 문제였다. 이 병이 어떤 기전을 갖고 있는가에 대한 어느 정도 일치된 의견과 연구 틀이 부재했다. 그러므로 연구의 규준이 될 만한 것이 없었고 어떤 유효한 가설을 내놓기 힘든 상황이었다.

유일하게 실효성이 있는 연구 노력은 IL-6와 관련한 혈액검사

희망이 삶이 될 때

법의 발전에 투입된 것이 전부였다. 그런데 그즈음 많은 iMCD 환자들에게서 IL-6 수치 상승이 나타나지 않는다고 주장하는 연구 결과들이 등장했다. 그래서 어떤 사람들은 그 IL-6 검사들이 부정확하게 이뤄졌다고 믿기도 했다. 나로선 근심하지 않을 수 없는 일이었다. 자신이 바라는 결과가 나오면 믿고, 바라지 않는 결과가 나오면 믿지 않는 것은 과학에 반하는 태도였다. 어쨌든 그렇다면 그런 정상적인 IL-6 수치가 정확하게 측정된 것인지를 확인하는 게 중요했다. 그 iMCD 환자들의 IL-6 수치가 정상이라면 다른 밝혀지지 않은 요인이 작동하고 있음이 증명되는 것이니까.

이런 상황 속에서 몇몇 치료법이 산발적인 성공을 거둔 사례가 보고되기도 했다. 그러나 그랬다 해도 어떤 치료 가이드라인과 데이터베이스가 구축돼 있지 않았기 때문에 최선의 효과적인 치료 옵션을 체계적으로 찾아내고 추적하기 어려웠다. 그러니 듀크대학병원의 의사들이 첫 번째 치료가 효과가 없자 그다음엔 어찌할 바를 몰랐던 것이다. 이는 전혀 놀라운 일이 아니었다. 심지어는 밴 리 박사의 치료법에도 한계가 있었다. 요시자키 가즈유키(자신의 몸에 실험을 한 일본인 의사를 기억하는가?)가 1989년에 몇몇 캐슬만병 환자의 경우 IL-6 수치가 상승한다는 사실을 알아낸 덕분에 IL-6(실툭시맙)과 IL-6 수용체(토실리주맙)를 표적으로 하는 약물이 iMCD 치료 목적의 임상실험에 사용될 수 있었다. 두 가지 약물은 유사한 방식으로 작동했기 때문에 어느 한 가지 약물이 듣지 않는 환자는 다른 한 가지 약물에도 치료 효과를 볼 수 없었다.

그러니 안타깝게도 이 약물들에 반응하지 않는 환자들은 대안이 없었다. IL-6와 관련된 약물 말고 다른 약물이나 치료 표적 연구는 진행되지 않고 있었다.

공부를 하다 보니 왜 내 사례를 두고 진단을 내리는 것이 그토록 힘들었는지 아주 잘 알게 됐다. 캐슬만병의 그 어떤 아종에 대해서도 진단 기준이라는 것이 없었던 것이다. 이는 의사들이 iMCD를 진단하기 위해 시행이 필요한 검사들, 진단 지표가 되는 검사 결과들의 체크리스트를 갖고 있지 않다는 말이다. 더 부정적인 것은 다른 많은 질병들, 예를 들면 림프종이나 루푸스, 단핵증 등도 iMCD와 유사한 조짐과 증상을 보인다는 것이었다. 그래서 환자들은 담당 의사들이 눈앞에 있는 환자의 병이 iMCD일 수 있다는 가능성을 한 번 떠올려볼 만큼이라도 이 병에 대해 알고 있기를 소원해야 했다. 아니면 그 의사가 읽고 있는 의학 저널 논문에 요행히 iMCD 관련 검사가 실려 있거나, iMCD 진단을 내리기 위해 검사 결과를 볼 때 어떤 점에 유의해야 하는지 조금이라도 '인지하고' 있기를 기대해야 했다. 이는 그릇된 희망이었다. 그건 마치 비행사가 어떤 지도나 설명도 주어지지 않은 상태에서 한 번도 가보지 않은 목적지를 향해 한 번도 몰아본 적 없는 비행기를 타고 잘 날아갈 수 있길 바라는 것과 같았다. 물론 이륙, 비행, 착륙 기술만 있으면 전혀 불가능한 일은 아니다. 다만 안전한 도착 가능성을 높일 수 있는 가이드라인이 없다는 점을 감수해야 한다.

희망이 삶이 될 때

진전이 이뤄지지 않았다고 해서 의료계 구성원들의 지성이나 이 병의 정체를 밝히고자 하는 의지가 부족하다는 건 아니다. 그보다는 일과 조직의 문제라는 게 분명해졌다. 관련 재단으로는 국제캐슬만병기구와 캐슬만병인식및연구노력재단 이렇게 두 개가 있었다. 이들 조직에서는 환자들을 얼마 안 되는 전문가 그룹에 소개하고 캐슬만병에 대한 인식 제고와 연구기금 조성이라는 중요한 일을 하고 있었다. 그러나 두 재단 중 어느 곳도 희귀병 치료와 치료법 발전에 절대적으로 필요한 '쿼터백' 역할을 하고 있지 않았다. 쿼터백 역할이란 연구 커뮤니티 결성, 개별 연구자들이 가진 지식의 통합, 연구의 효과를 극대화하기 위한 연구 우선순위 설정, 보조적인 연구 참여자들 사이에서 협력 이끌어내기, 그리하여 궁극적으로 치료를 향한 큰 걸음을 추동하는 일 등이었다. 우리는 모든 세력을 규합해서 하나의 군대처럼 만든 다음 통합된 사명을 수행할 필요가 있었다. 나는 치료법이 존재할 가능성을 100퍼센트 믿고 있었다. 다만 적절한 정돈과 조합이 이뤄지지 않아 완성형이 나오지 않았을 뿐이라고. 치료법의 조각들은 존재하지만 세계 여러 곳의 고립된 개별 실험실에 산재해 있다는 게 문제라고 생각했다.

　캐슬만병의 치료법을 찾아내기 위해선 연구자뿐 아니라 리더로서의 역량도 필요했다. 나는 두 가지 역할을 다 하기로 했다. 내가 할 일은 기존의 구조를 개혁하는 것이 아니라 아예 처음부터 새로운 것을 세우는 일이었다.

iMCD에 도전하려는 내 계획을 논의하기 위해 맨 처음 만난 사람은 아서 루벤스타인이었다. 그는 내게 전폭적인 지원을 아끼지 않겠다며 시간이 허락하는 한 자주 나를 만나겠다는 뜻을 밝혔다. 그는 약속을 지켜 그 후 6년 동안 2~3주에 한 번씩 만나서 우리가 봉착해 있는 과학적 과제 또는 조직이나 연구 협력을 둘러싸고 일어나는 문제들에 대해 토의했다. 아서는 오랜 기간 생물의학적 연구를 해온 사람답게 어떤 문제가 본격화되기 전에 예측할 수 있었고 이를 통해 가능한 예방 조치를 미리 취하는 데 큰 도움을 줬다. 피하거나 대처하기 힘들어 보이는 큰 문제가 발생할 때 체계적으로 해법을 찾는 데 주력했고 필요한 도움과 조언을 얻기 위해 자주 다른 연구자들의 힘을 빌렸다. 처음 그를 만나 논의를 시작할 때만 하더라도 나는 아서가 얼마나 큰 힘이 될지 전혀 예상하지 못했다. 그러나 그는 정말 믿을 수 없을 정도로 훌륭한 멘토이자 동료요 친구가 돼줬다.

AMF 일을 하면서 체득한 경험과 아서의 조언 덕분에 '형세' 다시 말해 iMCD 연구를 둘러싼 전반적인 난맥상을 이해하는 것이 맨 첫 번째 단계임을 알았다. 그리고 그와 비슷한 상황을 타개하기 위해 (솔직히 의학 분야는 다 비슷하니까) 다른 질병 분야에선 어떤 접근법과 조치들이 행해졌는지를 파악해야 했다.

그런데 알아보니 별로 신통한 게 없었다. 조시 서머의 척색종재단Chordoma Foundation만 예외였다. 대부분의 희귀병 연구 기금 재단들은 기금을 조성한 다음 연구자들을 불러 중요한 연구 주제라

희망이 삶이 될 때

고 생각하는 것에 어떻게 기금을 사용할지 연구 제안서를 제출하라고 요구했다. 그리고 기금 대비 가장 좋은 제안서를 낸 연구자를 지원 대상으로 선정했다. 기금은 옳은 기술과 생체표본을 보유하고 있는 옳은 연구자가 옳은 시간에 옳은 연구를 수행하기 위해 사용하는 것이라는 게 그 재단들의 생각이었다.

미국국립보건원이나 기타 대형 기금 재단의 경우에는 이 모델이 제대로 작동했다. 왜냐하면 그런 곳에는 전 세계 일류 연구자들이 수천 건의 연구 제안서, 기금 사용 신청서를 보내왔기 때문이다. 해당 분야에서 최고의 연구 제안서는 최고의 연구 성과로 이어질 가능성이 컸다. 반면에 한 가지 희귀병에 집중하는 재단에는 소수의 신청자가 제안서를 냈다. 어떤 한 분야에 전문적인 관심을 갖고 있거나 자격을 갖춘 연구자의 수가 적으면, 가장 중요한 연구 제안을 담고 있거나 최고의 연구자들이 내놓은 제안서의 수가 적을 가능성이 컸다. 그 연구자들을 깎아내리려는 것이 아니다. 그것은 수의 문제였다. 그건 마치 별들이 한 줄로 정렬되는 때를 기다리는 것과 같았다. 별의 수가 엄청나게 많으면 그중에 나란히 위치를 잡은 별들이 항상 반드시 몇 개는 나타난다. 그러나 별들의 숫자가 적다면 정렬을 보기 위해 좀 더 오래 기다려야 할 것이다. 그런데 문제는 '너무' 오래 기다려야 한다는 것이다. (기금 사용을 위한 연구 제안서 모델은) 위급한 환자의 입장에서는 아무런 긴박성 없는 유유자적한 모델이었다.

이 소수 연구자들 간의 제안서 경쟁 방식은 각각의 고립적이고 독자적인 연구 방식을 부추기는 작용을 했다. 이는 상호 협력적이고 폭넓은 연구 계획의 출현을 막는 결과로 이어졌다. 생체표본이나 연구 아이디어는 연구 기금을 타내기 위한 연구자 개인의 자산으로 취급되면서 타인의 접근이 배제됐다. 그렇게 되면 공동 연구를 위해 다른 연구자와 공유하는 것은 생각조차 할 수 없다. 기금을 받지 못하면 생체표본은 다음번 신청 때까지 다른 누구의 손도 닿지 않는 곳에 처박혔다. 연구자가 누구냐에 따라 엄청난 통찰을 제공할 수도 있는 많은 생체표본이 그런 식으로 사장됐다. 이는 누군가의 악의나 게으름 때문이 아니라 연구자와 환자 수가 많은 질병 연구에 부합하는 모델이 '인구수가 적은' 질병 연구에는 맞지 않았던 것이다.

일반 질병 연구에서는 희귀병 연구에서 요구되는 수준의 기구 간 협력cross-institutional collaboration이 필요치 않다. 왜냐하면 기구 한 군데에서만도 해당 질병의 패턴을 알아내기에 충분한 환자 수를 확보하고 있기 때문이다. 하지만 희귀병은 사정이 다르다. 본질적으로 환자 샘플 수가 적다(달리 희귀병이 아니다). 그래서 아무리 뛰어난 연구자라 하더라도 단독 연구를 할 수 없다. 유의미한 통찰을 낳기 위해선 기구 간 또는 연구자 간 샘플 공유를 통해 충분한 샘플 숫자에 도달해야 한다. 희귀병을 다루기 위해선 넓게 보고 행동해야 한다. '나만의' 개인 연구실을 따로 설립할 필요는 없다.

나는 두 가지 경로를 동시에 밟기로 마음먹었다. 펜실베이니아

---

대학 의대를 다니는 마지막 해 내내 iMCD에 관한 실험과 임상 연구를 할 생각이었다. 그러면서 밴 리 박사와 함께 캐슬만병협업 네트워크Castleman Disease Collaborative Network(CDCN)를 세워 국제적으로 캐슬만병의 연구와 진단, 치료법 발견을 촉진시키는 일을 하기로 결심했다. 우리의 목표는 모든 캐슬만병 환자에게 적용되는 효과적인 치료법을 알아내는 것이었다. 나는 이게 엄청난 일임을 알았다. 그렇지만 내겐 나를 도와줄 비밀 무기가 있었다. 매주 한 번씩 세 가지 약물을 쓰는 화학요법을 받았는데 그중 두 가지 약물은 글자 그대로 나를 완전히 녹초로 만들었다. 그러나 그중 한 가지는 전혀 그런 게 없었고 오히려 끊임없이 에너지가 솟구치는 듯한 느낌마저 줬다. 상당한 충동성도 불러일으켰다. 화학요법을 받고 나면 24시간 잠이 오지 않았다. 초각성 상태가 되면서 필요한 경우 어마어마하게 많은 양의 AMF와 CDCN의 일을 할 수 있었다. 물론 오랫동안 잠을 자지 않고 각성 상태를 유지할 수 있다고 해서 반드시 일을 효과적으로 잘할 수 있는 것은 아니다. 경고의 의미로 케이틀린은 한참 기운이 뻗쳐 있는 상태에서 내가 자신에게 보낸 이메일을 읽어주곤 했는데 그 내용이 너무 장황하고, 산만하고, 노골적이었다.

어떻게 하면 CDCN이 캐슬만병의 기전을 밝히는 연구를 촉진시키고 최선의 진단법과 치료법을 알아내는 데 기여할 수 있을 것인지를 생각하다가 매우 거창하지만 단순한 방법 하나를 생각해냈다. 별들이 정렬하기를 기다리는 게 아니라 우리가 별들을 정렬시키자는 것.

우선 우리는 파급 효과가 큰 연구 프로젝트들과 그 중요도를 파악하기 위해 세계적인 네트워크를 만들 필요가 있었다. 이를 위한 방법으로 우리는 온라인 크라우드소싱을 떠올렸다. 여기서는 어떤 환자, 의사, 연구자든 자기 입장에서 가장 중요하다고 생각되는 질문이나 연구 주제를 내놓을 수 있었다. 그 연구자가 연구를 수행할 능력이 있느냐 없느냐는 별도의 문제였는데 이는 참신한 접근법이었다. 기존 의료 연구 커뮤니티의 표준 원칙은 연구에 필요한 자금을 확보할 수 있고 연구를 실제로 할 능력을 갖춘 연구자만이 자신이 내놓은 연구 아이디어를 실행에 옮길 수 있다는 것이었다.

좋은 아이디어라 하더라도 그 제안자에게 자금 조달과 연구 수행 능력이 없으면 사장되고 말았다. 우리는 그런 일이 일어나는 걸 막기 위해 일종의 과학 자문단을 만들어 그들에게 크라우드소싱으로 들어온 아이디어들의 순위를 매기도록 할 생각이었다. 그 순위는 하나의 원칙적인 틀 안에서 파급 효과, 실행 가능성, 합리성 등을 근거로 매겨지게 된다. (이를테면 어떤 특정한 세포 유형이 캐슬만병에서 실제로 어떤 중요한 역할을 하는지 알아내기 전까진 그 세포 유형의 내부 활동을 깊이 있게 파고들 필요는 없는 것과 같다. 일종의 헛수고가 되니까.) 일단 이렇게 연구들의 우선순위를 정해놓고 우리는 전 세계의 연구자들에게 각각 해당되는 연구 수행을 맡길 생각이었다. 물론 정말로 중요한 일 한 가지도 잊지 않았다. 연구에 필요한 생체표본과 기금을 마련하기 위한 환자들과의 파트너십 결성이 그것이었다. 이 모든 연구가 완료되면 우리는 시간과 재원을 할애해서 다른 질병의 치료 목적으로 FDA가 이미 승인한 약품들이 iMCD 환자를 대상으로, 즉 용도를 바꿔 적용될 수 있는지 조사할 것이었다. 그렇게 해서 그 약품들이 iMCD에도 사용될 수 있음이 확인되면 우리는 체계적으로 그 효과를 추적해서 그 결과를 해당 약품의 향후 사용 지침을 만들고 임상실험에 적합한 후보자를 고르는 데 쓸 생각이었다. 최종적으로는 이 모든 과정을 거쳐 수집된 정보를 전체 캐슬만병 커뮤니티와 공유할 것이었다. 그렇게만 된다면 이 병의 치료법을 개발하는 데 필요한 선순환적 과정을 만들어낼 수 있다고 봤다.

성과를 공유하면 이는 좀 더 큰 규모의 연구 아이디어 크라우드 소싱으로 이어지고, 다음으로 우선순위 설정, 전문 연구자 충원을 거쳐 연구 수행으로 이어지는 지속적인 흐름이 생겨날 것이었다.

우리의 계획이 제대로 실행된다면 매우 효과적인 것이 될 것이고 아주 단기간에 캐슬만병 치료법 발견을 위한 큰 도약을 이룰수 있을 것으로 생각했다. 간단히 말하면 캐슬만병에 관련된 주요 이해 당사자들을 다 불러서 연구에 초집중하게 하는 것이었다. 연구 제안을 해달라고 요청할 필요도 없고 옳은 연구자들이 옳은 연구를 하기만 막연하게 기다리지 않아도 됐다. 옳은 연구자들이 옳은 연구를 할 수 있도록 그 환경을 우리가 만들 것이기 때문이었다. 그 차이는 어느 고등학교에서 학생들에게 풋볼 선수들을 선발하니 지원하라고 말로 하는 것과 뉴잉글랜드 패트리어트팀에서 집중적이고 전략적인 분석을 통해 전 세계를 대상으로 최고의 선수들을 파악하고 가려내고 충원해서 완벽한 팀을 구성하는 것의 차이와 같았다.

커뮤니티를 구축하고 그걸 통해 연구 제안을 받고 우선순위를 설정하기 위해선 지난 50년 동안 단 한 번이라도 캐슬만병에 관한 사례 보고서나 논문을 쓴 적이 있는 모든 사람을 찾아내야 했다. 즉 구글과 펍메드, 미국국립보건원의 의학 저널 논문 아카이브를 뒤져야 한다는 말이다. 캐슬만병이라는 용어에 딸려 나오는 의학 저널 논문 약 200여 건을 다 읽었다. 그리고 향후의 분석을 위해 주요 데이터를 추출했으며 이메일 주소가 확보된 모든 저자에게 메일을 썼다. 모든 메일에는 "데이비드 파젠바움과 프리츠 밴 리"라는 공동서명이 들어가 있었다. 우리는 글자 그대로 공동 설립자로서 함께 일했다. 그리고 환자와 의사 관계에서 동료 관계가 됐다. 그 이행 과정이 좋았다. 환자이자 열렬한 의사 지망생인 나와 더불어 기꺼이 일하고 멘토로서 최선을 다하는 모습을 보면서 그가 얼마나 크게 자신을 비울 줄 아는 사람인지를 느낄 수 있었다. 그의 이름이 들어간 공동 서명은 내가 전 세계 의사들에게 쓴 이메일의 신뢰도를 높였다.

나는 스스로를 캐슬만병에 흥미를 가진 의대생으로 소개했다. 내가 캐슬만병 환자임을 알리는 것이 그리 내키지 않았다. 몇 개월에 걸쳐 수백 통의 이메일을 보낸 끝에 우리는 전 세계적으로 캐슬만병에 관심 있는 의사와 연구자들 300여 명이 온라인 토론 게시판을 통해 연결된 가상 커뮤니티를 결성할 수 있었다. 우리는 그들을 2012년 12월 애틀랜타에서 열린 미국혈액학회American Society of Hematology 학술대회에 초청해서 오프라인 회의를 개최했다. 통상 ASH로 불리는 이 모임은 세계에서 가장 큰 혈액학 학술 행사다.

나는 회의 전날 잠을 이룰 수 없었다. 설레고 긴장했기 때문이다. 이 회의는 지금까지 밝혀진 사실들을 재점검하고 그 지식의 비어 있는 부분을 채울 가설들을 내놓기 위한 것이었다. 그리고 참석자들은 우리가 만들 CDCN 과학자문위원회의 잠재적 구성원이라고 볼 수 있었다.

31명의 의사와 연구자들이 참석했다. 이는 그때까지 있었던 것중 가장 큰 규모의 캐슬만병 관련 모임이었다. 2005년에 딱 한번 회의가 있었는데 그때보다 많이 모인 것이다. 에스피상ESPY awards(미국의 오락·스포츠 전문 유선방송인 ESPN이 전년도의 각종 스포츠 부문의 최우수 선수와 팀, 코치 등에게 주는 상 – 옮긴이) 수여식 같은 건 없었지만 나는 그저 행복할 뿐이었다. 논문을 읽으면서 알게 된 저명한 의사들이 마치 연예계 스타들처럼 여겨졌다. 그중에는 요시자키 가즈유키 박사도 있었다. IL-6와 iMCD 간의 연결 고리를 밝히기 위해 자신의 몸에 실험을 했던 그는 다른 동료들과 함께 일본에서 미국까지 왔다. 나는 심지어 에릭 옥센헨들러Eric Oksenhendler 박사도 만났다. 그는 위키피디아에 올라온 1996년 연구 논문의 주요 저자였다. 나는 iMCD 진단받고 나서 맨 처음 그걸 읽으면서 울었다. 캐슬만병의 생존율이 놀랄 정도로 낮게 나왔기 때문이다. 또한 캐슬만병과 관련해 의료계에 일치된 의견이 없고 연구 노력 자체가 매우 부족하다는 현실에 충격을 받았다.

이 회의가 끝난 직후에 과학자문위원회가 만들어졌다. 너무 흥분한 데다 치료법의 발전에 대한 열망이 과했던 까닭에 나는 이 거물 연구자들에게 질문을 끝도 없이 던졌다. 시작 단계에 이미 몇몇 인사들은 내게 질려버린 듯했다. 한 자문위원회 회원이 나를 데리고 나가 캐슬만병은 거기에 온 의사나 연구자의 최우선 관심사가 아니라고 하면서 그러니 기대치를 낮춰야 모든 사람의 힘을 모을 수 있을 거라고 충고했다. 그러고 나서 몇 주 후에, 다른 연구 기관 주최로 열린 한 회의 석상에서 나는 강연을 하게 됐다. 원래 환자로서의 경험만 발표하기로 되어있었지만 좋은 기회라고 생각한 나는 그걸 무시하고 CDCN의 운용과 연구 방식에 관해 말해버렸다. 그곳의 연구자들은 내가 무단으로 제 영역이 아닌 곳을 침범했다고 보는 것 같았다. 그들의 관점에서 내 역할은 현존하는 연구 조직을 위한 기금을 조성해주고 환자의 권리 옹호와 캐슬만병에 대한 인식을 제고하는 데 도움을 주는 정도에서 끝나야 했다. 심지어 어떤 회의장에서는 회의가 열리기에 앞서 한 연구 실험실의 매니저가 모든 사람의 연결이라는 취지 아래 CDCN의 향후 활동들을 소개하는 내 파워포인트 자료를 친절하게 손봐주기도 했다. 그녀가 바꿔놓은 걸 보니 네트워크 구축, 연구 어젠

희망이 삶이 될 때

다 설정, 협업 등 핵심이 되는 내용이 다 빠져 있었다. 상대적으로 나이가 어린 데다가 혈액학과 종양학 펠로우십 수련 과정을 밟지 않았다는 게 나를 미덥지 않게 보는 이유였다. 그들의 눈에 나는 내가 그토록 하고 싶은 일에 자격 미달인 셈이었다. 그러다 보니 CDCN의 독특하고 비관행적인 접근법도 거의 쓸모없는 것으로 인식되는 느낌이었다.

그러나 나는 내가 옳을 일을 하고 있다고 믿었다. 급진적인 접근법을 철회하고 환자의 권리를 옹호하는 일만 하라는 생각은 그 자체만으로도 짜증이 났다. 내가 그들에게 설명하고 보여주려고 했던 것은 이중의 역할, 즉 수련 중인 의사, 과학자로서의 역할과 환자로서의 그것이었다. 내겐 계속해서 미친 듯이 달리는 것 말고는 다른 선택지가 없었다. 느긋하고 현상 유지만을 위한 태도로는 아무것도 이뤄낼 수 없었기 때문이었다.

의료계 내에서의 평판을 잃을 수도 있다고 생각했다. 그러나 그런 것까지 신경 쓸 여유가 없었다. 내 병은 내게 현행의 의학 연구 세계를 지배하고 있는 불문율을 따르지 말 것을 종용했다. 나는 현상 유지적 태도에 대해, 내 병에 관해 일반적으로 받아들여지는 사고방식, 통상적인 연구 방식에 대해 문제를 제기했다. 동시에 의사이자 과학자이자 환자인 내 입장은 내게 어느 한 가지의 입장만으로는 절대로 확보 불가능한 독특한 관점을 가질 수 있도록 하는 렌즈를 제공했다. 과학자들이나 의사들도 오류를 범할 수 있다는 사실을 잘 알고 있었다. 그런가 하면 환자들도 우리가 하

려는 일에 절대적으로 필요한 아이디어와 관심을 가질 수 있다는
걸 나는 알았다.

실제로 다른 조직들과는 다소 다른 방식으로 환자들을 개입시
키고자 하는 것이 우리들의 생각이었다. 우리는 어떤 연구 주제들
이 그들에게 중요한지 알아내고 싶었다. 놀랍지도 않은 것이, 환
자들에게 중요한 연구 주제라고 해서 반드시 의사와 연구자들에
게도 그런 것은 아니었기 때문이다. 환자들에겐 삶의 질 문제가
더 중요했다. 예를 들면 임신 능력 유지나 직장에 복귀해서 일하
는 데 필요한 증상 관리 같은 것들이었다. 반면에 의사나 연구자
들은 생명 연장을 위한 치료약의 표적이 되는 세포, 경로, 단백질
등의 정체를 규명하는 일이 우선적 관심사였다. 그래서 우리는 전
세계적 네트워크를 기반으로 설정된 CDCN의 연구 어젠다 안에
서 양쪽의 입장을 통합하고자 했다. 우리는 소셜미디어와 온라인
토론 게시판, 주기적인 오프라인 모임을 통해 환자들을 서로 연결
했다. 나는 이런 연결이 갖는 힘을 조금도 의심하지 않았다. 몇 년
전 밴 리 박사의 진료실 앞에서 다른 환자와 우연히 조우한 일이
얼마나 당시 내게 병과 싸우는 데 필요한 자신감과 용기를 줬는
지 잘 알고 있는 터였다.

게다가 환자들끼리 어울리면 재미있는 일이 많다. 내가 처음으
로 참여했던 환자 웨비나webinar(온라인 세미나)에서 나는 구글에서
찾아낸 성castle 모양의 옷을 입은 남자의 막대 그림stick figure(머리는
원, 몸통과 사지는 직선으로 그린 인체나 동물 그림 - 옮긴이) 만화를 다

른 참여자들에게 보여줬다. 나는 그를 캐슬맨Castle Man으로 명명하고 CDCN의 비공식 로고로 삼으면 좋겠다는 뜻을 비쳤다. 그런데 그 후에 몇몇 환자들이 내게 캐슬맨이 너무 허약해 보인다고 말했다. 그들은 캐슬맨을 반드시 막대 그림으로 표현해야 할 필요는 없다고 말했다. 우리는 치열한 싸움을 벌이는 상황이므로 캐슬맨은 '괴물'로 그려져야 한다고 했다. 너무나 지당한 말이었다. 그래서 캐슬맨을 좀 더 괴물 같은 스타일로 바꾼 후에 나는 그 다음 웨비나에서 다시 소개했다. 그로부터 2주 후에 어떤 환자가 자신의 어깨에 괴물 모양의 캐슬맨 문신을 새긴 사진을 찍어 페이스북에 올렸다. 캐슬맨의 숙주가 된 첫 번째 몸이었다.

나는 환자의 참여가 없다면 캐슬만병의 정체를 알아내지 못할 것이라는 생각이 들었다. 캐슬만병 환자들은 싸울 준비가 돼 있었다. 그들에게 필요한 것은 그들의 힘을 분출하게 만드는 '진격 명령'이었다. 나는 우리가 힘을 합쳐 큰일을 해낼 수 있으리라는 것을 알았다.

첫 번째 웨비나부터 우리와 행보를 같이했던 환자인 그렉 파체코Greg Pachco가 우리 일에 대단히 중요한 역할을 하리라는 생각이 들었다. 그는 2007년에 부인 샬린과 함께 앞서 캐슬만병인식및연구노력재단(CARE)을 세웠다. 그렉과 재단 이사회는 이 병에 대한 인식을 높이는 데 크게 기여했다. 그러나 그들은 그걸로 만족하지 않고 새로운 치료법을 발견하는 일에 기여하고 싶어했다. 그런 상황에서 CDCN의 비전을 접하고는 큰 기대감을 갖게 됐다. 그렉은 우리를 불러 CDCN과 CARE를 통합해서 CDCN의 이름 아래 활동을 해나가자고 말했다. 나는 이게 얼마나 대단한 제안인지, 생물의학 연구 분야에서 얼마나 보기 드문 사례인지 바로 알 수 있었다. 통합은 고사하고 자주 멀쩡한 조직과 재단들이 여러 개의 경쟁적인 하위 그룹들로 쪼개져 나가는 형편이었다. 가족 중에 희귀병 환자가 발생하면 기존의 관련 재단이 있음에도 불구하고 (할 수만 있다면) 다들 처음부터 새로운 조직을 만들려고 했다. 그 결과 환자 수가 많지도 않은 각각의 희귀병마다 관련 재단들이 수십 개씩 있는 기현상이 나타났다. 그러다 보니 연구 주제, 목표들이 상충하고 풍족하지도 않은 지원 기금이 여기저기 푼돈으로 갈라지게 됐다. 이런 상황에서 그렉과 재단 이사진이 취한 태도는 매우 과감한 것이었다. 그들은 구태여 나 같은 과잉 집중형 '미치광이'나 나와 거의 같은 부류인 내 동료들처럼 부담스러운 사람들과 협업하지 않고 자신들 조직의 자율성과 친숙한 현상유지 방식을 고수할 수도 있었다. 이는 마치 미스터 T와 A팀이 UN의 평화유지 사명을 수행하기 위해 힘을 합친 거나 다름없었다(미국의 TV 드라마 시리즈이자 영화화되기도 했던 〈A특공대〉를 말한다 – 옮긴이). 그들은 준비가 되어 있었다.

프리츠 밴 리과 아서 루벤스타인 그리고 나는 잠깐 생각해보고 결정을 내렸다. 우리에겐 캐슬만병의 치료라는 공통의 목표가 있고 협업COLLABORATIVE은 우리 조직의 이름에도 들어가 있다. 기꺼이 그렉의 제안을 받아들인 우리는 조직을 통합했다.

　　　　　　　　　　　　　　희망이 삶이 될 때

이제는 최우선 연구 과제를 결정할 시간이었다. CDCN 커뮤니티에서 크라우드소싱으로 들어온 60개의 아이디어를 자문위원회가 통합하고, 수정하고, 서열을 정해서 12개의 연구 주제로 정리했다. 최우선 과제는 iMCD를 일으킬 만한 바이러스를 찾아내는 것이었다. 우리는 바이러스가 한 가지 유형의 MCD를 발병시키는 원인이 된다고 추정했다(HHV-8 관련 MCD). 그리고 바이러스에는 iMCD 환자들이 보이는 면역체계 과잉 반응을 야기할 능력이 있었다. 그래서 만일 바이러스 원인을 규명할 수 있다면 우리는 다른 미지의 것들, 예를 들면 그 바이러스를 품어주는 핵심 세포 유형과 새롭게 개발된 치료법이 겨냥해야 할 표적 등을 매우 빨리 알아낼 수 있을 터였다.

최우선 과제로 무장한 우리는 세계 최고 수준의 '바이러스 사냥' 전문 연구자를 물색했다. 이는 선제적 조치였다. 그 연구자가 캐슬만병에 대해 알고 있느냐 없느냐는 신경 쓰지 않았다. 원인 바이러스를 추적할 수 있는 기술만 갖고 있으면 됐다.

이 분야 연구자 중에서 우리가 첫 번째로 꼽은 후보는 컬럼비아대학에 있었는데 관련 연구를 하기로 약속했다. 그런데 연구를 위해서는 iMCD와 UCD 환자들에게서 추출해 동결 보관된 림프절 생체표본 20점이 필요했다. 절제된 림프절이 동결 보관되는 경우는 흔치 않았다. 말하자면 우리는 매우 희귀한 방식으로 보관된 희귀병의 희귀 아종 생체표본이 필요한 거였다. 그래서 당시 300명이 넘는 가입자가 있던 CDCN에 이 사항을 공지했고 전 세계의 의사와 연구자들과 접촉해서 이 귀한 표본을 갖고 있는지를 알아봤다. 몇 개월간의 수소문과 확보 노력 끝에 일본과 미국, 노르웨이에 있는 7개 연구기관이 우리의 연구를 위해 총 23점의 생체표본을 제공하기로 약속했다. 이 연구에는 몇 년이 걸리겠지만 어쨌든 첫발은 내디딘 것이다!

한편 나는 또 다른 새로운 일을 시작할 준비를 했다. 케이틀린과 나는 가능한 한 자주 만났다. 필라델피아, 뉴욕, 때로는 노스캐롤라이나에서. 실툭시맙과 화학요법제를 투여받으러 갈 때마다 그녀는 나와 동행하려 애썼다. 얼마나 내가 자신과 함께 하고 싶은 마음인지 케이틀린은 너무 잘 알고 있었다. 그녀와 함께 있을 때 내 삶은 더 좋은 것이 됐고 더 행복한 사람이 됐다. 그녀 또한 나와 같은 생각임을 알고 있었다. 그러나 4차 재발을 겪는 동안 병상을 지키는 케이틀린을 보면서 더이상은 그녀와 함께하는 미래를 꿈꾸지 말아야겠다고 생각했다. 그럼에도 어떤 결단을 내릴 수도 없었다. 나는 너무나 절실하게 케이틀린과 결혼하고 싶었다. 그녀 또한 그걸 원한다는 걸 알고 있었다. 그렇지만 그건 그녀에게 너무나 큰 부담을 지우는 일이 아닌가? 몇 년 전에 처음 사귀기 시작할 때의 남자, 별 걱정거리 없이 자신의 미래를 완전히 통제하고 있는 듯 보이는 건강한 쿼터백과 지금 삶을 함께하려고 하는 남자는 완전히 다른 사람인 것이다. 매일매일 죽음과 싸우는 중병 환자가 바로 나였다. 게다가 성공 보장이 없는 일을 추진하고 있는 과학자이기도 했다. 청혼할 각오가 되어있는 것만큼이나 마음 한쪽에선 그녀와 결별하고 그녀를 내 곁에서 떼어놓고 싶은 생각이 강했다. 그렇게 하면 케이틀린은 다른 누군가와 함께 보다 안정되고 예측 가능하고 편한 삶을 꾸려갈 수 있을 것이었다. 그녀는 그럴 자격이 있었다. 그러나 그녀는 그걸 받아들이지 않을 것이고 다시 한 번 크게, 이전보다 더 크게 상처받을 것임을 잘 알고 있었다. 나는 이미 그녀를 두 번이나 거부한 이력이 있었다. 세 번 그럴 수는 없었다. 게다가 간절히 케이틀린의 남편이 되고 싶었다. 결국 최종적으로 마음을 정하고 약혼 반지를 구입했다.

나는 청혼일을 2012년 12월 16일로 잡았다. 케이틀린이 나를 찾아오면 필라델피아에서 우리가 가장 좋아하는 공원 근처에 있는 레스토랑에 브런치 예약을 해뒀다고 말할 셈이었다. 나는 가족들과 친구들에게 거기에 미리 와 있어달라고 했다. 거기서 그들은 우리를 주시하고 있다가 그녀가 내 청혼을 수락한 후에 우리가 그 레스토랑으로 들어가면 일제히 축하를 해주기로 했다. 아파트에서 나가는 길에 나는 우편함에서 7살 먹은 조카 앤 마리가 만들어 넣어둔 카드를 꺼냈다. 공원을 걷는 동안 케이틀린에게 줄 예정이었다. 카드 겉면은 케이틀린, 앤 마리, 나를 그린 형형색색의 막대 그림으로 꾸며져 있었다. 안에는 이렇게 적혀 있었다.

케이틀린 아줌마에게
결혼한다니 너무 신나요. 케이틀린 아줌마가 빨리 우리 가족이 됐으면 좋겠어요.

사랑해요.

앤 마리

추신: 난 정말 꽃을 잘 뿌릴 수 있어요!

내 계획에 앤 마리를 끌어들인 건 신의 한수라고 생각했다. 케이틀린과 앤 마리가 매우 친했기 때문이다. 지금은 이 이야기를 마음 편하게 할 수 있지만 그때는 사정이 여의치 못했다. 케이틀린이 내 청혼에 선뜻 "예스"라고 말할 가능성이 100퍼센트라고 장담할 수는 없었지만 앤 마리를 실망시키지 않을 가능성은 100퍼센트였다. 아무리 케이틀린과 내가 결혼을 두고 마음이 일치했다 하더라도 청혼의 순간만큼은 무척 예민해질 수밖에 없었다. 어쨌든 케이틀린은 깜짝 놀라 손으로 자신의 입을 가렸다. 그리고 그러겠다고 말했다. 우리 둘은 기쁨에 겨운 눈물을 흘렸다.

우리는 눈물을 닦은 다음에 가족들과 친구들이 축하를 해주기 위해 대기하고 있는 레스토랑으로 들어갔다. 이 멋진 날이 끝나갈 무렵 둘만 남게 된 시간에 우리는 향후 어떻게 할 것인지 의논했다. 그녀는 뉴욕에서 패션 관련 일을 하고 있었지만 그만둘 준비가 돼 있었다. 나는 의대에서의 힘든 마지막 한 학기를 남겨놓은 상태에서 매일 병원에서 일해야 했고 필라델피아를 떠날 수 없는

희망이 삶이 될 때

처지였다.

그날 저녁 뉴욕행 기차에 오르기 전에 케이틀린은 돌아가면 당장 회사에 3개월 후에 그만둔다고 말하고 그런 다음 필라델피아로 이사해서 나와 같이 지내겠다고 말했다. 그녀는 이미 필라델피아에서 일자리를 알아보기 시작했다는 말도 했다. 우리는 결혼까지 최소 일 년은 걸릴 거라는 데 의견을 같이했다. 그 정도 여유가 있어야만 케이틀린이 결혼 준비가 본격적으로 시작되기 전에 이사를 하고 새 직장을 구하는 일을 끝낼 수 있을 것이었다. 어쨌든 우리는 몹시 기뻤다!

그러나 그 기쁨은 오래가지 않았다. 약혼 일주일 후에 나는 6개월에 한 번씩 받게 되어있는 PET/CT 촬영을 했다. 이번에는 정해진 일정에 따라 했다. iMCD의 활동 여부를 파악하는 것 외에도 PET/CT는 몸에 암이 있는지 확인하기 위한 목적도 있었다. iMCD 환자가 되면 발암 가능성도 커지기 때문이었다. 촬영 결과 내 간에서 대사 활동의 증가와 더불어 종양 하나가 자라고 있음이 발견됐다. 암일 가능성이 컸다. 담당 의사는 그게 내 피부의 혈관종처럼 혈관이 뭉쳐서 된 큰 공으로 보인다고, 암은 아닌 것 같다고 했다. 염려할 것 없다며 6개월 후에 다시 한번 찍어보자고, 기다려보자고 했다. 그때 나는 이런 생각을 했다. 결과가 비정상으로 나왔는데 그걸 아무것도 아니라고 한다면 도대체 왜 검사를 하는 거지? 나는 이미 '인간적'인 실수로, 의사의 오진으로, 나 자신의 도피 심리로 말미암아 여러 번 죽다 살아났다. 나는 그게 단순한 혈관 뭉치라는 의사의 판단을 믿고 희망을 품을 수는 없었다. 특히 나는 결혼을 앞두고 있지 않은가? 그런데 놀라운 것은 두렵지 않았다는 것이다.

이전의 경험에서 나는 알지 못하는 것을 두고 걱정하면서 에너지를 낭비할 필요가 없다는 교훈을 얻었다. 우리는 필요 이상으로 걱정하거나 꼭 필요한 걱정도 하지 않는 경향이 있다. 마냥 걱정하기보다는 도대체 무슨 일이 일어나고 있는지 알아내는 데 에너지를 쓰는 게 훨씬 낫다는 결론을 내렸다. 내 병의 진단에 집중하다 보면 쓸데없는 걱정을 몰아낼 수 있었다. 케이틀린과 나는 매주 한 번씩 만나는 중이었다. 우리는 이 검사 결과가 무얼 의미하는지를 놓고 이야기를 나눴지만, 결국은 내 의향에 따라 케이틀린도 마음 편하게 지내기로 했다. 나는 다른 옵션으로 2~3주 후에 MRI 촬영을 해보기로 했다. MRI를 찍어보니 그새 종양이 두 배로 커져 있었다. 빠르게 자라고 있는 것이었다. 극히 절제된 표현을 쓰자면, 그건 좋은 신호가 아니었다. MRI 촬영 결과는 그것이 혈관이 뭉쳐서 생긴 공이 아님을, 희망을 품고 그냥 지낼 수 있는 그런 상황이 아님을 보여줬다. 막연한 희망에 의지하지 않은 건 바람직한 일이었다.

이어진 생검 결과 그 덩어리는 EML4-ALK, 즉 ALK(Anaplastic Lymphoma Kinase, 역형성 림프종 인산화요소) 유전자 자리가 재배열된 염증성 근섬유 아세포종임이 드러났다. 이는 희귀한 유형의 암으로 iMCD에 하나가 더 추가된 것이었다. 덜컥 겁이 났다. 그러나 iMCD와의 싸움으로 지칠 대로 지쳐 있던 터라 겉으로 공포를 크게 드러낼 만큼의 힘이 남아있지 않았다. 나는 구글 검색창에 염증성 근섬유 아세포종을 써넣었다. 그리고 몇 분 후에 내 공포는 낙관으로 바뀌었다! 염증성 근섬유 아세포종Inflammatory Myofibroblastic Tumors, 줄여서 IMTs는 IL-6 같은 염증 유발 분자를 방출해서 면역체계를 공격하고 캐슬만병에서 나타나는 것과 같은 증상들을 만들어낸다는 것이었다! iMCD와 IMTs에 둘 다 걸린 게 어쩌면 불운이 아닐 수도 있어. IMTs가 내 간에 쭉 있었고 그게 이 모든 문제의 근원일 수도 있어. iMCD에 추가로 IMTs가 걸린 게 아닐 수도 있는 거지. 애초 내 면역체계를 공격한 것이 이놈이었고 그러다가 iMCD로 이어진 것일 수도 있어. 그렇다면, 이걸 제거해버리면 iMCD의 악몽이 영원히 사라져버릴 수도 있는 거야! 어쩌면 이거야말로 모든 iMCD 환자에게 필요한 잃어버린 퍼즐 한 조각일 수도 있다고!

수술은 만만치 않을 터였다. 그래서 케이틀린은 몇 주 앞당겨 일을 그만두고 필라델피아로 왔다. 그녀는 내 스물여덟 번째 생일날에 있었던 수술을 앞두고 내가 마지막으로 만난 사람이었다. 우리는 둘 다 무서웠다. 그러나 한편으로 나는 IMTs가 잘려나간다면 iMCD와의 싸움이 끝날지도 모른다는 생각으로 그 순간에 대비했다.

다섯 시간 동안 3유닛의 혈액이 투여된 끝에 암을 포함해서 내 간의 15퍼센트가 조심스럽게 절제됐다. 내 배에는 그 사실을 알려주는 25센티미터 길이의 전투 부상 흔적이 생겼다. 그리고 이어서 통증이 밀어닥쳤다. 경막외 마취제가 제 자리에 놓이지 않았는지 눈을 뜨자마자 나는 내 (고통을 감지하는) 모든 감각이 살아있음을 느꼈다. 아무리 찡그린 얼굴을 잘 그린다 해도 그 고통을 표현하지는 못할 듯했다.

내 복부 근육은 절개됐고 간은 도려내졌으며 남은 간은 내출혈을 막기 위해 아르곤 레이저로 지져졌다. 아르곤 레이저란 말하자면 화염 방사기 같은 것이었다. 나는 밤새도록 시계를 보면서 15분에 한 번씩 정맥에 진통제를 투입하는 버튼을 눌러야 했다. 그럼에도 모든 걸 다 느낄 수 있었다. 다음 날 새 경막외 마취제가 주입되면서 칼로 찌르는 듯한 통증이 사라졌다.

경막외 마취제를 맞고 난 직후에 담당 외과 의사가 들어와서 절제된 종양 가장자리를 자세하게 들여다본 결과 부주의로 인해 소량의 암이 간에 남아있음을 알게 됐다고 말했다. 나는 내가 제대로 들은 것인지 확인하려고 자리에서 몸을 일으켜 세우려고 했다. 그 순간 내 복부 근육이 당겨지면서 누군가가 큰 칼로 배를 푹 쑤시는 느낌이 들었다. 잠깐만, 뭐라고요? 암을 전부 들어내지 않았다고요? 아니 완전하게 잘라냈는지 확인도 안 하고 내 배를 닫았단 말입니까? 『종양외과학개론서』에도 그래서는 안 된다고 나와 있잖아! 이렇게 비명을 지르고 싶었다. 그 대신 숨을 깊게 들이쉬고 잠시 침묵했다. 그러고 나선 나머지 암을 다 제거해달라고 그에게 부탁했다. 내 요청에도 냉정을 잃지 않은 채 그는 내가 그 상태에선 2차 수술을 감당할 수 없으며 아르곤 레이저가 남은 암을 다 죽였을 가능성이 크다고 말했다. 이래저래 완전히 죽을 맛이었다. 어쨌든 나는 마음이 약간 누그러지면서 내 운을 아르곤 레이저에게 맡기기로 했다.

상태가 좋아지자마자 나는 방사선과에서 그때까지 받았던 모든 촬영 자료를 들여다보기 시작했다. 뭔가 잃어버린 퍼즐 조각을 발견할 수 있지 않을까 하는 마음에서였다. 간의 암이 iMCD의 원인일 수 있다면 예전부터 거기에 쭉 있지 않았을까? 그렇다면 예전에 찍은 것들 안에 그 징후가 있지 않을까? 그러나 아무리 들여다봐도 예전 촬영 기록에서 그런 걸 찾을 수 없었다. 나는 그전에는 필시 그게 너무 작아서 보이지 않았던 것일 뿐이고 결국 iMCD의 근원이 됐을 거라고 합리화를 했다. 이제 암도 사라졌으니 iMCD도 다시는 돌아오지 않을 거라고 생각했다. 하지만 그게 억지라는 걸 나는 잘 알고 있었다.

무자비한 여러 번의 캐슬만병 재발이 있었고 거기에 이 뭔가 극적이고 강렬한 암 에피소드까지 등장했다. 에피소드치고는 치명적인 것이지만 내 전체적인 이야기 안에선 하나의 에피소드라고 해도 크게 잘못된 표현은 아닐 듯하다. 어쨌든 그런 일들로 인해 내 미래관은 상당히 근시안적으로 변했다. 나는 실툭시맙을 맞는 주기인 3주보다 '먼' 미래의 일은 계획하지 않게 됐다. 그러나 마지막 순환 실습 과정을 제때 다 마치고 2013년 5월에 의대를 졸업할 수 있었다. 참으로 행복한 순간이었다. 내 가족들, 케이틀린의 부모님과 남동생까지 와서 축하를 해줬다.

나는 다음 단계로 올라가기 위한 자격을 얻기 위해 오랫동안, 정말로 오랫동안 노력했다. 그다음 단계는 레지던트 과정이었다. 그런데 갑자기 다른 무엇인가가 내 흥미를 끌었다.

그즈음 나는 iMCD 분야에서 아직 풀리지 않은 가장 중요한 의문들이 뭔지 알아낸 상태였고 이 의문들에 대한 답을 구하기 위해 연구 과제를 크라우드소싱하고 있었다. 그리고 이런 연구를 진척시키기 위한 인프라를 구축하기 시작했다. 그런데 기본적으로 할 일이 너무 많고 일이 속도감 있게 진행되도록 하려면 정리해야 할 게 부지기수였다. 한편으로는 이런 노력들이 다른 희귀병 치료에 어떤 도움을 줄 수 있는지 알아보고 싶었다.

사람들은 이상하다고 할지 모르지만, 내가 도전할 다음 과정을 경영대학원으로 정했다. 의대를 졸업하면 누구나 그렇게 하듯 곧바로 레지던트 과정에 들어가지 않은 것이 처음에는 다소 마음에 걸렸다. 그런데 죽다 살아난 경험이 내 마음을 자유롭게 만들어줬다. 지금 당장 자신이 진정으로 원하는 것을 하자. 경영대학원을 가려고 했던 이유는 스스로의 생명과 다른 환자들의 그것을 구하기 위해 맞서 싸워야 하는 도전들은 종종 의학보다는 사업, 전략, 경영 쪽과 더 큰 관련이 있기 때문이었다. 나는 캐슬만병 치료법을 찾기 위해 구축한 협업 네트워크를 최적의 상태로 유지하고 운용하고 싶었다. 그러면서 내가 개인적으로 하고 있는 iMCD 연구도 진척시킬 필요가 있었다. 시간은 촉박하고 레지던트 과정에 들어가면 이런 일들의 진행 속도가 늦어질 게 분명했다.

　지금 돌아보면, MBA를 위해 레지던트 과정을 보류한 결정은 내가 임상의학보다는 연구 쪽에 더 관심과 열정이 있음을 보여준 증거라는 생각이 든다. 의대에 다닐 때 이미 그런 생각을 했던 것 같다. 결국 누군가의 생명을 구하는 건 내가 처방하는 약품이고 의료적 결정은 현존하는 데이터에 의지해야 한다고 말이다. 그런데 연구를 하면 나는 데이터를 만들 수 있고 누군가의, 어쩌면 수천 명의 생명을 구하는 약품 개발로 이어지는 결과를 얻을 수 있다. 그리고 왜 어떤 약이 효력이 있고 없는지에 대한 통찰을 얻게 된다는 게 내 생각이었다. 나는 경영대학원을 생물의학 연구에서 부딪치는 장애물들을 극복할 수 있는 기술 획득의 장으로 삼고 싶었고 이것들을 캐슬만병 연구에 다시 적용해 보다 효율적이고 협업적이며 전략적으로 연구를 진척시키고 싶었다. 그리고 희망하건대, 더 나아가서 다른 희귀병 연구에도 활용토록 하고픈 생각이었다.

　나는 가을 학기에 와튼스쿨에서 MBA를 시작했다.

제14장
마지막을 위한 준비

"음…… 그건 이게 정말 흥미로운 병이기 때문입니다. 그런데 알려진 게 너무 없어요. 환자들을 이대로 방치해선 안 됩니다. 환자들…… 그 병을 가진 사람들 말입니다."

"예, 무슨 말인지 알겠어요. 그런데 왜 당신은 이 병을 선택했나요…… 병명이 뭐라고 했더라?"

"캐슬만병이요."

"맞아요, 캐슬만병. 좀 뜬금없어 보이는데…… 이 병에 어떤 개인적인 관련이나 뭐 그런 게 있나요?"

"그냥 의대 다닐 때 알게 됐습니다."

경영대학원에 들어갈 때 이런 대화가 오갔다. 나는 차마 모든 진실을 털어놓을 수 없었다. 사람들에게 MBA를 하게 된 것은 캐슬만병 치료 연구를 촉진시키고 치료약 개발을 위해 필요한 기술

희망이 삶이 될 때

을 배우기 위해서라고 말할 때 나는 행복했고 열의가 있었다. 하지만 막상 내 개인사를 꺼내기는 힘들었다.

대단한 비밀도 아닌데 왜 그랬을까? 나는 자존심이 강했다. 남과 다르게 취급당하고 싶지 않았다. 그냥 '아픈 녀석'이 되고 싶지 않았다. 지도교사가 여름 캠프에 천식 흡입기를 가지고 온 아이를 대하듯 사람들이 나를 대하는 게 싫었다. 게다가 내 병은 경영대학원생 중 누구도 들어본 적 없고 알지도 못하는 희귀병이었다. 의료계에서조차 아는 사람이 드문 그런 병 아니던가. 의대 친구들은 나를 건강하던 시절부터 알았다. 그러니 그 건강한 모습이 뇌리에 각인돼 있었다. 그들에겐 내가 건강하다 갑자기 아픈 친구인 것이다. 그러나 경영대학원 동료들은 아니었다. 그들에게 내가 원래부터 아픈 녀석으로 인식되길 원치 않았다.

아프기 전까진 나는 늘 누군가를 돕는 사람이고 지원해주는 사람이었다. 나는 그 역할을 사랑했다. 그건 분명히 엄마로부터 물려받은 귀한 자질이었다. 나는 도움이 필요한 사람이 되고 싶지 않았다. 내 이런 생각, 느낌은 많은 환자들(내가 의사로서 돌봤던)이 흔히 보였던 반응이었다는 깨달음이 왔다. 아프다는 것은 다르다는 것이었다. 환자 자신의 기분이 그렇다는 게 아니다. 그렇게 보이는 것이다. 아프다는 것은 아픈 사람을 다르게 만든다. 그러면 뭔가 부당한 상황을 금방 느끼게 된다.

나는 두려웠다. 아프다는 건 내 약점이었다. 연구자가 아닌 환자 입장에서만 말하라는 지침을 받은 의학 학술회의장에서 나는 그걸 알았다. 아프다는 건 나에 대한 사람들의 기대를 바꿔놓는다. 어떤 사람들은 특별히 내 객관성을 의심하기도 했다. 그들은 캐슬만병 분야의 리더가 되고 싶은 내 꿈을 인정하지 않았다. 왜냐하면 나 자신이 발을 거기에 깊이 담그고 있었기 때문이다. 그러나 이 질병의 기전을 밝히고 그 치료법을 찾아내는 일에 내가 개인적으로 얽혀있다는 점이야말로 나를 누구보다도 열정적으로 움직이게 만드는 요인이었다.

나는 그저 통계적으로 중요한 어떤 결과나 의학 저널에 실릴 정도의 연구에 만족할 생각이 없었다. 계속 앞으로 나갈 것이었다. 그렇게 해야 했다. 내 목표는 종신 교수직도, 큰 연구 기금도, 상도 아니었다. 내 목표는 살아있으면서 나와 같은 질병을 가진 다른 사람들을 살리는 일이었다. 나는 내가 생각하고 있는 바를 실험을 통해 입증할 계획이었다. 나 자신과 타인의 생명을 구하는 데 충분히 유효한 결과가 나올 때까지 실험은 계속될 것이다. 그러므로 섣불리 캐슬만병과의 개인적인 관련성을 밝히면 내 순수한 동기가 의심받을 수도 있다고 생각했다.

그러나 지금 생각해보면 나는 참으로 어설펐다. 상대적으로 소수의 자원자로 이뤄진 캐슬만병네트워크CDCN, 말하자면 몇몇 예전 의대 친구들, 소수의 환자들, 주변의 가까운 사람들로 구성된 이 조직이 지난 60년 동안 정체돼 있던 분야에서 획기적인 진전을 만들어낼 기술과 역량을 갖고 있다고 계속 믿었다. 우리가 세운 야심 찬 연구 어젠다를 실행에 옮기고 수백 명의 의사, 연구자,

희망이 삶이 될 때

환자들을 규합하기 위해선 너무나 할 일이 많았는데 경영대학원에서 만난 새로운 친구들의 능력과 지식이 우리에게 큰 도움이 될 것 같았다. 특히 기금을 조성하고 CDCN을 넘어서는 외부와의 커뮤니케이션 등 우리가 잘할 수 없는 부분에서 그들이 큰 힘이 되어줄 수 있으리라 생각했다. 그러나 역시 그들에게 '다른' 사람으로 인식될지도 모른다는 두려움이 그들 중 몇몇을 CDCN에 합류시키고 싶은 생각을 억눌렀다.

나는 심지어 페이스북의 예전 사진들과 내 병이 언급된 온라인상의 글들을 다 삭제했다. 경영대학원에서 새롭게 사귄 친구들은 내 건강 상태에 대해선 아무것도 몰라야 했다. 3주에 한 번씩 실툭시맙을 맞기 위해 노스캐롤라이나에 갈 때조차 "가족을 만나러 간다"라고만 했다. 나는 비밀리에 미친 듯 일했고 비록 수는 적지만 우리가 우리의 힘만으로도 큰 성과를 낼 수 있기를 바랐다.

누구라도 그런 생각을 하겠지만 그 당시 나는 더 똑똑했어야 했고 자존심과 두려움은 덜 가졌어야 했고 더 현실적이어야 했다. 나는 내 희망이 근거가 있다고 생각했고 캐슬만병의 병리를 다소나마 파악했다고 믿었다. 그 병이 어떻게 활성화되는지 알게 됐고 마음을 다독이기만 하는 희망과, 노력을 하도록 만드는 희망을 구별할 수도 있게 됐다. 하지만 진정한 빛을 보지는 못했다. 병을 숨긴 것은 내가 구사한 일종의 사회적 전술이었지만 그로 인해 내가 앓고 있던 캐슬만병과 내 삶의 여타 부분들은 분리됐다.

비밀주의는 실수 못지않게 그릇된 결과를 가져오는 원인이 된다. 나는 매일 내 증상들을 자세하게 관찰하고 기록했다.

피로: 없음. 식욕: 좋음. 림프절 비대: 없음. 혈액기태: 없음.

그리고 매주 하는 혈액검사 결과를 취합해서 엑셀 스프레드시트에 담았다. 모든 게 나쁘지 않았다. 강의 수강과 팀 프로젝트 활동 사이의 남는 시간에는 펜실베이니아병원의 중개연구실험실 Translational Research Laboratory로 가서 내게서 뽑아낸 혈액검사 결과치와 림프절 연구 데이터를 다른 환자들의 그것과 비교 분석하고 허용되는 한 가장 많이 의학 논문들을 탐식하듯 읽었다. 스스로의 짐을 짊어지고 단독 탐구자의 길을 갔다. 그러면서 내가 알아낸 것들로 인해 충격을 받을 때가 많았다. 의료계가 iMCD에 대해 크게 잘못 알고 있는 게 아닌가 하는 생각이 들기 시작했다. 그냥 잘못 아는 정도가 아니라 완전히 거꾸로 알고 있는 느낌이었다.

어느 날 나는 루푸스나 류머티스성 관절염 같은 자가면역질환에 걸린 환자의 림프절 영상 자료를 들여다보던 중 그러한 사실을 깨달았다. 그 림프절들에는 캐슬만병 환자들에게서 보이는 것과 거의 동일한 일단의 형태들이 있었다. 캐슬만병에선 림프절이 커지고 거기에 특유의 기형성이 나타날 때 이를 병의 촉발인자와 IL-6 배후 요인이 활동하는 것으로 본다. 말하자면 캐슬만병은 항상 '림프절 장애'로 분류되고 있는데 이는 커진 림프절이 IL-6

희망이 삶이 될 때

를 과잉 생산하고 이게 다시 면역체계의 과잉 활동으로 이어지면서 문제를 야기한다는 뜻이다. 그러면 곧바로 간, 신장, 골수, 심장, 폐 등 주요 장기의 기능부전이 나타나는 것이다.

그런데 루푸스에서는 림프절 비대가 그 병의 반응 효과로 받아들여지고 있었다. 면역체계의 과잉 활성화는 정상 세포를 외부 침입자로 오인하는 데서 비롯되는 경우가 많다. 면역세포가 증식되고 과도한 염증 표지자(IL-6를 포함하는) 생산이 이뤄진다. 그러면 이것들이 장기부전으로 이어지고 때로는 림프절이 커지는 결과로 나타난다.

영상 자료들을 보고 난 뒤에 나는 아서 루벤스타인에게 전화를 걸어 내가 발견한 것과 내가 의아하게 생각하는 것들에 관해 이야기를 나눴다. 루푸스에서처럼 iMCD에서도 림프절 비대와 특이한 기형들이 병의 원인이 아니라 결과일 수 있을까? 캐슬만병은 림프절 장애가 아니라 혹시 처음부터 끝까지 면역체계 장애가 아닐까?

언뜻 단순한 차이 같지만 작동 순서야말로 다른 무엇보다 중요했다. 증상을 원인으로 잘못 알고 있다면 그 치료는 미궁에 빠질 수밖에 없다. 우리는 완전히 잘못된 치료법을 구사하고 있는지도 몰랐다. 그것은 마치 여드름 약을 가지고 수두를 치료하려는 것과 다를 바 없었다.

림프절을 문제로 보는 시각은 허울만 그럴듯한 추론의 결과였다. 누군가는 림프절 비대를 모든 것의 원인으로 간주해야 한다고 주장했다. 모든 iMCD 환자에게서 특징적인 여러 변화와 함께 림프절 비대가 나타나기 때문이라는 것이 그 이유였다. 그러나 그것은 화재 현장에 소방관이 있기에 소방관이 화재의 원인이라고 말하는 것과 같았다. 그건 아니었다.

소방관에 빗대 좀 더 설명해보자면 림프절은 실제로 면역체계의 소방서 같은 것이다. 면역체계의 세포들이 서로 연락하고, 훈련하고, 출동 준비를 하기 위해 모여드는 곳이다. 림프절은 과잉 면역 활동에 대한 반응으로 커진다는 사실이 익히 알려져 있다. 언제, 어떤 상황에서든 면역 활동에 대한 반응이 조절될 필요가 있을 때 세포들은 림프절로 모이라는 연락을 받고 거기에 모여든다.

IL-6를 iMCD 환자가 겪는 징후와 증상을 야기하는 유일한 인자로 보는 시각에 대해선 그를 뒷받침할 만한 데이터가 거의 없다. 일부 환자에게서 IL-6 수치가 상승하는 것도 분명하고, IL-6 차단제가 낮거나 정상적인 IL-6 수치를 보이는 환자들을 포함한 어떤 환자들에게는 통한다는 것도 사실이다. 그러나 한편으로 IL-6 봉쇄 효과를 보지 못하는 환자들도 있다. 그리고 내 경우에서처럼 IL-6 수치가 낮거나 정상치로 나오면 그 결과의 정확성을 의심해버리기도 한다. 그러나 새롭게 개발된, 보다 포괄적이면서 정밀하다는 IL-6 검사법을 써도 예전의 방식으로 했을 때보다 높은 수치가 나오지 않았다.

어쩌면 어떤 환자들에겐 혈액 내 IL-6 수치의 높고 낮음이 병의 속도를 결정하는 중요 요인이 아닐 수도 있었다. 어쩌면 모든 캐슬만병 환자에게 IL-6는 문제가 아닐 수도 있었다. 그것 말고 아직 측정되지 않은 다른 사이토카인이 이 병의 열쇠를 쥐고 있는 주요 원인일 수도 있었다. 그렇다면 IL-6의 자리에 다른 사이토카인이 들어올 수 있다는 것이고 연구의 방향 또한 iMCD 환자들로부터 보다 많은 사이토카인들의 수치를 측정하는 쪽으로 수정돼야 한다는 게 내가 새로 만든 모델이었다.

기존의 가설과 내 것의 차이는 어떤 지적 퍼즐의 차원이 아니었다. 치료법과 직결된 것이었다. 어쩌면 내게 행해진 치료법이 왜 실제로 효과가 그렇게 없는지 설명해줄 수 있는 것이기도 했다. 기존 모델을 따르는 iMCD 치료법은 화학요법제를 투하해서 림프절을 구성하는 세포들을 깡그리 쓸어내든지, 아니면 실툭시맙을 주입해서 IL-6를 봉쇄하는 것이었다. 그런데 이런 표적 치료법들이 환자 모두에게 효과가 있는 건 아니라는 살아있는 증거가 바로 나였다. iMCD가 계속 재발했으니까.

대신 만일 면역체계의 과잉 활성화가 문제라면, (그게 왜 과잉 활성화되는지 그 이유는 밝혀지지 않았지만) 이른바 면역억제제를 사용해봐야 하는 게 아니냐는 생각이 들었다. 면역억제제는 간이나 신장, 다른 장기를 이식받은 환자들의 면역체계가 새로이 '들어온' 장기를 공격하는 걸 막기 위해 투여하는 약품이다. 면역억제제 역시 좋건 나쁘건 면역체계 세포들을 약화하는 작용을 한다. 그래야만 공격당하는 신입 장기가 손상을 크게 입지 않기 때문이다. 반면에 화학요법제는 앞에 걸리적거리는 것이면 뭐든 다 죽여버린다. 그런데 면역억제제는 화학요법제보다 투여받을 때 몸이 훨씬 편하다. 내가 받고 있던 치료법은 기존 모델에 따른 것이었다. '융단 폭격' 치료법을 받지 않게 될지도 모른다는 생각이 들었지만 '당연히' 전혀 서운하지 않았다. 실툭시맙은 3주에 한 번씩, 화학요법은 매주 한 번 받고 있었다. 고역이었다. 이 이상으로 표현할 말이 없다. 그리고 구역질을 다르게 설명할 필요도 없을 것이다. 그러나 어쨌든 당시의 나로선 대안이 없었다.

나는 면역 과잉 활성화의 원인으로 네 가지를 들었다. 바이러스(HHV-8와 연관된 MCD), 암세포의 존재(POEMS와 연관된 MCD), 유전자 돌연변이(자가 염증성 장애autoinflammatory disorders에서 보이는 것 같은), 자가 반응성 B 그리고(혹은) T세포(자가면역질환에서 보이는 것 같은). 나는 내 새로운 이론을 CDCN 커뮤니티 안의 몇몇 동료들과 공유했는데 특별한 지지를 얻지는 못했다. 그게 그리 놀랄 일은 아니라고 생각했다. CDCN이 참신한 발상을 추구하는 조직이긴 하지만, 그 안의 동료들이 기존의 방법론과 완전히 결별한 것은 아니었기 때문이다. 그들 중 다수는 수년 동안 전통적인 접근법에 의거해 질병에 접근하고, 연구하고, 학습했고 그것이 그들의 대체 불가능한 경험으로 축적된 상태였다. 그러나 솔직히 말하면 나는 달랐다. 물론 이 '웃기는' 일만 일어나지 않았으면 나 또한 그들과 같은 길을 걸어갔을 것이다.

캐슬만병에 걸렸다고 해서 내 말에 특별히 도덕적 무게가 얹히는 건 아니었다. 어떤 사안에 관해서 '좀 더 올바른' 입장을 갖도록 만들지도 않았고 나를 슈퍼히어로로 바꿔놓지도 않았다. 캐슬만병은 나를 잘 다져진 길에서 끌어내 도랑으로 떠밀었다. 그런데 도랑에서 보니 모든 게 조금씩 달라 보였다.

미칠 것 같은 캐슬만병의 재발에도 불구하고 내가 힘을 잃지 않을 수 있었던 것은 '내가 무엇을 얻을 수 있는가'에 집중했기 때문이다. 내 병은 진정 특이한 것이었다. 그게 바로 문제였다. 그런데 특이성peculiarity으로 인한 장점도 있었다. 어떤 맥락에서 특이성은 독창성originality으로 받아들여지기도 한다. 독창성은 창조성의 시녀. 실리콘 밸리의 사람들이 늘 하는 말이 이른바 "상자 밖 사고를 하라Think outside the box"는 것, 즉 틀에 박힌 사고에서 벗어나라는 것이다. 아주 편한 방식으로, 또는 명상을 통해 상자를 벗어날 수 있다면 그보다 더 좋을 수는 없을 것이다. 하지만 여러 차례의 장기부전을 겪어야 상자 밖으로 나갈 수 있다 해도 독창적이 될 수 있다면 해볼 만하다.

나는 다른 누구도 보지 못한 각도에서, 그것도 매우 절박한 심정으로 사물을, 병을 볼 기회와 능력을 얻었다. 이런 새로운 관점이 내게 도움을 줄 것으로 생각했다. 비록 기존 시스템 안의 엘리트들은 이 관점을 아직 나와 공유하지 않았지만.

나는 내 가설과 그걸 뒷받침하는 정보를 세상에 내놓을 필요가 있음을 깨달았다. 그런데 아이러니하게도 그 일을 100퍼센트 전통적 방식으로 해야 했다. 수세기 동안 그래왔듯이, 혈액학 저널에 논문을 게재해야 했던 것이다. 우선 나는 동료들과 데이터를 공유해서 그들로 하여금 비판하고 논리의 허점을 찾아내도록 할 필요가 있었다. 나는 야간과 주말을 이용해 CDCN 일과 iMCD 연구를 도와주던 크리스 네이블과 함께 그것을 검토했다. 그는 박사학위를 따기 위해 의대를 잠시 휴학하고 있었다. 그는 결점들을 찾아냈고 우리는 같이 수정했다. 그는 그 논문의 첫 번째 버전을 완성하는 데 도움을 줬다. 그러고 나서 프리츠 밴 리 박사로부터 최종 심사를 받기로 했다.

예정된 점검을 프리츠(이렇게 부르는 사이가 됐다)에게 받기 위해 리틀록으로 가면서 나는 논문 복사본 몇 부와 iMCD의 이해를 위한 내 새 모델을 뒷받침해줄 데이터가 담긴 노트북을 들고 갔다. 몇 가지 검사를 받고 난 뒤 나는 운을 뗐다. 그는 내 말을 끊지 않으려고 조심스럽게 고른 말로 간간이 응수하며 경청한 뒤 흥미롭다고 말했다. 그러나 회의적인 모습이었다.

그 후 6개월 동안 경영대학원 강의를 듣고 나면 크리스, 프리츠와 여러 차례의 전화 회의를 했다. 그리고 몇 시간씩 논문을 고쳐 쓰고 여러 문헌, 기사 스크랩, 기타 저작물 등에서 찾아낸 자료들을 취합하는 작업을 했다. 우리는 여러 부분에서 서로 의견이 맞지 않았다. 누구도 물러서지 않았다. 프리츠가 여러 번 내 생명을 구했고 크리스는 친한 친구였다는 사실에 비춰보면 다소 불편할 수도 있는 상황이었다. 그러나 그 불편한 상황이 오로지 제대로 된 논문을 위해서란 걸 우리는 잘 알고 있었다. 1년 넘게 꾸준히 작업했고, 내 건강 상태 또한 안정을 유지하고 있었기 때문에 논

희망이 삶이 될 때

문 제출 준비를 거의 마칠 수 있었다.

논문에는 캐슬만병에 대한 역사적인 고찰, 새로운 가능성, 미래의 연구 방향 등이 각각 적절한 비중으로 들어있었다. 대담한 논문이었다. 우리는 모든 캐슬만병 아종을 아우르는 통일된 용어 시스템과 iMCD의 연구와 치료를 위한 새로운 틀 그리고 iMCD의 원인에 대한 새로운 가설을 제안했다. 이 논문은 우리의 향후 연구의 근거가 될 것이며 우리가 검증해야 하는 가설이 될 것이었다. 통일된 용어 시스템은 우리 모두가 쓰게 될 공통 언어가 될 것으로 생각했다. 굉장히 긴 내용이었다. 그리고 무엇보다 야심 찼다.

아서 루벤스타인(그때까지도 1주일이나 2주일에 한 번씩 조언을 구하러 그를 찾아가곤 했다)은 우리 작업의 결과를 세계 최고 혈액학 저널인 《블러드Blood》에 제출할 것을 권했다. 몇 군데만 더 손보면 될 것 같았다.

내가 환자의 입장이기 때문에 연구자로서 제대로 취급받지 못할지도 모른다는 걱정이 있긴 했다. 그러나 만일 내가 네 번의 연장전을 치르면서 좀 더 살고 싶다는 것 말고는 아무런 생각도 할 수 없는 그런 환자가 아니었던들, 어떻게 의학계의 그런 거물들을 움직여 그토록 급진적인 논문을 제출할 생각을 할 수 있었겠는가? 더군다나 의학계에서의 내 경력이 일천한 것을 생각하면 상상조차 어려운 일이었다. 위계를 중시하는, 때로는 독재적이기까지 한 의학계의 규칙에 따르면 경력 있는 연구자라 하더라도 연구 모델을 제시하고 데이터를 요약하는 정도에 그쳤을 것이다. 그러나 병을 앓고 있고 치료법이 없으면 살지 못할 것이 분명한 처지가 되면서 나는 이런 케케묵은 전통에 연연할 수 없었다.

나는 의학을 사랑한다. 나는 모든 의사가 그럴 거라고 생각한다. 심지어는 일에 지쳐 나가떨어진 의사들도 의학을 사랑할 거라고 믿는다.

애초에는 어떤 결정을 이끌어내기 위한 기존의 가용 증거들을 분석하는 일을 사랑했다. 그런데 캐슬만병 환자가 된 이후에 나는 그 무엇보다도 데이터를 생성해내고 그로부터 해법을 찾는 일을 좋아하게 됐다. 나 자신이 그렇다는 사실을 깨달은 것이다. 나는 해법에 이르는 데 필요한 데이터를 다른 누군가가 만들어낼 때까지 기다릴 수가 없었다. 더 많은 해법들로 더 빨리 이어질 수 있는 더 많은 데이터를 생성해낼 수 있는 새로운 전략이 필요했다.

바꿔 말하면 MBA 과정에서 내가 실제로 도움을 받기 시작했다는 것이다. 강의실에, 도서관에, 책 속에 돌아오니 감개무량했다. 나는 새로운 배움에 온 힘을 기울였다. 비의학 산업에서의 효과적인 협업 사례, 전략 기획의 원칙, 최적의 효율성을 유지하는 데 필요한 도구들, 약품 발전의 경제학, 협상 전략 등을 닥치는 대로 집어삼켰다. 특히 조직 심리학자이자 와튼스쿨 교수인 애덤 그랜트Adam Grant의 '주는 자와 받는 자givers and takers'에 대한 철학적 모델에 끌렸다. 이는 우리가 누군가와 소통, 교류할 때 취하는 스타일에 관한 것이었다. 놀랍게도 주는 자보다는 받는 자가 많다는 사실도 알게 됐다. 그리고 이른바 혁신 토너먼트로 알려진 것을 통한 크라우드소싱 아이디어도 인상적이었다. 우리의 잠재력을 해방시킬 수 있는 이 모든 흥미진진한 방법을 다 배우는 것은 불가능했다.

생물의학 연구의 접근법이라고 할 수 있는, 옳은 연구자가 옳은 시간에 옳은 연구를 수행하기 위해 옳은 기술을 적용시키길 희망하자는 모토는 매우 후진적인 것임이 점점 더 분명해졌다. 그 자체가 절대적으로 비효율적이고 가망 없기 때문이 아니라 여러 대안적인 방법들이 의학계 외부에서 지금 당장 어떤 식으로 행해지고 있는지를 배웠기 때문이다. 확신컨대 희귀병을 가진 누군가에게 이보다 더 좋은 발견과 배움은 없었다.

가장 중요한 건 혁신은 기술이 아니라는 사실을 배운 것이다. 혁신은 희망이 그렇듯 '힘'이었다. 혁신은 체계적인 접근법에 따라 가장 효율적으로 만들어지는 무엇이다. 광범위한 이해 당사자들로부터 모든 가능한 아이디어를 취합하고, 체계적으로 평가해서 우선순위를 정한 다음, 전 세계에서 해당 분야 최고의 인재를 모집하고, 미친 듯이 일하며 실행에 옮기는 것이다. 많이 들어본 이야기 아닌가? 금융 강의를 비롯한 여러 수업에서 교수들이 자주 반복했던 말이 "희망은 전략이 될 수 없다"라는 것이었다. 나는 생각했다, 그런데 왜 생물의학 연구 분야에선 막연한 희망도 전략이 되나? 조금만 잘못돼도 잃을 게 너무 많은데.

마지막 재발에서 살아난 뒤로 1년이 넘게 흘렀다. 나는 계속 내 병력을 경영대학원 친구들에게 숨겼다. 그러나 갑자기 그럴 수 없게 됐다. 그동안 실툭시맙 투여와 병행해 매주 세 가지 약물로 구성된 화학요법을 받았고 이런저런 부작용이 끊이지 않았다. 그러다가 결국 iMCD가 귀환했다. CRP(C-반응성 단백질) 수치가 올라가고 혈액기태가 커졌으며 혈소판 숫자는 급감하고 내 목에서는 커진 림프절이 만져졌다. 그리고 식은땀으로 침대가 흥건해지는 밤이 찾아왔다. 캐슬만병이 다시 온 것이다. 믿을 수 없는, 견딜 수 없이 무서운 다섯 번째 악몽이 시작된 것이다.

이번 재발로 인해 내 iMCD 기저의 진짜 문제는 간암이 아닐까 하는 의심이나 희망은 사라졌다. 6개월 전에 제거됐고 이후에 MRI 촬영을 통해 암이 없어진 게 확인됐다. 그건 그냥 '위안거리' 희생양이었던 셈이다.

내가 죽을 수도 있다는 가능성과 나란히 존재하는 또 하나의 가능성은 이 끔찍한 '에피소드'들이 계속 끼어들며 내 삶을 방해할 거라는 것이었다. 에피소드들은 나를 삶으로부터, 일로부터, 친구들로부터, 케이틀린으로부터 떼어냈다. 그리고 매번 나를 죽음의 문턱까지 데려갔다. 그로 인해 내 삶의 진행이 번번이 멈춰야 한다면 너무 괴로운 일일 것이다. 이제 더이상 그게 내 삶의 진행에 끼어들게 할 수 없었다.

솔직히 말하면 나는 그게 다시 올 줄 알고 있었음을 시인하지 않을 수 없다. 그 전해에 내가 했던 조사 연구에서 내가 받고 있는 치료법이 iMCD의 재발을 막을 수 없다는 것이 드러났다. 다행히

희망이 삶이 될 때

내겐 매월 받은 혈액검사 결과의 1년치 데이터와 iMCD에 대한 내 새로운 사고방식이 있었다. 필요하면 도움을 받을 수 있는 동료들과 과학자들의 국제적인 네트워크도 있었다. 간암 소동은 나를 시험했다. 이를 겪어내면서 나를 책임지는 존재는 바로 나 자신임을 확인했고 그럴 힘을 갖게 됐다. 더이상 담당 의사들에게 의지하지 않을 것이며 그들이 잘해주기만 바라지 않을 것이었다. 어떤 악감정 때문에 그런 것은 아니다. 캐슬만병에 대해 알려진 바가 그토록 없다는 게 그들의 잘못은 아니다. 4차 연장전을 치르면서 연구 분야를 바꾸기로 했던 것처럼 이번에는 내가 내 치료의 주인이 되고 싶었다. 다시 한번 병상에 누워 있는 수동적 객체, 그야말로 몸뚱이가 된다는 것은 상상할 수조차 없었다. 그것도 기능 마비 상태의 몸뚱이라니, 받아들일 수 없는 일이었다.

극심한 피로감이 몰려오고 장기 기능 장애가 시작됐다. 그러나 나는 행동할 수 있는 한 행동하고자 했다. 경영대학원에는 병가를 냈다. 그리고 나는 거기서 배운 것을 들고 나왔다. 그건 내가 기업가적 치료 방식Entrepreneurial Treatment Mode이라고 부르는 것이었다. 의사이자 친구인 그랜트와 던컨도 와튼에서 MBA 과정을 밟고 있었는데 몇 시간씩 나와 통화를 하며 향후 투병 계획, 데이터, 가능한 치료법 등에 대해 이야기했다. 그랜트가 특히 도움이 됐는데 그가 강박증이라 불러도 무방할 정도의 성격을 갖고 있었기 때문이다. 누군가가 "할 수 없다can't"라는 말을 하기만 하면 그는 "왜 할 수 없는데?"라고 반드시 반문했다. 어린아이 같은 행위도 아니고 건방진 것도 아니었다. 오히려 그 반대였다. 그는 '현상유지의 지혜'라고 불리는 것에 언제나 의문을 품는 타고난 회의주의자였고 어떤 해법, 진정한 해법을 향한 끝없는 열망의 소유자였다.

삶과 병에 대한 새로운 자세를 갖춘 나, 기존에 확립된 것들에 대한 지적 도전을 멈추지 않는 그랜트, 친구를 위해서라면 무엇이든 할 수 있다는 던컨, 이렇게 셋이 모여 다이내믹 트리오를 형성했다. 우리는 치료법의 관점에서 모든 게 다 검토의 대상이 돼야 한다고 생각했다. 어떤 관습적인 지혜도 무사 통과할 수 없었다. 해법을 구하기 위한 접근법이 전통적이냐 비전통적이냐는 중요하지 않았다.

집단적 전투 정신으로 무장한 우리 셋은 FDA의 승인을 받은 약이면 무엇이든, 항암제에서 변비약까지 다 내 병에 쓸 수 있다고 생각했다. 속쓰림을 다스릴 목적으로 기생충이나 감각기관을 표적으로 삼는 어떤 약이 만들어졌다고 하자. 그러나 우리가 보기엔 그렇다고 꼭 그 용도로만 사용돼야 하는 것은 아니었다. 다른 질병 치료용으로 개발된 약도 나를 치료하기 위한 마법의 탄환이 될 수 있지 않을까?

우리가 생각하기에 효과가 있을 것으로 보이는 약이면 뭐든 구할 작정이었다. 이럴 때는 의학 학위가 있다는 게, 의사들과 과학자들의 네트워크에 접근할 수 있다는 게 도움이 됐다.

어떤 점에선 시간적으로도 유리했다. 내 상태가 좋을 때는 아무리 새로운 치료법을 시도해도 그게 효과가 있는지 드러나지 않는

희망이 삶이 될 때

다. 재발할 때까지, 또는 재발하지 않는다는 확신이 들 만큼 긴 시간이 지날 때까지 기다려야 한다. 새 치료법, 약을 시험하기에는 재발 중인 기간이 최적기였다. 내 장기들이 기능부전에 빠질 때 새로운 약을 써보면 기능 개선이 되는지, 즉 약효가 있는지 금방 알 수 있으니까.

물론 내게 주어진 시간이 무한하지 않음을 우리는 잘 알고 있었다. 기회의 창문은 작았다. 그 약들이 듣지 않는다면 나는 죽을 것이다. 만일 새로운 약이 매우 빠르게 효과를 나타내지 않는다면 우리는 화학요법제 칵테일을 써서 시간을 번 다음 마지막 기회를 엿봐야 할 것이다.

우선 우리는 재발 기간 동안 비정상적으로 증가하거나 감소한 세포 유형과 세포 간 연락망, 단백질 등을 파악할 필요가 있었다. 이것들은 새 약을 가지고 내 병을 겨냥할 때 고려해야 할 대단히 중요한 요소들이었다. 유방암 치료에서의 혁신은 우리가 이런 방식으로 접근할 때 어떤 (좋은) 결과가 일어날 수 있는지를 미리 보여준 대표적인 사례였다.

유방암 치료에서 가장 큰 도약 중 한 가지는 유방암의 종양 표면에 있는 HER2의 존재를 알아낸 것이다. 이 HER2라는 단백질이 몇몇 유형의 유방암세포 생존에 필수적인 것임이 밝혀지자 그에 맞는 약이 개발됐다. 이 단백질이 과도하게 분비되는 특정 유방암 환자에게 이 약은 매우 효과가 있었다. 내 iMCD에서도 이와 유사한 '표적'을 찾아내야만 했다. 그런데 불행하게도 장애물이 너무 많았다. 수백 가지의 가능한 후보 중에서 어떤 세포 유형을 골라내야 하는지 알 수 없었다. 각각의 세포 표면은 수천 개의 후보 단백질로 빽빽한 숲과 같았다. 그리고 그 개별 세포의 내부 또한 수천 개의 단백질이 셀 수 없을 만큼 많은 연락망을 통해 상호 연결돼 있었다. 그런데 그 연락망들 또한 표적 후보였다. 단백질까지 들어가지 않더라도, 세포 하나만 파악하는 데도 몇 년이 걸릴 것 같았다.

그래서 우리는 우리가 이미 갖고 있는 것을 활용하기로 했다. 《블러드》에 제출할 논문을 위해 수집한 데이터 안에서 나는 표적이 될 후보 세포 유형과 세포 간 연락망, 단백질을 찾았다. 거기서부터 시작해서 우리는 약품 데이터베이스를 훑었다. FDA 승인을 받은 현존하는 약들 중에서 원래 치료 목적이나 용도에 상관없이 우리가 생각하는 잠재적 표적에 효력을 발휘할 수 있는 부분이 있는지, 그런 게 서술돼 있는지 파악하고자 했다.

우리에겐 또 하나의 기준이 있었다. 이 잠재적 약품군에서 효과가 늦게 나타날 수 있는 약은 걸러냈다. 이상적인 시나리오라면, 우리는 다수의 환자를 대상으로 광범위한 조사를 해야 했다. 각각의 환자들에게 무작위적으로 이 약품들 중 한 가지를 투여하고 그 결과를 근거로 가장 좋은 치료법을 찾아내야 했다. 그러나 우리에겐 그런 호사를 누릴 여유가 없었다. 환자는 단 한 명(나), 약품은 다종 다수, 데이터는 매우 빈약한 상황이 우리가 처해 있는 현실이었다. 우리는 '연대기'적으로 약을 투여할 생각이었다. 그

희망이 삶이 될 때

렇게 하면 시차를 두고 각각의 약 효과를 알아낼 수 있기 때문이었다. 그리고 그 효과에 근거해서 치료 성공 가능성을 매기고 그에 따라 의료적 결정을 내릴 수 있을 터였다. iMCD에 이 약들이 실제로 효과가 있는지 없는지 데이터가 없는 상태에서 우리가 사용할 수 있는 방법은 이것밖에 없었다.

마지막으로 우리는 약들 각각의 부작용을 고려할 필요가 있었다. 어떤 약이 효과가 있다는 걸 알면 끔찍한 부작용이 있다 해도 기꺼이 투여받을 수 있다. 그러나 효과가 있는지 알지 못한다면 부작용이라도 최소화하려는 생각 때문에 그 약을 투여받기가 어려워진다. 최악의 부작용으로 죽음에 이를 수도 있기 때문이다.

나는 확실하고 분명한 치료 계획을 절실히 원했다. 의사가 모든 답을 갖고 있다면 진정 행복할 것이다. 질문 자체가 필요 없을 것이다. 다른 환경에서라면 그런 일방성은 다소 굴욕적인 것일 수 있다. 그러나 의사의 진료실에선 전혀 그렇지 않다. 의사의 신속성과 자신감은 환자에게 위안이 된다.

신속하다는 것은 무엇을 해야 할지 정확히 알고 있다는 의미다. 어떤 의사가 특정 환자, 특정 사례를 1천 번쯤 봤다면 마음 놓고 그에게 모든 걸 맡겨도 된다. 환자는 벽에 걸려 있는 의사의 학위와 자격증을 그가 내리는 결정들이 모두 충분한 지식을 바탕으로 이뤄지고 있음을 보여주는 증표로 간주한다. 환자는 진료실의 간호사들이 들려주는 죽다가 살아난 환자들의 이야기에 필사적으로 희망을 건다. 급기야는 어떤 섭리에 의해 자신이 이 의사를 만나게 된 것이라는 생각까지 한다. 나를 낫게 해줄 섭리. 담당 의사가 옳은 판단에 이르기를 기도한다.

그런데 만일 치료법을 스스로 알아내고자 한다면 일이 상상하기 힘들 정도로 어마어마하게 커진다. 내가 한 선택이 효과가 없는 쪽이었고 하려다 만 선택이 효과가 있는 쪽이었다면? 옳은 선택 쪽으로 이끌어줄 수 있었던 어떤 중요한 것을 간과했다면? 내가 갖고 있는 데이터가 잘못된 것이었다면? 내 사고 방식이 그릇된 것이었다면? 이런저런 연구, 문헌, 전문가와의 논의, 도표, 의사결정 트리 등등은 결국에 가선 아무 의미도 없게 된다. 그것들에는 답이 들어있지 않다. 모든 것이 남이 아닌 내 어깨 위에 올려진다. 내 생명은 내가 옳은 결정을 내렸느냐에 달리게 된다. 중도에 멈추지 않고 계속해서 레지던트 과정을 밟았더라면, 전문의가 되어 실제로 진료를 해봤더라면 크게 도움이 됐을 거라는 생각이 들기 시작했다. 환자를 다뤄봤다고 해도 의대생 시절의 매우 제한된 경험이 전부인 나로선 이런 큰 결정 앞에서 의지할 만한 게 아무것도 없었다. 너무 아는 게 없었던 것이다.

한마디로 나는 두려웠다. 그러나 두려움을 어떻게 대면할지는 스스로의 선택에 달려 있다는 것도 알고 있었다. 두려움은 우리를 꼼짝 못 하게 할 수도 있지만 집중하게 만들 수도 있다. 행동을 통해 두려움을 물리쳐 나갈 수 있다.

이번 재발은 내 새로운 가설을 시험해볼 수 있는 첫 번째 기회였다. iMCD는 면역 과잉 활동 장애이지 림프절 장애는 아니라는 가설. 모든 걸 떠나서 그 가설은 나를 흥분시켰다. 내 병의 재발과 치료 과정에서 많은 정보를 획득할 수 있고 이것들이 향후 우리의 연구가 기반을 두게 될 굳건한 임상 증거가 될 거라는 생각을 사랑했다. 나는 림프절 생검을 받았고 향후에 검사할 양으로 혈액 샘플을 모아뒀다. 나는 내 몸을 '잘게 나눠' 실험실에 넘겼다. 그리고 20여 가지의 가능한 치료 선택지들을 순위를 매겨 정리했다. 단번에는 아니더라도 조금씩 해법에 다가가고 있었다.

재발할 때마다 받았던 혈액검사 결과를 보면 T세포가 매우 활성화돼 있음을 알 수 있었다. T세포는 특화된 유형의 면역세포이고 인간의 면역 무기 중의 무기이며 그것이 가진 파괴 능력으로 유명했다(앞서도 말했지만 연구자들은 이 세포를 재프로그래밍해서 CAR T세포로 변환시킨 다음 암을 겨냥했다. 그런데 이 과정에서 건강한 세포까지 공격하게 되면서 무차별적 파괴가 일어났다). 우리는 내가 사용할 다음 약의 표적을 T세포로 잡아야 했다. 면역억제제인 사이클로스포린cyclosporine은 T세포를 약화시키는 것으로 알려져 있다. 이 약은 장기 이식 거부 반응 방지 용도로 FDA의 승인을 받았다. 나는 CDCN의 일원이기도 한 어느 일본 의사가 몇몇 iMCD 환자에게 이 약을 투여해서 효과를 봤다는 얘길 들었다. 좀 더 자세한 정보를 얻기 위해 그에게 이메일을 보냈다. 내 투약 시도 목록에 올라와 있는 다른 약들과 비교해봐도 확실히 이점이 있는 것 같았다.

이 약은 활성화된 T세포를 표적으로 삼았으며 꽤 빠른 호전을 가져올 것으로 보였다. 그리고 그 부작용은 견딜 만한 수준인 것으로 나타났다.

나는 가족들과 케이틀린에게 계획을 말했다. 그들은 의외로 몇 가지 질문만을 던졌을 뿐 자세한 사항에 대해선 알려고 하지 않았다. 내가 옳은 길을 가고 있음을 진심으로 믿고 있었다. 그들의 전폭적인 신뢰가 큰 힘이 됐다. 마침내 나는 노스캐롤라이나에서 실툭시맙 투여를 관장했던 내 담당 의사에게 전화해 그의 생각을 물었다. 긴 침묵이 이어졌다.

그리고 "이 시점에서 우리에게는 선택지가 많지 않고 지금까지 써본 약들이 큰 효과가 없었음을 생각해볼 때, 한 번 해볼 만하다고 생각하네." 그는 사이클로스포린이 일본에서 어느 정도 성공을 거둔 점과 부작용이 심하지 않다는 사실을 긍정적으로 봤다. 바로 그날 오후에 처방이 떨어졌다. 그 약이 효과가 있을지 완전히 자신하지 못했지만 다른 약이 더 나을 것도 없어 보였다.

내가 희망한 극적인 호전은 나타나지 않았다. 별 차도가 없었다. 그렇다고 해서 특별히 악화된 것도 아니었다. 사이클로스포린을 투여하기 전, 내 CRP 수치는 불과 며칠 사이에 4에서 10, 다시 40으로 올랐다. 사이클로스포린을 주입하면서 매일 혈액검사를 한 결과 그 수치는 35에서 45 사이를 왔다 갔다 했다. 이전에 재발할 때마다 그랬던 것처럼 100을 넘어가는 일은 없었다. 피로감, 식은땀, 고열은 꽤 심한 정도로 '유지'됐다. 급격히 악화되는 일은 없었다. 내 병이 가진 폭발성을 고려해볼 때 이런 수평적인 상태가 지속된다는 것은 뭔가 약이 듣고 있는 증거라고 생각했다. 그래서 우리는 기다렸다. 그러나 며칠 후 과거에도 그랬듯 극도의 피로감을 느끼는 동시에 혈액검사 결과도 나빠지기 시작했다.

내 첫 번째 선택이 완전히 잘못된 건 아니라는 생각에 용기가 생긴 나는 다른 치료법 한 가지를 추가하자고 제안했다. 정맥 내 면역글로불린intravenous immunoglobulin(IVIg)을 주입하는 것이었다. 그 자체만 놓고 보면 그리 대단한 선택이라고 할 수 없었다. 그러나 추가 요법으로선 괜찮을 것이라고 생각했다. IVIg 주입의 기대 효과는 두 가지였다. 하나는 면역 과잉활동의 감소, 다른 하나는 감염 방지였다. 그리고 이건 림프절이나 다른 곳의 어떤 세포도 죽이지 않았다. 단지 면역 활동만 억제시켰다. 그래서 만일 그게 효력을 발휘한다면, 그것은 내 병의 주범은 면역체계의 과잉 활성화이지 림프절 비대에 내재하는 무엇이 아니라는 의미였다.

IVIg가 시작되고 나서 불과 몇 시간도 안 되어 상태가 개선됐다. 피로감은 줄어들고 구역질은 사라졌다. 나는 환호를 자제했다. 내 마음이 몸을 속이고 있을 가능성, 즉 플라시보 효과가 아닐까 하는 생각이 들었다. 수십년 동안 연구자들을 좌절시킨 이 병의 비밀을 설마 내가 밝혔을까 하는 의구심도 들었다.

그러나 혈액검사 결과 호전되고 있음이 너무나 뚜렷해서 누구도 부인할 수 없었다. 내 병의 가장 큰 표지자이자 염증의 신호인 CRP 수치는 42에서 10 이하로 뚝 떨어지면서 정상으로 돌아갔다.

그토록 짧은 시간 안에 그토록 크게 CRP 수치가 개선된 경우는 없었다. 빨리 악화된 것은 봤어도 그 반대의 경우는 보지 못했다. 그렇듯 강력한 염증을 유발하는 인자를 무력화시키기는 매우 어렵기 때문이다. 더 놀라운 건 이게 우리가 '시도한 것'의 결과라는 사실이었다. 다른 비정상 수치들, 즉 혈소판, 알부민, 혈색소, 신장 기능 관련 수치들이 전부 정상 범위로 복귀했다. 피로감과 식은땀이 나는 증세가 남아있긴 했지만 다시 정상으로 돌아오는 데 성공했다. 최초로 화학요법을 쓰지 않고 몸을 재발 이전의 원래 위치로 되돌린 것이다.

우리가 마련한 아파트의 거실에서 케이틀린과 나란히 앉아 그 수치들을 점검해보다가 나는 행복의 눈물을 흘렸다. 그것은 나와 케이틀린, 아칸소병원에 있던 모든 사람들, 이 병과 관련된 스토리와 정보를 공유하기 위해 한 번이라도 연락을 주고받았던 사람들 모두를 위한 눈물이기도 했다. 최종적인 승리는 결코 아니었다. 그러나 일이 매우, 매우 재미있어지기 시작했다. 캐슬만병이란 놈에겐 분명 나쁜 소식이었다.

나는 상태가 좋아져 일주일 후 뉴올리언스에서 열린 2013 미국 혈액학회에 참석할 정도로 됐다. 그 자리에서 1년 전에 우리는 처음으로 CDCN 모임을 가졌었다. CDCN 회의에 참석하고자 전 세계에서 45명의 의사와 연구자들이 모였다(전년도 모임보다 참가자 수가 늘었다). 그 자리에서 내가 생각하는 iMCD에 대한 이해와 연구의 틀에 대해 발표했다. 건강을 되찾았을 뿐만 아니라 한 명

희망이 삶이 될 때

의 당당한 연구자로 그 자리에 다시 섰기에 나는 황홀했다. 조금 지루해하면서 파워포인트를 넘기는 그 '기회'를 은밀히 음미했다. 더 이상 나쁜 의미의 극적인 상황이나 장기부전은 없었다.

발표 말미에 나는 iMCD에 혹독하게 시달리다가 사이클로포린과 IVIg를 투여한 후에 현저하게 호전된 어느 '환자'를 거론했다. 나는 끝까지 내가 바로 그 환자라는 사실을 밝히지 않았다. 그게 알려지면 달리 취급당할까 봐 걱정이 되어서였다. 물론 밴 리 박사를 비롯해 내 말의 속뜻을 알고 있는 사람들은 의미심장한 미소를 지었다.

뉴올리언스에 있는 동안 다른 연구 발표를 들으러 가기도 했다. 전 세계적으로 79명의 iMCD 환자를 대상으로 한 실툭시맙 투여 임상실험의 최종 결과를 발표하는 자리였다. iMCD 커뮤니티로서는 대단히 큰 규모의 행사였지만 그 의미는 다소 모호했다. 밴 리 박사가 그 실험의 대표 연구자였다. 그리고 여러 명의 CDCN 회원들이 거기에 참여했다. 이는 iMCD 연구 분야에서 행해진 유일한 무작위 대조 실험이었으며 약의 효능을 판별하는 표준적인 테스트로 역사적인 연구였다.

실툭시맙을 투여받은 환자들의 3분의 1이 부분적인 또는 완전한 반응을 보였다. 위약 투여 환자들은 반응이 전혀 없었다. 이 약의 부작용은 크지 않아서 환자들이 견디기 편했다. 데이터는 위약일 때보다 실툭시맙을 투여받을 때 환자들의 호전 비율이 훨씬 더 높다는 사실을 분명히 보여줬다. 이 실험 결과로 실툭시맙은 미국에서 최초로 FDA의 승인을 받는 iMCD 치료약이 될 것이 거의 확실했다. 이는 우리 환자 커뮤니티에 낭보라고 할 수 있었다.

그러나 환자의 3분의 2가 눈에 띄게 호전되거나 하지 않았다는 사실이 슬프게 다가왔다. 나는 실툭시맙이 듣지 않았던 내 사례가 예외적인 것이길 바랐지만 유감스럽게도 나와 같은 환자들이 많았다. 더 놀라운 것은 실툭시맙이 주입된 후에도 모든 환자에게서 IL-6 수치가 상승했다는 점이었다. 그건 약의 효과를 본 환자나 못 본 환자나 똑같았다. 그 약이 내게 효과 있음을 가리키는 '최초의 신호'로 알려졌던 이것이 결국 아무것도 아니었음이 드러났다. 그런 점에서 내 사례가 어떤 새로운 도약을 약속하는 치료법의 시초처럼 보이기도 했다. 어쩌면 불운한 3분의 2를 위한 특효약이 될지도 모른다는 생각이 들었다.

다시 팀을 책임지는, 팀의 문제에 답을 제시해야 하는 쿼터백의 입장이 됐다. 상태가 매우 좋아졌기 때문에 그 학술대회가 끝나고 일주일간 크리스, 프리츠와 더불어 《블러드》에 제출할 논문을 최종적으로 손봤다. 저널의 웹사이트에 들어가 제출 버튼을 클릭하고 나니 맥이 풀리면서 '피로'가 몰려왔다. 그때 어떤 불길한 생각이 엄습했다. "나는 우리의 작업이 세상에 알려져서 다른 환자들이 도움받기를 희망할 뿐이다. 비록 나는 그 혜택을 받을 수 없을지라도."

그때가 정확히 케이틀린과 내가 결혼 계획을 세우기 5개월 전이었다. 그런데 모든 게 다 틀어졌다.

새 치료법에 힘입어 호전됐던 내 상태는 몇 주 후 급격히 악화됐다. 모든 게 다 나빠졌다. CRP 수치는 100을 넘어섰고 장기 기능에도 다시 문제가 생겼다. 피로감은 정신을 차리지 못할 정도였다. 다리와 복부, 폐에 체액이 들어찼다. 나는 내가 이 무서운 놈을 물리쳤다고 생각했다. 그러나 아니었다. 또다시 공항으로 가서 리틀록행 비행기를 탔다. 이번에는 케이틀린이 동승했다. 아빠와 누나들은 현지에서 합류하기로 했다. 다시 한 번 혈구 수치가 곤두박질쳤다. 재발할 때마다 그랬던 것처럼. 그런데 이번에는 그리 반갑지 않은 새로운 현상을 경험했다. 쇠약해지는 속도가 너무 빨라서 나는 병원 엘리베이터 안에서 까무러쳤다. 아빠와 케이틀린이 부축해서 간신히 병실까지 갔다. 이게 도대체 무슨 일인지, 2013년 크리스마스에 나는 다시 죽음의 문턱에 서게 됐다. 앞서 네 번 그랬던 것처럼. 의식이 돌아오는 짧은 시간 동안은 구역질과 구토로 인한 엄청난 고통에 시달렸다. 새 치료법을 시도해볼 시간이 없었다. 그야말로 다섯 번째 연장전이었다. 다시 그 지긋지긋한 일곱 가지 약물 칵테일 치료법을 쓸 수밖에 없었다. 준비, 폭탄 투하.

아빠가 모호크 스타일로 내 머리를 다시 밀었다. 지난번과 같은 어떤 결기가 내 안에서 솟구치지 않았다. 케이틀린과 아빠는 미니 모조 크리스마스트리를 사러 마트에 갔다. 그걸 보면 내 기분이 나아질까 해서였다. 다 팔리고 남은 것은 여기저기 떨어져 나간 진분홍빛 트리밖에 없었다.

혈소판 수치는 7천 이하였다. 프랜시스코의 청진기가 내 이마를 찧었던 그때보다 낮았다. 이는 출혈을 방지하기 위해 우리 몸을 순환하는 이 작은 세포들의 정상 수치에서 가장 낮은 쪽의 20분의 1도 안 되는 것이었다. 치명적인 자연 뇌출혈의 위험성이 상존했다. 유일한 경고는 극심한 두통인데, 그게 오면 나는 죽을 것이고 캐슬만병이 최종 승자가 되는 것이었다. 아빠는 농담을 하면서 어떻게든 내 기분을 살려보려고 애썼다. 나는 아빠에게 그러지 말라고 했다. 너무 격렬하게 웃다가 죽을 수도 있다고 하면서.

누나들, 아빠, 케이틀린, 장모가 될 패티 아줌마는 매일 병실 문 옆에 서서 내 것과 일치하는 혈소판이 도착하기만을 기다렸다. 그래야 수혈을 할 수 있을 테니. 다행히 혈소판은 매일 제대로 도착했다. 그런데 넘어야 할 또 다른 장애물이 있었다. 혈소판이 주입되기 전에 내 몸의 열을 내려야만 했다. 원시적인 방법이 동원됐다. 간호사와 가족들이 매일 밤 몇 시간씩 아이스팩으로 내 몸을 식혔다.

이상하게도 신장 기능은 이전 재발 때만큼 악화되지 않았다. 이는 다른 장기들은 기능 장애가 있고 고열이 내 몸을 휘감고 있어도 피는 아직 그런대로 여과되고 있다는 뜻이었다. 그리고 내 생각도 비교적 명료했다. 축복 아닌 축복이었다.

솔직히 몇 번인가 내 의식을 포기하고 싶을 때가 있었다. 생각이 있어봤자 고통을 더 크게 느끼게 하는 것 말고는 쓸데가 없었다. 뭔가 복잡한 생각의 조각들을 조합할 수 있다는 게 별 위안이 되지 않았다. 예를 들면 내가 케이틀린과 결혼할 때까지 버틸 수 있을까 같은 생각을 하는 게 가능하다고 해서 좋을 게 뭐가 있겠는가. 괴로움만 더해질 뿐이었다.

수혈에도 불구하고 혈소판 수치는 계속 위태로운 상태에 머물러 있었다. 혈액학과 의사가 병실에 들러 어떻게든 힘을 내보라는 식의 위로인지 격려인지 모를 말을 했다. 이 말이 우리 모두를 송두리째 흔들었다. 의사가 나간 뒤 나는 케이틀린을 쳐다봤다. 의대 순환 실습 시절에 맨 처음 만났던 환자의 부인이 문득 떠올랐다. 정신과 상담 서비스 실습의 첫날이었다. 그녀의 얼굴을 타고 마냥 흐르던 눈물이 기억났다. 훔쳐내지 않은 눈물은 담요 같은 것을 그러쥐고 있던 그녀의 양손 사이로 뚝뚝 떨어졌다. 그리고 이제 케이틀린의 눈물이 같은 경로로 흐르고 있었다. 내 볼은 그녀의 남편이 그랬던 것처럼 약의 부작용으로 부어있었다. 그리고 곧 나 또한 (그처럼) 스스로 어떤 결정을 내릴 능력을 상실하게 될 것이었다.

케이틀린은 나와 정식으로 결혼한 사이가 아니었기에 내 유언 작성에 참여할 수 없었다. 증인 역할을 하게 될 간호사는 케이틀린이 나를 도울 수 없다고 말했다. 그래서 지나 누나가 나서서 종이에 내 마지막 소원들을 받아 적었다. 내 악화된 상태와 의사가 한 말의 속뜻으로 인해 심란해질 대로 심란해진 케이틀린 모녀는 병실 밖으로 나갔다.

케이틀린이 밖에 있는 게 다행이었던 것이 비밀리에 지나 누나에게 받아 적게 하고픈 것이 있었기 때문이다. 두 번째 화학요법 폭탄 투하가 시작되기 전에 나는 내 정자 표본을 채취해뒀다. 화학요법을 할 때마다 모든 수치가 뚝뚝 떨어진다는 것을 알았기 때문이다. 나는 케이틀린과 내가 키우게 될 아기를 갖는 데 그걸 이용하고 싶었다. 그러나 이제 그 꿈도 가망 없음을 알게 된 마당이라 지나 누나에게 그 표본에 대해 말해야 했다. 그리고 그녀를 그것의 처분 대리인으로 위임했다. 케이틀린에게는 말하지 않았다고 누나에게 귀띔했다. 내가 죽은 뒤에 그녀가 그걸로 시험관 아기를 가질 것인지를 두고 고민하거나 부담감을 느끼는 걸 원치 않았다.

내 말이 얼마나 미친 소리처럼 들릴지 잘 알고 있었다. 그러나 한편으로 케이틀린도 내가 자신과 함께 가정 꾸릴 수 있기를 얼마나 꿈꿨는지 알고 있었다. 나는 내가 아프다는 것이 그녀가 내릴 결정에 영향을 주는 것을 원치 않았다. 그보다는 누나에게 그 표본에 대해 알려주고 혹시 케이틀린이 나중에 그와 관련된 어떤 이야기를 자발적으로 꺼낸다면 그때 가서 말해주는 것이 나을 것이라 생각했다. 케이틀린이 원한다면 그걸 사용하게 해주라고 지나 누나에게 말했다. 물론 이건 내가 진정 원하는 상황은 아니었다. 그런 일이 일어날 조그마한 가능성도 떠올리기 싫었다. 내가 진심으로 바라는 것은 케이틀린과의 사이에 아기를 갖고 우리 둘이 키우는 것이었다. 위급한 경우에 심폐 소생술이나 생명 유지 장치를 사용하길 원하는지, 내 얼마 되지 않는 재산을 누구에게 상속할 것인지는 그리 중요하지 않게 여겨졌다. 간호사와 나는 종이에 서명했다. 서명을 마치자 내 혼미한 정신으로도 저 멀리서 머리를 쪼갤 듯한 두통이 다가오는 게 감지됐다. 이는 치명적인 뇌출혈이 시작된다는 징조였다. 나는 조용히 그게 안 일어나기를 기원했다.

다음 날 아침 두통이 왔다. 의사와 간호사에게 두통에 대해 말하자 그들은 그게 무얼 의미하는지 알아차렸다. 즉시 나는 CT 촬영실로 옮겨졌다. 천정의 형광등이 내 눈앞에서 번쩍였다. 이게 끝이라는 걸 직감했다. 케이틀린과 가족들 외에는 아무것도 생각나지 않았다. 눈물이 내 환자복으로 떨어졌다. 그들은 내 침상을 똑바로 세웠다. 그래야만 뇌출혈이 있을 경우 혈액이 다시 제자리로 돌아가도록 하는 데 중력의 도움을 받을 수 있기 때문이었다. 이는 내가 의대 다닐 때 최초로 만났던 뇌출혈 환자에게 썼던 방법이기도 했다. 그랬음에도 그녀는 내 눈앞에서 세상을 떴다.

나는 다시 케이틀린과 가족들에 대한 생각으로 돌아갔고 눈물을 흘렸다. 사념에 빠진 상태는 생각보다 오래 지속됐다. 촬영이 끝나고 나는 병실로 돌아왔다. 예상했던 것과는 달리 나는 악화되지 않았다. 촬영 결과 어떤 뇌출혈의 징후도 나타나지 않았다. 꽤 심한 부비강 감염의 증거만 나타났다. 그게 두통을 유발한 것이었다. 잘못된 경고였다.

다시 한번 때맞춰 세포독성 화학요법이 위력을 발휘했다. 지옥문까지 갔다가 돌아온 나는 회복했고 감사함을 느꼈다. 그러나 그게 영구적인 해법이 아님을 알고 있었다. 이제는 그런 해법이 과연 있는지도 모를 지경이었지만 어쨌든 나는 평생 쓸 수 있는 화학요법제의 총량에 접근하고 있었다. 간암도 아마 나를 갉아 먹는 이 치료법으로 인해 발생했을 것이다. 화학요법은 캐슬만병 진행과 관련해 단지 임시적인 유예 조치만 할 수 있을 뿐이란 것도 잘 알았다. 내 면역체계의 활동이 왕성해지면 재발하고 다시 화학요법을 통해 이를 눌러서 일시적으로 회복하는 사이클을 언제까지나 반복할 수는 없었다. 재발할 때마다 러시안룰렛을 하는 격이었다. 이 순환 고리를 끊어낼 수 있는 새로운 접근법을 알아내야 했다.

새해 전날 밤에 나온 검사 결과에서 처음으로 호전 신호가 나타났다. 우리는 내가 아빠의 임신한 부인으로 오해받은 지 3년이 된 것을 축하하기 위해 스파클링 사이다를 마셨다. 그러고 나선 다 같이 병동 안을 산책했다. 그러곤 저녁 9시에 잠들었다. 내 삶이 되돌아오기를 꿈꾸면서.

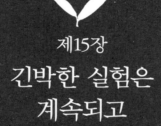

제15장

긴박한 실험은
계속되고

의학 소설에서는 아무리 빠르다 해도 '계시'보다 믿을
만한 소재는 없다. 수십년 동안 TV 드라마 작가와 연출자들은 아
르키메데스적인 장면을 끊임없이 반복적으로 동원해왔다. 의사가
눈을 가늘게 뜨고 집중하는 표정으로 의자에 등을 기대고 앉아있
다. 그러다가 그의 머리가 뭔가를 향해 발딱 치켜세워진다. 벽에
걸린 그림을 보다가 기억이 살아난 것이다. 연상! 깨달음! 그리고
후다닥 움직이며 책상에 있는 잡동사니를 손으로 쓸어내고 종이
위에 뭔가를 휘갈겨 쓰기 시작한다. 유레카!

　　그런데 계시라는 것에는 불편한 진실이 있다. 계시는 아무것도
없는 허공에서 뚝 떨어지는 게 아니다. 갑자기 IQ가 엄청나게 좋
아지면서 찾아오는 마법의 순간이 아니다. 계시는 우리가 이미 준
비하고 있는 것들, 우리의 지속적인 노력들로부터 온다. 심지어는

　　　　　　　　　　　　　　　　　　　　희망이 삶이 될 때

그런 노력들이 있은 지 긴 시간이 흐른 후에 오기도 한다. 그건 마치 풋볼이 강화시켰던 내 인내력과 근육으로 인해 발병 초기 내가 생명을 지킬 수 있었던 것과 같다(그것들이 그런 식으로 사용될 줄은 꿈에도 몰랐다). 계시는 매우 놀라운 방식으로 나타나긴 하지만 우리가 이미 행한 노력들의 결과로서 또는 그 결과물을 들고 나타나는 것이다. 내겐 그런 계시가 절실히 필요했다.

마지막 화학요법 투여가 끝나고 정신을 수습하자 그 공허감 속으로 실망감이 밀려들었다.

림프종이 아니었다. 더 나쁜 것이었다. 실툭시맙도 효과가 없었다. 간암도 아니었다. 화학요법제의 주입이 재발을 막지 못했다. 기도도 그걸 멈추게 하지 못했다. 희망도 그걸 멈추게 하지 못했다.

내가 돌파구, 또는 계시라고 생각했던 내 새로운 이론도 아직 실효성 있는 치료법으로 이어지지 않고 있다. 최선을 다했음에도 불구하고 이번에도 캐슬만병이 이겼다. 나를 살려주는 유일한 것이 한편으로 나를 죽이고 있다. 화학요법의 반복은 영원히 지속될 수 없다. 내 건강 리듬은 더이상 유지될 수 없다. 살아있어도 산 것이 아닌 이런 상태를 이어가고 싶지 않다.

실망감은 오래가지 않았다. 실망할 시간이 없었다. 병실에서 회복하는 중에도 지나 누나와 나는 지난 3년 반 동안의 내 의료 기록을 보관하고 있는 기관과 사용 후 남아있는 내 생체표본들의 목록을 작성했다. 그러고 나서 그녀는 그 기관들에 연락해 그 귀한 데이터와 생체표본을 필라델피아로 보내달라고 했다. 치료에 단서가 될 만한 걸 찾는 데 필요한 검사 결과와 데이터를 거르는 작업을 하면서 너무 오랫동안 그런 기관들의 '개별' 네트워크에 의지했다. 이제는 한군데로 모아서 내 과잉집중력을 투사할 때였다. 경영대학원의 2학기 초에 병원으로 실려 간 나는 남은 기간 복학하지 않기로 마음먹었다. 정상인 척하며 살고 싶지 않았다. 믿을 만한 싸움의 기술을 획득하기 전까지 결코 정상이라고 할 수 없었다.

퇴원 후에 나는 필라델피아로 돌아가서 집을 '전투 사령부'로 삼았다. 두 가지 문제가 내 마음속에서 얽혀 있었다. 첫 번째는 케이틀린과 내가 2014년 5월 24일로 예정된 결혼식을 치를 수 있을 것인지, 그리고 두 번째로는 재발을 막으려면 어떤 치료법을 사용해야 하는지였다. 전자의 실현 가능성은 후자에 달려있었다.

몇 주 동안 아침 6시부터 한밤중까지 수천 페이지에 달하는 의료 기록, 캐슬만병네트워크CDCN의 연구 데이터, 캐슬만병과 면역체계를 다룬 의학 문헌들을 꼼꼼히 훑었다. 케이틀린은 내 힘과 영감의 원천이었다. 필라델피아로 옮겨오고 나서 그녀는 패션업계에서 영업일을 맡게 됐다. 그녀가 재택근무를 할 수 있어서 내게는 참으로 다행이었다. 내가 실험실에 나가지 않을 때 우리는 아파트에서 같이 일할 수 있었다. 대화를 많이 하지는 않았지만 그녀가 곁에 있다는 것만으로도 행복했다. 몇 시간마다 한 번씩 쉬면서 그녀와 같이 시간을 보냈다. 그녀는 내게 뭔가 먹어야 한다는 사실과 내가 왜 그런 일을 하고 있는지 그 이유를 상기시켜 줬다. 나는 새로운 약을 알아내야 하고 그래야만 결혼해서 가정을 꾸릴 수 있다는 사실을.

나는 계속 면역체계가 궁극적인 표적의 근거지이자 뿌리라는 생각을 견지했다. 병이 재발하면 면역체계가 통제 불능에 빠진다는 사실을 알고 있었다. 겉으로는 면역체계 전체, 수십억 세포의 복잡한 네트워크가 통째로 과잉 활성화되는 듯 보였다. 그러나 그 중에서 특정한 세포들이 주도적으로 iMCD의 재발과 확산에 관여하고 있을 터였다. 아직까지 그걸 알아내지 못하고 있는 것이었다. 혹시 그런 세포들이 없다 해도 다양한 유형의 세포들을 이어주는 연락망은 있지 않을까? 아니면 어떤 단일한 분자, 이를테면 IL-6 같은 것들이 iMCD를 촉발하고 진행시키는 주범이 아닐까 하는 생각도 했다. 어쨌든 공격 표적을 알아내지 못하면 치료법도 없을 것이었다.

그래서 표적 발견은 여전히 내 앞에 놓인 과제였다. 마지막 재발이 시작됐을 때 내가 활용했던 데이터를 분석하는 일부터 시작했다. 나는 마지막 재발이 일어날 때까지 매달 해온 면역학적 검사 결과 데이터에 마지막 재발 때 행한 검사 결과 데이터를 더했다. 재발 상태가 최고조에 달할 때 면역체계를 이루는 다양한 구성 요소들의 활성화 수준도 엄청나게 강력해진다는 사실을 알고 있었다. 그렇다면 통시적으로 그 활성화 수준을 관찰한다면 무엇이 점화 불꽃인지 알아낼 수 있지 않을까 하는 생각이었다.

나는 어떤 패턴에 대한 아주 작은 단서, 새로운 치료법으로 들어가기 위한 출발점이 될 만한 무엇을 파악할 수 있기를 간절히 희망했다. 그래야만 다음 재발을 막을 수 있을 터였다. 나는 이 놈의 아킬레스건, 그 방어막의 빈틈을 찾아내야 했다. 그러려면 수천 페이지에 달하는 검사 결과, 의학 저널의 논문, 우리가 수집한 사례 보고서들에 있을지도 모르는 어떤 패턴을 파악할 필요가 있었다. 소음 속에 뭔가가 있었다. 아직 밝혀지지 않았을 뿐.

내가 찾아낸 중요한 무언가는 우리가 지속적으로 해왔던 검사 결과들에 있었다. 재발할 때마다 비슷한 증상을 보이기 전에 내 혈액에서 공통적으로 두 가지 일이 일어났음을 확인할 수 있었다. 실제로 증상이 두드러지기 몇 개월 전에 그 일이 일어났다. 데이터에 의하면 내가 극심한 피로감을 느끼기 전에, 장기 기능에 문제가 생기기 전에 T세포가 대대적으로 활성화됐다. 그건 아직 위협이 제 모습을 드러내지 않은 상태임에도 T세포가 싸울 태세를 갖췄다는 걸 의미했다. 이전에 재발했을 때 우리는 T세포의 활동이 왕성해지는 것을 관찰한 바 있다. 그래서 마지막 재발 때는 T세포를 표적으로 삼는 새 치료법을 시도해보기도 했다. 그러나 매우 일시적인 호전 효과만 나타났다. 증상이 시작되기도 전에 T세포가 날뛴다는 점은 매우 흥미로웠다. 동시에 혈관내피세포성장인자vascular endothelial growth factor, 줄여서 VEGF라는 불리는 것이 내 혈액 안에서 증가하기 시작했다. 이 단백질은 혈관 성장을 유발하는 요인과 관련이 있긴 하지만 그게 직접적이지는 않다고 알려져 있다. 그래서 어쩌면 그저 점점 악화돼 가는 몸 안에 무수히 생성되는 생물학적 소음일 뿐 진짜 신호는 아닐 거라는 생각도 들었지만 문제는 그 증가 숫자가 엄청나다는 것이었다. T세포와 VEGE 활성화 수치 모두 정상 범위의 가장 높은 쪽보다 무려 10 배나 높았다.

그런데 이 시점에서 우리는 겨우 열세 가지의 면역학적 인자들만 들여다본 상태였다. 명심해야 할 점은 의료인들은 항상 보고자하는 것만 본다는 사실이다. 실험실 검사 결과는 '무엇이 문제인가'라는 질문에 대한 답이 아니다. 그건 'x의 수치는 얼마인가? 혹은 y가 있는가?'라는 질문에 대한 대답일 뿐이다. 그렇기 때문에 의사나 연구자들은 이런 각각의 데이터들을 취합해서 '무엇이 문제인가?'를 알아내야 한다. 우리가 측정하지 못했기 때문에 놓친 다른 주요한 인자들이 있다면?

보관 중이던 혈액샘플들이 매우 유용했다. 그 안에 있는 315가지 분자의 수치 측정이 이뤄졌다. 분자들 대부분은 면역체계와 연관된 것들이었다. 역시 여기서도 VEGF와 T세포 활동 표지자의 수치가 상승돼 있었다. 둘 다 가장 많이 상승된 단백질들 중 상위 5퍼센트 안에 드는 걸로 나타났다.

최근의 재발에서 이미 T세포를 잠재적 표적으로 점찍어놓고 있었지만 재발하기 전과 재발하는 동안이라는 각각 분리된 시점에서의 (데이터에 나타난) T세포 상승 현상을 발견하면서 내 확신은 더 공고해졌다. T세포의 활성화는 iMCD의 기저에 면역체계의 과잉 활동이 자리하고 있다는 내 확신을 강화시켰다. 내 생각엔 T세포야말로 병이 시작되고 내 몸 전체로 확산하는 그 메커니즘에 깊이 관여하는 주범이었다. T세포는 그 모든 과정에 개입할 것이었다. 그런데 다섯 번째 에피소드에서 사이클로스포린을 이용한 T세포 활동 억제는 큰 효과가 없었다. 내 T세포 활동을 억제하려면 다른 방식이 필요하거나 다른 뭔가가 더 추가돼야 하는 것일 수도 있다고 생각했다.

VEGF는 어떤가? 이 단백질에 관해서는 꽤 잘 알고 있었다. 암의 혈관 증식과 혈액 공급에 매우 중요한 역할을 하기 때문이었다. 수십 년간의 연구 결과 VEGF에 대해 알려진 바에 의하면, VEGF에 의한 혈관 증식은 암 종양이 필요로 하는 혈액을 공급하는 데 절대적으로 필요하다. 그렇다면 이게 iMCD에서도 유사한 일을 한단 말일까?

나는 내가 겪었던 증상들과 iMCD 그리고 내가 모은 데이터에서 발견해낸 사실들을 나름 타당하게 그리고 전적으로 새로운 방식으로 연결해보기 시작했다. 그 출발점은 지난 몇 년 동안 의사들이 내게 제발 잊으라고 사정하다시피 했던 이 짜증나고 역겨운 것, 귀찮은 혈액기태였다. 이것들은 내가 아플 때는 커졌다가 회복하면 움츠러들었다. VEGF는 혈액기태의 성장을 유발하는 요인일 수도 있었다. 혈액기태는 내 몸에 퍼진 병을 시각적으로 보여주는 징후이자 통제되지 않는 혈관 성장이 이뤄지고 있다는 증거라고 생각했다.

희망이 삶이 될 때

나중에 알고 보니 VEGF와 iMCD의 관계는 이미 초기에 그 모습을 드러내고 있었다. 다만 어느 누구도 그걸 포착하지 못했을 뿐이었다. 조용히 몇 년 동안 노출돼 있었던 것이다. 그와 관련해서 잊고 지냈던 몇 가지 기억들이 되살아났다. 세계적으로 저명한 혈액병리학자인 일레인 제프Elaine Jaffe 박사가 내 림프절은 자신이 본 것 중에서 가장 혈관이 많은 림프절에 속한다고 말한 적이 있었다. 10대 시절 안과 치료를 해주던 의사도 내 망막에는 자신이 아는 한 그 누구보다도 많은 혈관이 있다고 말했던 것이 기억났다. 내 결장에 있는 양성 폴립, 그건 의대에 들어가던 무렵에 발견했는데 거기에도 혈관들이 뭉쳐있었다. 이런 것들은 다소 오래전의 이야기고 좀 더 최근으로는 혈액기태가 있었고, 더 가까이는 간암, 기타 등등이 있었다. 그러고 보니 재발하는 동안 매번 내 몸에 그토록 체액이 들어찼던 것에도 VEGF의 역할이 컸다는 게 분명해졌다. 그것이 혈관의 통로를 개방해서 체액들을 쏟아냈기 때문이었다. 내 증상들의 많은 것들이 공통의 근원으로 한 가지를 지목하고 있었다.

　VEGF과 관련해 긍정적인 점 한 가지는 그걸 막을 수 있는 특정한 약이 이미 있다는 것이었다. 이 약은 어둠 속에 난사하는 산탄총 같은 게 아니고 정교한 저격용 총에 비교할 만했다. VEGF 차단제는 종양에 필요한 혈관 성장을 막아 암을 치료할 목적으로 개발됐다. 이걸 사용하면 가장 지독한 암에 걸린 환자도 몇 달가량 생명이 연장될 수 있었다. 엄마가 걸렸던 암도 거기에 해당이 되는데 안타깝게도 엄마가 세상을 뜬 직후에 이 약의 임상실험이 시작됐다. VEGF 차단제는 부작용도 적지 않은데 제어되지 않는 출혈이나 뇌졸중 같은 것들이 그 예다. 그러나 부작용이라면 화학요법제 또한 만만치 않다. 2003년에는 개발이 완료되지 않아서 엄마에게 도움이 되지 못했지만 내게는 도움이 될까?

부연하자면 면역체계는 깜짝 놀랄 정도로 복잡한 연락망으로 세포 내에서 그리고 세포 간에 작용한다. 이를 통해서 세포들은 서로 소통한다. 그리고 어떤 세포들이 언제 활동하고 언제 멈춰야 할지 지시하면서 세포 활동 전체의 균형을 잡아준다. 매우 복잡하지만 매우 잘 조절되고 있다. 그러나 어떤 계기에 의해 한 군데서 문제가 발생하면 마치 하나의 물줄기가 작은 폭포들로 끝없이 분기되듯이 전체 체계가 매우 빠른 속도로 혼란에 빠져버린다.

인간의 몸을 구성하는 세포를 이루는 물질은 매우 많이 연구됐고, 명명됐고, 분류됐고, 실험됐다. 그렇다고 해서 우리가 모든 것을 알고 있다는 뜻은 아니다. 전혀 그렇지 않다. 다만 어떤 것들이 정상적으로 움직인다는 것이, 또는 병든 상태로 움직인다는 것이 어떤 의미인지 웬만큼 알게 됐다는 뜻이다. 다른 모든 것들이 그렇듯이 세포의 많은 부분도 단백질로 귀결된다.

기본적으로 모든 세포는 기계와 같다. 컴퓨터를 생각해보자. 그것이 다양한 기능을 수행하기 위해서는 일련의 코드와 더불어 프로그래밍돼야 한다. 컴퓨터가 특정 기능을 수행할 때마다 예를 들면 수학 문제를 계산한다든가 어떤 소리를 만들어낸다든가 할 때

희망이 삶이 될 때

컴퓨터는 일련의 코드들에 의지하는데 이러한 코드들은 명령을 수행하는 데 필요한 프로그램이 된다. 이와 유사한 것이 유전자 코드다.

유전자 코드는 약 30억 개의 핵산으로 이뤄진 긴 배열이며 약 2만 개의 서로 다른 유전자를 암호화하는 한편, 세포가 본연의 일을 수행하는 데 필요한 단백질 생산의 제조설명서 역할을 한다. 한 가지 경이로운 사실은 이 모든 것이 극히 미세한 세포 한 개 안에 다 들어가 있다는 것이다. 모든 단일 세포 내의 DNA 배열을 펼치면 1.8미터 길이가 된다. 그런데 이 띠는 아주 꽉 말려 직경 0.005밀리미터의 염색체 공간에 딱 맞게 들어간다. 우리 몸의 모든 세포 안에 있는 DNA 배열을 이어붙이면 그 길이가 태양계 직경의 두 배가 된다.

또 하나의 경이로운 사실은 동일한 설계하에 이뤄진 이 모든 개별 기계들이 그토록 매끄럽게 분화하고, 통합되고, 정보를 공유하고, 협업한다는 사실이다. 자신들을 규정하고 있는 세포 유형에 맞게, 그때그때 주어지는 명령에 따라 세포들은 자신들이 갖고 있는 유전자 코드를 사용해서 특정한 단백질을 만들어내는데 이 단백질은 특정한 상황에서 필요한 특정한 기능을 수행하게 된다. 이 기능이란 다른 단백질로 하여금 어떤 일을 하도록 하는 것일 수도 있고 다른 단백질과 결속하거나 그것을 활성화시키는 일일 수도 있다. 생물학의 세계는 놀라울 정도로 구체적이고 단계적이며 마법과는 전혀 관련이 없다. 컴퓨터를 생각해보라. 소프트웨어가 없거나 프로그래밍이 되어 있지 않다면 컴퓨터는 아무것도 할 수 없다.

그러나 아무리 구체적이라고 해도 생물학적 법칙은 기하급수적으로 복잡해질 수 있다. 우리의 장기 하나에 무수한 기능을 가진 이런 세포 수십억 개가 있고 우리 몸 전체엔 무려 37조 개가 있어서 서로 협업하는 상황을 상상해보라. 한 세포(A 세포라고 하자)에게 유전자 코드를 사용해서 특정한 단백질을 만들라는 신호를 보내거나 명령을 내리는 것은 주로 다른 세포(B 세포라고 하자)다. B 세포는 어떤 단백질을 분비해서 A 세포의 수용체로 가게 만드는데 이 단백질에는 A 세포에게 보내는 특정 단백질 생산 지시가 들어있다. 특정 단백질 생산을 위해 A 세포 수용체에 B 세포의 단백질이 결속되면 이는 A 세포 내에서 단계적 분류cascade 반응을 일으키면서 세포핵에까지 이르게 되고 새로운 단백질을 만들라는 신호가 접수되는 것이다.

세포 내 분류는 연락망 또는 도미노 게임에서 이뤄지는 연쇄반응에 비유할 수 있다. 요약하자면 세포들은 단백질을 만들어 분비한다. 이 단백질은 다른 세포들의 수용체에 들러붙게 되는데 이로 인해 복잡한 연락망이 가동되면서 단백질을 수용한 세포들은 새로운 단백질을 만들어내라는 지시를 받게 된다. 우리 몸 전체에서 동시다발적으로 이런 과정들이 끝없이 계속된다.

이상이 과학적으로 정리된 사실이다. 그러나 분자 수준에서의 특정한 단백질이나 연락망 등에 대한 우리의 지식 중 많은 부분

희망이 삶이 될 때

은 지난 20~30년 동안 형성된 것이다. 이게 의미하는 바는 이 막대한 지식의 나이가 일반적인 의과대학 졸업생보다 그리 많지 않다는 것이다. 거기에는 아직도 풀어야 할 숙제가 많이 남아있다. 그중 하나가 이름 붙이기다.

우리는 세포들의 정확한 작동 경로를 밝히는 능력에 한계가 있는 것과 마찬가지로 세포들과 그 구성요소에 우아한 이름을 붙이는 능력에도 한계를 갖고 있다. 대개의 세포 이름들은 과도하게 전문적이거나 해당 세포들을 억제하는 약의 이름, 세포의 발견 장소 등을 되는대로 집어넣어 만들어지고 우리는 이를 무조건 암기해야 한다. 그리고 캐슬만병 치료법을 찾아가는 향후 내 여정에서도 이런 이름 붙이기 능력의 한계가 드러난 한 가지 사례와 마주치게 된다.

그건 그렇고 다시 T세포 활성화와 VEGF로 돌아가면 그럼 우리는 VEGF 차단제를 써야 하나? 그러면 활성화된 T세포는 어떻게 할 것인가? 어떻게 이 두 가지는 서로 잘 맞아떨어질 수 있는가? 이것들의 관계는 순전히 우연에 의한 것인가? 활성화된 T세포가 VEGF를 만들어내지 않는다는 것은 이미 알려진 사실이다. 활성화된 T세포와 VEGF는 공통의 근원을 갖고 있는가? 아니면 둘이 접촉하는 통로가 있는 것인가? VEGF 차단제만 가지고는 iMCD 방정식의 절반 밖에는 공략하지 못하므로 나머지를 맡을 새로운 약이 더 있어야 한다는 사실이 원망스러웠다.

나는 VEGF 차단제 투여와 함께 화학요법제 융단 폭격을 병행해보는 게 어떨까 하는 생각을 했다. 바로 내 T세포를 직접 겨냥하는 것이었다. 그러나 이 경우 엄청난 부작용을 떠안게 될 것이었다. 처음 시도해보는 상황이라면 그걸 감당할 수 있을 테지만 이미 여러 번의 재발을 겪으면서 내 몸은 약해질 대로 약해져 있었기에 위험 부담이 컸다. 그래서 화학요법제와 VEGF 차단제의 동시 사용은 마지막 방법으로 남겨뒀다.

T세포 활성화와 VEGF 증가에 기여하는 어떤 다른 요인들 있지 않을까? 세포 간 연락망, 세포 유형 등과 관련해서 우리가 보려고 하지 않았기 때문에 보지 못한 것들이 있지 않을까?

나는 일체의 흥분과 두려움을 떨쳐내고 내게 아직도 남아있는 '집중력'을 총동원했다. 나는 필라델피아에 있었고 케이틀린이 옆에 있었으며 가족들이 내 뒤에 있었고 친구들을 나를 도왔다. 그러나 모든 것은 결국 나한테 달려있었다. 연장전이었다. 제5차 연장전의 공은 내 손안에 있었다.

혈관 성장에 관한 지식, 연구 논문, 의대 수업에서 배운 것들을 한데 모았다. 지난 몇 년간의 공부, 근면, 필사적인 연구 그리고 뭔가 알아낸 듯싶었지만 결국 그게 아니었던 뼈아픈 순간들이 떠올랐다.

그러다가 섬광처럼 깨달음이 찾아왔다. 유레카!

활성화된 T세포는 VEGF를 만들지는 않지만 둘은 연결돼 있다. 굳이 내가 발견할 필요도 없었다. VEGF의 생산과 T세포 활성화를 야기하는 세포 연락망이 같다는 사실은 이미 알려져 있었다.

희망이 삶이 될 때

포유류라파마이신표적mammalian Target of Rapamycin, 줄여서 mTOR로 부르는 것이 그것이었다.

mTOR은 면역세포가 전쟁에 대비해서 활성화되고, 활성화 상태를 유지하고, 증식하는 데 매우 중요했다. 그런가 하면 세포들이 VEGF를 분비하도록 하는 데도 역시 중요했다. mTOR은 T세포 활성화와 VEGF 생산에 관여했는데 그 방식은 T세포가 수용체를 통해 받는 지시 사항, T세포 활성화, 다른 세포들의 VEGF 생산을 연결하는 매개자 역할을 하는 것이었다. 이는 세포 내부에서 일어나는 도미노 게임을 생각해보면 된다.

mTOR 경로에 불이 들어오면 T세포는 전투 대형을 갖추고, 갖가지 유형의 여러 세포가 VEGF 생산 태세에 들어간다. mTOR의 활성화는 면역체계 가동에 녹색 신호가 되는 것이다. 그리고 좋은 쪽으로든 나쁜 쪽으로든 전쟁이 벌어진다.

이렇게 놓고 보면 꽤 단순한 연쇄작용이므로 훨씬 빨리 밝혀질 수 있었을 것처럼 보인다. 그러나 mTOR의 경로에는 수백 가지의 활성화 유발자들과 후속효과들이 존재한다. 하나가 아닌 100개의 도미노 게임이 동시적으로, 다양한 차원에서 서로 교차되면서 진행되는데 그것도 각각의 도미노 패를 한 번이 아닌 여러 번 사용한다고 상상해보라. T세포와 VEGF, mTOR의 연결고리는 내게 결코 한눈에 들어오는 분명한 문제가 아니었다.

그러나 확실히 의심은 갔다. 나는 mTOR이 내 안에서 과잉 반응하는지, 세포 간 연락망이 한쪽 방향으로 고정돼 있어서 적이 없는데도 불구하고 내 몸 안에서 내전을 일으키는 것인지, 더 중요한 문제로 mTOR을 겨냥해서 활동을 못하게 하면 T세포의 비활성화와 VEGF의 생산 중단이 나타날 수 있는지 궁금했다. 연구자들은 이미 시롤리무스sirolimus라는 mTOR 억제제를 개발했고 신장 이식 환자들을 위한 용도로 FDA의 승인을 받았다. 이 약은 림프관평활근종증lymphangioleiomyomatosis이라는 매우 희귀한 병의 치료용으로도 연구됐다. 내 멘토이자 동료이며 친구인 베라 크림스카야Vera Krymskaya 박사의 발견에 힘입어 시롤리무스의 임상실험이 이뤄졌고 FDA 승인도 받게 됐다.

세포 연락망을 차단하는 과정을 통해 시롤리무스는 면역체계의 세포들을 약화시켰다. 그리고 약해진 면역체계 세포들은 새로 이식된 장기를 공격하지도, 거부하지도 못했다. 물론 시롤리무스가 투여된 환자들은 약화된 면역체계로 인해 감염에 취약해졌다. 그러나 시롤리무스의 부작용은 당시 내가 후보군에 올려놓고 있던 다른 약들에 비하면 훨씬 덜했다. 이 약은 iMCD 치료용으로는 한 번도 사용된 적이 없었다.

시롤리무스는 라파마이신이라는 이름으로도 알려져 있다. 그것이 발견된 라파누이Rapa Nui 섬에 경의를 표하기 위해 그렇게 명명됐다. 라파누이는 이스터섬 또는 '거석상이 있는 태평양의 섬'으로도 불리는 곳이다. 라파마이신은 이 섬의 흙에서 발견된 박테리아가 자연적으로 만들어내는 대사산물이다. 에어스트Ayerst라는 제약회사가 항진균제를 찾아 태평양의 섬들을 두루 훑으며 흙을 채취했다. 그러다가 가장 가까운 섬으로부터 1천 600킬로미터 이상 떨어져 있는 라파누이섬에서 우연히 이 화합물을 발견했다. 그 거리, 사람의 발길이 닿았던 섬들의 숫자, 반면에 한 번도 닿지 않았던 많은 섬들을 생각하면 이 섬은 그냥 지나쳐도 전혀 이상하지 않은 곳이었다. 연구자들은 그즈음 발견된, 나중에 포유류 라파마이신 표적이라 명명된 세포 내 단백질 복합물의 기능을 밝히기 위한 연구를 하는 중이었다. 라파마이신이란 이름은 이물질이 이 단백질 복합물을 표적으로 삼아서 억누르는 기능이 있다는 게 확실해진 이후에 붙여졌다. 결국 생물학상의 어떤 이름이란 어떤 약이 그 물질을 억제하는가 그리고 어떤 장소에서 발견됐느냐를 표시하기 위한 것에 지나지 않는다.

mTOR이 실제로 어떤 일을 하느냐는 아직 분명하지 않다. 그래도 실험실에서 라파마이신을 가지고 한 실험 결과 단백질 복합물을 억제하는 능력이 있음이 밝혀지면서 이것들이 하는 일에 대한 많은 단서들을 확보할 수 있었다. 포유류 라파마이신 표적은 다양한 세포 신호들을 통합하고 세포 증식을 위시해 여러 가지 행동을 유발하는 중추라고 할 수 있다. 약이 mTOR을 억누르면 이런 행동들이 중지된다. 약물과 표적의 공생관계는 아름답다. 여러 가지 사실들이 빠르게 밝혀지면서 시롤리무스가 강력한 면역억제제라는 사실이 드러났고 이 약의 사용을 위해 무수히 많은 임상 연구들이 행해지게 됐다.

최근 연구들은 시롤리무스가 건강한 쥐와 개, 그 밖의 여러 동물의 수명을 연장시키는 힘을 갖고 있음을 보여줬다. 동물들은 이약을 더 일찍 투여받을수록 더 오래 살았다. 결국 시롤리무스는 그리 나쁜 약이 아닌 듯했다. 시롤리무스 스토리는 투자와 더불어 독창성의 승리이기도 하다. 태평양의 절해고도로 가는 사람들, 폭풍우 이는 바다, 흙 샘플, 거석상의 응시, 이 정도의 인내와 상상력은 큰 야심과 장기적인 시간표로 무장한 계획 안에서만 가능한 것이다. 나는 이 이야기와 거기에 담긴 (나를 위한) 밝은 빛에 흥분하지 않을 수 없었다.

나는 이제 유력한 후보 면역억제제를 한 가지 가질 수 있게 됐다. 그 약은 새로운 3개의 표적들을 동시에 억제했다(mTOR, VEGF, 활성화된 T세포). 그걸 써서 내 면역체계가 제멋대로 날뛰는 것을 막을 수 있을지 확인해봐야겠다는 생각이 들었다. 그런데 iMCD에 대해 이전의 방식대로만 생각하는 한 이 치료법을 시도해보는 것은 의미 없어 보였다. '전통주의자들'은 왜 내가 면역 활동을 억누르려고 하는지 의아해했다. (그들이 보기엔) 이 병은 림프절 장애였고 과도한 IL-6가 문제이므로 내가 할 일은 IL-6를 봉쇄하고 화학요법을 통해 림프절을 녹여버리는 것이었다.

아! 그리고 전통주의자들은 혈액기태를 무시했다.

시도에 앞서, 내 세포 조직 내 mTOR의 수치를 검사해볼 필요가 있었다. 나는 몇 주 전에 잘라내서 보관 중이던 림프절 조직을 꺼내 포스포-S6phospho-S6라는 단백질의 수치를 측정했다. mTOR이 활성화되면 포스포-S6는 증가하는데 포스포-S6가 상당히 증가돼 있었다. 포유류 라파마이신 표적이 활성화돼 있는 것이다. 그런데 이것만으로는 mTOR을 봉쇄하는 것이 효과적인 치료법이 될지 확신할 수 없었다. 혈액검사를 비롯해 좀 더 깊이 있는 정보를 제공해줄 검사 결과가 없었다. 수많은 다른 세포 간 연락망이 작동하고 있을 가능성도 있었다. 그리고 우리는 '왜' mTOR 활성화 수치가 증가했는지 아직도 알지 못했다. 그러나 T세포와 VEGF, mTOR의 관계가 단순한 예감 이상의 것으로 느껴지기 시작했다. 그게 다른 무엇보다 중요한 것이었다. 그걸로 충분했다. 시도해볼 때가 됐다고 생각했다.

정식 임상실험을 할 시간이 없었다. 그리고 그 임상실험의 근거가 될 데이터가 충분하지 않았다. 제한적인 데이터만 있는 상태에서 다른 환자에게 이 치료법을 시행한다면 내 마음이 매우 불편할 것이었다. 미지수가 너무 많았다. 과연 효과가 있을까? 게다가내 것처럼 불안정한 면역체계의 '일부'를 차단했을 때 무슨 문제가 발생할지 누가 알겠는가? 그로 인해 재발될 수도 있지 않을까?

나는 국립보건원을 방문해서 톰 올드릭Tom Uldrick 박사와 이야기를 나눴다. 그는 CDCN의 과학자문위원회 회원이었다. 그는 항상 데이터를 중심에 놓고 의학에 접근했으며 자신의 환자에게 엄청난 집중력을 쏟아붓는 사람이었다. 그런 점에서 나는 깊은 감명을 받았다. 단순히 집중으로 끝나는 게 아니라 그는 환자들의 권리를 옹호하고 그들의 입장을 대변했다. 내가 이야기를 나누고 싶고, 나눠야 할 사람이 바로 그였다. 데이터를 검토하는 동안 우리

둘의 대머리(그가 나보다 훨씬 멋지게 머리를 밀고 있었다)는 국립보건원 매그너슨임상센터Magnuson Clinical Center의 중앙 홀을 가득 채우고 있는 빛을 받아 반짝였다. 센터 소개 책자엔 "환자는 임상 센터의 발견 파트너입니다"라고 씌어 있었다. 그날의 이 문장보다 더한 진실은 없을 것이다.

우리가 만난 장소도 중요했다. 그곳은 가벼운 마음으로 이런저런 아이디어를 나눌 수 있는 공간이었는데 국립보건원이 이뤄낸 획기적인 연구들의 단초가 된 많은 아이디어들이 여기서 나왔다. 그곳은 건물들 사이에 자리하고 있었으며 기초과학 연구, 임상 연구, 환자 관리를 위한 공간이었다. 톰과 나는 연구나 환자 관리에 대해 비슷한 생각을 갖고 있었다. 다른 선택지가 없는 상황에서 mTOR 억제제 사용이 합리적인 대안이라는 데 우리는 의견의 일치를 보았다.

시롤리무스와 비슷하지만 좀 더 새로운 버전의 약을 쓸 생각도 했다. 그런데 톰이 시롤리무스가 거의 25년 동안 안전성에 문제가 없었다는 사실을 상기시켰다. 내 림프절 비대와 유사한 혈관 성장의 퇴행을 유도하는 효과가 있었다는 사실도 알려줬다. 신장 이식 이후에 카포시 육종이 자란 환자에게 사이클로스포린에서 시롤리무스로 약을 바꿔 투여했더니 면역 상태가 안정화되고, 혈관이 성장하는 양상을 보인 카포시 육종 종양이 줄어들었다는 것이다. 다만 iMCD 환자를 대상으로는 한 번도 사용된 적이 없는 게 마음에 걸린다고 했다.

그러나 모든 일에는 언제나 시작점이 있다. 또는 이렇게 말할수도 있다. 시도하지 않았다는 게 효과가 없다는 뜻은 아니다. 또는 첫 번째나 두 번째 분만이라고 해서 안전하게 분만할 수 없는것은 아니다.

T세포와 VEGF, mTOR의 관계는 셀 수 없이 많은 것처럼 보이는 여러 대안적인 아이디어들 가운데 가장 크게 우리 마음을 사로잡았다. 어쩌면 다른 대안들이 더 효과적일 수도 있었다. 그러나 그걸 확인하려면 더 많은 데이터가 필요했다. 시간이 부족한상황에서 우리는 뭔가 경험주의적인 시도를 할 수밖에 없었다. 데이터가 충분치 않다고 해서 이 최초의 사용을 포기할 수는 없다고 생각했다. 나는 기꺼이 실험용 기니피그가 되기로 마음먹었다.

밴 리 박사는 나를 축복해줬다. 2014년 2월에 나는 나와 가장가까운 실험 대상자, 즉 나 자신에게 실험을 시작했다. 나는 매달이루어지는 정맥 내 면역글로불린IVIg 투여를 그대로 유지하기로했다. 지난번 재발 때 뭐라도 해보자는 마음에서 시작한 것인데그걸 중단할 마음의 준비가 아직 되지 않았다.

나는 다시 두려워졌다. 시롤리무스 주입을 시작하고 나서 곧 내증상의 몇 가지가 개선됐다는 게 느껴졌다. 그러나 애초 내 혈액검사 결과들의 대부분이 정상 범위에 있었던 터라 약이 효력을 발휘하고 있다는 객관적인 지표를 얻어낼 수는 없었다. 재발과 재발 사이의 기간이 늘어나는 걸 확인하기 전까진 알 수 없는 일이었다.

평균적으로 재발에서 다음 재발까지 걸린 시간은 대략 9개월이었다. 내가 할 수 있는 일은 기다리면서 증상들을 관찰하고 검사를 받는 게 전부였다. 그즈음 내게 자신감을 불어넣어 주는 일이 일어났다. 《블러드》편집진이 크리스와 프리츠 그리고 내게 이메일을 보내 자신들이 몇 군데 아주 사소한 수정만 해서 우리 논문을 싣기로 했다는 사실을 말해줬다. 우리의 노력이 결실을 맺어 널리 알려진다는 것은 신나는 일이었다. 나 개인적으로는 중요한 교훈을 하나 얻기도 했는데 그것은 바로 결코 질문을 멈추지 말고 언제나 데이터를 따라가라는 것이다. 이 병은 다른 무엇보다 면역체계에 관한 것이라는 우리의 생각이 올바른 것이라는 믿음이 굳어졌다. 그렇다면 시롤리무스도 효과를 낼 것이다. 시간만이 말해줄 것이다. 그래도 5월까지는 말해줬으면 좋겠다고 생각했다. 마침내 자신감을 얻은 케이틀린과 나는 지인들에게 결혼 날짜를 알렸고 청첩장을 발송했다. 이제 돌아갈 길은 없었다.

희망이 삶이 될 때

제16장

잠시 구름이 걷힌 하늘

5월 24일이 다가오면서 두 가지 큰 질문이 생겼다. 첫 번째 질문은 '시롤리무스 치료법이 유효할 것인가?'였다. 의심이 들었는데 거기에는 근거가 있었다(지난 몇 년간의 경험은 내게 회의주의를 가르쳤다). 앞서도 말했지만 나는 경험주의자다. 그래서 한 가지 연구 결과만을 신봉하지 않는다. 그 연구란 것도 단 한 명의 환자(나)가 고작 몇 주간 (몸으로) 행한 것이라면 더더욱 그렇다. 어떤 획기적인 도약이 이뤄지기 위해선 최소 몇 년이 걸리고 그 과정에서 누구도 예상 못한 여러 변수들이 튀어나온다는 것을 잘 알고 있었다.

　　그즈음의 몇 주는 내 삶에서 가장 행복한 시간이라고 할 만했다. 첫 번째 입원 때 벤과 내가 생각했던 그랜드캐니언 여행을 했다. 또 그의 아내가 첫아이를 임신했다는 소식을 듣고 매우 기뻤다. 벤은 내가 자기 아이의 대부가 되어주길 원했다. 그러나 이런 순간들이 지속될 거라는 보장은 없었다.

두 번째 질문은 '머리카락이 있는 상태로 결혼식을 치를 수 있을 것인가?'였다. 가장 걱정거리가 될 수 없는 게 내 머리카락 길이라는 걸 모르는 바 아니었지만 그래도 첫 번째 질문 못지않게 내 마음에서 큰 부분을 차지했다. 케이틀린도 애써 신경을 안 쓰는 척했지만 그 생각을 하고 있을 거라고 짐작했다.

그건 허영이 아니었다. 나는 케이틀린이 '신랑 데이브'를 보기를 원했다. 그녀는 그토록 오랫동안 환자 데이비드 파젠바움을 보살피며 지냈다. 내 대머리는 내가 겪어온 것들, 아직도 내 몸 안에서 끓고 있는 것들을 그대로 보여줬다. 나는 케이틀린에게 데이브를 돌려주고 싶었다. 그녀가 사랑에 빠졌을 당시의 데이브(비록 그때보다 근육은 많이 줄었지만) 그리고 앞으로 살아갈 긴 시간 동안 그녀가 함께했으면 하는 근사한 데이브의 모습을 보여주고 싶었다.

지금의 데이브는 어쩌다 보니 그저 아주 짧은 머리를 하게 된 것뿐이라는 '사실'을 알려주고 싶었다.

물론 머리가 자라는 것은 의료 연구를 하거나 기도하는 것처럼 내 뜻대로 할 수 있는 일이 아니었다. 그래서 이번에야말로 산타클로스가 와서 선물을 줘야 할 것 같았다. 나는 그냥 앉아서 기다리기로 했다. 뭐, 가끔은 그런 일이 실제로 일어나기도 하니까.

결혼식이 얼마 안 남았을 때 머리가 다시 자라기 시작했다. 결혼식 날 들러리들이 내 호텔 방에 모여들었다. 그랜트가 내 옆에서 면도하다가 내 목 뒤쪽에 삐져나온 머리카락 몇 가닥을 밀어 주겠다고 했다. 나는 거절했다. 머리카락 한 올 한 올이 소중했다! 입장할 때의 내 모습은 아주 짧게 친 머리 모양을 하고 있는 정도로 보였던 것 같다.

5월 24일은 진정 행복한 날이었다. 그런 날이 올 가능성이 거의 없어 보였던 상황들이 떠오르면서 내 기쁨은 더욱 증폭됐다. 마치 우리 모두가 떼를 지어 하나밖에 없는 문을 나와 행복으로 이어지는 긴 복도로 들어선 것만 같았다. 하루 종일 내 입가에선 웃음이 떠나지 않았다. 나는 내가 꿈꾸던 소녀, 이제는 여인이 되어 최근에는 내가 마치 홀푸드 식품점의 판매대에 놓인 연어라도 되는 것처럼 얼음찜질을 해줬던 그녀와 결혼했다. 결혼식장에서 그녀가 "아플 때나 건강할 때나 죽음이 우리를 갈라놓을 때까지" 부분을 말할 때 그 속마음을 헤아리기는 어렵지 않았다. 나를 위해 그 자리에 서 있는 그녀는 "아플 때나" 부분은 다 지나간 것이길, "건강할 때나" 부분만 확실하게 남은 것이길 바랐을 것이다.

내가 중환자실에 있을 때, 의식이 혼미한 상태로 여기저기 기계들에서 나오는 삐삐 소리를 듣고 있을 때, 나는 케이틀린과의 결혼을 꿈꿨다. 그게 설혹 내가 죽기 전에 마지막으로 하는 일이 될지라도, 꼭 하고 싶었다. 그리고 마침내 그날이 왔다. 어떤 절망도 느껴지지 않았다. 그저 좀 더 일찍 시작할 수 있었던 우리만의 삶을 드디어 살아가게 됐구나, 함께 해야 할 일이 많구나 하는 느낌만 들었다.

내가 저지른 한 가지 실수만 빼면 우리의 결혼식은 거의 모든 것이 완벽했다. 도대체 왜 반지 교환 직후가 입맞춤할 시간이라고 판단했는지 모르겠다. 하지만 내가 키스하려 하자 다행히 케이틀린이 나를 밀쳤다. 하객들의 웃음이 터졌다. 사제도 웃으며 말했다. "아직은 아니네, 그걸 할 시간은 따로 있네." 아마도 내가 원하는 걸 할 시간이 있다, 그것도 많이 있다는 것이 내게 그리 익숙한 느낌이 아니라서 그랬던 것 같다. 그거야말로 진정 다시 갖고 싶은 느낌이었다.

아빠도 뭔가 책임져야 할 일을 벌였다. 결혼식이 끝나고 춤추는 시간이 시작됐다. 그런데 음악이 갑자기 끊어졌다. 무대 쪽을 쳐다보던 나는 두려움에 몸을 떨었다. 아빠가 밴드 멤버에게 기타를 하나 빌려서 들고 나왔다. 나름 연예인 기질이 있다고 생각하는 아빠는 이런 행사가 있으면 꼭 실력을 발휘할 시간을 갖곤 했다. 그럴까 봐 우리는 이미 밴드에 아빠를 조심하라고 말해두기까지 했다. 그들은 절대 기타에 아빠의 손이 닿지 않도록 하겠다고 약속했다. 결혼식 축하 연주를 25년간 해왔지만 하객이 연주하는 걸 한 번도 허용한 적이 없었노라고 말했다. 아빠가 그들에게 무슨 말을 했는지는 (또는 팁을 얼마나 많이 줬는지는) 알 길이 없다. 어쨌든 아빠는 기타를 손에 넣고 매우 만족스러운 표정을 지었다.

나는 이게 무슨 의미인지 알았다. 아빠는 결코 감상적인 사람이 아니었다. 아빠는 절대로 사랑 노래를 부르진 않을 것이었다. 좀 예의 바르게 표현하자면 아빠에겐 다채로운 유머 감각이 있었다.

그나마 다행인 것은 아빠가 심한 카리브 억양을 갖고 있다는 것이었다. 거기 참석한 24명의 트리니다드 사람들을 제외하면 아무도 그가 부르는 노래의 가사가 얼마나 '부적절'한지 알지 못했다. 나는 당장 뛰어올라 기타의 플러그를 뽑아버리고 싶었지만 참았다.

우리가 있는 대연회장은 필라델피아병원의 중환자실에서 1.6킬로미터밖에 떨어지지 않은 곳이었다. 처음 아팠을 때 아빠와 나는 병실을 공유했다. 그때 아빠는 내 곁을 지키면서 의사들에게 질문을 퍼붓고, 뭔가를 계속 적고, 누군가에게 간청하는 전화를 걸었다. 나는 그걸 기억했다. 아빠는 내가 재발, 재발, 재발, 재발, 재발을 반복하는 동안에도 결코 나를 떠나지 않았다. 아빠는 내 결혼식장에서 하고 싶은 대로 할 자격이 있었다.

나만 시련을 겪은 게 아니었다. 내 가족도 나와 똑같이 괴로운 시간을 보냈다. 내가 결혼하는 장소에서 아빠도 주목받을 권리가 있다고 생각했다. 그는 그 권리를 행사하며 '큰 대나무를 들고 있는 남자'와 '허니문 중인 커플'에 관한 노래를 부르기 시작했다. 가사 속의 허니문 커플은 (자신들이 닫으려고 애쓰는 여행 가방) 위에 누가 올라탈 것인가를 놓고 싸우는 중이었다(잘 안 닫히는 가방을 눌러 닫으려고 올라탄다는 내용인데 다소 성적인 뉘앙스를 풍기기 때문에 가사를 들은 사람은 웃었던 것이다 – 옮긴이). 적어도 트리니다드에서 온 내 친척들은 박장대소했다.

결혼식 준비를 하면서도 나는 캐슬만병 연구를 게을리하지 않았다. 뭔가 가망 있어 보이는 치료법 하나를 찾아냈다고 연구를 덜 열심히 하는 실수를 저지르고 싶지 않았다. 결혼식이 끝난 뒤, 비록 캐슬만병네트워크CDCN가 그런대로 형태를 갖추고는 있었지만 그럼에도 나는 본격적으로 회원들을 물색하기 시작했다. 그리고 처음으로 내 사례를 CDCN 환자 사례들 중 하나로 편입시켰다. 그전에는 오직 직업적 관심사인 것처럼 표방하고 다녔던 그 캐슬만병의 환자들 중 하나가 나라는 사실을 더이상 숨기지 않았다.

사소하게 들릴 수도 있으나 이런 태도의 변화는 내게 매우 중요한 의미가 있었다. 병의 진단을 둘러싼 일과 그동안 겪었던 일들에 대해 공개적으로 이야기하기 시작했다. 가을에 경영대학원에 복학해서도 급우들이나 동료 학생들에게 내 건강에 대해 솔직하게 말하고 다녔다. 더이상 비밀은 없었다. 나 자신을 전혀 다른 두 명의 인물로 보여주는 것이 그리 큰 문제로 여겨지지 않았다. "하나는 진지한 의사이자 과학자이고 MBA 대학원생으로서 의학을 공부했고 CDCN을 이끌며 연구하는 사람 그리고 다른 하나는 아픈 사람." 나는 하나인 동시에 둘인 사람이었다. 그리고 앞으로도 계속 그런 사람으로 남을 것이다.

내가 열린 자세를 취하자 여기저기서 도와주겠다는 제안이 들어왔다. 나는 그것들을 감사하게 받아들였다. 그리고 캐슬만 특공대라고 불릴 만한 조직을 만들기 시작했다. 영화에서 보는 것처럼 놀랄 만큼 다양하고 상호 보완적인 사람들의 모임이었다.

그런데 우리의 진짜 문제점은 우리에겐 돈이 없다는 점이었다.

캐슬만병은 난치병일 뿐만 아니라 기금 지원이 잘 안 되는 게 문제였다. 경영대학원 수업을 들으면서 나는 그 방정식의 한쪽 항을 줄곧 가볍게 보고 있었다는 사실을 깨달았다. 돈 문제는 우리의 활동과 잠재력을 심하게 제한했다. 우리 조직이 밤과 주말을 이용해 자원봉사하는 몇몇 의대 친구들과 환자들, 환자들의 사랑하는 사람들로만 이뤄진 1년 예산 1만 5천 달러짜리 모임으로 끝나서는 안 됐다. 환자 수가 비슷한 ALS(근위축성측색경화증-루게릭병)나 낭포성 섬유증 같은 경우는 몇 자릿수가 더 많은 연구 기금이 들어왔다. 매년 ALS 연구를 위해 매년 5천만 달러 이상의 공적·사적 기금이 모였고 낭포성 섬유증의 경우 그 액수가 8천만 달러나 됐다. 물론 그런 질병들엔 그 정도 돈이 들어갈 수 있고 더 필요할 수도 있다! 여하튼 돈 문제가 전보다 매우 중요한 것이 됐다. 비슷한 희귀병에 들어가는 기금의 1퍼센트의 50분의 1도 안 되는 돈으로는 뭘 해보려고 해도 할 수가 없었다.

우리가 캐슬만병 연구에 유리한 입지를 다지려면 그 병과 직접 관련 있는 사람들 이상의 사람들을 끌어들이는 쪽으로 노력을 확대해야 했다. 더 많은 사람들이 이 병에 대해 알아야 했다. 대부분의 사람들은 '한 번도 들어본 적 없는 병들 중에서 가장 치명적이고 가장 흔한 병'으로만 계속 인식돼서는 안 될 일이었다. 우리는 일반인들을 대상으로 더 많은 연구 기금을 끌어오기 위한 운동을 시작해야 했다. 그리고 야심 찬 연구 과제들을 실행에 옮기려면 더 많은 인력이 필요했다.

1차 특공대원 중 한 명은 경영대학원 급우로 이름은 스티븐 헨드릭스였다. 그는 키가 2미터 4센티미터나 되는 전 NASA 엔지니어였는데 우리의 의학적 전문 용어를 일반인이 알아듣기 쉬운 말로 기가 막히게 바꾸는 언어의 마법사였다. 그 덕분에 우리의 사례가 대중적으로 잘 전달됐고 널리 이해될 수 있었다. 그는 우리 웹사이트를 다시 만들었고 새로운 온라인 환자 커뮤니티를 구축했다.

스티븐은 내 잘못을 지적하는 데도 뛰어났다. 그거야말로 내게 정말 필요한 것이었다. 나는 기본적으로 연구 지향적인 사람이었다. 항상 결과를 검토하고 새로운 단서를 찾아내고 추적하는 일에 익숙했다. 그러나 스티븐은 항상 이런 말을 했다. "아니, 데이브, 그게 연구에 관한 모든 것이 될 수는 없어." 그가 옳았다. 21세기의 의학은 실험실과 도서관을 배경으로 행해지는 개별적이고 고고한 지적 추구 행위가 아니었다. 의학은 과학으로 그치는 게 아니었다. 그것은 어떤 '주창advocacy'이기도 했다. 치료는 그 치료를 중심으로 여러 사람의 노력을 결집시키는 능력에 달려있었다. 그것은 돈에 달려있었고 스토리텔링에 달려있었다. 스티븐은 이 사실들을 내게 주지시켰다. 그는 또한 생물의학 연구자들이 초보적인 테크놀로지와 서로 방해만 되는 접근법들에 '힘입어' 혁신과 발전 가속화가 이뤄지기를 바라는 말도 안 되는 꿈을 꾸고 있다고 주장하곤 했다. 다른 산업 분야에선 이미 몇 년 전에 다 겪고 끝낸 일이라면서.

스티븐은 캐슬만병 치료를 위한 생물의학 연구 방식을 혁신하려는 우리의 접근법이 로켓 과학처럼 첨단을 지향할 필요는 없으며 우리가 하고 있는 노력과 방법론이 다른 질병 분야에서도 쓰일 수 있는 보편성을 갖추는 쪽으로 가야 한다고 역설했다. 그는 내가 만난 사람 중에서 뭔가를 로켓 과학과 비교한 첫 번째 사람이었고 자신이 무슨 말을 하는지 잘 알고 있는 사람이었다.

또 한 명의 경영대학원 급우인 숀 크레이그는 군 장교 출신으로 웨스트포인트를 졸업했고 엑슨Exxon의 프로젝트 매니저였는데 단 한 가지의 사명을 띠고 CDCN에 들어왔다. 조직이 질서와 짜임새를 갖추도록 하는 일. 그는 지금껏 우리가 밟아온 경로를 검토하고 향후 가야 할 방향을 잡았으며 우리의 조직적 구조를 강화하고자 했다. 그는 자원봉사자 팀을 여러 분과로 효율성 있게 나눴으며 우리 같은 어중이떠중이들에게 무엇이 필요한지 너무도 잘 알았다. 그리고 무엇보다 좋은 점은 괴물 같은 외모와 '거친' 경력에도 불구하고 나처럼 보랏을 아주 좋아했다는 것이다. 선수는 선수를 알아본다.

바클리 니힐 역시 경영대학원 급우였고 사모투자가private equity investor 경력이 있었다. 그는 우리의 계획을 시간, 재능, 부의 '투자'라는 관점에서 평가했고 우리의 행동이 계량적으로 측정될 수 있는 것이어야 한다고 주장했다. 그는 자신처럼 숫자로 세상을 보는 사람들에게도 우리의 가치와 영향력을 확신시킬 수 있어야 한다고 생각했다. 그는 뭐랄까 싸움닭 같은 데가 있었는데 신체적으로

희망이 삶이 될 때

는 우리(남자들) 중에서 제일 작았다. 그러나 우리 조직을 위해서라면 뭐든지 다 하려 들었다.

세일라 피어슨은 키가 1미터 47센티미터밖에 되지 않았고 의료 통계학을 공부하는 대학원생이었다. 그녀는 호전성이나 키에서나 바클리와 비슷했다. 몸은 작았지만 빅데이터 분석의 귀재였고 도움이 필요한 사람들을 돕는 천성을 타고났다. 그녀는 몇 시간씩 꼼짝 않고 일하면서 단순한 숫자를 환자의 생명을 구할 수도 있는 유의미한 데이터로 바꿔놓을 수 있었다.

더스틴 실링은 신경과학 분야에서 박사학위 과정을 막 끝낸 참이었다. 그로 말하자면 이른바 도약을 위한 건강한 회의주의를 조직에 불어넣는 사람이었다. 알츠하이머 연구자로서 그 또한 과학적 방법론의 중요성과 어떤 연구 결과 앞에서도 미리 흥분하지 않고 냉정하게 검토해야 한다는 사실을 너무도 잘 알고 있었다. 그는 자신의 시간을 큰 규모의, 정밀 설계가 요구되는 연구 개발에 쏟아부었다. 이런 종류의 연구는 알츠하이머나 캐슬만병처럼 복잡한 분야에서 더욱 빛을 발할 수 있었다.

제이슨 루스는 암 생물학 분야에서 박사과정을 밟고 있는 학생으로 내 동료이기 전에 친구였다. 우리 그룹에 합류하자마자 자신의 초능력을 드러냈다. 그는 별로 상관없어 보이는 이질적인 생각들을 머릿속에서 연결할 수 있었다. 생물학은 종과 질병이 한데 엮여 있는 매우 복잡한 무엇이다. 제이슨은 이런 복잡성에 익숙한 사람이었고, 해결하고자 하는 문제에 접근할 때도 자신이 알고 있는 모든 것을 동원해 서로 연결하며 접근했다. 그건 마치 두 개의 암벽 사이에서 등반가가 한쪽 면의 돌출부엔 발을 대고 밀고 다른 면 크랙에는 손가락을 걸어 끌어당기며 올라가는 것과 같았다. 나는 그가 가진 이런 식의 사고법이 부러웠다. 나 같은 초집중형 사고자들은 생각을 일직선으로만 진행시키는 경향이 있기 때문이다.

특공대 회원이 와튼스쿨 대학원생들만으로 이뤄진 건 아니었다. 일부 중요한 회원들은 원래부터 내 곁에 있던 사람들이었다. 장모인 패티와 장인인 버니, 케이틀린도 일익을 담당했다. 패티는 CDCN 커뮤니티의 코디네이터가 되어 환자들과 그 가족들, 점점 커져가는 집행부 팀의 접점 역할을 했는데 그 일을 완벽하게 해냈다. 패티는 환자들을 위로하고 자원봉사자들을 격려했다. 버니는 CDCN의 진로와 방향 설정에 도움을 주고자 경영, 법, 의학계 인사들이 참여해 만든 자문위원회의 최초 회원이자 핵심적인 인물이었다. 케이틀린은 커뮤니케이션 담당이었다. 행사 기획과 그에 필요한 조정 업무를 맡았고 그때그때 필요한 조언과 솔직한 충고를 내게 해줬다.

케이틀린의 절친한 친구 한 명도 특공대에 합류했다. 메리 주카토가 바로 그 사람인데 메리 역시 MBA 과정을 밟고 있는 학생인 동시에 자산운용회사인 뱅가드Vanguard에서 잘나가는 인재였다. 그녀가 우리 조직의 기금 모금 활동에 시동을 걸었으며, 그 노력을 확대해나갔다.

내가 이 책을 쓰고 있는 지금, 우리는 우리와 비슷한 희귀병 커뮤니티들이 평균적으로 거두는 1년 기금의 1퍼센트에 해당하는 금액을 확보했다. 메리는 우리 조직의 운영을 총괄하고 있는데 자원봉사로 하고 있는 CDCN에서의 일을 자신의 본업보다 우선시하고 있다. 그녀 또한 자신에게 딱 맞는 역할을 맡고 있다 생각되는 것이 나는 그토록 직관적이고 매끄럽게 아이디어를 행동으로 전환시키는 사람을 본 일이 없기 때문이다. 메리는 행동 머신이다. 그녀 옆에 있기만 해도 절로 동기부여가 된다.

얼마 안 있어 와튼스쿨과 가족 범위 바깥에 있는 사람들도 도움을 주기 시작했다. 그렇게 CDCN 집행부 팀은 확대됐고 환자들, 환자들이 사랑하는 사람들, 의사들, 학생들까지 포괄하게 됐다. 전부 자원봉사자들이며 매주 3시간에서 13시간씩 캐슬만병 치료라는 미션을 수행한다. CDCN의 성공이 그들이 할애한 시간의 결과라면 CDCN이 만들어내고 있는 혁신적 해법과 가속화하고 있는 발전의 속도는 그들의 다양한 이력과 독특한 접근법의 결과라고 할 수 있다.

우리의 '팀'이 병실에서 내 침상을 지키는 아빠와 누나들, 케이틀린으로 이뤄졌던 때 이후로 많은 것이 변했다. 서류를 들고 허겁지겁 어딘가로 뛰어가거나 전문가들에게 무조건 전화해서 사랑하는 사람(나)을 제발 살려달라고 애걸하던 그때와는 비교할 수 없을 정도의 규모와 추진력을 갖게 된 것이다.

우리의 추진력을 영향력으로 바꾸는 데 일조한 사람 중 하나가

라지 자얀탄이다. 의대 3학년 때 라지에게 iMCD가 발병했다. 내가 그랬듯이 심각한 장기부전을 겪었다. 나를 비롯한 많은 iMCD 환자들이 그랬듯이 일류 의사들도 그의 병을 완화시키지 못했다. 국립보건원의 톰 울드릭 박사를 만나 상담하고 그때까지와는 다른 치료 접근법을 추천받기 전까진 암울한 상태였다. 톰은 통합적 화학요법을 제안했고 그걸 시도하면서 라지는 호전되기 시작했다. 톰은 라지와 내가 같은 경험을 했기 때문에 서로 연락해보는 게 좋겠다고 생각했다.

우리의 첫 통화는 3시간이나 계속됐는데 그때는 라지가 그 무서운 입원 상태에서 벗어났고 나 또한 네 번째와 다섯 번째 재발 사이에 있을 때였다. 악몽을 공유했기에 우리는 즉각 의기투합했다. 우리는 서로의 경험을 복기했는데 모든 게 익숙했고 무서울 정도로 유사했다. 아프기 전에 혈액기태가 빨리 자라나는 현상이 나타났고, 바로 전까지 의대생으로 환자를 돌보기 위해 오가던 복도를 환자가 되어 오갈 때의 말로 표현하기 어려운, 뭔가 현실이 아닌 듯한 느낌을 똑같이 맛봤다.

그와 나의 증상과 임상적 경험은 거의 일치했지만 다양한 치료법에 대해 우리의 몸이 보인 반응은 완전히 달랐다. 그와의 대화를 통해 나는 캐슬만병에 관한 한 간단한 것은 아무것도 없다는 사실과 어떤 치료법이 내게 효과가 있다고 해서 다른 모든 환자에게도 반드시 효과가 있을 거라고 생각해선 절대로 안 된다는 사실을 다시 한번 깨닫게 됐다.

희망이 삶이 될 때

라지에게 나는 이야기를 나눈 최초의 캐슬만병 환자였는데 그게 그에게 어떤 의미일지 잘 알 것 같았다. 나 역시 몇 년 전에 밴리 박사의 진료를 기다리고 있던 (내가 처음으로 본) 그 캐슬만병 환자를 똑똑히 기억했다. 그런데 우리의 통화는 내게도 큰 의미가 있었다. 왜냐하면 라지는 그게 무엇이든 자신이 할 수 있는 일이면 우리를 돕겠다고 했기 때문이다. 통화가 끝날 무렵에 그는 내가 갖고 있는 '최고의' 캐슬만병 연구 논문들을 자신에게 보내달라고 부탁했다. 그 병에 대한 모든 것을 빨리 파악하고 싶다고 했다.

그리고 얼마 안 되어 나는 재발을 겪었다. 그때가 2013년이었고 내 재발에 충격을 받은 라지는 캐슬만병과의 싸움에 합류할 결심을 굳혔다. 내가 5차 에피소드를 겪는 동안 얼마나 힘들었는지 알게 되고, 그 자신의 끔찍한 투병 기억이 되살아난 라지는 의대에 6개월간 병가를 내고 와선 그 당시 CDCN이 치르고 있던 전쟁에서 가장 중요한 부분에 온 힘을 쏟아부었다. 그것은 분석을 위해 체계적으로 임상, 연구, 치료 데이터를 취합해서 데이터베이스를 구축하는 일이었다.

시롤리무스, 내가 iMCD 치료를 위해 투여받았던 그 약이 나는 물론이고 어쩌면 다른 환자들의 생명에 대단히 중요한 역할을 할 가능성이 매우 높다는 걸 알게 된 우리는 한편으로 다른 병의 치료용으로 FDA의 승인을 받아놓은 약들 중에 얼마나 많은 약들이 지금 당장 iMCD 환자들에게 도움이 될지 너무 궁금했다. 이런

'비인가' 약을 쓰는 것은 흔히 찾아볼 수 있는 관행이었다. 그러나 어떤 병에 이 약들을 써야 하는지, 그것들이 효과가 있는지에 대한 정보는 부족했다. 의료 시스템 안에서 향후 치료 가이드로 삼기 위한 추적조사가 전혀 안 되고 있었기 때문이다.

실제로 의료 기록 시스템에는 어떤 특정한 치료가 효과가 있는지 여부를 세밀하게 기록하는 '장치'가 없다. 설혹 그런 게 있다 해도 의사들이나 연구자들은 그 데이터를 자신의 병원이나 연구소에 속한 환자를 대상으로만 활용한다. 질병 등록이나 자연사 연구 분야의 종사자들이 이런 데이터를 질병 치료용으로 취합하려고 시도하긴 했다. 그러나 그런 연구 자체에 내재한 여러 문제로 인해 데이터가 그리 유용한 것이 되지 못했다. 우리는 일이 그렇게 되도록 놔둘 수 없었다.

질병 등록 관련 연구를 하기 전에 우리에게 단기적으로 어떤 통찰을 제공해줄 수 있는 최고의 선택지는 과거에 발표된 사례 보고서들을 중심으로 iMCD 환자들에게 시도된 치료법들을 분석하는 것이라고 생각했다. 우리는 상당히 많은 약들이 투여됐음을 알게 됐다. 그러나 얼마나 효과가 있었는지에 대한 데이터는 기본적으로 편향돼 있었다. 사례 보고서들은 상대적으로 새로운 치료법이 효과를 보인 경우만 수록하고 있었다. 유감스럽게도, 의사들이나 연구자들은 효과가 없었던 약이나 치료법은 아예 발표를 안하는 경우가 많았다. 그래서 우리의 연구는 '원칙'보다는 '예외' 쪽에 초점을 맞추는 쪽으로 나가야 했다.

희망이 삶이 될 때

우리는 다양하게 시도된 캐슬만병 치료법들을 체계적으로 추적하는 연구의 틀을 짜야 했다. 이 틀 안에서 다수의 환자들을 대상으로 치료법들이 효과가 있었는지, 있었다면 얼마나 있었는지까지 알아낼 것이며 가능한 한 많은 임상적·실험적 데이터를 수집해 캐슬만병의 정체를 밝히는 데 쓸 예정이었다(이는 캐슬만병뿐만 아니라 모든 병에 다 해당되는 방법이다).

라지는 캐슬만병 등록 관련 연구를 있는 힘껏 돕겠다고 했다. 그런데 이 일을 잘해내기 위해서는 필히 참고해야 할 사항이 있었다. 다른 분야도 그렇지만, 의학계 역시 누구나 질병의 치료라는 같은 목표를 지향하지만 방법론은 달리하는 여러 그룹으로 나뉘곤 한다.

연구 방법론을 결정하기 위해 우리는 20개가 넘는 다른 질병들의 등록 상황을 평가해서 좋은 점과 나쁜 점을 가려내야 했다. 어떤 질병의 등록은 환자 주도적이었다. 이는 환자들이 온라인으로 등록해서 스스로 데이터를 기입하는 것이다. 이런 등록법을 채택한 경우에는 등록된 환자 수가 매우 많았다. 왜냐하면 참여자들이 온라인을 통해 모여들었기 때문이다. 반면에 그들이 내놓은 의료 데이터는 질과 가치의 측면에서 상대적으로 빈약했다. 기입되는 모든 데이터가 환자의 기억에 의존하기 때문이다. 심지어는 검사 결과 데이터도 수년 전 입원했을 때의 것들인 경우가 많았다.

그런가 하면 의사 주도적 등록법을 채택한 곳은 소수였다. 거기서는 의사들이 환자와 그 의료 데이터를 기입했다. 이 방식은 돈이 많이 들었고 대체로 등록 환자 수가 적었다. 왜냐하면 자신들에게서 치료를 받은 환자들만으로 등록을 제한했기 때문이다. 그러나 그 데이터의 질과 깊이라는 측면에서는 훨씬 뛰어났다. 다만 의사들은 다른 여러 가지 업무로 바쁜 사람들인지라 데이터가 등록되는 속도는 그리 빠르지 않았다.

우리는 두 접근법의 가장 좋은 점만 취한 융합 모델을 만들어 낼 방법을 찾아야 했다. 몇 달간의 검토와 초안 작성을 거쳐 마침내 적정한 계획이 완성됐다. 국립보건원의 임상센터의 중앙 홀에서였다.

우리의 등록법은 기본적으로 환자 주도적인 것이었다. 환자들은 전 세계 어디서든 온라인을 통해 직접 입력할 수 있었다. 그러나 데이터 등록 과정 전체를 환자들 손에 완전히 맡기지는 않고 그들의 허락을 얻어 그들을 진료했던 의사들이 갖고 있는 완전한 의료 기록을 입수, 대조할 생각이었다. 그런 다음 훈련받은 데이터 분석가가 참여해서 의사 보유 데이터 수준의 환자 데이터를 골라내 최종적으로 등록하는 과정을 밟으려고 했다. 이렇게 하면 다수의 환자 등록과 높은 데이터 질이라는 양쪽 세계의 장점을 모두 취하는 셈이었다. 그리고 또 하나 좋은 점이 등록 속도가 빨라진다는 것이었다. 환자도 의사도 데이터 등록의 부담을 전적으로 지지 않아도 되기 때문이었다.

몇 개월에 걸쳐 우리는 환자들을 접촉하고 병원들과 연락을 취하면서 이런 방식으로는 최초가 되는 등록 프로젝트를 구체적으

희망이 삶이 될 때

로 어떻게 수행해야 할지 알아보려 했다. 그런데 솔직히 말해, 데이터 접근에 장애물이 너무 많고 그게 의료 시스템의 원활한 작동을 막는 큰 요인이 되고 있다는 사실에 깜짝 놀랐다. 그럼에도 데이터는 취합되기를 기다리면서 분명히 존재했다. 환자들, 때로는 병원들도 기꺼이 데이터를 내주려고 할 때가 많았다. 현 상태에 안주하려는 마음을 버리고 굳은 의지로 추진력을 발휘한다면 장애물을 돌파할 수 있을 터였다. 라지에겐 그런 의지가 있었고 나 또한 그랬다. 이런 노력들을 통해 치료하고픈 병을 둘이 같이 앓고 있다는 사실이 크게 도움이 됐다.

그런데 돈이 문제였다. 우선 데이터 분석 전문가를 고용하는 데 돈이 많이 들었다. 도움을 받기 위해 제약회사와의 파트너십을 생각하지 않을 수 없었다. 한 대형 제약회사에 여러 번 의사 타진을 위한 전화를 한 끝에 그들이 흥미를 갖도록 하는 데 성공했다. 그들은 우리에게 회사 내 북미 법인의 이사들과의 회의 자리에 나와줄 것을 요구했다. 유럽 법인 이사들은 그 회의에 화상으로 참여할 거라고 했다. 이건 대단한 기회였다.

우리는 우리가 젊은 환자들과 공부 중인 의사와 과학자들로만 이뤄진 집단이 아닌 그들의 지원을 받을 만한 아이디어를 갖고 있는 사람들임을 보여주고자 했다. 그래서 우리는 제안서에 엄청난 공을 들였고, 다듬고, 또 다듬으며 가능한 한 최고로 매끄러운 프레젠테이션을 할 준비를 마쳤다. 몇 번째인지 모를 리허설을 끝내고 대학원생과 (몇 안 되는) 대학원 졸업생들로 이뤄진 20대 중

후반의 애송이들은 회의 시간에 맞춰 방으로 들어갔다. 그런데 들어가자마자 그 회의실에는 화상회의에 필요한 전화선이 없다는 사실을 알게 됐다. 그토록 오랜 시간 많은 공부를 했건만 우리에겐 화상 통화 라인을 까는 간단한 기술이 없었다. 예정된 시간에서 4분이 금방 흘러갔다. 5분이 흘러갔다.

결국 우리는 내 아이폰으로 화상 통화 번호에 전화를 건 다음 돌아가며 거기에 입을 대고 우리들 각자가 맡은 부분을 발표했다. 얼마나 정신이 없었는지 내가 CDCN의 상임이사이며 최근에 펜실베이니아대학 의대의 조교수로 임명됐다는 사실을 말하는 것도 잊었다. 내가 MBA 과정을 밟고 있는 대학원생이란 것만 겨우 말했던 것 같다. 그러나 비록 전화선 때문에 허둥지둥했지만 라지와 나에게는 사명이 있었다. 아마도 우리의 불타는 투지가 그 실수를 만회했을 것이라고 생각한다. 만일 그곳이 물건을 파는 자리였다면 우린 너무나 참담해서 거기에 서 있지도 못했을 것이다. 그러나 우리에겐 글자 그대로 우리의 목숨이 걸린 절박하고 정당한 이유가 있었다. 그 회의장에 있던 모든 이들이 그걸 느꼈으리라 생각한다.

결과적으로 우리는 그 제약회사의 회의실에서 고위 임원들과 한 차례 더 회의를 했고 그런 후 그들은 CDCN 그리고 펜실베이니아대학과 파트너십을 체결해서 우리가 원하는 국제적인 캐슬만병 등록과 연구 사업을 후원하기로 결정했다. 라지는 그 두 번째 회의가 열리기 직전에 학교로 돌아갔다. 그 대신 제이슨 루스와 아서 루벤스타인이 합류했다. 회의를 마치고 우리 셋은 흥분을 애써 감추며 그 회의실과 건물을 달리듯이 빠져나왔다. 그리고 밖으로 나오자마자 껑충껑충 뛰면서 기뻐했다. 아마 그 제약회사 임원들은 회의실 창문으로 그걸 지켜봤을 것이다!

필라델피아까지 2시간 동안 차를 몰고 가면서 나는 제이슨에게 케이틀린과 내가 준비한 축하를 위한 저녁 식사에 올 수 있는지 물었다. 그는 난색을 표하더니 그다음 날 있을 자신의 박사학위 논문 심사 준비를 하기 위해 집에 가야 한다고 말했다. 나는 깜짝 놀라 차를 길옆으로 처박을 뻔했다. 그는 지난 5년 동안 밤낮없이 노력한 연구 결과를 평가받는, 그야말로 가장 중요한 날을 앞두고 있었다. 그런 상황에서도 나를 돕고 싶었기에 더 일찍 내게 말하지 않은 것이었다. 당연히 그는 당당하게 논문 심사를 통과했고 세계 최고의 암 연구기관 중 하나인 MIT와 하버드대학 공동 브로드연구소Broad Institute of MIT and Harvard에서 박사후과정을 밟을 수 있었다. 이 책을 쓰고 있는 지금 그는 바이오테크 벤처 캐피털 투자 일을 하면서 변함없이 CDCN 일을 돕고 있다.


2015일 1월 5일, 마지막 재발이 끝나고 제5차 연장전이 시작된 지 딱 1년이 되는 날이었다. 나는 조심스러웠다. 지금까지 1년 정도 회복 기간이 지속될 때마다 나는 스스로를 축하해주곤 했는데, 그러다가 곧 재발을 겪은 기억이 너무도 생생했기 때문이다.

16개월째, 발병 이래 가장 긴 재발 사이 기간을 기록하는 시점에서 약한 독감 같은 증상이 나타났다. 케이틀린은 너무 걱정된 나머지 최대한 많은 시간 내 곁에 있기 위해 직장에 휴가를 냈다. 시간 여유가 생겼으니만큼 별일이 아니면 함께 어디로 여행을 가거나 재발의 기미가 보이면 바로 리틀록으로 갈 수도 있었다. 그러나 내 혈액검사 결과는 계속 아주 좋았다. 다섯 번째 재발 기간 동안 염증 표지자는 VEGF 수치 상승과 T세포 활성화를 보였지만 그 이후론 정상을 유지하고 있었다. 그냥 독감이었던 것이다. 독감에 걸렸다고 나처럼 기뻐하고 행복해하는 사람은 아무도 없을 것이다. 며칠 후에 케이틀린은 안심하고 직장에 복귀했다.

그러고 나서 나는 드디어 가슴 떨리는 16개월의 문턱을 넘어섰다. 이제는 한 번도 가보지 못한 영역에 발을 딛게 된 것이다. 나 자신이 어떤 재난 영화의 출연자처럼 느껴졌다. 계속 지하 벙커에 피해 있다가 드디어 밝은 태양 아래로 눈을 껌뻑이며 몸을 드러낸 사람과 같았다. 운석은 지구에 충돌하지 않았고 주인공 윌 스미스는 살 수 있게 됐다. 내 경우엔 시롤리무스 덕분에. 그러나 이게 그 병이 절대 돌아오지 않는다는 뜻이 아님을 잘 알고 있었다. 재난 영화들엔 항상 속편이 있으니까.

희망이 삶이 될 때

제17장
# 또 하나의 죽음을
# 뒤로 하고

"이 일을 맡으면 당신은 죽을 겁니다."

내가 와튼스쿨을 졸업한 후에 펜실베이니아대학 의대의 전임 조교수 자리 제안을 수락하자 같이 일하게 된 새 동료 한 명이 내게 이렇게 말했다. 원래 그런 식으로 말하는 사람이거니 했다. 그는 내가 '불치병'에 걸렸다는 걸 몰랐을 것이다. 속으로 웃어넘겼다. 내겐 해야 할 중요한 일이 있었고 새로 맡은 이 일을 하다가 죽겠다는 계획은 세워놓은 바 없었다.

새로운 직책을 맡은 나는 캐슬만병의 치료와 면역체계의 미스터리를 밝히는 연구를 수행하고 조정하는 일에만 집중할 수 있을 것이었다. 어디서부터 이 두렵고 어마어마한 여정이 시작됐는지 그에 관한 모든 것을 알아내고 싶었다. 나는 연구 프로그램 하나를 발족시켜 끌고 갈 생각이었다. 그 프로그램에는 두 종류의 연

희망이 삶이 될 때

구실이 필요했다. 하나는 '습식 연구실'로 여기서는 환자의 세포 조직이나 세포 모형 시스템, 기타 생물학적 시료를 다루는 연구를 하게 될 것이고 다른 하나는 '건식 연구실'로 컴퓨터를 사용해서 주로 빅데이터 분석에 집중하게 될 것이었다. 과학 용어로는 이런 연구를 '중개연구translational research'라고 부른다. 심도 있는 임상 데이터 분석을 통해 알게 된 것을 환자의 생체표본 연구의 가이드로 삼고, 여기서 알아낸 것을 추가적인 검사를 위해 임상 연구 분야로 다시 보내고, 그 결과로 얻어진 모든 것을 환자를 위한 신약과 진단 도구 개발에 활용하는 것이다.

한편 나는 의대 4년 차 학생들을 대상으로 한 일주일짜리 정밀 의료precision medicine 강의와 이른바 '상자 밖 사고(상자 밖으로 나가기 위해 다섯 번 죽을 경험을 할 필요는 없다는 걸 강조하면서)'를 어떻게 하면 할 수 있는가를 주제로 한 강의를 맡게 됐다.

정밀 의료 또는 개인 맞춤형personalized 의료라고도 불리는 이것은 질병 관리의 새로운 접근법으로 모든 환자가 그가 가진 정밀한 유전자 구성과 고유의 질병적 형질에 따라 치료를 받는 것을 의미한다. 여기서는 같은 질병을 갖고 있다고 해서 무조건 동일한 치료 방식을 적용하지 않는다. 시롤리무스는 원래 신장 이식 환자를 위한 용도였지만 iMCD를 앓고 있는 내게 투여됐다. 이는 내 몸 상태에 대한 각종 검사 결과를 토대로 나온 치료 방식이었고 정밀 의료 실행의 한 예라고 할 수 있을 것이다. 나는 걸어다니면서 구두로 정밀 의료에 대한 광고를 하고 있는 셈이었다.

나는 또 고아질병센터에서도 공식적인 직책을 갖게 됐다. 캐슬만병네트워크CDCN 특공대로부터 배운 모든 것을 다른 희귀병 연구 촉진에 응용하는 일이었다. 그러면서 나는 CDCN의 상임이사 직을 계속 수행했다. 엄마가 처음으로 아팠던 열여덟 살 시절 이래로 내가 꿈꿔온 일을 드디어 하게 됐다. 몹시 흥분되는 일이었지만 가끔 무서워질 때도 있었다.

새 연구실은 내가 맨 처음 환자로 들어와서 거의 죽을 뻔한 그 병원 안에 있었다. 처음에는 기분이 썩 좋지는 않았다. 그 공간을 오갈 때마다 어떤 외상후스트레스장애PTSD 증후군 비슷한 증상이 느껴지는 것 같았다. 그러나 그 고통스러웠던 몇 주간의 '죽음의' 기억들을 캐슬만병과 싸우면서 앞으로 나아가는 '삶의' 기억들로 대체하기로 했다.

미래에 이런 삶의 기억들 중 하나로 떠올릴 수 있을 만한 최초의 일이 갑자기 일어났다. 2016년 3월의 어느 날 나는 불과 몇 분 동안에 여러 통의 이메일과 전화를 받았다. 중환자 병동에 막 iMCD 진단을 받은 환자가 있다는 것이었다. 40대 중반의 전역 군인으로 그의 이름은 개리였다. 그즈음 나는 환자로서 중환자 병동에 출입하지 않은 지 꽤 오랜 시간이 지난 뒤였다. 의사이자 과학자로서는 더 오랫동안 거기 가지 않았다. 처음에는 무의식적으로, 좀 시간이 지나선 의식적으로 그랬던 것 같다. 그 장소로부터 어느 정도 거리를 두고 싶었던 듯하다. 어쨌든 나와 중환자 병동 사이는 친하긴 하지만 만나다가 안 만나다가 하는 다소 불안정한 친구 관계와 비슷했다.

그러나 더이상은 피할 수 없는 노릇이었다. 내가 그 환자를 어떻게 도울 수 있는지 알아볼 필요가 있었고 그가 우리 연구에 흥미를 보이는지도 알고 싶었다. 그의 병실로 가기 위해 내 연구실을 나와 엘리베이터를 탔다. 병실로 들어가면서 개리의 부인이 창틀에 몸을 기대고 서 있는 것을 봤다. 그녀 너머로 보이는 풍경의 어떤 부분이 왠지 낯익었는데 그 이유는 정확히 집어낼 수 없었다.

개리의 상태가 위중한 것을 보고 나는 충격을 받았다. 체액이 차서 부풀어 있는 온몸이 튜브와 탐침으로 덮여 있었다. 신장투석기가 기능부전에 빠진 그의 신장을 대신해서 계속 작동 중이었다. 2유닛의 혈액이 그의 정맥으로 수혈되고 있었다. 그리고 막 떼어낸 산소 호흡기가 아직도 병실 안에 있었다. 그의 모습은 가장 심하게 아플 때의 내 모습이었다. 부인의 눈에서 고통이 배어나는 것이 내 눈에 훤히 보였다.

나는 내 연구와 CDCN이 하는 일에 대해 설명했다. 그들은 이미 그걸 알고 있었고 할 수만 있다면 기꺼이 그 일원이 되고 싶다는 뜻을 밝혔다. "우리는 이 병을 물리칠 수 있습니다"라고 나는 말했다.

그들의 눈빛이 바뀌기 시작했다. 둘 다 매우 놀라는 눈치였다. 그들은 내가 좀 더 나이가 든 '냉담하고, 병약하고, 현미경 뒤에 몸을 숨기고 있는' 그런 사람일 거라고 예상했다고 한다. 내가 완전히 건강해 보이는 모습으로 걸어 들어오는 것을 보면서 자신도 병실을 벗어날 수 있다는 희망을 갖게 됐다고 했다.

나는 개리에게 내가 하고 있는 연구에 대해 이야기하면서 이 병에 대해 좀 더 잘 알기 위해서는 그의 혈액샘플이 필요하다고 했다. 치료가 본격적으로 시작되기 전의 환자 혈액샘플을 얻기가 쉽지 않기 때문에 그의 것이 상당히 귀한 연구 데이터가 될 거라고 말했다. 그는 연구를 위한 혈액샘플 제공에 동의했다. 자신이 실제적인 도움이 된다는 사실에 흥분한 듯이 보였다. 그는 손을 약간 들어 올릴 수조차 없을 정도로 쇠약해져 있었다. 그래서 우리는 필요한 서류를 그의 손 아래에 받쳐 놓고 동의를 확인하는 서명을 거의 그리도록 해야 했다.

"우리는 이 병을 물리칠 수 있습니다"라고 나는 반복해서 말했다. 나중에 개리는 우리라는 말이 그때 자신에게 매우 중요한 의미로 다가왔다고 말했다. 내가 그랬던 것처럼 개리도 온 세상에 자신이 유일한 iMCD 환자인 것 같은, 자신만 어딘가에 홀로 남겨진 것 같은 느낌이었다고 말했다. 그러나 이제 뭔가 자신보다 더 큰 무엇에 속한 느낌을 갖게 된 것이다. 그리고 내가 그 연결 작업을 한 것이다.

병실을 나오다가 나는 애슐리를 보았다. 그녀는 내가 중환자 병동에 입원해 있을 당시 내 담당 간호사였다. 그 이후 나는 그녀를 본 적이 없었다. "데이비드, 정말 당신이에요? 와우, 너무 좋아 보여요. 저기가 당신 방이었던 거, 알죠?" 왜 그 풍경이 내 주의를 끌었는지 그제야 알 수 있었다. 첫 번째 입원 당시의 기억은 별로 남

아 있지 않았다. 그러나 한 가지 분명한 것은 그때 나는 내가 살아
난다면 무엇을 하고 싶은지 생각하고 꿈꾸며 창밖을 응시했다는
사실이다. 나는 이 모든 게 시작된 지점으로 돌아와 있었다.

그때 이후로 많은 변화가 있었다. 나는 정확한 병명을 알 때까
지 몇 개월이 걸렸다. 개리는 병원에 온지 이틀 만에 진단을 받았
다. 이런 변화는 우연히 또는 희망만으로 일어난 게 아니었다.

6개월 전, 개리가 있는 중환자실에서 보이는 큰길 건너편에 있
는 건물에서 나는 5개 대륙 8개국에서 온 34명의 iMCD 최고 전
문가들이 참여한 CDCN 회의를 주재했다. iMCD의 진단 기준
을 세우기 위한 회의였다. 놀랍게도 그때까지 의사가 어떤 환자
가 iMCD에 걸렸다는 판정을 내리는 데 필요한 합의된 체크리스
트가 없었다. 거의 모든 병에는 이런 체크리스트가 있다. 그러나
iMCD와 여타 캐슬만병 아종에는 그런 게 전혀 없었다.

244명의 환자들로부터 데이터와 생체표본을 취합하는 데 거의
2년이 소요됐다. 우리는 그것들을 가지고 진단 기준을 개발했다.
그 회의장에선 전 세계에서 34명의 전문가들이 모이면 일어날 수
있는 상황이 거의 그대로 일어났다. 진단 기준에 무엇이 포함돼
야 하는가에 대해 모든 사람이 저마다의 의견을 갖고 있었다. 의
견들이 서로 크게 어긋난 것이다. 기준을 둘러싼 본질적인 불일치
도 있었지만 언어 장벽으로 인한 오해에서 오는 불일치도 있었다.
그러나 우리는 어떤 경우에도 데이터 우선의 원칙을 고수했고, 그
결과 iMCD의 진단 기준을 두고 사상 최초의 합의에 도달할 수

있었다. 우리의 성과는 《블러드》에 게재됐다.

벤저민 캐슬만이 이 병을 처음 소개한 지 60년이 넘었는데 이제야 의사들은 iMCD의 진단을 고려할 때 활용할 수 있는 체크리스트를 갖게 됐다. 이는 그들이 진단이라는 목적지를 향해 갈 때 필요한 지도이자 설명서가 될 것이었다.

크나큰 승리라고 하지 않을 수 없었다. 정확한 진단이 없다면 치료도, 환자의 생명을 구하는 일도 불가능하다. 진단 기준이 없을 때 나타나는 또 하나의 문제는 캐슬만병에 걸리지 않은 사람을 환자로 오진해서 이 병의 연구나 치료약 개발에 나쁜 영향을 미칠 수 있다는 점이다. 이 (환자가 아닌) 환자들로 인해 연구 결과가 왜곡되기 때문이다. 어쨌든 기대했던 대로, 새로운 진단 기준은 환자 진단에 걸리는 시간을 대폭 줄였으며 체계적인 연구가 가능하도록 만들었다.

그리고 나는 바로 내 눈으로 그 성과를 목격한 셈이었다. 개리의 담당 의사는 새로운 기준에 따라서 림프절 생검을 추천했다. 생검을 담당한 병리학자는 iMCD 환자의 림프절 비대에 관한 논문의 주요 저자였다. 그녀와 나는 그 프로젝트의 수행을 위해 100명이 넘는 iMCD 환자의 림프절 조직을 면밀히 검사했다. 그녀는 개리의 림프절을 들여다보자마자 iMCD라는 걸 알 수 있었다. 그걸 입증하기 위한 체크리스트를 그녀 또한 갖고 있었다.

가장 중요한 것은 개리가 신속하게 진단을 받은 덕분에 즉각 실툭시맙을 투여받을 수 있었다는 점이다. 이 약은 2014년에

iMCD 치료약으로 FDA의 승인을 받았다. 그리고 투약 즉시 개리는 느린 속도이긴 하지만 호전돼갔다. 2010년 내가 처음 아팠을 때와 비교하면 그 치료에 있어서도 가히 혁명적인 발전이 이뤄졌다고 할만했다.

개리는 꾸준히 호전되면서 자신의 혈액샘플을 계속 제공했다. 그로 인해 우리는 실시간으로 실험을 할 수 있었다. 우리는 그것들을 쭉 관찰하면서 목격되는 변화에 놀라움을 금치 못했다. 그의 T세포는 아팠을 때의 내 것보다 더 활성화돼 있었고 통제되지 않는 모습을 보였다. 이것이 뜻하는 바는 분명했다. 무서운 위험 신호였다. 그의 사례는 매우 심각했다. 나는 내 증상을 기억해낼 수 있었다. 기억 속의 나보다 그가 겪는 시련이 더 혹독했다. 그러나 마침내 두 달간의 입원 후에 그는 퇴원해서 재활 시설로 옮겨갔다. 거기서 다시 걷는 방법을 배울 터였다. 우리는 계속해서 그의 혈액샘플을 분석할 필요가 있었다. 나는 자주 그를 찾아가 대화를 나눴다. 그러면서 그의 혈액샘플을 정기적으로 얻을 수 있었다. 한번은 그에게 혈액이 온기를 유지할 수 있도록 용기를 내 옷 안주머니에 넣고 필라델피아까지 운전해간다고 말했다. 그랬더니 그는 내가 어미 닭 같다고 말했다.

개리의 경우는 그야말로 성공 사례라고 할 수 있었다. 많은 의사들과 환자들로부터 이메일을 받으면서도 나는 궁금했다. 도대체 전 세계적으로 우리가 미처 알지 못하지만 얼마나 많은 환자들이 우리가 거둔 성과의 혜택을 입고 있을까? 경이로운 느낌이었다. 게다가 개리의 혈액샘플에서 얻어낸 데이터는 환자 치료에 새로운 통찰을 더해줄 것이었다.

그러나 한 달 후, 캐슬만병이 나를 다시 엄혹한 현실로 끌고 갔다. 실툭시맙을 투여받는 중임에도 불구하고 개리의 병이 재발했던 것이다. 어떤 치료법도 효과가 없었다. 세포독성 화학요법의 융단 폭격이 시행됐다. 내게도 매우 익숙한 이 치료법에 대해 그의 몸은 반응을 보이지 않았다. 내가 그의 부인에게 아직 희망이 있고 개리는 어떻게든 이겨낼 수 있을 거라고 말하는 것을 중환자실 간호사가 들은 모양이었다. 그녀는 나를 한쪽으로 끌고 가더니 개리는 그날 밤을 넘길 수 없을 것이라고 말했다. 나는 내 낙관주의를 억누를 수밖에 없었다.

그날 밤 나는 케이틀린을 평소보다 좀 더 오래 안아줬고 가족들과도 길게 통화했다. 나는 이 병이 우리가 사랑하는 사람들을 얼마나 무력하고 두렵게 만드는지 너무 잘 알았다. 그런데 놀랍게도 화학요법이 제때 효력을 발휘했고 개리는 호전되기 시작했다. 그는 마침내 자기 발로 걸어서 병원을 나갔고 그 후 2년이 되는 이 시점까지 재발 없이 잘 살고 있다.

질병을 의인화하는 것은 바람직한 일이 아니다. 특히 의사 입장에서는 그렇다. 그러나 나는 점점 더 iMCD의 종잡을 수 없는 '성격'을 혐오하게 됐다. 그게 지독한 병이라는 건 잘 알고 있었다. 그리고 그 기전에 대해서도 많은 증거를 확보했다. 그러나 나도 여러 번 당했지만, 이 놈은 제멋대로 치료법을 '골랐다.' 어떤 치료법 앞에선 유순해지고 어떤 치료법 앞에선 여전히 잔혹했으며 전혀 예상치 못한 방향으로 날뛰었다. 그걸 보고 있노라면 우리는 이 병에 대해 정말 아는 게 없다는 생각이 절로 들었다.

때로 이 병에 대해 알아가는 속도가 너무 느리다는 생각에 절망하곤 했다. 엘리스는 보스턴에서 온 열두 살 된 소녀였고 많은 면에서 그 또래의 전형적인 모습을 하고 있었다. 큰 집단 안에서는 조용하고 불안해하지만 가족이나 친구들과 같이 있으면 완전히 편안해지는 10대였다. 그 아이는 케이크와 쿠키 굽는 것을 좋아해서 크면 제과점 주인이 되고 싶다고 했다. 그런데 알 수 없는 복통과 피부 발진이 나타나기 시작했다. 응급실을 자주 드나들었지만 어떤 병인지 단서도 잡을 수 없었다.

열세 번째 생일에서 사흘이 지났을 때, 엘리스는 엄마에게 뭔가 "정상이 아닌" 느낌이라고 말했다. 아직 어린 소녀였음에도 병원의 중환자실로 가지 않으면 안 될 정도로 심한 상태임을 직감했던 모양이다. 마침내 의사는 캐슬만병 진단을 내렸고 3년 전 내 아버지와 내가 밟았던 것과 유사한 경로를 밟아야 했다. 엘리스의 엄마인 킴은 캐슬만병을 구글 검색했지만 그다지 유익한 결과는 얻지 못했다. 엘리스는 자신이 괜찮아질 수 있냐고 의사에게 물었다. "음, 이 병에 대해선 알려진 게 많지 않구나. 하지만 림프종이나 암은 아니란다. 그러니 희망을 가져보자꾸나." 킴은 온 힘을 다해 그 희망을 붙잡았고 결코 딸의 곁을 떠나지 않았다. 엘리스는 그 후 8개월 동안 중환자실을 거의 벗어나지 못한 채 캐슬만병과 싸웠다. 그러나 병의 진행을 막을 수 있는 건 아무것도 없었다. 캐슬만병은 참으로 무자비했다.

담당 의사들은 자신들이 동원할 수 있는 최선의 치료법을 다 사용했지만 결국 엘리스는 진단 9개월 만에 세상을 떴다. 그건 그 아이가 병원을 잘못 찾아갔기 때문도 아니고 의사들에게 시간이 충분치 않았거나 다른 누군가가 다른 방식으로 치료를 하지 않았기 때문도 아니었다. 지금까지 알려진 내용들에 근거해서는 달리 쓸 치료법이 없었기 때문이다. 안타깝게도 엘리스 같은 사례는 매우 많았다.

엘리스는 진정 특별한 아이였다. 엄마와 친구들에게 남긴 말을 보면 얼마나 대단한 아이였는지 알 수 있다. 하지만 엘리스에게 일어난 일은 특별한 일이 아니었다. 나는 내 연구실 벽에 그 아이 사진을 걸어놓고 매일 들여다본다. 살아있었다면 올해 열여덟 살이 됐을 테고 아마도 자신의 장기인 알록달록 한 컵케이크를 만들고 있을 것이다. 캐슬만병으로 사망한 사람들도 있고 아직 힘들게 투병 중인 사람들도 있지만 유독 엘리스가 찍힌 사진을 볼 때마다 우리가 캐슬만병에 대해 아는 게 너무 없다는 생각을 하게 만든다.

캐슬만병과 싸우고 있는 모든 환자와 그들로부터 나오는 모든 생체표본에 이 괴물 같은 병의 정체를 파악하는 데 필요한 단서가 숨겨져 있다. 캐슬만병과 그로부터 비롯될 수 있는 모든 잠재적 질병 상태에 대응하기 위해 면역체계가 어떻게 작동하는지, '오작동'하는지를 밝히는 데 필요한 것들, 간단히 말해 이 병의 치료법은 우리 환자들 각각에게 있다는 말이다. 단지 퍼즐 조각들처럼 종합적으로 맞춰지기를 기다리고 있을 뿐이다. 그래서 우리는 사망한 환자들이 유증한 생체표본과 의료 기록을 모아서 미래의 환자들에게 도움이 될 단서를 확보하려고 노력하는 중이다.

캐슬만병과의 싸움에서 엘리스가 남긴 유품은 생체표본과 의료 기록이 다가 아니었다. 킴은 지금 CDCN의 이사로 활동하면서 매년 기금 모금 오토바이 타기 행사를 주관하고 있다. 이 오토바이 타기 행사는 엘리스를 기리고 캐슬만병에 시달리고 있는 어린 환자들의 치료에 들어가는 돈을 마련하기 위한 것이다. 킴은 매일 '밝은 빛'을 만들어내고 있다. 그리고 나머지 우리들은 그녀에게 많은 빚을 지고 있다.

제18장

고통이
되돌아오는 속도

파우스트는 자신이 가진 지식에 만족할 수 없는 의사였다. 그래서 그는 악마와 거래를 해 세상의 모든 지식과 그에 따른 권능과 쾌락을 얻게 됐다. 그러나 그 대가로 자신의 영혼을 악마에게 넘겼다. 그의 영혼을 '수금'하러 온 악마에 끌려 지옥 구경을 하기 전까지는 꽤 괜찮은 거래였다.

캐슬만병에 걸리기 전까지 나는 최고의 권위를 보장하는 교육과 직업으로 가는 길을 잘 걷고 있었다. 우리가 사는 이 시대는 대체로 세속적이며 개인주의가 지배하고 있다. 그렇다고 해서 의학의 상징에 어떠한 성스러움도 존재하지 않는다고 자신 있게 말할 수 있을까? 하얀 가운과 의학의 신 아스클레피오스Asclepius의 지팡이, 진료 대기실, 병실, 진단, 휘갈겨 쓴 치료 지시와 처방. 나는 그런 성직자 계급에 오를 준비를 마쳤으며 이 시대가 보유한 방대한 지식에 접근할 자격이 있었다. 나는 삶과 죽음을 가르거나 이어줄 수 있는 매개자가 될 터였다.

그런데 내 삶 자체가 갑자기 위태로운 무엇, 아니 지옥 같은 무엇이 되어버렸다. 그러자 나는 의학의 권능과 우월성에 호소해야 했다. 그런데 그릇된 대답을 들었다. 나는 다시 호소했다. 다시 그릇된 대답이 돌아왔다. 나는 죽지는 않았지만 그건 의학 위에 있는 섭리, 또는 우연 같은 것 덕분이었다. 그래서 나는 의학의 전지전능함을 믿지 않게 됐다.

나는 파우스트의 반대 사례가 됐다.

나는 어떤 기관이나 시스템에 정답이 다 마련돼 있고 세상의 모든 가용 지식이 들어있다는 믿음을 버렸다. 구체적인 해법을 찾기 위해 막연한 '희망'은 버렸다. 지식을 얻기 위해 더 높은 곳에 있는 지적 권위체의 마법적이고 신비한 권능에 더이상 애걸하지 않고 내 스스로 책을 읽고, 연구 결과를 검토하고 단백질을 조사했다. 그게 내가 할 일이었다.

그리고 여러 차례의 끔찍한 에피소드, 재발을 겪었다. 그러고 나서 유예 기간을 얻었다. 나는 내 상태에 대해 현실적으로 생각한다. 내가 지금 처해 있는 상황은 유예에 불과하다.

그런데 이 역전된 파우스트 거래엔 다른 측면이 있다. 나는 나 자신의 생명을 구하기 위해 이 모든 노력을 시작했지만 이제는 다른 많은 사람들의 그것을 위해 일하고 있다. 내 영혼이 확장되고 있는 느낌이다. 다른 누군가의 생명을 구하기 위해 일한다는 것은 내가 전혀 예상하지 못했던 방식으로 그들과 만나는 것을 의미한다. 이는 파우스트처럼 단기적인 이익과 장기적인 결과를 맞바꾸는 일이 아니다. 전지전능함의 가능성을 포기하고 산지옥을 견딘 대가로 나는 더 큰 삶, 더 많은 사람들과의 연결, 책임감의 든든한 공유라는 선물을 받았다. 나는 내가 상상했던 것보다 훨씬 더 크고 많은 것들을 얻었다. 물론 아직 내가, 우리가 필요로 하는 것만큼은 아니지만.

나 다음으로 시롤리무스를 투여받은 환자는 다섯 살짜리 케이티였다. 케이티는 겨우 두 살 때 캐슬만병 진단을 받았다. 그야말로 공주 대접을 받으며 오빠들과 흙장난을 하며 세상 경험을 하기 시작할 때 캐슬만병 진단을 받은 것이다. 담당 의사는 케이티의 가족들에게 자신이 캐슬만병에 대해선 별로 아는 게 없다고 말하면서 인터넷으로 확실치 않은 '정보'를 찾았다(그때는 진단 기준이 마련되지 않았을 때였다). 그럼에도 그 자체가 희귀병인 캐슬만에 관해서는 그나마 성인보다 어린아이 사례가 더 알려진 것이 없다는 걸 그는 잘 알고 있었다. 케이티의 부모들은 겁에 질릴 수밖에 없었다. 어찌어찌 수소문해서 그들은 캐슬만병네트워크 CDCN와 연결될 수 있었다. 우리는 그들에게 이 분야의 전문가를 소개했다. 그러나 그가 최선을 다했음에도 불구하고 케이티는 호전되지 않았다.

4년이 넘게 케이티는 정상적인 삶의 궤도에서 벗어나 있었다. 숱한 치료가 실패로 돌아갔고 무려 14번이나 입원을 했다. 온갖 면역억제제, 화학요법을 다 써봤지만 '유예'의 기미가 보이지 않았다. 결국 케이티는 세포독성 화학요법을 시작했다. 증상 완화에 다소 도움이 됐지만 심각한 부작용이 수반되면서 신체 에너지 수치가 올라가지 않았고 발육도 저해했다. 급기야는 출혈성 방광염에 걸리게 됐다. 무려 9주 동안 지속적으로 말초삽입형중심정맥관PICC을 통해 치료 약물을 투여받아야 했다. 이 모든 일이 케이티의 아빠가 군사 작전 수행을 위해 중동을 오가는 동안 일어났다.

모든 치료 선택지가 다 소진되고 나자 케이티의 담당 의사는 내 사례와 데이터에 근거해서 시롤리무스를 써보기로 했다. 그 결과 케이티는 차도를 보였다. 100퍼센트 정상으로 돌아온 것은 아니고 아직 힘들게 지내고 있긴 하지만 삶의 질은 현저하게 개선됐고 그 이후로는 한 번도 입원하지 않았다. 지난 4년간의 상태와는 비교할 수 없을 정도로 원기가 회복된 케이티는 이제 달리고 웃고 장난칠 수 있게 됐다. 이런 호전에 힘입어 케이티는 유치원을 졸업할 만큼의 건강과 힘을 되찾을 수 있었다. 올해엔 자전거 타는 법까지 배웠다고 한다.

자전거를 타는 능력 여부가 의료적 임상실험의 어떤 기준점이 되는 건 아니지만 부모에겐 무엇보다 중요하다. 한마디로 케이티는 다시 여느 아이와 다름없는 상태가 된 것이다. 우리는 케이티의 엄마인 밀레바의 마음을 움직여 CDCN에 가입하도록 만들었다. 밀레바는 자원봉사자로서 우리 조직의 환자 참여 프로그램을 주도하고 있다. 그녀는 사망 환자 가족의 위로에서부터 캐슬만병과의 싸움에 참여하도록 어린 환자의 부모들에게 동기를 부여하는 일에 이르기까지 여러 가지를 담당하고 있다.

의학계에 발을 디딘 초기부터 캐슬만병은 내게 매우 사적인 병이 돼버렸다. 나 자신이 그 병에 걸렸기 때문이다. 그런데 지금 캐슬만병은 더욱더 사적인 병이 되고 있다. 케이티 같은 환자들과 수많은 사적인 유대를 맺으면서 그렇게 된 것이다. 케이티의 활기찬 모습을 보고 나와 CDCN의 동료들은 큰 기쁨을 느꼈다.

그다음의 시롤리무스 투여 사례는 그 환자에게 그야말로 마지막 조치로 행해진 것이었다. 그랬기에 내 마음 또한 더욱 간절했다. 리사는 콜로라도에서 온 14세 소녀였다. 완벽하게 건강했고 승마와 체조를 잘하던 그녀는 iMCD에 걸리면서 단 며칠 사이에 중환자 병동에 들어가야 하는 처지가 되어버렸다. 모든 장기에 부전이 일어났다. 온몸에 체액이 들어찼고 의식을 잃었다. IL-6 차단제는 듣지 않았다. 화학요법제 융단 폭격도 효과가 없었다. 산소호흡기와 혈액 투석에 의존해서 겨우 생명을 이어갔다.

리사의 담당 의사는 시롤리무스를 투여하기로 결정했다. 그 결과 잠시 미약하게 차도를 보이는가 싶더니 다시 상태가 급격히 악화됐다. 수차례 화학요법과 최대 용량의 시롤리무스 투여를 했음에도 불구하고 리사는 자신의 면역체계가 자신의 몸에 가하는 공격을 이겨내지 못했다. 결국 입원한 지 석 달 만에 세상을 떴다. iMCD가 다시 한번 승리를 거뒀다. 더이상 할 수 있는 게 아무것도 없었다. 그러나 그렇게 생각한다고 해서 마음이 편해지는 것은 아니다.

시롤리무스는 내게 기적을 가져왔다. 그러나 모든 환자에게 그렇지는 않았다. 시롤리무스를 투여받은 iMCD 환자들 중 일부는 호전됐지만 일부는 그렇지 못했다. 그 정도로는 충분치 않다. 내게 효과가 있었다는 사실로는 전혀 충분치 않은 것이다.

왜 시롤리무스는 어떤 사람에게는 듣고 어떤 사람에게는 그렇지 않을까? 새 치료법의 표적과 관련해서 무언가 잘못된 점이 있는 것은 아닐까?

이 질문에 대한 답을 찾기 위해 나는 노력을 계속했다. 최근 나는 T세포와 VEGF, mTOR의 관계와 관련한 데이터를 취합해서 국립보건원에 이를 연구하기 위한 지원금을 신청했고 승인을 받았다. 이는 iMCD 연구와 관련해서 R01(미국국립보건원에서 실시하는 가장 오래되고 대표적인 연구 프로젝트 보조금 지원 제도 – 옮긴이) 또는 연방 기관으로부터 지원금을 받은 첫 번째 사례였다. 이 돈을 가지고 iMCD에서 T세포와 VEGF, mTOR의 역할을 규명하기 위해 총력을 기울이고 있다. 여기에는 실툭시맙이 듣지 않는 환자들을 대상으로 한 시롤리무스 임상실험 프로젝트도 포함돼 있다. 우리는 iMCD에 대한 시롤리무스의 효과성을 파악해내는 한편 가능한 새로운 치료 옵션을 알아내고자 한다.

얼마 전 내 의료 기록들을 살피던 중에 나는 그동안 눈에 띄지 않았던 부호가 어떤 페이지 상단에 찍혀 있는 것을 발견했다. D47.Z2. 국제질병분류법International Classification of Disease, 줄여서 ICD 상의 이 부호는 연방보건당국인 CMS(Centers for Medicare & Medicaid Services)가 찍은 것이었다. ICD는 의학이 기대고 있는 방대한 분류 체계다. D47.Z2를 몰라본 것이 큰 잘못은 아닌 게 분류법상에는 온갖 시시콜콜한 부호들이 다 있기 때문이다. 예를 들면 V91.07XD는 수상스키를 타다 입은 화상을 가리키는 부호다. V97.33XD는 두 번째로 제트 엔진 속에 빨려 들어간 경우를 의미한다(두 번째라니!). W61.62XD는 많고 많은 사고 중에 오리와 충돌한 사고로 입은 부상을 뜻한다.

어쨌든 어리둥절해진 나는 구글 검색창에 D47.Z2를 쳐넣었다. 캐슬만병이라는 대답이 나왔다. 내 질병의 독자 부호였다.

내가 처음 진단을 받을 당시 캐슬만병에는 독자적인 부호가 없었다. 그저 분류가 어려운 질병들을 통칭하는 부호 하나가 그걸 대신했을 뿐이다. 수상스키를 타다 입은 화상을 나타내는 부호만큼도 '수요'가 없었다는 말이다. 즉 이 병의 독자적인 부호를 요구할 수 있는 환자들의 수가 수상스키를 타다가 화상을 입은 사람들보다 적었다는 뜻이다. 2014년 밴 리 박사와 CDCN의 동료들과 내가 CMS에 청원하지 않았다면 아직도 없었을 것이다. 이런 결과가 나타나려면 누군가가 단순한 희망을 구체적 행동으로 옮겨야 한다. 내가 하지 않는다면 아무도 하지 않는다.

우리는 먼 길을 걸어왔다.

CDCN은 개별적인 연구자들을 규합하고 새로운 연구자들을 끌어들여 단독으로라면 이뤄낼 수 없는 통합적인 비전과 목표, 계획을 제시하고 추구했다.

과거에는 소수의 캐슬만병 환자를 대상으로 어떤 분자(예를 들면 IL-6 같은)의 수치를 측정하는 수준의 연구가 이뤄졌다면, 우리의 협업 네트워크상에선 전 세계에서 수집된 환자들의 생체표본 연구가 가능하며 이를통해 로써 예전과는 비교할 수 없을 정도로 방대한 데이터 분석이 이뤄진다. 가장 최근의 예를 들자면 프리츠와 나는 현재 어떤 단백질 유전 정보학 연구 결과를 분석하는 중이다. 그 연구는 iMCD 환자 100명, 다른 면역 질환 환자 60명, 건강한 대조군 40명으로부터 362개의 혈액샘플을 얻어 1천 300여 가지의 단백질 수치를 측정한 것이다. 이 데이터를 보면서 대번에 든 생각은 우리가 제시한 치료 가설이 최소한 한 가지 점에서는 옳았다는 것이다. iMCD는 IL-6뿐만 아니라 훨씬 더 많은 다른 사이토카인들과 관련이 있다는 것. 여기서 기억할 것은 우리는 우리가 보길 원하는 것만 볼 수 있고 측정하지 않은 것은 알 수 없다는 사실이다. 그 데이터는 또한 iMCD가 자가면역질환과 림프종이 교차하는 지점에 위치함을 시사했다.

프리츠와 나는 현재 CDCN의 과학자문위원회 공동 위원장을 맡고 있다. 그는 캐슬만병 환자를 돌보는 일과 전문가를 소개하는 일을 주관하고 있다. 나는 중개 연구 프로젝트를 담당하고 있다. 데이터의 해석을 놓고 우리는 자주 의견이 부딪친다. 그러나 그것은 과학의 발전에 매우 중요한 일이다. 논쟁과 토론이 우리를 옳은 해법으로 인도해주기 때문이다. 싸우고 나서 함께 맥주를 한

잔 할 때도 있다. 그는 동료로서는 첫째, 친구로서는 둘째인 사람이다. 게다가 누가 뭐래도 내 담당 의사다.

CDCN이 단백질 유전 정보학 연구 같은 대형 연구를 수행할 수 있도록 하기 위해 우리는 다면적인 전략을 개발했다. 우리는 지속적으로 생체표본과 환자 데이터를 확보할 수 있도록 생체자원은행을 발족시켰다. 우리는 의사와 전문가 커뮤니티에도 표본 기증을 요청하긴 하지만 훨씬 효과적인 방법은 환자에게 직접 부탁하는 것이다. 거기엔 앞서 말한 환자 등록 프로젝트를 통해 환자 데이터에 직접 접근하는 방식과 같은 이점이 있다. 연구자 그룹이나 기관에 생체표본을 적절하게 할당하는 일에도 대단한 노력과 협상 기술, 전략적 판단, 내가 경영대학원에서 배운 경영 이론이 필요하다. 다행인 것은 환자들 스스로가 해법의 일부가 되고 싶어하고 글자 그대로 자신들의 일부인 혈액이나 세포 조직 표본들을 기꺼이 내준다는 점이다.

환자들은 CDCN이 자신들의 치료와 정상 생활 복귀를 가능하게 할 유일한 희망이라는 말을 자주 소셜미디어에 올린다. 그러나 표본과 데이터, 때로는 기금을 제공하는 이 환자들이야말로 CDCN이 치료법을 개발하는 데 반드시 필요한, 현실적이고 유일한 희망이라고 하지 않을 수 없다.

우리는 한편으로 테크놀로지 기업이나 제약회사와 제휴해 대형 연구가 언제든지 가능하도록 하고 있다. 미디어데이터Mediadata라는 테크놀로지 기업은 머신 러닝과 데이터 과학 도구 부분에서 우리가 진행하고 있는 단백질 유전 정보학 연구에 기여하고 있다. 이들은 50만 개의 데이터 포인트로부터 유의미한 통찰을 이끌어 내는 데 도움을 주고 있다. 비록 몇몇 악덕 업체들 덕분에 전체적인 인상이 좋지는 않지만 제약회사들 또한 연구 자금, 데이터, 표본 등의 제공을 통해 믿을 수 없을 정도로 큰 기여를 하고 있다. 우리의 도약을 위한 필수적인 토대가 될 이 자원들을 구하는 데 크게 어려움을 겪지 않고 제때 활용할 수 있도록 도와주기만 해도 치료법 도출로 향해 가는 발걸음이 빨라질 수 있다. 게다가 제약회사들이야말로 실제로 약을 개발해서 환자들의 생명을 구할 수 있는 유일한 행위자들이다. 생명을 구하는 것이 우리의 최종 목표임을 우리는 잊지 않고 있다.

iMCD 연구를 하면서 우리는 몇 가지 중요한 성과를 거뒀다. 병의 원인, 주요 세포 유형, 세포 간 연락망, 가능한 새 치료법 등을 알아내는 일과 관련해서 전 세계 전문가들과의 협업 과정을 통해 상당히 의미 있는 연구 성과들을 거뒀다. 컬럼비아대학의 바이러스 전문가를 앞세워 CDCN이 수행한 첫 번째 다자 협력 연구 결과, 바이러스 감염이 iMCD의 원인일 가능성은 없다는 게 밝혀졌다. 이제 우리는 연구 초점을 유전학과 지금까지 알려진 몇몇 유전자 변이 쪽으로 돌리고 있다. 거기서 iMCD의 발병, 촉진 원인을 규명하고자 한다. CDCN에는 '국제 연구 어젠다'라는 분야가 있는데 여기에 그 방향에 부합하는 최우선 연구 과제가 올라와 있다. 게놈 서열 연구가 그것이다. 이 연구를 위해 와튼스쿨

동창들이 4만 달러를 모아 보내줬다. 더불어 다수의 개별 연구자들이 게놈 변이가 iMCD에서 어떤 역할을 하고 효과를 내는지 연구 중에 있다.

나는 iMCD와 게놈 변이의 관계를 연구하는 연구자들 중 한 사람인 동시에 면역 조절 유전자 변이가 확인된 환자이기도 하다. 흥미를 끄는 이 유전자는 T세포의 점멸 스위치 기능을 하는 것으로 보인다. 따라서 내 T세포가 통제를 벗어나 제멋대로 날뛰게 된 것과 iMCD 발병이 이 유전자에 변이가 일어났기 때문이라는 설명이 가능해진다. 그러나 이 변이가 진정한 원인인지 아니면 그럴듯해 보이는 거짓 원인인지를 가려내는 일은 결코 간단하지도 쉽지도 않다. 우리는 누구나 다 자신의 게놈 안에 큰 문제를 일으키지 않는 수천 개의 변이를 품고 있다. 그런데 실제로 병을 일으키는 유전자 변이와 일으키지 않는 것을 구분해내는 것은 건초 더미에서 바늘 찾기보다 더 어렵다. 바늘처럼 눈에 확 띄는 것이면 얼마나 좋을까마는 그건 마치 30억 줄기의 건초로 이뤄진 건초 더미에서 특정한 건초 한 줄기를 골라내는 것과 같다.

나는 부모 양쪽으로부터 변이된 유전자 복제본을 하나씩 물려받았다. 돌아가신 지 10년이 지났지만 엄마의 DNA 염기서열을 알아낼 수 있다. 왜냐하면 임상실험을 하기 위해 채혈했지만 사용하지 않은 엄마의 혈액이 남아있기 때문이다. 그 실험, 튜브 등이 다 기억났다. 간호사가 피를 뽑는 동안 내가 엄마 손을 잡아줬기 때문이다(엄마도 리사 누나처럼 주삿바늘만 보면 기겁했다). 그때 엄마

희망이 삶이 될 때

는 자신의 혈액이 향후 연구와 병원 외부의 연구자들에 의해 사용되는 것에 동의했다.

엄마는 당신의 아들이 그 연구를 하리라는 것을, 당신의 '꼬맹이'가 본인 혈액샘플 사용의 수혜자가 되리라는 것을 상상조차 못했을 것이다. 하기야, 누군들 지난 10년 반 동안 우리 가족에게 일어났던 일을 예상할 수 있었겠는가.

어떤 경우에 유전자 변이가 우리로 하여금 특정한 질병에 취약하게 만들거나 그 질병을 일으키는지를 알아내기 위해선 그 병을 가진 사람이 가진 변이 유전자를 일단 쥐의 배아 속에 집어넣어야 한다. 그런 다음 그 배아가 커서 신생 쥐로 태어나면, 그 쥐와 유전자상으로 같지만 변이 유전자가 삽입돼 있지 않는 쥐의 표현형phenotype(유전자와 환경의 영향에 의해 형성된 특별한 형질 – 옮긴이)이나 특성을 비교한다. 그래서 만일 변이 유전자를 삽입한 쥐가 해당 질병에 걸린 사람과 유사한 특성을 보이는 반면에 변이 유전자가 삽입되지 않은 쥐는 그런 걸 보이지 않았다면 그 변이 유전자가 문제라는 사실이 정확하게 드러나게 되는 것이다.

내 연구실에서 박사과정을 밟고 있는 루스 앤 랜건이 현재 내 변이 유전자를 삽입한 쥐들을 가지고 iMCD에서 유전자가 어떤 역할을 하는지 연구하고 있다. 우리는 그 실험용 쥐들을 '작은 데이브들'이라고 부른다. 이 연구에서 뭔가 알아낼 수 있다면 좋겠지만 꽤 먼 길을 더 갈 수도 있다는 현실적인 생각도 하고 있다. 왜냐하면 내 것과 같은 변이 유전자가 아직 다른 iMCD 환자에게

선 발견되지 않았기 때문이다.

의사들이나 환자들이 계속 내게 연락해서 캐슬만병을 치료하려면 어떻게 해야 하는지, 그 병이 어떻게 작동하는지를 물어본다. 어쩔 수 없이 "모릅니다"라고 대답하게 될 때가 있지만 그 빈도는 그전보다 훨씬 줄어들었다. 내가 하는 일의 가장 고마운 점 하나는 우리들이 구축한 네트워크 설계도를 다른 희귀병 그룹이나 단체와 공유할 수 있다는 것이다. 그렇게 해서 그들은 우리가 만든 환자 중심의 협업 네트워크와 크라우드소싱을 통해 가장 유망한 연구 과제를 발굴하는 방법을 알게 된다. 더이상 사일로는 없다. 우리는 다른 희귀병 분야에서도 "모릅니다"라는 소리가 덜 나오길 희망하고 있다.

또한 우리는 다른 질병 연구 결과를 활용하는 방법도 생각하고 있다. 다른 용도로 승인된 약을 캐슬만병 치료에 '비인가'로 쓸 수 있을지 알아보기 위해 여러 연구 결과들을 들여다보고 있다. iMCD 환자에게서 IL-6 수치 상승이 발견된 시점에서 IL-6를 표적으로 삼는 치료법이 FDA의 승인을 받기까지 25년이 걸렸다는 사실을 생각해보라. 다양한 질병 치료 목적으로 FDA의 승인을 받은 약 1천 500종의 약이, FDA 승인 치료약이 없는 약 7천 가지 희귀병 중 하나에 걸린 약 3천만 명의 미국인에게 내일이나 심지어 오늘 당장 투여될 수도 있다는 사실을 생각해보라. 이미 나와 있는 약들 중에서 인간의 생명을 구할 수 있는 얼마나 많은 약들이 (다른) 치명적인 질병에 사용되기만을 기다리고 있을까?

한 가지 예를 들어보겠다. 우리 집안의 마이클 삼촌이 전이성 혈관육종 진단을 받았다. 이는 매우 예후가 좋지 않은 희귀암이다. 나는 삼촌과 함께 최고의 육종 종양의학 전문의를 만나러 갔다. 그 의사는 두 개의 치료 선택지가 있고 삼촌은 약 1년 정도 더 살 수 있을 거라고 말했다. 나는 그에게 삼촌의 종양 세포를 가지고 유전자 변이를 알아보기 위한 암 유전자 검사를 받아보는 게 어떠냐고 말했다. 그렇게 하면 다른 암 치료 용도로 FDA 승인을 받은 치료법을 사용할 수도 있을 거라고 말이다.

그 의사는 유전자 검사 지시를 하지 않겠다고 했다. 그렇게 해서 유용한 정보가 얻어지는 경우가 거의 없다는 것이었다. 거기서 나온 정보가 진단이나 예후를 아는 데는 도움이 될 수 있지만 정작 치료법 선택에 영향을 줄 비율은 전체 사례의 10퍼센트 이하라고 했다.

'만약 삼촌이 그 10퍼센트 이하에 속할 수 있는 환자라면요?'라고 나는 생각했다.

나는 그 의사에게 PD-L1과 관련된 검사를 해줄 수 있냐고 물었다. 만일 그 검사 결과가 양성이면 FDA가 승인한 PD-L1 혹은 그 수용체인 PD-1 억제제 사용을 생각해볼 수도 있기 때문이었다. PD-L1, 즉 프로그래밍된 세포 사멸 리간드Programmed death-ligand 1는 암 유발 유전자 변이와 DNA 손상의 결과로 종종 암세포 표면에서 발견된다. 이 세포 단백질은 면역체계의 감시로부터 암을 숨겨주는 정도가 아니라 암세포를 죽이기 위해 접근하는 면역세포의 사멸을 유도한다. 그래서 PD-L1이 증가된 암환자의 PD-L1이나 그 수용체를 억제하면 면역체계가 사멸을 겪는 일 없이 암세포를 찾아서 죽일 수 있다. 그러므로 삼촌의 암세포에서 PD-L1수치 상승이 보인다거나 그것의 차단 봉쇄가 효과를 낼 수 있다는 결과가 나오면 삼촌에게는 희소식 중의 희소식이 될 터였다. 의사는 PD-L1 문제는 혈관육종이나 여타 육종에서 연구된 바 없으며 PD-L1이나 그 수용체를 차단하는 약물이 육종 치료에 사용된 적도 없다고 말했다. 그러므로 자신은 그런 검사를 지시할 생각이 없으며 그런 약의 투여도 고려하지 않는다고 말했다.

"설혹 양성으로 나온다 하더라도, 차단제가 듣지 않을 수 있고 게다가 엄두도 못 낼 만큼 엄청나게 돈이 많이 드는 방식입니다"라고 그는 덧붙였다.

'그렇지만 해보지 않으면 알 수 없습니다'라고 나는 생각했다. '누군가는 첫 번째가 되어야 해요. 방금 당신은 내 삼촌에게 남은 시간과 선택지가 제한적이라고 말했습니다. 그런 사람에게 뭐가 더 중요할까요?'

그를 만나고 나오면서 나는 삼촌에게 그런 검사 지시를 내려줄 다른 의사를 찾아보자고 했다. 그렇게 찾아낸 의사는 내 요청대로 했다. 그리고 앞서의 육종 전문가가 한 가지 점에선 옳았다는 사실이 드러났다. 유전자 검사 결과 아무런 사실도 발견할 수 없었던 것이다. 현존하는 치료약의 표적이 될 수 있는 암세포의 유전자 코드 변이는 없었다. 그러나 삼촌의 암세포는 PD-L1 양성 반응을 보였다. 그의 암세포는 PD-L1으로 덮여 있었다. 그렇다면 PD-L1 봉쇄가 암을 치료할 수 있을까? PD-L1을 표적 삼는 두 가지 약이 폐암과 흑색종 치료용으로 이미 FDA의 승인을 받은 상태였다. 곧 삼촌은 이 두 가지 약 중 한 가지를 투여받는 최초의 혈관육종 환자가 됐다. 증상, 각종 검사 결과 수치, 종양 크기 등에서 그는 현저하게 호전됐다. 이 책이 나올 때쯤이면 삼촌은 악화 없이 3년째 사는 게 될 것이다. 앞으로 어떻게 될지 아무도 장담할 수는 없다. 하지만 마이클 삼촌의 말을 빌리면 "매일매일이 선물"인 삶을 살고 있는 중이다. 이 사례 이후로 혈관육종 치료에서 해당 약의 비인가 사용과 임상실험이 이어졌다. 우리는 이런 시도들이 혈관육종을 앓고 있는 많은 환자들에게 도움이 되기를 희망한다.

다른 약들 중에서도 얼마나 많은 약들이 이 경우에서처럼 약국 선반 위에서 방치되고 있을까? 유감스럽게도 FDA 승인 약품이 다른 희귀병에도 효과가 있는지 알아보기 위한 임상실험은 돈이 많이 드는 데다 그를 위해 제약회사들의 투자를 끌어낼 유인책도 별로 없다. 그리고 임상실험을 했다 해도 그 데이터가 이 약의 새로운 용도 승인을 받기 위해 FDA에 제출되는 일도 드물다. 이 모든 과정은 너무 큰 비용과 시간을 요구한다. 그리고 불리한 점도 있다. 만일 희귀병에 대한 효력 여부를 판단하기 위한 임상실험에서 해당 약이 지금껏 없었던 부작용을 유발하는 것으로 밝혀지면, 그 약을 애초 용도로 사용하는 것도 제한받을 수 있다. 그러나 그럼에도 다른 치료 대안이 없는 환자들에게 비인가로 약을 사용하는 일에 관한 연구를 장려할 필요는 있다. 마이클 삼촌과 나는 그런 많은 환자들에게도 얼마든지 다른 선택지들이 있을 수 있다는 것을 보여주는 산 증거다. 다만 그 선택지들을 아직 다 못 찾았을 뿐이다.

이 책을 쓰고 있는 지금 나는 2010년 발병 이래 가장 건강한 상태를 유지하고 있다(물론 발병 이전처럼 운동을 하진 못한다. 할 수 없어서가 아니라 내 모든 에너지를 이 병의 정체를 밝히고 케이틀린을 비롯해 내가 사랑하는 사람들과 최대한 시간을 많이 보내기 위해 쓰기 때문이다). 나는 아프기 시작한 후 처음 3년 반 동안 다섯 번의 죽다 살아나는 에피소드를 경험했다. 그리고 '내' 치료법을 채택한 이후로는 5년 동안 단 한 번의 재발도 없었다. 캐슬만병 진단을 받은 이래 건강한 기간이 가장 길게 이어지고 있다. 이전의 건강한 기간들의 평균보다 약 7배 정도 더 길다. 시롤리무스가 내 생명을 연장시키고 있다고 자신 있게 말할 수 있다. 내가 사는 곳에서 채 1킬로미터도 떨어져 있지 않은 동네 약국에 이 약이 있다는 걸 생각하면 놀랍기만 하다. 내가 쓸 때까지 아무도 그걸 써볼 생각을 하지 못했다. 때로 답은 뻔히 보이는 곳에 있는 것이다.

그러나 결코 전쟁이 끝난 게 아니다. 우리는 아직까지 궁극적인 캐슬만병 치료법을 알아내지 못했고 환자들은 계속 이 병에 시달리고 있다. 최근 내 사례가 언론 매체에 소개되면서 "치유를 축하

희망이 삶이 될 때

한다"는 내용의 이메일을 많이 받았다. 그러나 유감스럽게도 이는 너무 앞서나간 것이다. 풋볼에 빗대 말하면 2012년 우리는 거의 우리 측 골라인에 근접한 지점까지 밀려났고 그때 시합은 끝이 난 듯 보였다. 그러나 우리는 어려움을 이겨내고 모든 힘을 모아 다시 밀어붙였다. 현재 우리는 경기장 중간쯤까지 전진해있다. 우리가 약간 우세를 보이는 가운데 시합은 교착상태에 빠져 있다. 시간은 흐르고 있고 치료법을 찾는 우리에게는 도움이 절실하다. 나를 비롯해 이 병에 대항해서 목숨을 걸고 싸우고 있는 수천 명의 환자들은 아직 갈 길이 멀다. 우리가 스스로가 계속 노력해야 한다는 사실과 다른 어느 누구도 대신 해주지 않을 거라는 사실을 나는 잘 알고 있다.

내가 완쾌된 상태가 아니라는 것도 잘 알고 있다. 내 병은 언제든지 다시 돌아올 수 있다. 내가 지난 재발 시점으로부터 멀어지면 멀어질수록 다음 재발 시점에 가까워진다고 볼 수도 있다. 그러나 설령 다시 아프게 된다 해도 그때는 예전과 같지 않으리라고 생각한다. 왜냐하면 iMCD에 대한 의료계의 이해와 치료 수준이 바뀌었기 때문이다.

나는 단순한 희망과 희망 속에서 불굴의 존재가 되는 것의 차이를 알고 있다. 엄마가 갖고 있던 신문 기사 조각이 그걸 알려줬다. 거기에는 큰 차이가 있다. 소망하는 것과 행동하는 것의 차이만큼이나. 내가 다음 재발 전에 이 질병의 비밀을 풀기 위해 할 수 있는 모든 일을 하고 있음을 알기 때문에 나는 그게 올지, 온다면

언제 올지에 대한 걱정을 덜하게 된다. 설령 재발한다 해도 내게
는 어떤 회한도 없을 것이다. 내가 가진 모든 것을 동원해서 싸울
것이다. 어떤 경우가 됐든 희망과 삶을 추구하는 이 여정의 모든
순간을 즐길 것이다.

# 에필로그

      나는 운이 매우 좋다고 생각한다. 물론 엄밀히 따져보면 항상 그랬던 것은 아니고 건강 면에서는 꽤 재수가 없긴 했다. 그러나 내가 겪은 일은 나를 해방했고 그로 인해 나는 '자유롭게' 내 열정을 좇을 수 있었고 마음의 평화를 얻을 수 있었다. 나는 내게 주어진 시간을 최대한 활용하고 즐기고 있다. 크나큰 목적의식이 생겨났으며 아프기 전에는 상상할 수도 없었던 힘이 내게 주어진 듯한 느낌이다. 지금 나는 군대를 이끌고 있다. 그리고 나를 거의 죽일 뻔했을 뿐만 아니라 계속해서 전 세계의 많은 사람들의 생명을 위협하고 뺏는 저 괴물과 맞서 싸우도록 내가 동기를 부여한 사람들의 모습을 보고 있다.

      2018년 8월 19일, 내 운이 다시 한번 바뀌었다. 나는 펜실베이니아병원의 복도를 달려가고 있었다. 예전에도 숱하게 그랬던 것처럼. 심폐소생술(성공하지 못했지만)을 하기 위해, 몇 번인지도 모를 정신 상태 시험 문제를 조지에게 내기 위해, 조지와 그의 딸이 다시 연락할 수 있도록 하기 위해(성공했다), 벤저민 프랭클린의 방에서 원기 회복을 위해 쪽잠을 자려고 그랬던 것처럼. 심지어는 마주친 경비원들조차도 그때와 똑같은 사람들이었다. 그러나 이 번에는 다른 점이 하나 있었다. 케이틀린과 나는 우리의 첫 번째 아이를 낳기 위해 병원 복도를 달려가고 있었던 것이다.

중환자실에 누운 채 살아난다면 케이틀린과 가정을 꾸리겠다는 소망을 품은 지 거의 8년 만이었다. 그리고 케이틀린이 같은 병원에서 태어난 지 31년 만이었다. 그동안 그토록 많은 비극을 목격했던 곳, 내 무기를 벼리던 바로 그곳에서 나는 생명을, 내 딸의 생명을 봤다. 아멜리아 마리 파젠바움.

나는 사는 동안 기뻐서 운 적이 다섯 번밖에 없었다. 엄마가 뇌수술을 마치고 자신이 귀여운 바나나 아가씨 같다고 농담했을 때, 조지타운대학에서 신입생 세미나를 하는 동안 엄마의 MRI 검사 결과가 좋게 나왔다는 소식을 들었을 때, 케이틀린이 내 청혼을 수락했을 때, IVIg를 추가 투여해서 캐슬만병과의 싸움에서 최초로 형세를 전환시켰을 때 그리고 아멜리아를 처음 봤을 때. 그런데 이번의 기쁨은 결코 중단되지 않았다. 아멜리아는 우리가 상상했던 것보다 훨씬 더 큰 행복을 우리에게 가져다줬다.

이런 일이 가능해지기 위해선 많은 일들이 일어나야 했다. 대략 말하자면 케이틀린과 함께하는 가정을 갖고 싶다는 희망을 이루기 위해선 일단 살아나기 위한 행동을 먼저 취해야 했다. 내게 필요한 것을 스스로가 크리스마스트리 아래에 갖다 놓지 않는 한 아무도 그것을 갖고 오지 않는다는 것을 알고 난 뒤에는 산타클로스를 기다리지 않아야 했다. 좀 더 구체적으로 들어가면 나와 함께하는 것이 너무도 당연해 보였던 케이틀린의 삶으로 들어가기 위해선 그녀의 허락을 받아야 했다. 그리고 내가 아팠을 때 케이틀린의 접근을 거부한 일에 대해 그녀의 용서를 받아야 했다.

이 책이 나올 때는 마지막 재발로부터 5년이 넘는 시점일 것이다. 그때까지 계속 건강한 상태로 있을지는 장담할 수 없다. 그러나 희망을 확고한 현실을 바꾸기 위해 온 힘을 다해 분투하는 중이다. 나는 지금이 나와 내 가족을 위한 새로운 연장전이라고 생각한다. 이것이 나의 삶이다.

# 희망이 삶이 될 때

**초판 1쇄 인쇄** 2019년 10월 21일
**초판 1쇄 발행** 2019년 10월 28일

**지은이** 데이비드 파젠바움
**옮긴이** 박종성
**펴낸이** 신경렬

**편집장** 유승현
**책임편집** 김정주
**마케팅** 장현기 · 정우연 · 정혜민
**디자인** 이승욱
**경영기획** 김정숙 · 김태희 · 조수진
**제작** 유수경

**펴낸곳** (주)더난콘텐츠그룹
**출판등록** 2011년 6월 2일 제2011-000158호
**주소** 04043 서울시 마포구 양화로12길 16, 7층(서교동, 더난빌딩)
**전화** (02)325-2525 | **팩스** (02)325-9007
**이메일** book@thenanbiz.com | **홈페이지** www.thenanbiz.com

ISBN 978-89-8405-975-7 03840

이 도서의 국립중앙도서관 출판예정도서목록(CIP)은 서지정보유통지원시스템 홈페이지(http://seoji.nl.go.kr)와
국가자료공동목록시스템(http://www.nl.go.kr/kolisnet)에서 이용하실 수 있습니다. (CIP 제어번호:2019041047)